SERÉ HALVERSON

Annie & Zach

UITGEVERIJ LUITINGH-SIJTHOFF

Uitgeverij Luitingh-Sijthoff en drukkerij Bariet vinden het belangrijk om op milieuvriendelijke en verantwoorde wijze met natuurlijke bronnen om te gaan.

© 2012 by Seré Halverson
All rights reserved
© 2012 Nederlandse vertaling
Uitgeverij Luitingh - Sijthoff B.V., Amsterdam
Alle rechten voorbehouden
Oorspronkelijke titel: *The Underside of Joy*
Vertaling: Marja Borg
Omslagontwerp: Janine Jansen
Omslagfotografie: Caitlin Worthington Photo
Auteursfoto: Stephen Rothfeld

ISBN 978 90 218 0689 1
NUR 302

www.boekenwereld.com
www.lsamsterdam.nl
www.watleesjij.nu

Voor Stan

I

Ik heb onlangs een onderzoek gelezen waarin werd beweerd dat gelukkige mensen niet worden gemaakt. Ze worden geboren. Bij geluk, zo stond in het verslag, draait het allemaal om genetica – een opgewekt gen wordt vrolijk en wel van de ene lachende generatie op de volgende doorgegeven. Ik weet genoeg van het leven om de aloude gezegdes dat een enkele persoon je niet gelukkig kan maken, dat geld niet gelukkig maakt, te snappen. Maar dat je gelukzaligheid enkel en alleen zou afhangen van je genen… die theorie gaat me te ver.

Drie jaar lang heb ik flikflaks gedaan in het diepe van het geluk.

De vreugde was tastbaar en vaak ook luidruchtig. Op andere momenten was ze wat zachter – Zachs melkadem in mijn hals, Annies haar om mijn vingers wanneer ik het vlocht, Joe die onder de douche een of ander oud nummer van Crowded House neuriede terwijl ik mijn tanden stond te poetsen. Door de stoom op de spiegel werd mijn blik onscherper, mijn reflectie wazig, alsof het een soft focus foto was die mijn rimpels gladstreek, maar zelfs over mijn rimpels zat ik toen niet in. Zonder veel lachen geen kraaienpootjes, en ik lachte veel.

Nu, jaren later, weet ik nog iets: geen enkel oprecht geluk kan zo puur, zo diep, zo blind zijn.

Aan het begin van de zomer van '99 trok Joe het dekbed omlaag en kuste me op mijn voorhoofd. Ik deed één oog open. Hij had zijn grijze sweatshirt aan, zijn cameratas hing over zijn schouder en zijn tandpasta-en-koffieadem fluisterde iets over naar Bodega gaan alvorens de winkel te openen. Hij trok een spoor over de sproetjes op mijn arm, die volgens hem de letters van zijn naam vormden. Hij zei altijd dat ik zoveel sproetjes had dat hij niet alleen de letters van *Joe* zag staan, maar op mijn hele arm ook alle letters van *Joseph An-*

thony Capozzi Jr. Die ochtend voegde hij er nog aan toe: 'Wauw, junior is zelfs voluit geschreven!' Hij trok het dek weer over me heen. 'Je bent echt een wonder.'

'En jij bent een wijsneus,' zei ik, terwijl ik al bijna weer in slaap viel. Maar ik glimlachte erbij. We hadden een fijne nacht gehad. Hij fluisterde nog dat hij een briefje voor me had neergelegd, en toen hoorde ik hem weggaan, de deur uit, het trapje van de veranda af, toen het portier van de truck dat werd opengetrokken, en daarna de motor, die steeds harder begon te loeien totdat het geluid wegstierf, en hij echt weg was.

Later die ochtend kropen de kinderen giechelend bij me in bed. Zach trok het met zonlicht bespikkelde laken omhoog en hield het als een zeil boven zijn hoofd. Annie benoemde zichzelf zoals altijd tot kapitein. Nog voor het ontbijt begaven we ons in een niet in kaart gebracht gebied, een glad oppervlak waaronder de ingewikkelde, lastige onderkant van de dingen schuilging. We vertrokken met onbekende bestemming.

We klampten ons aan elkaar vast op het oude verkreukelde bed, zonder nog weet te hebben van het nieuws dat alles zou veranderen. We speelden Bootje.

Volgens de kinderen gingen we een ruige ochtend op zee tegemoet, maar ik had koffie nodig. Heel hard. Ik ging rechtop zitten en keek hen over het zeil heen aan; hun hoofden van gesponnen goud nog in de war van de slaap. 'Ik roei even naar het Keukeneiland om voorraad te halen.'

'Niet zolang er gevaar op de loer ligt,' zei Annie. Ik dacht: op de loer ligt? Kende ik die uitdrukking ook toen ik zes was? Ze schoot overeind en plantte haar handen op haar heupen, terwijl ze op de deinende matras haar evenwicht probeerde te bewaren. 'Zo meteen zijn we je nog kwijt.'

Ik stond op, blij dat ik eraan had gedacht om mijn ondergoed en Joe's T-shirt weer aan te trekken voordat ik gisteren was gaan slapen. 'Maar liefje, zonder koekjes kunnen we de piraten toch niet verslaan?'

Ze keken elkaar aan. Hun ogen vroegen zwijgend: koekjes? Voor het ontbijt? Is ze soms gek geworden?

8

Koekjes voor het ontbijt… Ach, waarom ook niet? Ik was een beetje in een feestelijke stemming. Het was de eerste ochtend zonder mist sinds weken. Het hele huis gloeide door de terugkeer van de verloren gewaande zon, en de zorgen die me terneer hadden gedrukt, leken verdwenen. Ik pakte mijn waterglas, samen met het briefje dat Joe eronder had gelegd, waarop ietwat uitgeveegd door de waterkring stond geschreven: *Ella Bella, ben naar de kust om het allemaal vast te leggen voordat ik de winkel open. Heb genoten gisteravond. Kusjes voor A&Z. Kom straks nog even langs als…* maar zijn laatste woorden waren inktvlekken geworden.

Ik had gisteravond ook genoten. Nadat we de kinderen hadden ingestopt, hadden we in de keuken staan praten tot het donker werd, leunend tegen het aanrecht, hij met zijn handen diep in zijn zakken, zoals hij altijd stond. We beperkten ons tot veilige onderwerpen: Annie en Zach, de picknick die we voor zondag hadden gepland, maffe roddelpraatjes die hij in de winkel had gehoord – we hadden het over van alles, behalve over de winkel zelf. Hij had zijn hoofd in zijn nek geworpen, lachend om iets wat ik zei. Wat was het precies geweest? Ik kon het me niet herinneren.

De dag daarvoor hadden we ruzie gehad. In het negenenvijftigste jaar van zijn bestaan verkeerde Capozzi's Market in moeilijkheden. Ik wilde dat Joe dat aan zijn vader vertelde. Joe wilde blijven doen alsof de zaken goed gingen. Hij kon de waarheid zelf nauwelijks onder ogen zien, laat staan dat hij die aan zijn vader kon vertellen. Soms had hij ineens een moment van helderheid en zei hij iets tegen me over een rekening die nog betaald moest worden, of over dat er zo weinig werd verkocht, maar dan raakte ik meteen buiten zinnen, waardoor hij gauw zijn mond weer hield. Je zou het een verkeerd pad kunnen noemen dat we nu al een paar maanden bewandelden. Joe maakte zich los van het aanrechtblad, ging voor me staan, legde zijn handen op mijn schouders en zei: 'We moeten een manier vinden om over moeilijke dingen te praten.' Ik knikte. We waren het erover eens dat er, tot voor kort, weinig moeilijke dingen waren geweest om over te praten.

Ik vond dat we geluk hadden. 'Annie, Zach. Wij…' In plaats van een lastig onderwerp aan te snijden, kuste ik hem en trok hem mee naar de slaapkamer.

Ik deed alsof ik door de smalle gang roeide, ondertussen over Zachs brontosaurus en half afgebouwde legokasteel stappend, tot ik uit het zicht was. Daarna probeerde ik in de keuken mijn haar in een strakke vlecht in mijn nek te krijgen. Ons huis had wel wat weg van mijn rode haar – een en al kleur en wanorde. Omdat we de muur tussen de keuken en de huiskamer hadden weggehaald, kon ik vanaf waar ik stond de schappen zien die tot aan het plafond volgepropt stonden met boeken, planten en kunstwerkjes van de kinderen – een geel en paars geschilderd bootje van ijslollystokjes, een scheef vaasje van klei met daarop in macaroniletters *Een fijne Moederdag*, de M was allang verdwenen, maar de afdruk ervan was nog steeds te zien. Op de paar plekken waar zich geen ingebouwde kasten of ramen bevonden, hingen de muren vol met grote lappendekens van Joe's zwart-witfoto's. Twee reusachtige openslaande deuren gaven toegang tot de overdekte veranda aan de voorkant en ons stuk land. Het oude glas was niet wat je noemde isolerend, maar we konden het niet over ons hart verkrijgen om de deuren te vervangen. We hielden van het golvende effect van het glas, het was alsof we door water naar ons uitzicht keken: de hortensia's langs de veranda, het lavendelveld dat nodig geoogst moest worden, de kippenren en de bramenstruiken, de oude verzakte schuur die er al stond toen grootvader Sergio het stuk grond in de jaren dertig had gekocht, en als laatste, aan de overkant van de wei, bij de sequoia's en de eiken, de moestuin, onze grote trots. We hadden ongeveer een halve hectare land – voornamelijk in de zon en alles boven hoogwaterpeil. Als je op de juiste plek stond, kon je nog net een glimp van de rivier opvangen.

Joe en ik vonden het heerlijk om op het land te werken, en dat was te zien. Maar geen van ons, ook de kinderen niet, had talent voor ordentelijkheid als het op de binnenkant van het huis aankwam. Het kon me niet schelen. Mijn vorige huis – en leven – was extreem netjes geweest, en tegelijkertijd streng en leeg, dus ik beschouwde de rommel als een noodzakelijk bijeffect van een vol leven.

Ik pakte de melk en hing Joe's briefje met een magneetje op de deur van de ijskast. Ik weet niet precies waarom ik het niet weggooide; waarschijnlijk omdat ik nog even de zoete herinnering aan onze verzoening van afgelopen nacht wilde koesteren, aan het *Ella Bella...*

Ik heet Ella Beene, en het moge duidelijk zijn dat ik mijn portie bijnamen wel heb gehad. Maar die van Joe sloot ik meteen in mijn hart. Ik ben geen schoonheid – ik ben ook niet lelijk, maar ik lijk in niets op hoe ik eruit zou zien als ik het zelf voor het zeggen had gehad. Goed, dat rode haar vinden ze altijd intrigerend. Maar behalve dat is het allemaal behoorlijk doorsnee. Een lichte huid, sproetjes, te lang en te mager naar de smaak van sommigen, met een redelijk aardig gezicht – bruine ogen, best een leuke mond; een gezicht dat er beter uitziet als ik eraan denk om me op te maken. Maar waar het om draait, is dat ik wist dat Joe alles aan me mooi vond. De binnenkant, de buitenkant, alle dingen ertussenin, gewoon mijn hele één meter vijfenzeventig. En aangezien alle bijnamen op een zeker moment bij me hadden gepast, koester ik die ene: Bella. Dus daar stond ik. Vijfendertig jaar, mooi in het Italiaans, op een zaterdagochtend sterke koffie te zetten en een lekker ontbijtvoorafje van biscuitjes en melk te maken voor onze kinderen.

'Koekjes. Ik koekjes.' De matrozen hadden het schip verlaten en probeerden zo gretig mogelijk te kijken, terwijl ze de glazen melk en een paar havermoutkoekjes van het aanrecht pakten. Onze hond Callie, een kruising tussen een blonde labrador en een husky, perste er haar allerzieligste gezicht uit en zat kwispelend te wachten tot ik haar ook een koekje gaf en naar buiten liet. Van mijn koffie nippend keek ik naar Annie en Zach die hun monden knorrend volpropten met koekjes. De kruimels vlogen in het rond. Dit was een van die dingen die ze wat mij betrof beter niet van *Sesamstraat* hadden kunnen leren.

De zon lonkte ons naar buiten, dus ik vroeg hun op te schieten en zich aan te kleden, trok toen zelf een korte broek aan en stopte eindelijk een donkere was in de machine. Toen ik de laatste spijkerbroek erbij stopte, kwam Zach poedelnaakt binnen met zijn blauwe hansopje met brandweerautootjes erop in zijn hand. 'Zelf doen,' zei hij. Ik vond het knap van hem dat hij het niet zoals anders gewoon op de grond had gegooid en tilde hem op zodat hij zijn bijdrage in de machine kon doen. Zijn billetjes voelden koel aan op mijn arm. We bleven naar de wastrommel kijken totdat het sop de blauwe fleece met de rode autootjes had geabsorbeerd. Ik zette hem weer neer en hij denderde weg, met zijn voetjes klepperend over de houten vloer van de gang. De kinderen waren in een alarmerend tempo onafhankelijk geworden, behalve met veters strikken, dat was iets wat Zach pas over een paar jaar zou kunnen. Annie was al helemaal klaar voor de eerste klas, en Zach nu ook voor de peuterklas, hoewel ik daar zelf nog lang niet klaar voor was.

Dit zou het jaar van de mijlpalen worden: Joe zou de kruidenierszaak, die al drie generaties in de familie was, van de ondergang redden; ik zou in de herfst weer aan het werk gaan, als gids voor Fish and Wildlife; en Annie en Zach zouden iedere ochtend met hun steeds langer wordende ledematen de deur uit gaan en reusachtige stappen zetten op dat steeds korter wordende pad van hun kindertijd.

Toen ik hen leerde kennen, was Annie drie en Zach een halfjaar. Ik was op weg van San Diego naar een nieuw leven, hoewel ik nog niet wist waar of hoe dat zou zijn. Ik was gestopt in het kleine, ouderwetse stadje Elbow, dat aan de Redwoods River in Noord-Californië lag. Het stadje was vernoemd naar de bocht van vijfenveertig graden in de rivier, die op een elleboog leek, maar de bewoners zeiden voor de grap dat het vernoemd was naar elleboogjesmacaroni omdat er zoveel Italianen woonden. Ik was van plan om een broodje en een ijsthee te kopen en daarna misschien even mijn benen te strekken door een korte wandeling te maken naar het zandstrandje aan de rivier, waarover ik had gelezen, maar een man met donker haar sloot net de winkel af. Terwijl hij, met een baby op zijn arm, de sleutel in het slot probeerde te stoppen, wriemelde een klein meisje zich los uit zijn greep. Ze rende op me af, tegen mijn benen aan. Haar blonde hoofdje raakte mijn knieën, en ze stak lachend haar armpjes naar me uit. 'Optillen.'

'Annie!' riep de man. Hij was mager, een beetje slonzig en onge-rust, maar onmiskenbaar een stuk.

Ik vroeg: 'Mag het?'

Hij grinnikte opgelucht. 'Als je het niet erg vindt.' *Of ik het erg vond?* Ik tilde haar op en ze begon met mijn vlecht te spelen. Hij zei: 'Het woord verlegen komt niet in haar woordenboek voor.' Ik voelde haar mollige beentjes stevig om mijn heupen klemmen en rook Johnson's babyshampoo, gemaaid gras, houtvuur en vaaglijk ook modder. Haar zachte adem, die naar grapefruitsap rook, streel-de mijn wang. Ze hield mijn vlecht stevig vast, maar ze trok er niet aan.

Callie blafte, en vanuit de keuken zag ik de politieauto van Frank Civiletti aan komen rijden. Dat was raar. Frank wist dat Joe niet thuis was. Al sinds de basisschool waren ze elkaars beste vrienden en 's ochtends dronken ze samen altijd een kop koffie in de winkel. Ik had Frank niet horen komen aanrijden, maar hij kwam nu langzaam het pad op, knarsend over het grind. Ook raar. Frank reed nooit langzaam. En hij zette ook altijd zijn sirene aan wanneer hij vanaf de grote weg ons pad insloeg. Zijn vaste ritueel voor de kinderen. Ik keek naar de klok op de magnetron: 08.53. Zo laat al? Ik pakte de telefoon, maar legde hem meteen weer neer. Joe had niet gebeld toen hij bij de winkel was aangekomen. Joe belde altijd.

'Hier.' Ik pakte de eiermanden en gaf ze aan de kinderen. 'Ga even bij de dames kijken en neem wat ontbijt voor ons mee.' Ik hield de keukendeur voor hen open en keek hen na terwijl ze naar de kip-penren holden, zwaaiend en roepend: 'Oom Frank! Je sirene aan-doen!'

Maar dat deed hij niet; hij bracht zijn wagen tot stilstand. Ik stond in de keuken. Ik keek naar de compostemmer op het aanrecht. Kof-fiedik van Joe's koffie van vanochtend, de bananenschil van zijn ont-bijt. De uiteinden van mijn geluk begonnen te verkleuren en op te krullen.

Ik hoorde Frank het portier open- en dichtdoen, zijn voetstappen over het grind, op de veranda. Zijn klop op het raampje van de voordeur. Annie en Zach waren druk doende eieren te rapen in de ren. Zach schaterde het uit, en ik wilde hier en nu stoppen en ons leven in die lach hullen om het intact en heel te laten. Ik dwong mezelf de keuken uit te lopen, de gang door, over het speelgoed heen stappend dat nog op de grond lag, terwijl ik door het waterige raampje Frank naar een knoop van zijn uniform zag staren. *Kijk op en lach naar me met die Jim Carrey-grijns van je. Kom gewoon binnen, zoals je anders ook doet, klootzak. Plunder de ijskast nog voordat je me begroet.* We stonden nu tegenover elkaar, met de deur tussen ons in. Hij keek me met roodomrande ogen aan. Ik draaide me om, liep terug de gang door en hoorde hem de deur opendoen.

'Ella,' zei hij achter me. 'Laten we even gaan zitten.'

'Nee.' Zijn voetstappen volgden me. Ik wuifde hem weg zonder me om te draaien. 'Nee.'

'Ella. Het was een onverwachte golf, bij Bodega Head,' zei hij tegen mijn rug. 'Hij was er ineens.'

Hij vertelde me dat Joe het klif bij First Rock aan het fotograferen was. Getuigen hadden verteld dat ze hem nog hadden proberen te waarschuwen, maar door de harde wind, en door de oceaan, had hij hun geschreeuw niet gehoord. De golf was over hem heen geslagen en had hem meegenomen. Hij was verdwenen voordat iemand iets kon doen.

'Waar is hij?' Ik draaide me om toen Frank niet reageerde. Ik greep zijn kraag beet. 'Waar?'

Hij sloeg zijn ogen weer neer, maar dwong zichzelf toen me aan te kijken. 'Dat weten we niet. Ze hebben hem nog niet gevonden.'

Ik voelde een sprankje hoop. 'Hij leeft nog. Echt! Ik moet ernaartoe. We moeten ernaartoe. Ik zal Marcella bellen. Waar is de telefoon? Waar zijn mijn schoenen?'

'Lizzie is al op weg om de kinderen op te halen.'

Ik stoof naar onze slaapkamer, struikelde over de brontosaurus, kwam hard op mijn knie terecht en stond alweer voordat Frank me kon helpen.

'Luister, El. Ik zou je dit niet vertellen als ik dacht dat er een kans is dat hij nog leeft. Iemand zei dat hij bloed had gezien. We denken dat hij op zijn hoofd is gevallen. Hij is niet meer boven water gekomen.' Frank zei iets over dat dit ieder jaar wel een keertje gebeurde, alsof ik een of andere toerist was. Alsof Joe dat was.

'Joe overkomt zoiets niet.'

Joe kon kilometers zwemmen. Hij had twee kinderen die hem nodig hadden. Hij had mij. Ik zocht in mijn kast naar mijn wandelschoenen. Joe leefde, en ik moest hem gaan zoeken. 'Bloed? Waarschijnlijk heeft hij zijn arm geschaafd.' Nadat ik de schoenen had gevonden, trok ik het dekbed van bed. Hij zou het vast ijskoud hebben. Ik pakte de verrekijker van de staande kapstok in de gang. Ik deed de hordeur open en liep de veranda op, bijna struikelend over het dekbed dat ik meesleepte. 'Moet ik zelf rijden? Of ga je met me mee?'

Franks vrouw, Lizzie, zette Zach naast hun dochtertje Molly in hun bolderkar, terwijl Annie haar arm door het handvat stak en met haar handen om haar mond riep: 'We brengen de roeiboot aan wal. Pas op voor piraten.'

Ik zwaaide en deed mijn best vrolijk te klinken. 'Begrepen. Dank je wel, Lizzie.' Ze knikte ernstig. Lizzie Civiletti was geen vriendin van me; dat had ze me gezegd, niet lang nadat ik in het stadje was komen wonen. Maar toch was ze niet onaardig. Ze zou de kinderen behoeden voor elk teken van paniek dat ze op gedachten zou kunnen brengen. Hoe graag ik ook naar hen toe wilde, hen wilde optillen, lachte ik, zwaaide nog een keer en blies hun kusjes toe.

2

Met zijn zwaailichten aan reed Frank over de slingerweg. Ik sloot mijn ogen, keek niet naar de golvende heuvels die, naar ik wist, om ons heen lagen te schitteren, bezaaid met wat Joe noemde 'de extreem gelukkige Californische koeien'. *Hij heeft niks. Helemaal niks! Hij is gedesoriënteerd. Hij weet niet precies waar hij is. Hij is op zijn hoofd terechtgekomen. Misschien een hersenschudding. Hij dwaalt over het strand bij Salmon Creek. Ja, dat is het! De golf heeft hem meegetrokken en hem een eindje verderop weer op de kust gesmeten, en daar is hij. Hij praat met wat middelbareschoolleerlingen. Ze hebben surfplanken bij zich. Gast, heb je die gevaarlijke golf gepakt? Ze hebben een vuurtje gestookt, hoewel dat volgens de borden niet mag. Ze bieden hem een biertje en een hotdog aan. Ze zijn de broodjes vergeten, maar er is wel mosterd. Hij is uitgehongerd. In een flits herinnert hij zich weer wat. Het komt allemaal naar boven.*

Wij. Dat we het hebben goedgemaakt. Gisteravond. Eerst staand in de keuken, elkaar aftastend, om ons daarna opgelucht op bed te laten vallen. We waren beroerde ruziemakers, maar we zouden prijzen kunnen winnen voor het goedmaken. Hij had mijn buik van boven naar beneden gekust tot ik het uitkreunde, mijn dijen gekust tot ik het uitjammerde, tot we ons allebei gewonnen gaven. Later, terwijl ik wegsoesde, steunde hij op zijn elleboog en keek me aan. 'Ik moet je iets vertellen.'

Ik probeerde tegen de slaap te vechten. 'Wil je praten? Nu?' Het was een nobele poging van hem om wat opener te zijn, maar jezus, moest dat nu, vlak na de seks? Was dat juist niet de irritantste tactiek van vrouwen? Dus stelde ik me op als een man en zei: 'Je kunt me niet eerst dit zalige gevoel geven en daarna zeggen dat we moeten praten.' Ik nam aan dat het om nog meer slecht nieuws over de winkel ging.

'Je hebt gelijk,' zei hij. 'Morgen dan. We maken er een date van. Ik zal vragen of mijn moeder de kinderen kan nemen.'

'Ooo. Een date.' Misschien ging het wel niet over de winkel. Verdomme, dacht ik. Misschien is het wel goed nieuws.

Hij glimlachte en raakte mijn neus even aan. Ik had niet gezegd: 'Nee, we moeten het er nu over hebben.' Ik had me geen zorgen gemaakt. Ik was meteen in slaap gevallen.

Dus nee. Joe kon niet dood zijn. Hij zat hotdogs te eten en biertjes te drinken en had het over surfen. Hij moest me nog steeds iets vertellen. Ik deed mijn ogen open.

Frank reed in volle vaart door Bodega Bay – met zijn visrestaurants en souvenirwinkels, de roze-witgestreepte zoutwatersnoepwinkel waar de kinderen altijd per se even naartoe wilden –, over de slingerende kustweg met de handgeschreven uithangborden die reclame maakten voor verse vis, de lucht een mengeling van gerookte zalm en wilde bloemen, de bochtige heuvel naar Bodega Head op, wat volgens Joe de allermooiste plek ter aarde was.

Daar had je het begin van het pad waarover we zo vaak hadden gewandeld, langs het klif. Aan de ene kant de zee beneden je, aan de andere kant een veld vol wilde kustbloemen – met het duizendblad, of *Achillea borealis*, de zandverbena, of *Abronia umbellata* – uitlopend in duinen met helmgras. Dat ik de vogels en wilde bloemen niet alleen herkende maar ook hun Latijnse namen wist op te lepelen, een talent dat ik van mijn vader had geërfd, was iets waarmee ik Joe steeds weer versteld deed staan.

Het parkeerterrein was vol: een paar politieauto's, een brandweerwagen, ambulances, en daar, bij het pad, Joe's oude truck. Hij noemde hem de Groene Wesp. Ik pakte de verrekijker, stapte uit Franks surveillancewagen en sloeg het portier met een klap dicht. Een helikopter vloog in noordelijke richting langs de kust, met bonkende rotorbladen, een donderende, te snelle hartslag die wegstierf.

Ik had geen jas aan, en de wind geselde mijn blote armen en brandde in mijn ogen. Frank sloeg het dekbed om me heen. Ik zei: 'Ik hoef toch niet met iemand te praten, hè?'

'Als je dat niet wilt, dan hoeft het niet.'

'Ik moet er alleen naartoe.' Hij trok me even tegen zich aan en liet me toen weer los. Ik liep naar Joe's truck. Natuurlijk niet op slot. Zijn blauwe donsjack, afgedragen en onder de vlekken, helemaal zoals hij het wilde. Ik trok het aan. Warm van de zon. Ik liet het dekbed in de auto liggen zodat dat ook kon opwarmen, voor hem. Zijn thermoskan lag op de grond. Ik schudde hem: leeg. Ik tilde de rubbermat op en zag zijn sleutels liggen, precies zoals ik had verwacht. Ik stak ze in mijn zak.

Door de verrekijker zag ik allemaal lichtjes op het water flitsen, alsof de zee zijn eigen plaats delict fotografeerde.

In maart en april waren we hier met de kinderen wezen picknicken, in de hoop walvissen te zien. Met deze zelfde verrekijker hadden we de horizon afgetuurd, ons verbazend over de elegantie waarmee de grijze walvissen hun kop uit het water staken en sprongen maakten. We vertelden de kinderen het verhaal van Jonas en de walvis, dat Jonas in zee was gegooid en meteen werd opgeslokt door een walvis, zomaar voor de lol. Annie rolde met haar ogen en zei: 'Ja vast.' Ik lachte en biechtte op dat ik het, als kind op zondagsschool, ook een ongeloofwaardig verhaal had gevonden.

Maar op dit moment wilde ik wel in alles geloven, voor alles bidden, alles beloven. 'Alstublieft, alstublieft, alstublieft, *alstublieft...*'

Ik nam het benedenpad, en zag voor me hoe Joe hier had gelopen, krachtig, levend. First Rock was een gemakkelijke klim, het witte water wervelde diep beneden me, ongevaarlijk. *Maar je hebt je niet aan je eigen vuistregel gehouden, hè Joe? De regel die je mij en Annie en Zach continu inprentte. Ga nooit met je rug naar de oceaan staan.* De reddingsboot voer gestaag door. Ik keek over mijn schouder naar het klif. Het zag eruit als de gebalde vuist van God, met de kleverige, roodachtige zeevijgen als geschaafde, bloedende knokkels. *Alstublieft, alstublieft. Vertel me waar hij is.*

Ik klom over de rots naar beneden, terugdeinzend voor de weerspiegeling van de zon in het water. Toen ik wat lager kwam, zag ik dat het geen water was, maar metaal dat diep tussen twee andere rotsen vastzat. Ik liep ernaartoe om het beter te kunnen bekijken. Was het... Ik klauterde nog wat verder naar beneden. Ja, Joe's statief, alsof het op me had liggen wachten. Zijn fototoestel zag ik niet.

Wacht. Dat is het. Dat is hij aan het doen. Hij is op zoek naar zijn toestel. Hij vindt het vreselijk. Hij loopt ergens in de duinen, is verdwaald. Al die hertensporen, heel verwarrend, alle duinen beginnen op elkaar te lijken, en je weet nauwelijks meer welk gedeelte je al hebt gehad, de wind geselt je, en je bent moe en moet even gaan liggen. Zo koud. Een hinde houdt je behoedzaam in de gaten, maar ze voelt je wanhoop en loopt naar je toe, gaat liggen om je te verwarmen en likt het zout van je neus.

Niks aan de hand! Je bent alleen maar verdwaald. 'Niet boos zijn,' *zul je zeggen, terwijl je met je duimen mijn tranen wegveegt, mijn gezicht naar het jouwe brengt en je vingers verstrengelt in mijn haar.* 'Het spijt me zo,' *zul je zeggen. Ik zal mijn hoofd schudden en zeggen dat ik het je vergeef, dat ik blij ben dat je die golf hebt overwonnen, dat je terug bent gekomen. Ik zal mijn neus in je hals begraven, het zout zal afgeven op mijn wang. Je zult ruiken naar opgedroogd bloed en vis en zeewier en herten en houtvuur en leven.*

Ook toen de avond viel, bleef ik door de duinen dwalen, lang nadat de zoekactie voor die dag was gestaakt. De halvemaan gaf geen geheimen prijs. Frank nog minder. Normaal hield hij geen seconde zijn mond.

Joe's Groene Wesp, op Franks surveillancewagen na het enige voertuig op het parkeerterrein, was leeg. Omdat ik de truck voor Joe wilde laten staan, maakte ik het portier open en legde de sleutels weer onder het matje. Ik trok zijn jack uit en liet ook dat voor hem achter, samen met het dekbed.

Ik stapte stilletjes bij Frank in de wagen, terwijl de centrale een adres doorgaf van huiselijk geweld. Ik wilde wel bij de kinderen zijn, maar ik wilde niet dat mijn gezicht iets zou verraden, ik wilde geen spijker door hun blije onwetendheid slaan. Frank bood aan om Joe's ouders en verdere familie tot de ochtend op afstand te houden. Ik knikte. Ik kon het niet aan om zijn ouders of broer of wie dan ook te moeten horen huilen, kon het niet aan om wat dan ook te moeten horen waaruit zou blijken dat we onze nederlaag erkenden. We moesten ons erop richten hem te vinden.

Eenmaal thuis belde ik de kinderen. 'Hebben jullie het leuk?' vroeg ik aan Annie.

'Ja, hoor,' zei ze. 'We mochten van Lizzie alle kussens van de stoelen en banken pakken en een huis bouwen. En ze zei dat we er vannacht zelfs in mochten slapen.'

'Cool, zeg. Dus je wilt daar wel een nachtje blijven?'

'Beter van wel. Molly wil hier alleen maar slapen als ik bij haar ben. Je weet hoe ze is.'

'Ja, dan kun je maar beter blijven.'

'Welterusten, mam. Mag ik papa even?'

Ik boog me voorover, trok aan mijn schoenveter, slikte en dwong mezelf om luchtig te klinken. 'Hij is nog niet thuis, Banannie.'

'O, nou, geef hem dit dan maar.' Ik wist dat ze de telefoon knuffelde. 'En deze is voor jou... Dag.'

Zach kwam net lang genoeg aan de lijn om te kunnen zeggen: 'Ik hou heel veel van je.'

Ik hing op en bleef op de bank zitten. Callie ging aan mijn voeten liggen en slaakte een diepe zucht. Uit de gang viel licht op sommige voorwerpen in de donkere kamer. Ik zette Joe's statief in de hoek als welkom voor hem. De drie poten, de ontbrekende camera leken nu een vreselijk voorteken. Ik staarde naar de familieklok van de Capozzi's, die op het bijzettafeltje stond te tikken. Ja. Nee. Ja. Nee. Ik maakte het glazen deurtje open. De slinger die heen en weer ging: deze kant uit. Die kant. Ik stak mijn vinger erin om hem te laten stoppen. Stilte. Met mijn vingertop draaide ik de grote wijzer terug, terug naar die ochtend, maar deze keer voelde ik dat Joe wakker werd en zich uitrekte, en ik kuste de zachte haartjes op zijn borst, greep zijn warme schouder beet en zei: 'Hier blijven. Niet weggaan. Blijf bij ons.'

De volgende dag vond een Zwitserse toerist Joe's lichaam, opgezwollen en omwikkeld met zeewier, alsof de zee hem had gemummificeerd in een zwakke poging zich te verontschuldigen. Deze keer deed ik de deur wel open voor Frank, en ik omhelsde hem nog voordat hij iets kon zeggen. Toen hij zich weer had losgemaakt, schudde hij alleen maar zijn hoofd. Ik opende mijn mond om nee te zeggen, maar het woord zonk weg, geluidloos.

Ik wilde hem per se zien. Alleen. Frank reed me naar McCready's en bleef naast me staan, terwijl een vrouw met grijs haar en een oranjeachtige huid uitlegde dat Joe eigenlijk nog niet klaar was om gezien te kunnen worden.

'Klaar?' Een raar, hoog lachje perste zich langs de brok in mijn keel.

Frank keek me met een schuin hoofd aan. 'Ella…'

'Nou en? Wie is daar verdomme ooit klaar voor?'

'Neem me niet kwalijk, jonge –' Toen schudde ze echter haar hoofd, pakte mijn handen beet en zei: 'Deze kant uit.' Ze nam me mee door een gang waar tapijt lag, langs beige behang en mahoniehouten lambriseringen, van de deftige voorkant naar de laboratoriumachtige ruimtes erachter, waar op de vloeren gevlekt groen linoleum lag dat op sommige plekken kapot was en zijn naam niet meer waardig.

Hoe kon dit? Dat hij op een tafel lag, in een gekoelde ruimte die leek op een bovenmaatse roestvrijstalen keuken? Iemand had aan de verkeerde kant een scheiding in zijn haar gemaakt en het gekamd, misschien om zijn hoofdwond te camoufleren, en ze hadden hem tot aan zijn hals bedekt met een laken – en dat was dat. Ik trok mijn jasje uit en legde het over zijn schouders en borst, terwijl ik steeds opnieuw zijn naam zei.

Ze hadden zijn ogen dichtgedaan, maar aan het ingevallen ooglid zag ik dat hij zijn rechteroog kwijt was.

Ik zei altijd tegen hem dat zijn ogen net satellietfoto's van de aarde waren – oceaanblauw met lichtgroene vlekjes. Voor de grap zei ik dan dat zijn ogen globes waren, dat ik de wereld in zijn ogen kon zien. In nog geen drie seconden konden ze van droevig in plagerig ondeugend veranderen. In nog minder tijd konden ze me van mijn huishoudelijke klusjes afleiden en het bed in lokken. En hun sarcastische blik kon me van het ene op het andere moment woest maken.

Zijn prachtige fotografenoog met die unieke kijk op de dingen – waar was het gebleven? Zou Joe's blik hoog in de lucht voortleven in een meeuw of zich kruipend tussen de rotsen voortbewegen in een bijziende krab?

Aan mijn vingers voelde zijn haar stijf van het zout, niet zacht en krullerig. Ik streek het naar de goede kant. 'Zo schat,' zei ik, terwijl ik mijn neus aan mijn mouw afveegde. 'Zo is het beter.' Zijn gezicht vol stoppeltjes, zo koud. Joe had een babygezicht dat hij maar eens in de drie, vier dagen hoefde te scheren, zijn vrijdagse stoppeltjes. Hij zei dat het onmogelijk was dat hij een Italiaan was; hij was vast geadopteerd. Dan wreef hij over zijn kin en zei: 'Ik moet me verdomme iedere week scheren.'

Hij was aantrekkelijk en sexy in zijn onvolmaaktheid. Ik gleed met mijn vinger langs zijn ietwat scheve neus, langs de randjes van zijn iets te grote oren. Toen we elkaar leerden kennen, had ik terecht vermoed dat hij een onhandige tiener was geweest, een laatbloeier. Hij beschikte over een aanlokkelijk soort nederigheid die mannen die al op de middelbare school meisjesharten hadden gebroken niet zouden kunnen veinzen. Het verbaasde hem altijd wanneer vrouwen hem aantrekkelijk vonden.

Ik stak mijn hand onder het laken en hield zijn arm vast, zo koud, hem dwingend de krachtige spieren die over de hele lengte van zijn arm liepen, te spannen, om te lachen en in het accent van zijn grootmoeder te zeggen: 'Jij lekker vinden, Bella?' Maar in plaats daarvan kon ik hem bijna horen zeggen: 'Zorg goed voor Annie en Zach.' Bijna, maar niet helemaal.

Toch knikte ik. 'Maak je geen zorgen, schat. Ik wil niet dat je je zorgen maakt, afgesproken?'

Ik kuste zijn koude, koude gezicht en legde mijn hoofd op zijn ingevallen borstkas, waarachter zijn longen zich met water hadden gevuld zodat zijn hart alleen nog maar een eilandje was. Ik bleef lange tijd zo liggen. De deur ging open, maar niet meer dicht. Iemand die wachtte. Om te voorkomen dat ik instortte. Ik zou niet instorten. Ik moest Annie en Zach hierdoorheen zien te slepen. Ik fluisterde: 'Vaarwel, lieve man. Vaarwel.'

Ik wil niet eens doen alsof ik weet wat er na onze dood allemaal kan gebeuren, want er zijn oneindig veel mogelijkheden. Ik ben afgestudeerd bioloog en voel me het meest op mijn gemak in de natuur, maar toch sta ik versteld van de ménselijke natuur, van al die dingen die je niet kunt waarnemen, benoemen en catalogiseren; een wetenschapster die het spoor bijster raakt, op onbekend terrein belandt en daar, aan de randen van de folklore, blijft lopen piekeren. Dus ik vraag me vaak af of Joe, die ochtend dat we Bootje speelden, naar ons had gekeken, in die ogenblikken die de brug vormden tussen ervoor en erna. Had hij naar ons gekeken vanaf de reusachtige sequoia's waarvoor hij zoveel ontzag had, en daarna vanaf een wolk? En daarna vanaf een ster? De fotograaf in hem zou hebben genoten van al die verschillende perspectieven, van de kans om in het hiernamaals datgene te zien wat te diep en te breed was om door welk kader dan ook gevangen te kunnen worden. Of was hij soms die mannetjeskolibrie met dat knalroze halsje, de *Calypte anna*, die nog dagen bij ons rondvloog? Hij fladderde op een paar centimeter van mijn neus toen ik op de veranda zat, zo dichtbij dat ik de lucht langs mijn wangen voelde strijken.

'Joe?' Hij ging er ineens vandoor, grote lussen in de lucht beschrijvend, als een handschrift. Ik weet dat die lussen bij hun indrukwekkende paringsritueel horen. Maar desondanks vraag ik me af of het niet Joe was die, in paniek, een poging deed om iets voor me op te schrijven, een koortsachtige poging om me zijn vele geheimen te vertellen, me te waarschuwen voor alles wat ongezegd was gebleven.

3

Frank bracht me na McCready's naar huis en ging toen weer weg om de kinderen op te halen. Ik zat aan de keukentafel naar de pepermolen te staren. Een huwelijkscadeau van... van een studievriendin van me, geloof ik. Joe had een hele heisa gemaakt over dat cadeau, hij vond het de volmaakte pepermolen, en ik had hem erom uitgelachen en gezegd: 'Wie had ooit kunnen denken dat er zoiets bestond als een volmaakte pepermolen en dat wij daar nu de gelukkige, trotse bezitters van zijn?'

Zach en Annie huppelden de veranda op. Toen ze binnenkwamen brak hun zangerige *mammiemammiemammie!* mijn nieuwe, waterige, getemperde wereld binnen, en met hen een snijdende helderheid. Ik dwong mezelf op te staan, kalm. Ik zei hun namen. 'Annie. Zach.' Joe had me een keer verteld dat ze zijn A tot Z waren, zijn alfa en omega. 'Kom, jongens.' Frank stond achter hen. Ik wist wat ik moest zeggen. Ik zou het niet mooier maken dan het was, niet zoals mijn familie bij mij had gedaan toen ik acht was en mijn vader stierf. Ik zou niet zeggen dat Joe was gaan slapen of bij Jezus was gaan wonen, of dat hij nu een engel was, in een wit gewaad en met vleugels. Het zou hebben geholpen als ik een of ander geloof aanhing, maar mijn overtuigingen lagen op een rommelige stapel en veranderden continu van plek, net als een berg was.

Annie vroeg: 'Wat heb je aan je knie?'

Ik raakte hem aan, maar kon de blauwe plek die ik had opgelopen bij mijn val in de gang, nog maar een dag geleden, niet voelen.

'Je moet een pleister pakken.' Ze nam me onderzoekend op.

Ik knielde neer op mijn andere knie, trok hen tegen me aan en hield hen vast. 'Papa heeft een ongeluk gehad.' Ze wachtten. Als bevroren. Zwijgend. Ze wachtten op mijn geruststelling, wilden van me horen waar hij was, wanneer ze hem een kus konden geven. Wanneer ze een beterschapskaart voor hem konden maken en op het dienblad met het ontbijt leggen. *Zeg het. Ze moeten het uit jouw mond horen. Zeg het ze.* 'En hij… papa… hij is dood.'

Hun gezichten. Mijn woorden sneden in hun zachte, smetteloze huid. Annie begon te huilen. Zach keek naar haar en zei toen half lachend: 'Nietes!'

Ik wreef over zijn smalle nek. 'Jawel, liefje. Hij was bij de oceaan. Hij is verdronken.'

'Echt niet. Papa kan heel snel zwemmen.' Hij lachte.

Ik keek Frank aan, en hij knielde bij ons neer. 'Ja,' zei ik. 'Papa kan heel goed zwemmen… kon… Maar luister goed naar me, Zach. Hij is door een hoge onverwachte golf van de rotsen geduwd. Misschien is hij op zijn hoofd gevallen; dat weten we niet.'

Annie wrong haar handen en riep: 'Ik wil papa. Ik wil mijn papa!'

Ik fluisterde in haar haren: 'Dat weet ik, Banannie, ik weet dat je dat wilt.'

Zach wendde zich tot Frank. 'Het is niet waar. Hij zwemt wel terug, hè, oom Frank?'

Frank haalde een hand door zijn korte haar, hield hem daarna even voor zijn ogen, ging op zijn hurken zitten en nam Zach op schoot. Hij hield hem stevig vast. Hij zei: 'Nee, jochie. Hij komt niet meer terug.' Zach liet zich jammerend tegen Franks borst vallen, maakte zich toen weer los, maar Frank bleef hem vasthouden. Zach slaakte een brul waarin de rauwheid van een onmetelijk verlies doorklonk.

Ik herinner me niet wat er daarna gebeurde, of misschien kan ik beter zeggen dat ik me de volgorde van de dingen niet herinner. Het was alsof onze lange oprit van grind ineens vol auto's stond, het huis en de tuin vol mensen was, de ijskast vol kip *cacciatore*, aubergine met Parmezaanse kaas en lasagne. Joe's familie nam het grootste deel van het huis in beslag. Ik had alleen mijn moeder, en zij was nog onderweg met het vliegtuig uit Seattle. Op een vreemde, droevige manier deed de dag me denken aan onze bruiloft van twee jaar geleden, de laatste keer dat al deze mensen gezamenlijk ons pad waren op gereden en eten en drinken hadden meegebracht.

Joe's familie was luidruchtig – precies zoals op ons huwelijksfeest, en ook nu weer in hun rouw, zelfs in die eerste uren van ongeloof. Zijn oudtante, al in het zwart gekleed, was het enige familielid dat nog Italiaans sprak. Ze sloeg zich op haar verschrompelde borst en riep: *'Caro Dio, non Giuseppe.'*

Dan weer werd de kamer overspoeld door periodes van stomme verbazing, terwijl iedereen zijn ogen strak op een of ander voorwerp gericht hield – een lamp, een onderzetter, een schoen –, alsof daar het antwoord te vinden was op die ene vraag: waarom Joe?

Zijn oom Rick schonk sterkedrank. Zijn vader, Joe Sr., dronk er vele glazen van en begon God te vervloeken. Zijn moeder, Marcella, hield Annie en Zach vast op haar brede schoot en zei tegen haar man: 'Let een beetje op wat je zegt, Joseph. Je kleinkinderen zijn erbij, en pastoor Mike kan verdomme elk moment binnenkomen.'

Ik zat in Joe's lievelingsstoel, de oude leren die hij had geërfd van zijn grootvader Sergio. Annie en Zach klauterden bij me op schoot en krulden zich onder mijn armen; door hun gewicht waren hun kleine lichaampjes volmaakte presse-papiers die me veilig op mijn plek hielden. Joe's broer, David, belde continu met zijn mobieltje, in tranen, terwijl hij en Gil, zijn partner, vastzaten in het langzaam rijdende verkeer op de 101.

Later, toen de kinderen een dutje deden, ontdekte David me in de badkamer. Door de deur heen zei hij: 'Lieverd, zit je te plassen of te huilen, of allebei?'

Geen van beide. Ik was even weggeglipt om alleen te zijn en stond in de spiegel naar mezelf te staren, me afvragend hoe het kon dat alles op mijn gezicht nog steeds was als altijd. Mijn ogen zaten op de daarvoor bestemde plekken boven mijn neus, en mijn mond eronder. Ik deed de deur van het slot. Hij kwam binnen en sloot de deur achter zich. Zijn armen hingen langs zijn lichaam, met zijn handpalmen naar me toe. Hij was ongeschoren en had een geteisterde blik, maar zijn gezicht was mooi als altijd; zijn Romeinse gelaatstrekken waren zo perfect gebeiteld en zijn lichaam zo prachtig gebeeldhouwd, dat zijn vrienden hem 'De David' noemden. We gingen tegen elkaar aan staan. Hij fluisterde: 'Wat moeten we nou zonder hem?' Ik schudde mijn hoofd en snotterde tegen zijn schouder.

Die nacht, in bed, met in elke arm een slapend kind, kreeg ik opnieuw tranen in mijn ogen toen ik me afvroeg hoe we dit moesten overleven. Maar ik hield mezelf voor dat ik al eerder een ramp had overleefd die had gedreigd me te gronde te richten.

Mijn zeven jaar durende huwelijk met Henry was ik in mijn hoofd 'De Zware Jaren' gaan noemen. Omdat ze zo zwaar waren geweest, alsof je een rotsblok de heuvel op probeerde te duwen. Omdat het zo zwaar was geweest om Henry's futloze sperma mijn baarmoeder in te duwen. Omdat het zo zwaar was geweest om mijn koppige eitjes door mijn doolhof van eileiders te loodsen. De dringende telefoontjes naar Henry om thuis te komen tijdens de lunch. Het gênante van seks op bevel. En na afloop, terwijl ik met mijn benen in de lucht op mijn rug lag, spoorde ik de eitjes en het sperma aan zich te mengen, om iets met elkaar te beginnen (ik was er inmiddels van overtuigd dat mijn eitjes doppen hadden, dat ze moeilijk te kraken waren). Ik wilde zo graag kinderen dat het verlangen zich volledig over me uitspreidde en me in gijzeling nam; ik zat er volkomen in verstrikt, en mijn dagen werden net zo donker en verknoopt als ik me voorstelde dat mijn baarmoeder was: een eng, weinig uitnodigend krot.

Toen raakte ik eindelijk zwanger.

En vervolgens verloor ik de baby.

Ik lag op de bank met oude handdoeken onder me, luisterend naar Henry die in de keuken aan het bellen was, en voelde me net zo ontoereikend als dat woord suggereerde. Ik had de baby verloren – als een sleutelbos of een paarlemoeren oorbel. Oftewel een 'spontane abortus', wat klonk alsof we de baby ineens niet meer hadden gewild, alsof we een snelle, ondoordachte keuze hadden gemaakt. En dan was er nog het woord 'miskraam', waar misser in zat, en kraambed.

Nog meer moeilijke tijden. Moeilijk zwanger worden, moeilijk zwanger blijven. Het ging maar door: injecties, gels, pillen, hoop, blijdschap, bedrust, nog meer bedrust. En uiteindelijk wanhoop.

En weer. En weer en weer en weer. Vijf in totaal.

En toen, op een paasochtend – terwijl de kinderen uit de buurt heen en weer renden over gazonnetjes zo groot als een zakdoek, met luide stemmen van door suiker opgevoerde vreugde, gehuld in nieuwe pastelkleurige kleren en met chocoladevegen op hun gezicht, hun mandjes vullend met een overvloed aan eieren – zaten Henry en ik aan onze lange, lege eettafel en besloten ermee te kappen. Te kappen met onze pogingen een baby te krijgen en te kappen met onze pogingen een huwelijk in stand te houden. Henry was degene die de moed had het onder woorden te brengen: Er was geen 'wij' meer, alleen nog onze obsessie, en misschien hadden we ons er daarom wel zo hardnekkig aan vastgeklampt.

Op dat moment leek het alsof ik altijd bedroefd zou blijven. Ik kon niet weten dat de wereld een halfjaar later al compleet zou veranderen, toen ik door Sonoma County reed en de bochtige weg nam die iemand heel toepasselijk Bohemian Highway had gedoopt. 'Vaarwel, Biotech Boulevard!' schreeuwde ik tegen de sequoia's die zich langs de weg verdrongen alsof ze me verwelkomden en het beste toewensten. Bij de brug wachtte ik even toen een paar jongens met dreadlocks en met gitaren op hun rug overstaken om af te dalen naar het strandje aan de rivier, naar me zwaaiend alsof ze me al hadden verwacht. Ik sloeg Elbow in en stopte voor Capozzi's Market. Vaarwel, Droefheid in San Diego.

Joe en ik waren even groot; we konden elkaar recht in de ogen kijken. We glipten elkaars leven in met hetzelfde gemak als waarmee Annie haar hand in de mijne liet glijden, die avond voor de winkel. We gingen niet met elkaar naar bed op onze eerste date. Zo lang wachtten we niet. Vanaf het parkeerterrein reed ik achter hem aan naar zijn huis; ik hielp hem met het verschonen van de luier en het voeden van Zach, las Annie een verhaaltje voor en kuste hen goedenacht, alsof we dat al jaren zo deden. Hoewel we geen van beiden zo pathetisch waren om het cliché te fluisteren dat we dat soort dingen normaal niet deden, gaven we later allebei toe dat we dat gewoonlijk inderdaad niet deden. Maar uit de diepste wonden lekt vaak een gevoel van roekeloosheid. Hij hielp me mijn koffer naar binnen te dragen en vond een vaas voor het boeket korenbloemen – mijn *Centaura cyanus* die ik voor in de auto op de grond had gelegd, meegenomen in de hoop dat ze me geluk zouden brengen. We praatten tot twaalf uur 's nachts, en ik kwam te weten dat de vrouw wier paisley badjas nog aan het haakje op de badkamerdeur hing, hem ruim vier maanden daarvoor had verlaten, dat ze Paige heette en dat ze maar één keer had gebeld om te vragen hoe het met Annie en Zach ging. In de drie daaropvolgende jaren belde ze geen enkele keer. Helemaal nooit. We bedreven de liefde in Paiges en Joe's bed. Ja, het was behoeftige seks. Fantastische behoeftige seks.

Maar nu lag ik in bed en dacht: ik wil alleen maar terug. 'We willen je terug,' fluisterde ik. Ik trok mijn armen onder de zware hoofdjes van Annie en Zach uit en liep op mijn tenen naar de badkamer. Daar stond Joe's aftershave, cederhout met salie. Ik maakte hem open en snoof hem op, depte hem op mijn polsen, achter mijn oren, langs de brok in mijn keel. Zijn tandenborstel. Zijn scheermes. Ik streek met mijn vinger langs het mesje en keek naar het dunne straaltje bloed dat verscheen en dat zich mengde met de restjes van zijn baardharen.

Ik draaide de kranen boven de wastafel open zodat de kinderen me niet zouden horen. 'Joe? Je moet terugkomen. Luister naar me. Ik kan dit echt niet, verdomme!' Die golf was uit het niets gekomen, en nu voelde ik hem in de badkamer; ik kreeg geen lucht meer, verzette me tegen de donderende klap die Joe had meegetrokken… de papa van Annie en Zach. Die al in de steek waren gelaten door hun biologische moeder. Hoeveel konden ze nog aan? Ik moest sterk zijn, voor hen. Maar tegelijkertijd wist ik dat juist hun bestaan ervoor zou zorgen dat ik intact bleef, dat ik niet in stukken uiteen zou vallen.

Ik droogde mijn gezicht af, haalde een paar keer diep adem en deed de deur open. Callie duwde haar koude zwarte neus in mijn hand, ze draaide zich om, sloeg met haar staart tegen me aan en likte mijn gezicht toen ik me bukte om haar te aaien. Omdat ik er voor de kinderen wilde zijn wanneer ze wakker werden, stapte ik weer in bed en wachtte tot de zon opkwam, tot ze hun ogen zouden opendoen.

Annie stond op een krukje eieren te breken. Joe's moeder ging met een spuitbus tekeer in mijn ijskast, de vuilnisbak lag vol afgedankt eten. Ik liep naar Annie toe en omhelsde haar van achteren. De dooiers dreven in de schaal, vier felgekleurde, volmaakte zonnetjes. Ze maakte ze kapot door de garde erin te steken en begon toen geconcentreerd en krachtig te kloppen.

Ze draaide zich naar me om en vroeg: 'Mam? Jij gaat toch niet dood, hè?'

Daar had je het. Ik legde mijn voorhoofd tegen het hare. 'Lieverd, ik zal ooit een keertje doodgaan. Iedereen gaat een keer dood. Maar voorlopig ben ik van plan nog heel, heel lang te blijven leven.'

Ze knikte en bleef knikken, terwijl onze voorhoofden op en neer gingen. Daarna draaide ze zich weer om naar de eieren en vroeg: 'Ben je, nou ja, je weet wel, ben je van plan om gauw weg te gaan?'

Ik wist precies wat ze dacht. Aan wie ze dacht. Ik draaide haar weer om. 'O Banannie. Nee. Ik zal nooit bij je weggaan. Dat beloof ik je. Oké?'

'Beloof je dat echt? Zweer je dat?' Ze hield twee vingers op en ik deed hetzelfde.

'Ik zweer het. Met mijn twee vingers en met mijn hele alles.'

Ze wreef in haar ogen en knikte. Toen ging ze weer verder met eieren kloppen.

Er kwamen voortdurend mensen langs om dingen te repareren: de deur van het kippenhok waarvan het scharnier loszat, een paaltje van de omheining dat maanden eerder tijdens een storm was omgevallen; iemand ververste de olie in de truck. Wie had de truck vanuit Bodega Bay eigenlijk naar huis gereden? Wie had Joe's jack weer aan het haakje gehangen en het dekbed weer op ons bed gelegd, en wanneer? De machinerie kwam weer op gang. In huis rook het naar een Italiaans restaurant. Hoe kon iemand ook maar een hap door zijn keel krijgen? David, de schrijver van de familie, die ook verdomd goed kon koken, zat op de tuinbank die hij ons voor ons trouwen had gegeven, aan de grafrede te werken, terwijl een paar van zijn culinaire hoogstandjes de tafel opluisterden. Iedereen leek iets nuttigs te doen, behalve ik. Ik bleef mezelf voorhouden dat ik sterk moest zijn voor de kinderen, maar ik voelde me verre van sterk.

Mijn moeder, die was overgekomen uit Seattle, verloor Zach geen moment uit het oog en zat met hem in het zand te graven, omringd door zijn konvooi Tonka-trucks en actiefiguurtjes. Joe's moeder en Annie waren druk aan het schoonmaken; soms stopten ze even om elkaars tranen af te vegen, om daarna weer verder te gaan met het boenen van alles wat los en vast zat. Ik merkte dat ik voortdurend heen en weer liep tussen Annie en Zach, om ze tegen me aan te trekken, een zucht te slaken, tot ze zich van mijn schoot lieten glijden en weer verdergingen met wat ze aan het doen waren.

Marcella zong onder het schoonmaken. Ze zong altijd; ze was trots op haar stem, en terecht. Maar ze zong nooit nummers van Sinatra of van mensen van haar eigen generatie; ze zong nummers van de generatie van haar kinderen. Ze was dol op Madonna, Prince, Michael Jackson, Cyndi Lauper – welk nummer uit de jaren tachtig ook, ze kende het. Joe en David hadden me verteld dat Marcella, toen ze jong waren en harde muziek op hun kamers draaiden, altijd vanuit de keuken riep: 'Jongens! Zet die herrie wat harder!'

Terwijl ze de groezelige tegelnaden in mijn keuken met een tandenborstel te lijf ging, begon ze met een oorverdovende sopraanstem te zingen: '*Like a virgin... for the very first time.*' Ik stiet een raar, scherp lachje uit, en ze keek me verschrikt aan. 'Wat is er, liefje? Gaat het?' Het was niet haar bedoeling geweest de draak te steken met mijn huishoudelijke capaciteiten; ze ging zo op in haar verdriet dat niet eens tot haar doordrong wat ze zong. Maar ik wist dat Joe in een deuk zou hebben gelegen, dat we, op een andere dag, in een andere tijdlaag, haar lachend op de tekst zouden hebben gewezen en haar ermee zouden hebben geplaagd. Ze zou hebben gereageerd door met haar dikke achterste te schudden en te zeggen: 'O, is dat zo? Nou, dan weet ik er nog eentje: *The kid is not my son...*' Maar nu nam ze me aandachtig op, op zoek naar verdere tekens van de door rouw ingegeven gekte die bij mijn gillende lachje hoorde. Ik schudde mijn hoofd en maakte een gebaar alsof ik wilde zeggen: laat maar. Ze nam mijn gezicht tussen haar stevige handen. 'Godzijdank hebben mijn kleinkinderen jou als moeder. Ik dank God iedere dag voor jou, Ella Beene.' Ik sloeg mijn armen om haar massieve lijf.

'Waarom ga je niet even zitten?' stelde ik voor, terwijl ik de spuitbus uit haar hand wilde pakken. 'Even uitrusten. Ik zal een kop koffie voor je inschenken.'

Ze trok de spuitbus terug. 'Nee. Dit is wat ik doe. Dit is het enige wat ik kan doen. Uitrusten maakt het alleen maar erger voor me.'

Ik knikte en sloeg nog een keer mijn armen om haar heen. 'Ik snap het.' Marcella had altijd een heilig geloof gehad in de helderheid van Glassex.

De volgende ochtend haalde ik mijn zwarte jurk uit de hoes van de stomerij, stak mijn armen in de lucht en voelde de koele voering over mijn hoofd glijden. Even overwoog ik de plastic hoes over me heen te trekken, om hem strak tegen mijn neusgaten en mond te trekken, zodat ze mij in hetzelfde zwarte gat als Joe konden leggen. Het was de gedachte aan de kinderen die maakte dat ik mijn voeten in de zwarte sandaaltjes stak die mijn beste vriendin, Lucy, voor me had gekocht – 'Je kunt geen Birkenstocks dragen op een begrafenis, schat, zelfs niet in Noord-Californië' – en dat ik beide zilvermet-aquamarijn oorhangers vond die Joe me voor onze eerste kerst samen had gegeven.

Er spraken zesendertig mensen in de kerk. We huilden, maar we lachten ook. De meeste verhalen gingen over de tijd voordat ik Joe kende. Het was een eigenaardig idee dat bijna iedereen in de kerk hem veel langer had gekend dan ik. Ik was de nieuwkomer, maar ik troostte mezelf met de gedachte dat zij Joe niet hadden gekend zoals ik hem kende.

Ik herinner me dat ik na afloop gesprekken voerde die ik niet helemaal kon verstaan, en ook de omhelzingen voelde ik niet echt – alsof ik mezelf toch in dat plastic had gewikkeld. Het enige wat ik voelde, waren de handen van Annie en Zach die ze in de mijne lieten glippen, de stevigheid van hun handpalmen, de druk van hun smalle vingers toen we de kerk uit liepen, toen we bij het graf op de heuvel stonden, toen we naar beneden liepen, naar de auto. En toen trok Annie haar hand uit de mijne. Ze liep naar een aantrekkelijke blonde vrouw die ik niet kende en die aan de rand van de begraafplaats stond. Misschien een oude klasgenote van Joe, dacht ik. De vrouw bukte zich en raakte zacht Annies schouder aan toen die haar handen naar haar uitstak.

'Annie?' riep ik. Ik glimlachte naar de vrouw. 'Het woord verlegen komt niet in haar woordenboek voor.'

De vrouw nam Annies hand tussen de hare, fluisterde haar wat in het oor en zei toen over Annies schouder tegen me: 'Daar weet ik alles van. Maar Annie weet wel wie ik ben, hè, snoepje van me?'

Annie knikte zonder haar hand terug te trekken of op te kijken. Ze zei: 'Mama?'

4

Annie had haar mama genoemd. Zij en Zach noemden mij mam of mammie. Maar niet mama. Nooit mama. Ik had me daar nooit druk over gemaakt of er zelfs maar bij stilgestaan, maar het verschil klonk nu luid en duidelijk over de begraafplaats: mama is het allereerste woord dat wordt geuit als variant op moeder. Het gemurmel van een tevreden baby aan de borst.

Op dat moment herkende ik Paige ook. Ik had ooit een foto van haar gevonden, prachtig zwanger, die in een boek over fotografie zat dat *Capturing the Light* heette – de enige foto die Joe vergeten was, of misschien wilde houden, toen hij het huis van haar had gezuiverd. Ik stond verbaasd van haar schoonheid en zei dat ook. Joe had zijn schouders opgehaald en gezegd: 'Het is een goeie foto.'

Ik begreep nu dat Joe van lange vrouwen hield. Ze was langer dan ik, tegen de 1 meter 80, en ik was het niet gewend om kleiner te zijn dan andere vrouwen. Ik had wat sommige mensen prachtig haar noemden, degenen die toevallig van woest, rood en onhandelbaar hielden. Maar Paige had wat iedereen prachtig haar zou noemen: lang, blond, steil, zijdeachtig, shampooreclamehaar. Door de computer verfraaid haar. Wanneer vrouwen in tijdschriften bladeren, troosten ze zichzelf door te zeggen: 'Die foto is bewerkt. In het echt heeft niemand zulk haar, of zo'n huid, of zo'n lichaam.' Paige had dat allemaal wel, samen met een Jackie O-zonnebril, het enige accessoire dat onze cultuur associeert met stijl, mysterie en een krachtige, rouwende weduwe en moeder... of in haar geval: mama.

Annie had haar mama genoemd.

Dit waren de gedachten die door me heen bungeejumpten in de acht seconden die het haar kostte om elegant overeind te komen, met Annie in haar armen, en met uitgestoken hand naar me toe te lopen. 'Hoi, ik ben Paige Capozzi. De moeder van Zach en Annie.'

Moeder? Definieer 'moeder'. En ze noemde zich nog steeds Capozzi. Capozzi? Joe Capozzi. Annie Capozzi. Zach Capozzi. En Ella Beene. *Een van die dingen klopt niet; een van die dingen hoorde niet in dit rijtje thuis.*

Zach verstopte zich achter me, nog steeds mijn hand vasthoudend.

'Dag, Zach. Wat ben je groot geworden.'

Ik hoorde Marcella naast me mompelen: 'Ja, kinderen worden groot in drie jaar tijd, dame.'

Joe Sr. zei: 'Wat moet zij… Allemachtig zeg.' Hij sloeg zijn arm om Marcella's schouders terwijl ze zich omdraaiden en wegliepen.

Ik overwoog om me aan Paige voor te stellen. Hoi, ik ben Ella, de moeder van Zach en Annie. Alsof we meededen aan *Wie van de Drie*. Ik zei niets. Er kwamen meer mensen bij ons staan. Joe's familieleden, op zijn ouders na, begroetten haar om de beurt gereserveerd en beleefd; je zou haast denken dat ze Britten waren, en geen Italianen. David, die naast me stond, zei: 'Goh, wat leuk om je eindelijk weer eens te zien, Paige. Je ziet er behoorlijk stralend uit…' Zacht fluisterend vervolgde hij tegen mij: 'Voor een begrafenis.'

Tante Kat, die zich altijd gedroeg als een welkomstcomité samengebald in één kleine vrouw, kreeg het met moeite voor elkaar om te zeggen: 'Ga ook mee naar het huis. We gaan allemaal naar het huis.'

Iedereen keek me aan.

David zei: 'Wat gastvrij van u, tante Kat, om Paige uit te nodigen bij Ella thuis.'

Ik voelde mijn mondhoeken opkrullen; ik hoorde mezelf tegen Paige zeggen: 'Ja, natuurlijk, kom alsjeblieft met ons mee.' Ze had Annie inmiddels weer op de grond gezet, en Annies hoofd ging tussen ons heen en weer, als dat van een umpire bij een tenniswedstrijd. Mijn hakken zakten weg in het gras.

Paige zei: 'Dat zou ik heel leuk vinden. Ik vlieg pas morgen weer terug. Dank je.'

Ik wilde niets over Paige weten – niet waar dat vliegtuig haar naartoe zou brengen, niet wat ze voor de kost deed, niet of ze nog meer kinderen had, en mocht dat het geval zijn, niet of ze deze keer wel zou blijven om ze groot te brengen. Maar goed, ze ging weer weg. Ze zou een uurtje of zo bij ons thuis de laatste eer bewijzen aan de man die ze duidelijk niet had geëerd toen hij nog leefde, en dan zou ze weer wegrijden, en morgen zou ze wegvliegen, heel ver weg, terug naar het Land van de Moeders die hun Kinderen in de Steek Lieten.

De kinderen en ik reden met Gil en David mee terug naar huis. David draaide zich om om iets te zeggen, keek even naar Annie en Zach, die aan weerszijden van me zaten, en besloot er toen blijkbaar het zwijgen toe te doen en weer voor zich uit te kijken. Ik staarde naar het ovale litteken op Gils kale kop en vroeg me af hoe lang het onder zijn haar verborgen had gezeten, voordat hij had besloten het er allemaal af te scheren. Was het van een wond van toen hij nog heel klein was, of van een fietsongeluk in zijn tienerjaren, of was het van iets recenters? Een ruzie met een krankzinnige minnaar, van voordat hij David had leren kennen?

Annie slaakte een zucht en zei: 'Ze is heel mooi!'

Annie was drie geweest toen Paige was weggegaan. Hoeveel kon ze zich in vredesnaam nog herinneren? Ik vroeg haar: 'Herinner je je haar nog, Banannie?'

Annie knikte. 'En ze ruikt ook nog steeds heel lekker.'

Ze herinnerde zich haar geur. Natuurlijk. Ik had ook de geur opgesnoven van al Joe's onlangs nog gedragen T-shirts, blij met mijn neiging om de vuile was te laten liggen. Iedere keer dat ik in de badkamer langs zijn badjas liep, rook ik er even aan, en ik depte ook zijn aftershave op mijn polsen. Natuurlijk herinnerde Annie zich haar geur.

Thuis bleef ik bij Paige uit de buurt. Het was niet moeilijk om te volgen waar ze was, want de vloer leek in haar richting af te hellen, alsof we ons op een vlot bevonden en ik van veren was gemaakt en zij van goud. Annie kwam tegen me aan staan, en ik streek haar haren naar achteren en gleed even met mijn vingers door haar staart. En toen was ze alweer weg, ze nam Paige aan de hand mee naar de kinderkamer. Mijn trouwste bondgenoot, Lucy, fluisterde in mijn oor: 'Dat mens heeft lef, zeg,' maar verder sneed niemand het onderwerp aan. Het lijkt erop dat mensen op begrafenissen hun oude rancunes thuislaten.

Maar toch. Ik had helemaal geen zin om op de dag van zijn begrafenis gezellig met Joe's ex-vrouw te gaan babbelen, en ook niet op een andere dag. Wat wilde ze? Waarom was ze gekomen? Annie bleef haar tijd verdelen tussen ons tweeën, alsof ze zich daartoe verplicht voelde, terwijl ze eigenlijk aan niemand anders had moeten denken dan aan zichzelf en haar papa. Zach verdeelde zijn aandacht tussen Marcella, mijn moeder en mij.

Op een gegeven moment kwam ik een hoek om en zag ik dat Paige en Franks vrouw Lizzie elkaar huilend omhelsden. Het bloed steeg me naar het hoofd, en ik liep snel terug naar de volle keuken. Hoewel Frank al sinds de basisschool Joe's beste vriend was, kon je de keren dat ik bij Frank en Lizzie thuis was geweest op de vingers van één hand tellen. Lizzie en Paige waren nauw bevriend geweest. En dus, zo had ze me meteen te verstaan gegeven bij onze eerste ontmoeting, kon ze geen vriendschap met mij sluiten. Toen ik haar de hand schudde, had ze mijn hand tussen de hare genomen en gezegd: 'Je lijkt me best aardig. Maar Paige is mijn beste maatje. Ik hoop dat je dat begrijpt.' En daarna had ze zich omgedraaid en was weggelopen om zich bij een ander groepje aan te sluiten. Sinds die keer groetten we elkaar, deelden we wat nieuwtjes uit over de kinderen, maar echt met elkaar praten deden we nooit. Joe en ik kregen ook nooit Frank en Lizzie te eten, maar altijd alleen Frank. Hoewel iedereen in Elbow even aardig voor me was, stak Lizzies afwijzing af en toe pijnlijk de kop op, als een scherp kiezelsteentje in een volmaakt passende schoen.

Ik schepte wat eten op papieren bordjes voor Annie en Zach, maar het duurde niet lang voordat ze tekenen van opperste vermoeidheid begonnen te vertonen: Zach lag over mijn schoot duim te zuigen, met in zijn hand zijn Bubby, zoals hij zijn geliefde blauwe konijntje noemde waar alle vulling allang uit was; Annie was juist door het dolle heen, ze rende rondjes, wat ze vaak deed vlak voordat ze instortte. 'Kom op, jongens. Ga iedereen welterusten zeggen, dan breng ik jullie naar bed.'

'Nee!' jengelde Annie. 'Ik ben niet moe.'

'Lieverd, je bent helemaal op.'

'Sorry, maar ben jij mij of ben ik mij?' Ze had een hand op haar heup geplant en wees met de wijsvinger van haar andere hand naar haar borst. Paige gluurde om het hoekje.

Ik haalde diep adem. Annie gedroeg zich soms als een puber van zes. We waren gewoon allemaal op. 'Jij bent jij. En ik ben ik. En ik ben mammie, zoals in mam.' Ik wees naar mijn eigen borst. 'Ik.' Ik stond op. 'En wat mam zegt doe jij.'

Ze lachte. Ik slaakte een zucht van verlichting. 'Die is goed!' zei ze opgetogen. 'Daar had je me!' Toen ik opkeek, zag ik dat Paige zich omdraaide. De kinderen maakten hun welterustenrondje, Paige omhelsde hen allebei, hurkte bij hen neer en praatte tegen hen. God, wat was het raar om haar hier te zien, in ons huis, waar ze met onze mensen kletste en onze kinderen vasthield.

In hun kamer ging ik in de oude schommelstoel zitten; de kinderen klommen bij me op schoot en bleven daar zitten tot ze in slaap vielen, wat al na zo'n vijf minuten gebeurde. Naast de schommelstoel zag ik een kist vol oude boeken staan die ik achter in de kast had gezet. Hadden de kinderen hem eruit gesleept, hadden ze iets gezocht? Het waren voornamelijk boeken waar ze te oud voor waren geworden of die ze niet meer leuk vonden, maar misschien waren sommige nu weer als nieuw voor hen. Of misschien had Annie ze aan Paige laten zien.

Ik glipte de kamer uit en sloot zachtjes de deur. David gaf me een glas Jack Daniel's en fluisterde: 'Ze is weg. Foetsie.'

Ik was niet echt een Jack Daniel's-drinker, maar ik bracht het glas naar mijn lippen en dronk het in één teug leeg. Toen pakte ik Joe's donsjack en ging naar buiten. Het was gaan misten en de koude lucht had iedereen naar huis verjaagd, behalve de intieme vrienden en familieleden, die zich binnen hadden verscholen om in fotoalbums te bladeren en dronken te worden. Ik keek naar hen door het grote raam, een portret van een familie die probeerde te overleven; het warme lamplicht omhulde hen als oude, zachte, afgedragen liefde.

Ik trok Joe's jack aan en liep naar de moestuin. Ik wilde tomaten, bosuitjes en kool als gezelschap. Ik verlangde ernaar om me tussen hun rijen uit te strekken en mijn gezicht te begraven in de geurige, vochtige aarde. Misschien dat ik daarna naar de sequoia's zou lopen om midden in die donkere kathedraal van bomen te gaan liggen, Onze Lieve Vrouwe van de *Sequoia sempervirens*. Joe had me verteld dat de Pomo-indianen denken dat de bossen op een bepaalde dag in oktober kunnen praten, dat ze dan de wensen van de mensen vervullen. Maar oktober was nog ver weg.

Lucy kwam achter me aan rennen. 'Niet in je eentje gaan ronddwalen.'

'Waarom niet, als ik vragen mag?'

'Je hebt een vriendin nodig. En een fles goede wijn. Nog beter zelfs, een vriendin met haar eigen wijngaard.' Ze hield een fles wijn zonder label op; de ontwerper werkte er nog aan.

'Oké, maar dan wil ik ook een sigaret van je bietsen.'

Ze schudde haar hoofd. 'Die heb ik niet bij me.'

'Liegbeest. Je moet ongesteld worden.' Ik was vijftien jaar daarvoor met de smerige gewoonte om te roken gestopt toen ik biologie studeerde in Boston, en ze ons een foto van rokerslongen lieten zien. Ik had me getransformeerd tot een echte ex-roker: een intolerante fanatiekeling die vol vuur verkondigde dat een vuurtje er bij haar niet meer in kwam. Maar die avond leek een sigaret zaligmakend. En Lucy behoorde tot die zeldzame soort die een paar keer per maand een paar sigaretten kon opsteken, wanneer ze gestrest was, meestal vlak voordat ze ongesteld moest worden. Ik wist wanneer dat was, omdat onze menstruatiecycli gelijkliepen. Maanzusters. We hadden elkaar pas leren kennen toen ik in Elbow was komen wonen, maar we hadden meteen een vanzelfsprekend verbond gevormd dat verder ging dan onze cycli. Ze had lang zwart haar en zei altijd dat zij eigenlijk degene met rood haar had moeten zijn, omdat ze Lucy heette, net als Lucy Ball. Soms noemde ze me Ella Mertz, naar de buurman van Lucy Ball. David en zij waren mijn beste vrienden geworden. Op Joe na dan.

We gingen op het bankje bij de moestuin zitten en rookten zon-

39

der iets te zeggen. Ik kreeg keelpijn van de sigaret en werd er ook een beetje duizelig van. Ze gaf me de fles.

'Geen glazen? Is dat de laatste mode bij de wijnproeverijen in Sonoma County?'

'Ja, maar meestal doen we dan ook nog een bruine papieren zak om de fles.'

'Heel chic.' Ik hield de fles schuin en nam een slok pinot noir.

Achter ons klonk een stem: 'Ik wilde alleen even gedag zeggen.' Als door een wesp gestoken draaide ik me om naar Paige, die me een hand wilde geven. Dat kon ik niet, want in mijn ene hand had ik de fles wijn en in mijn andere een Marlboro Light. Beter had ik het niet kunnen verzinnen.

'O sorry…' Ik stampte de sigaret uit en gaf de fles terug aan Lucy. 'Ik dacht dat je al weg was.'

'Ik bedacht dat ik nog geen woord met je had gesproken sinds we hier zijn, dus ik wilde je er even voor bedanken dat ik mee mocht komen. Ik snap dat dit een moeilijke tijd voor je is.'

Ik bestudeerde haar, zag de oorsprong van Annies ogen, van haar wilskrachtige kin, van Zachs edele voorhoofd. 'Dank je.'

'Je hebt het goed gedaan met de kinderen,' zei ze met een stem die heel even brak, een haarscheurtje in de marmeren godin. 'Nou, dan ga ik maar eens.'

Ik stond op. Ze stak haar kin naar voren. Ik wilde niet dat ze me omhelsde en nam aan dat ze waarschijnlijk ook niet wilde dat ik haar zou omhelzen. Maar we hadden de hele dag mensen omhelsd – dat doe je nu eenmaal bij dit soort gelegenheden –, dus klopten we elkaar stijfjes op de rug, een stijve net-niet omhelzing. Ze rook lekker, veel lekkerder dan ik. Lekkerder dan sigarettenrook en drank.

Toen ik eindelijk kon gaan slapen, hadden de kinderen hun bedden al verruild voor het onze – het mijne. Ik was blij dat ze bij me waren. Om ongeveer twee uur 's nachts schoot Annie overeind en riep: 'Ha, papa!' Ik schrok wakker, in de verwachting hem te zien staan, over ons heen gebogen en zeggend dat we ons moesten aankleden, omdat we gingen picknicken.

Annie glimlachte in het gesluierde maanlicht; ze had haar ogen nog dicht. Ik wilde wel in haar droom kruipen en daar samen met haar blijven. Callie zuchtte en legde haar kop op mijn voeten. Zach zoog luidruchtig op zijn duim, terwijl ik probeerde op het ritme ervan de slaap weer te vatten. De uitputting had bezit genomen van al mijn spieren, botten, van alle organen – behalve van mijn hersens, die zigzaggend en onophoudelijk alle momenten van mijn leven met Joe nagingen. Ik probeerde mijn gedachten te leiden naar de paar gesprekken die we over Paige hadden gevoerd, in een poging alle informatie op te diepen die ik toen op de stapel 'wat geweest is, is geweest' had gegooid. Ik had destijds niet in het verleden willen leven, niet in dat van hem en niet in dat van mij. Ik had geen vragen gesteld, omdat ik de antwoorden niet had willen horen.

Maar ik had wel willen weten of het echt voorbij was tussen hen, of er echt geen kans bestond dat ze weer bij elkaar zouden komen. Het laatste wat ik wilde, was stoken in een huwelijk.

Die eerste avond dat ik met Joe mee naar huis was gegaan nadat we elkaar net hadden ontmoet, was het enige bewijs van Paiges bestaan haar badjas geweest. En toen ik de avond daarna terugkwam na een hele dag op banenjacht te zijn geweest, was de badjas verdwenen. Joe moest alles van Paige uit huis hebben verwijderd, want ik had daarna nooit meer enig bewijs van haar bestaan gevonden, behalve dan die ene foto waarop ze zwanger was.

'Vier maanden geleden,' vertelde Joe, de enige keer dat hij bereid was iets uit te leggen, vlak nadat we elkaar hadden leren kennen. 'Toen ik met de kinderen voor de zondagse lunch bij mijn moeder was, heeft ze haar spullen gepakt.' We lagen in bed, een kaarsvlam maakte bewegende schaduwen op de muur, lang nadat we zelf waren gestopt met bewegen. 'Ze nam al haar kleren mee, behalve haar badjas, waar ze zo'n beetje in woonde.'

Hij zei dat Paige depressief was geweest. Dat was zelfs zover gegaan dat ze vergat te douchen en schone kleren aan te trekken. Ze ging bij haar tante wonen, op een woonwagenterrein vlak bij Las Vegas, en liet alles achter zich: de prachtige natuur in Elbow, hun gezellige huis, en niet te vergeten Joe en Annie en Zach. Maar ze wilde hem niet zien, wilde hem niet spreken. Ze had alleen een afscheidsbrief achtergelaten.

'Ze schreef dat het haar speet, maar dat ze niet voor het moederschap in de wieg was gelegd. Dat de kinderen beter af waren zonder haar. Ze schreef dat ze van hen hield, maar dat ze niet goed voor hen was. Ze zei dat ze wist dat ik het aankon, dat ik van nature een vader was, zoals zij van nature geen moeder was, dat mijn familie me wel zou helpen… bla bla bla *fucking* bla.'

'Wat ironisch,' zei ik. Ik overwoog nog even om mijn eigen mislukkingen voor me te houden, maar dat had eigenlijk geen zin meer, want ik had toch al alle geboden van het daten overtreden. 'Ik wilde juist graag kinderen, maar het lukte niet. Ik werd ook depressief en lethargisch… Mijn ex zou je dezelfde verhalen kunnen vertellen over drie dagen in dezelfde kleren rondlopen en vergeten te douchen.'

Ik vertelde hem over de vijf baby's die het niet hadden gered. We hielden elkaar nog steviger vast, alsof onze omhelzing kon dienen als een volmaakt passende gietvorm die alle kapotte onderdelen van ons kon helen.

Mijn moeder had op de bank geslapen, ze had de houtkachel al aangestoken en stond koffie, havermoutpap en toast met eieren te maken toen ik opstond. Mijn moeder stond in mijn keuken in haar eigen badjas en pantoffels; ze zag eruit als een oudere versie van mij – lang, slank, een beetje een hippie –, alleen had ze peper-en-zoutkleurig haar. Ik had mijn rode haar van mijn vader. Ze stak haar armen naar me uit, met rinkelende zilveren armbanden, en ik begroef me in haar omhelzing. Omdat haar man – mijn vader – was gestorven toen ik acht was, wist ze wat ik doormaakte. Ze wist bepaalde dingen, maar sommige daarvan waren onbespreekbaar. Ik hield van mijn moeder, maar we hadden nooit echt een moederdochterband gehad zoals ik die bij vriendinnen zag. Ik had nooit tegen haar gegild dat ik haar haatte; we hadden niet het noodzakelijke losmakingsproces gekend waarbij ik mijn individualiteit claimde, doordat de schaduw van mijn vaders dood in feite altijd tussen ons

in was blijven hangen, zodat we ons beleefd en lichtelijk afstande-
lijk gedroegen. Toch hield ik van haar. Ik bewonderde haar. En in
zekere zin had ik gewild dat ik me hartstochtelijk en veilig genoeg
bij haar had kunnen voelen om mijn woede en puberangsten op haar
bot te vieren. Maar dat deed ik niet, ik gaf haar een kus op de wang,
verdween naar mijn kamer en maakte mijn huiswerk voor biologie
af.

Ik schonk koffie voor mezelf in en schonk mijn moeder bij. De
mist van gisteravond was nog steeds niet opgetrokken; de kille, grijze sluier wikkelde zich om de bomen, alsof hij hen wilde beschermen tegen de kou die hij zelf verspreidde. Het huis blonk echter,
letterlijk. Mijn gebrek aan huishoudelijke kwaliteiten had ik van mijn
moeder geërfd, dus aan haar lag het niet. Gisteravond had Joe's moeder op haar jichtige knieën de houten vloer geboend, achteruitkrui-
pend naar de voordeur. Ze had de hele afwas gedaan, de compostemmer geleegd en flessen, plastic en papier in de daarvoor bestemde
bakken gedaan. Het enige wat nog herinnerde aan de begrafenis was
de volle ijskast, de stapel condoleancekaarten van oude en nieuwe
vrienden, en de witte lelies, irissen, *Lisianthus* en orchideeën die het
aanrecht en de oude hutkoffer die we als koffietafel gebruikten, leken te overwoekeren.

Terwijl mijn moeder en ik koffiedronken bij de kachel vroeg ik
haar zo terloops mogelijk: 'Nou? Wat vond je van Paige?'

Ze haalde ietwat omzichtig haar schouders op. 'Een beetje… ik
weet niet… Het eerste wat je denkt is nogal Barbie-achtig, geloof ik.
Of misschien is het onzekerheid. Ze is vreselijk stijfjes. En haar en-
kels zijn een beetje aan de dikke kant, vond je ook niet? Hoe dan
ook, ze lijkt totaal niet op jou.' Iets wat alleen een moeder kon zeggen.

'Onzeker? Ze is zo… beheerst.'

Mijn moeder maakte een wegwerpgebaar en zei toen: 'Het was
vast niet makkelijk om hiernaartoe te komen… Maar mensen willen zichzelf graag een goed gevoel geven. Dus ik begrijp wel waarom ze er was. God, als je eens wist wie er allemaal op de begrafenis
van je vader waren.'

Ze had het zelden over mijn vader. 'Is dat zo? Wie dan bijvoorbeeld?'

'Ach, gewoon. Ik herinner me dat niet meer precies. Het is lang geleden, Jelly.'

Deur dicht. Ik wist dat het geen zin had om aan te dringen. 'Maar wat wil Paige precies? Ik maak me zorgen om de kinderen.'

'Jij bent al drie jaar hun moeder. Dat weet iedereen. Ook Paige. En nu Joe er niet meer is, ben jij de enige constante ouder in hun leven.'

'Stel je voor dat ze terugkomt.'

Ze nam een slokje koffie, zette haar mok met de tekst FOTOGRAFEN DOEN HET IN DE DOKA erop neer. Een cadeautje dat de onschuldige Annie per se aan Joe had willen geven. 'Ik betwijfel of Paige ineens haar plaats zal willen opeisen. Na drie jaar niets van zich te hebben laten horen. En wat dan nog? Zoals ik al zei, iedereen ziet zo dat jij hun echte moeder bent.' Ze boog zich naar me toe om mijn hand beet te pakken en kneep erin. Ze zei: 'We moeten met de papieren aan de slag. Ik snap best dat dat wel het laatste is waar je zin in hebt, maar…'

'Ik heb helemaal nergens zin in.'

'Dat snap ik. Maar ik kan je ermee helpen. En ik heb nog maar een paar dagen.' Ze zei dat we de polis van de levensverzekering moesten bekijken, dat we de Sociale Dienst moesten bellen, en dat we de overlijdensakte moesten opvragen. Ze rechtte haar rug en streek haar badjas glad over haar schoot. 'Jelly, ik wil best bellen, maar uiteindelijk zullen ze toch jou willen spreken… oké?'

Nee. Het was niet oké. Maar toch knikte ik.

Ze klopte me op de knie en stond op. 'In elk geval is het een mooie afleiding van die Paige.'

5

Marcella kwam op de kinderen passen terwijl mijn moeder en ik naar Santa Rosa reden om de papierwinkel die bij de dood hoorde, af te handelen. Ik staarde door de voorruit naar de mensen die de gebruikelijke dingen deden – de straat oversteken, uit gebouwen komen lopen, uit geparkeerde auto's stappen, geld in de parkeerautomaat stoppen, *lachen* – toen mijn moeder ons weer terugreed naar Elbow, naar de winkel. Ik had haar niet verteld dat Joe een oude levensverzekeringspolis had, die we net hadden willen laten aanpassen. En met net bedoelde ik dus nog net niet. Hij had wel met de verzekeringsagent van Franks vader gesproken, maar verder had ik hem er niet meer over gehoord. Volgens mij was de oude polis zo'n $ 50.000 waard, wat mij nog even de tijd zou geven om te bedenken hoe het verder moest, maar ook weer niet al te veel tijd, en daar zou mijn moeder zich vast zorgen om gaan maken.

In San Diego had ik in een laboratorium gewerkt, in wat we voor de grap altijd 'de absolute voorhuid van de biotechnologie' hadden genoemd, in plaats van 'voorhoede', maar ik had mijn kennis niet bijgehouden, had dat niet eens gewild, aangezien ik al bijna op de eerste dag daar had ontdekt dat ik het vreselijk vond om in een lab te werken. Als kind had ik *De kleine luistervink* gelezen, en daarna wist ik zeker dat ik spion wilde worden, of op zijn minst detective. Ik liep rond met de vogelkijker van mijn vader, bungelend om mijn nek, en met een geel spiraalbloc in mijn achterzak. Ik bespioneerde de postbode. Ik bespioneerde de buren. Ik bespioneerde de mensen die bij ons over de vloer kwamen. Ik maakte aantekeningen, net als mijn vader deed wanneer we vogels gingen kijken. Maar na zijn dood raakte ik mijn nieuwsgierigheid naar mensen kwijt. Ze waren te ingewikkeld om in een paar haastig neergeschreven aantekeningen te vatten, hun gedrag was te onvoorspelbaar en te onthutsend. Ik richtte mijn aandacht vanaf dat moment op de planten en dieren, waarover mijn vader me vlak voor zijn dood was gaan onderwijzen, en later studeerde ik af in de biologie. Op de een of andere manier had ik de verkeerde afslag genomen, en het was ermee geëindigd dat ik in dat biotechlab door een microscoop naar cellen zat te staren in plaats van rond te banjeren door de velden en meren en bossen.

Ik had nu wel die baan als gids voor Fish and Wildlife, maar die was parttime, en we zouden daar niet met ons drieën van kunnen leven én ook nog de winkel mee kunnen openhouden. De winkel was eerst van grootvader Sergio geweest en daarna van Joe Sr., van wie Joe hem weer had zullen erven.

Sergio was de zaak begonnen om de Italiaanse immigranten een plek te geven waar ze niet alleen hun inkopen konden doen, maar waar ze ook hun erfgoed levend konden houden, hun nostalgische verlangen naar hun moederland konden vervullen. Maar tijdens de Tweede Wereldoorlog was een aantal van de Italiaanse mannen, onder wie ook Sergio, naar interneringskampen gestuurd. Toen Joe me dat had verteld, had ik dommig gevraagd: 'Was Sergio dan een Japanner?'

Joe lachte. 'Nou nee, niet bepaald.'

'Ik heb nog nooit gehoord dat er Italianen werden geïnterneerd. Hoe kan dat nou?'

Joe legde uit dat er ook een aantal Italianen en Duitsers naar kampen waren gestuurd, hoewel veel minder dan Japanse Amerikanen. En Italianen die in kustplaatsen woonden, moesten verhuizen. Veel mensen uit Bodega kwamen naar Elbow. Maar het had wel een reden dat ik nog nooit over de internering van Italianen had gehoord: niemand sprak erover. De Italiaanse Amerikanen praatten er niet over, en de Amerikaanse regering evenmin.

'Maar het is wel gebeurd,' zei Joe. 'Grootvader wilde het er niet over hebben. Hetzelfde geldt voor mijn vader. Maar daarom wilden Sergio en Rosemary dat we ze grootvader en grootmoeder noemen, en niet *nonno* en *nonna*. Tijdens de oorlog werd er veel druk uitgeoefend om geen Italiaans te spreken. Een ander gevolg was dat Capozzi's Market zijn motto "alles Italia" kwijtraakte en een veramerikaniseerde hybride werd. Velveeta kwam in de plaats van mozzarella. Volgens mij is de winkel toen – net als grootvader Sergio – zijn… zijn passie kwijtgeraakt.' Hij haalde zijn schouders op. Na een lange stilte voegde hij er nog aan toe: 'Door te willen zijn wat ze dachten te moeten zijn. Door op safe te spelen.' Terwijl Joe's stem wegstierf, vroeg ik me af of hij het niet net zozeer over zichzelf had als over Sergio. Maar ik informeerde er niet naar. Iets in me wilde het niet weten.

Mijn moeder draaide het parkeerterrein op waar ik Joe had leren kennen. De houten hordeur sloeg met een klap achter ons dicht toen we naar binnen gingen; de vloer begroette ons krakend. Joe was overal. Elk detail, hoe alledaags ook, had nu betekenis. De winkel – hybride of niet – was gecomponeerd, net als zijn foto's. Op de een of andere manier, en ik weet niet precies hoe hij het deed, door de manier waarop hij alles uitstalde – van de sinaasappels en citroenen, de uien en de prei, de spruitjes en de artisjokken en kool op de groenteafdeling, tot aan de schappen met blikken en dozen en zelfs het vlees en de vis in de vitrine – vulden alle spullen elkaar aan, zodat je, wanneer je de oude hordeur opendeed, de ventilator boven je voelde draaien en de mengeling van oud hout, verse groente en warme koffie rook, zijn handschrift op het schoolbord zag, met de specialiteiten van de dag, het gevoel kreeg dat je een foto binnenwandelde uit een tijd waarin alles nog gezond en goed was.

Maar de winkel die Joe was geweest, was nu al aan het verflauwen. Zijn nichtje Gina had haar best gedaan, maar haar precieze handschrift op het schoolbord deed me denken aan een klaslokaal, niet aan een delicatessenzaak. De groente maakte een vermoeide indruk. Ik rook chloor, geen soep. In een van de gangpaden zag ik iets wat niet van de laatste paar dagen kon zijn: een laagje stof op de blikken soep en dozen met pasta.

Ik omhelsde Gina, die net zo verlept was als de sla, en ging toen naar boven, naar Joe's kantoor. Ik streek even zacht over zijn bureau alvorens de rechterla open te trekken; ik schoof dossiermappen opzij en pakte die waar Levensverzekering op stond. Daar stond het: $ 50.000. Marcella en Joe Sr. hadden de polis voor hem gekocht toen hij met Paige trouwde, jaren voor de geboorte van de kinderen. We hadden hem veranderd, mij als begunstigde aangewezen, maar van het bedrag verhogen was al die tijd niets gekomen. Ik vond de formulieren van Hank Halstrom, al gedeeltelijk ingevuld door Joe, maar die golf was compleet onverwacht gekomen, en de formulieren lagen nog steeds te wachten tot ze verder zouden worden ingevuld en verzonden, te wachten tot de zaken weer wat zouden aantrekken en we ons de hogere premie konden veroorloven.

Daar, op de eerste bladzijde, had je het handschrift dat op het schoolbord had moeten staan, het jongensachtige handschrift. Ik gleed met mijn vinger over de letters. Nog niet zo lang geleden had hij op deze plek gezeten, gebogen over deze formulieren, voor het geval dat... ooit... Had hij toen aan zijn eigen dood gedacht? Over het hoe? Of wanneer? Of over hoe wij drieën een manier zouden moeten vinden om de volgende dag op te staan, zonder hem, en de dag daarna ook?

Ik pakte een papieren zakdoekje uit mijn zak en depte de traan weg die op het formulier was gevallen. Ik zou niet weer beginnen. Ik drukte het zakdoekje tegen mijn ogen, alsof ik de tranen terug kon duwen in hun traanbuisjes. In bepaalde opzichten was het in de winkel moeilijker dan thuis. Had ik eigenlijk wel eens een voet in het kantoor gezet zonder dat Joe erbij was? Hij was de laatste die in deze stoel had gezeten, met zijn ruwe ellebogen op dit bureau, hij had ons nummer ingetoetst op deze telefoon en in de hoorn gezegd: 'Hoi, ik ga zo naar huis. Ik heb de melk en de pindakaas. Moet er nog meer komen?'

Mijn moeder wachtte op me. Ik pakte het verzekeringsdossier en een map met een dikke stapel enveloppen erin, die op het bureau lag.

Ik had me nooit met de rekeningen bemoeid. Toen ik bij hem introk, had Joe er al een systeem voor gehad. Bovendien was ik heel erg slecht in dat soort dingen. Mijn moeder ging me zo meteen vast vertellen dat dit mijn kans op persoonlijke groei was. Tijd om de hele papierhandel te omhelzen. Tijd om te stoppen met janken en naar huis te gaan, naar Annie en Zach.

Ik liep de trap af, bedankte Gina en zwaaide nog even naar haar. Ze knikte; haar ogen achter haar brilletje waren nog steeds een beetje opgezet. Ze was onlangs teruggekeerd naar Elbow nadat ze bij de Zusters van Barmhartigheid was weggegaan. Op tweeëndertigjarige leeftijd was ze tot het inzicht gekomen dat ze geen non wilde zijn, en die beslissing deed haar nog steeds duizelen. Onder elkaar hadden Joe en ik haar zijn ex-non-nicht genoemd.

Terwijl ik de deur openhield voor mijn moeder, drong het tot me door dat er geen enkele klant was geweest sinds we hier waren, en het was nog wel tussen de middag. Ik wist dat de zaken slecht liepen, maar zo slecht?

'Heb je het gevonden?' vroeg mijn moeder, terwijl ze de jeep achteruit het parkeerterrein afreed.

Ik knikte. Een paar minuten later sloegen we al ons pad in, waar Callie op ons af kwam rennen. Op mijn plek stond een Ford Fiesta. Mijn moeder en ik keken elkaar met opgetrokken wenkbrauwen aan. We hadden geen van beiden zin in bezoek, hoewel het allemaal aardig bedoeld was.

De schoenen van de kinderen stonden in een nette rij bij de voordeur opgesteld. Wat efficiënt van ze, dacht ik, terwijl ik een van Annies roze hoge sneakers oppakte. Ze zaten niet eens onder de modder. Misschien hadden ze dat bij Lizzie geleerd. Ik vond haar wel het type om een handgeschilderd bordje te hebben hangen waarop stond: FIJN DAT JE JE SCHOENEN HEBT UITGEDAAN. Ik was daar zo weinig geweest, en de laatste keer was al zo lang geleden, dat ik me niet kon herinneren wat hun schoenenbeleid was; bovendien, wat kon ik op minder moddervoeten in huis tegen hebben? Maar aan de andere kant van de paraplubak stond een paar leren pumps van Kenneth Cole. Ik had Marcella nog nooit op hakken gezien die hoger waren dan 2,5 centimeter. Ik deed de hordeur open en riep zo opgewekt mogelijk: 'Banannie, Zachosaurus, ik ben thui-uis!' Niemand die op me af kwam rennen om me te begroeten. Niemand die riep: 'Ha, mam!'

Ik liep naar binnen, legde de dossiermappen op het bureau en keek door het raam. Misschien waren ze buiten aan het spelen zonder dat ik het had gezien. Annies lach kwam uit hun kamer. Ik liep door de gang en deed de deur open. Daar, in onze schommelstoel, zaten Annie en Zach bij Paige op schoot. Zach streelde zijn wang met een lok van haar zachte haar. Paige had haar armen stevig om hen heen geslagen, als een omheining; haar handen hielden een opengeslagen boek vast, alsof dat het hekje was. Het was een boek van P.D. Eastman, dat in de kist in de kast had gelegen. Het omslag schreeuwde me toe: *Ben jij mijn moeder?*

6

'Ik heb mijn vliegtuig gemist,' zei ze, terwijl ze het boek dichtsloeg en met de voorkant naar beneden in haar hand hield. 'Marcella zal zo wel terugkomen. Ze is even gaan kijken hoe het met tante Sophia gaat.'

Ik knikte, ik bleef maar knikken. Ik trilde zo hard over mijn hele lichaam dat mijn knieën ervan knikten. Door de nog vochtige lucht klonk het snerpende *ka-ka-ka* van een kraai die zijn lievelingstak of paaltje verdedigde.

Annie grinnikte naar me, maar Zach had zich al van Paiges schoot laten glijden en pakte mijn been vast. Ik tilde hem op, snoof zijn frisse, kleiachtige geur op, dat nu was vermengd met de steeds vertrouwdere geur van het parfum van Paige – jasmijn, dat wist ik wel bijna zeker. En citrusvruchten. Maar hij droeg sporen van een parfumerieafdeling bij zich, niet van een tuin of van sinaasappelbomen.

Mijn moeder, die me achterna was gelopen, legde haar hand stevig op de mijne. 'Hallo,' zei ze tegen Paige. 'Zal ik dan misschien een taxi voor je bellen om je naar het vliegveld te brengen?'

Paige schudde haar hoofd. 'Ik heb een huurauto.' Ze keek op haar horloge. 'Het wordt inderdaad tijd dat ik maar eens ga.'

Dat, dacht ik, is nog een understatement.

Ik zei: 'Als er files staan, doe je er zo een paar uur over... Waar gaat je vlucht naartoe?' Siberië? Antarctica? De maan?

'Las Vegas. Ik heb mijn kaartje op de salontafel gelegd...'

Wat zou ik verdomme met jouw kaartje moeten?

'De kinderen kunnen me altijd bellen.'

Waarom zouden ze je willen bellen? Ze kennen je niet eens. Ze kennen de loodgieter nog beter dan ze jou kennen en hem bellen ze ook niet.

Annie kreeg een pijnlijk lange knuffel van haar. Mijn moeder trok haar wenkbrauwen weer op. De kraaien kraaiden opnieuw. De *Cor-*

vus brachyrhynchos. Kraaien hebben een slechte reputatie, maar het zijn hoogst intelligente vogels die zich aan alle omstandigheden weten aan te passen, en ik verdedig ze altijd wanneer mensen over ze klagen. Elke roep heeft een andere betekenis. Ik wist bijna zeker dat deze een of andere waarschuwing was. Eindelijk liet Paige Annie los, ze stond op en stak haar armen uit naar Zach, die ik iets te stevig vasthield. Hoewel hij verlegen lachte, liep hij toch naar haar toe. 'Dag, Zach.' Haar stem brak weer. Door de tranen leken haar blauwe ogen – de ogen die zoveel op die van Annie leken – nog groter. Ze hield haar tranen binnen, expres, leek het wel, alsof ze het drama niet groter wilde maken dan het al was. Dat moest ik haar dan wel weer nageven.

'Dag, mevrouw,' zei Zach.

Ze gaf hem aan me terug. En eindelijk, eindelijk liep ze de deur uit, trok haar hoge hakken aan en kletterde weg over het trapje van de veranda.

Haar parfum hing er nog. Ik liep achter Annie aan naar de grote kamer, die Joe voor de grap altijd de niet-zo-grote kamer had genoemd. Ze ging bij het golvende raam zitten en keek Paige na die wegreed.

'Banannie? Gaat het?' Ik liep naar haar toe en knielde bij haar neer.

'Ik… wil… mijn… pappie,' zei ze fluisterend.

'Ik weet het, liefje, ik weet het.' Ik hield haar vast, maar ze hield haar hoofd zo dat ze naar de lege grindrivier van het pad en de stofwolken die Paige opwierp kon blijven kijken. Ik wist niet wat ik over Paige moest zeggen. Ze komt wel weer terug? Ik wist niet wat ze wilde… wat of wie ze voor Annie en Zach wilde zijn.

Zach kwam de kamer binnenscheuren. 'Hé daar!' zei hij, naar mijn schoenen wijzend. 'Schoenen horen buiten. Kom, dan laat ik het zien.'

Mijn moeder trok haar wenkbrauwen weer op, voor de zoveelste keer. Ze zou nooit botoxinjecties kunnen nemen; haar voornaamste communicatiemiddel was haar voorhoofd. 'Hé daar? Zo praat je toch niet tegen je moeder?' zei ik. Hij lachte. 'En deze

schoenen zijn gemaakt om op te lopen, niet om buiten te staan,'
eindigde ik.

Hij stond me even met een schuin hoofd aan te kijken, naden-
kend over mijn woorden. 'Godallemachtig,' zei mijn kleine jongen
toen, een uitdrukking die hij van zijn grootvader had overgenomen.
Toen ging hij naar buiten om zijn Batman-sneakers met batterijen
aan te trekken, en even later kwam hij met flitsende rode lampjes
het huis weer binnen stampen.

Toen de kinderen de tonijnovenschotel van de familie Nardini op-
hadden, die we hadden opgewarmd volgens de op tape geschreven
gebruiksaanwijzing op de onderkant van de glazen schaal, maakten
we hen klaar voor hun middagdutje. Het *Ben jij mijn moeder?*-boek
lag op de schommelstoel. Ik stopte het terug in de kist, schoof de
kist weer in de kast en las hen in plaats daarvan voor uit *Kleine Beer*.
Geen van beiden zei iets over het boek van P.D. Eastman, en ze vielen allebei al in slaap nog voordat ik zes bladzijden uit *Kleine Beer*
had voorgelezen. Ze waren net zo moe als ik door alles. Ik liep zachtjes naar de kast, pakte het andere boek uit de kist, nam het mee naar
buiten en gooide het in de vuilnisbak.

In de kamer pakte ik het visitekaartje van Paige.

PAIGE CAPOZZI
Uw interieurconsulente
VOOR HUIZEN IN DE VERKOOP
EN GEMEUBILEERDE HUURWONINGEN
'Als uw interieur echt niet meer kan,
dan is Paige uw man!' 555-7531

'Ze is interieurconsulente,' zei ik tegen mijn moeder, die de afwas
stond te doen.

'O. Zo'n styliste-type dat je opdraagt om al je rommeltjes weg te
gooien.'

'Zoiets als papa's moeder dus.'

'Precies. Shirley heeft er zo eentje in de arm genomen toen ze haar huis te koop zette. Shirl moest van haar andere meubels huren en die oude roze ligstoel de deur uit doen. Godzijdank. Dat mens zette overal verse bloemen neer, en een appeltaart in de oven. En alle familiefoto's moesten ook weg.'

'Waarom? Dat komt nogal kil over.'

'Ze zei dat een gezin dat kwam kijken, zichzelf daar moest kunnen voorstellen, en dus niet mocht worden afgeleid door persoonlijke spulletjes. Waarschijnlijk moet je ze het idee geven dat ze zich het huis al helemaal eigen kunnen maken door gewoon naar binnen te stappen, zonder sporen van jouw leven te hoeven negeren. Ze deed ook veel met feng shui om positieve energie te creëren.'

'En, werkte het?'

'Haar huis heeft er nog nooit zo goed uitgezien. Ze was het binnen twee dagen kwijt. Boven de vraagprijs. Je weet hoe het tegenwoordig met de huizenprijzen gaat. Ze stijgen continu. Shirl had het huis bijna zelf weer teruggekocht.'

'Ik had me Paige altijd voorgesteld als een gekkin in een caravanpark, verslaafd aan soaps.' Ik keek om me heen en zag het huis door de ogen van Paige. Ik zag voor me hoe ze alle schappen leegruimde, en vuilniszakken en kartonnen dozen waar KRINGLOOP op stond, vulde. De paar schoenen die ze niet inpikte, zou ze buiten op de veranda zetten, in gehoorzame rijtjes. 'Wat wil ze, mam?'

Mijn moeder schudde haar hoofd. 'Ik weet het niet. Waarschijnlijk helemaal niets. Maar misschien zoekt ze een manier om het zichzelf allemaal te kunnen vergeven.'

Mijn moeder zei dat ze ook even wilde gaan rusten. Ik zei dat ze wel op mijn bed kon gaan liggen. Hoewel ik zelf niet goed had geslapen, wist ik dat ik te opgefokt was om ook maar een oog te kunnen dichtdoen. Ik moest op zijn minst de map met de rekeningen doornemen.

Ik trof er een dikke stapel rekeningen in aan, alle voorzien van het stempel ACHTERSTALLIG. Wat? Joe was niet van het achterstallige soort. Hij was juist heel precies met het betalen van zijn rekeningen, op het fanatieke af. Als er een religieuze sekte had bestaan die 'Betaal op tijd voor je Zonden' had geheten, dan zou hij worden uitgeroepen tot hun paus, of op zijn minst tot een zeer gerespecteerde goeroe.

Toch lag het daar, vlak voor me. Het bewijs van zijn laksheid. Ik bladerde de nota's door. Had hij Ben Aston al drie maanden niet betaald? Aston was al jaren zijn voornaamste groente- en fruitleverancier. Hij was een vriend. Onder aan de meest recente rekening had Ben gekrabbeld: *Hé Joe, zou je dit even willen regelen?* Hij had het bedrag gehighlight: $ 2.563,47. Op de rekening van de bakkerij stond *Laatste aanmaning. Bij niet betalen worden de leveranties stopgezet.* Over twee weken zou de elektriciteit worden afgesloten als er geen bedrag van $ 1.269 werd betaald. We hadden overal schulden; bij Teaberry's Ranch, bij Donaldson's Diary, bij de wijn- en bierleverancier en bij de telefoonmaatschappij. Ik begon te zweten. Ik moest naar buiten.

Ik liep de tuin in en begon onkruid te wieden, maar anders dan gewoonlijk. Ik groef de wortels niet zorgvuldig uit. Nee, ik trok aan het onkruid, rukte het woest kapot en gooide het op een hoop. *Verdomme nog aan toe. Mij zomaar in de steek laten? En Annie? En Zach? Zonder me even te vertellen wat voor gore puinhoop je ervan hebt gemaakt?*

'Wat voor gore puinhoop je voor óns hebt achtergelaten?' Ik stampte op de hoop, zodat de zaadjes van de paardenbloemen en de klaverzuring zich op de wind vrijelijk over ons stuk land konden verspreiden. Nou, ze gingen hun gang maar. Wat kon mij het nog schelen? 'O! En Paige die ineens op de stoep staat? O ja? Nu? Na drie jaar van... eh... van niks, zou ik zeggen? "Hallo, ik ben de moeder van Annie en Zach." Wat heeft dat verdomme nou weer te betekenen?'

Er sloeg een autoportier dicht. In mijn driftbui had ik de Acura van Marcella niet gehoord. Ik haalde een paar keer diep adem om weer tot mezelf te komen, terwijl Callie me met een scheef hoofd en haar oren naar achteren aankeek, me met haar blik vragend of ik soms mijn verstand had verloren. Toen ik Marcella voorzichtig over het pad zag lopen, vroeg ik me af of ze iets van mijn tirade had meegekregen. Alles aan Marcella was groot: haar maaltijden, haar enthousiasme voor properheid en orde, haar lichaam, haar stem, haar geloof, haar hart, haar liefde voor haar familie en vooral – dat was algemeen bekend – haar liefde voor haar zoons. Dus op dit moment bestond ze vooral uit droefenis, en dat was te zien aan haar tragere loopje, en toen ze dichterbij kwam ook aan haar gezicht. Ze had lippenstift opgedaan, maar dat had het effect van een opgeschilderde glimlach – veel te kleurig en kunstmatig voor haar bleke, treurige huid.

'Ella, lieverd… het spijt me van Paige. Ik heb geprobeerd je te bellen. Heb je mijn berichtje gekregen?'

Ik schudde mijn hoofd. Elbow was de Bermudadriehoek van het gsm-bereik.

Ze zuchtte diep. 'Tante Sophia had weer een van haar aanvallen. Ik wist niet wat ik moest doen. Paige bood aan om op te passen en ik –'

'Het geeft niet.' Ik haalde mijn schouders op. 'Het geeft niet.'

'Ze – Paige – lijkt zo veranderd.'

'In welke zin veranderd?'

'Ze is zo… bekwaam. Ze was altijd zo'n zeurpiet. Verwend. Ik werd gek van haar. Ze was helemaal geen moeder – het enige wat ze deed, was zeuren en klagen en kankeren. Ze was zeker geen goede vrouw voor Joseph.'

Zijn naam kwam er als een piepje uit. Ze zei: 'O nee. Dat was echt niet de bedoeling. Sorry, lieverd. Jij hebt al genoeg aan je eigen tranen.'

Ik sloeg mijn arm om haar heen. 'Als er iemand mag huilen, ben jij het wel,' zei ik. 'We slaan ons er wel doorheen. Kom, dan gaan we wat eten.'

Ze klopte me op de hand. 'Je bent net een Italiaanse als je dat zegt.'

Marcella had minestrone meegenomen, en ik maakte een salade met de sla uit onze tuin – de enige plant die ik gewoon had geplukt en niet de grond in had gestampt. Joe's vader kwam ook, met een nog warm kaasbrood uit de bakkerij in Freestone. Toen het gesprek op de winkel kwam, had ik het ineens heel druk met ijs in Zachs soep doen.

'Je kunt één ding zeggen van onze zoon,' zei Joe Sr. 'We zijn trots op hoe hij die winkel heeft voortgezet. Dat is in deze tijd niet gemakkelijk. Al die supermarkten met die grote verpakkingen. Iedereen moet tegenwoordig zo nodig vijftig rol wc-papier in huis hebben, alleen maar omdat dat goedkoper is. En dan moeten ze weer grotere huizen bouwen om al die wc-rollen in onder te kunnen brengen. Al die milieuactivisten die hier wonen, zouden beter moeten weten. Met hun zonnepanelen op die vervloekte villa's van ze.'

'Joseph. Denk aan je kleinkinderen.'

'Complete gekte. Maar Capozzi bestaat nog steeds.' Hij schonk nog wat wijn in. 'Een paar jaar nadat mijn vader de zaak had geopend, waren we de winkel bijna kwijtgeraakt.' Marcella en hij wisselden een lange blik uit. Ik wist precies waar hij op doelde. Dat interneringskamp waarover niet werd gesproken. 'Maar we zijn doorzetters. Ik was bang dat Joe het niet in zich had. Als jongen was hij altijd aan het fotograferen, altijd met zijn hoofd in de wolken.' Hij sloeg zichzelf op de borst. 'Maar hij heeft de juiste keus gemaakt. Die jongen was gek op mijn vader. Hij heeft de naam van zijn grootvader in ere gehouden. We zijn trots op Joe.' Toen Marcella haar ogen begon te deppen met haar servet, veranderde Joe Sr. van onderwerp. Hij vroeg aan Annie wat ze de hele dag zoal had gedaan.

Annie keek mij even aan en antwoordde toen: 'Ik heb met mama gespeeld.'

'In de tuin?' vroeg Joe Sr.

'Nee... niet mam. Mama.'

'Mama, mam. Wat is het verschil? *Mamma mia*, dat zeg ik altijd maar.'

'Nee, opa. Dit is mammie.' Ze prikte in mijn schouder. 'Maar die andere mevrouw is mama. Je weet best wat ik bedoel, gekkie.'

Hoeveel ik ook van Marcella's soepen hield, en dan vooral van haar minestrone, iedere hap siste in mijn maag, die in opstand dreigde te komen. En het brood kreeg ik haast niet door mijn keel. Een

gevoel van angst had zich midden in mijn spijsverteringsstelsel genesteld.

Marcella zei: 'Paige is hier vandaag langs geweest, opa.'

'Waarom dat nou weer? Allemachtig zeg, die vrouw, als je haar
tenminste zo kunt noemen –'

'Joseph Capozzi, hou op.'

'Nou en? Dat krijg je ervan als je met een niet-Italiaanse trouwt.'

'Hé,' zei ik. 'Ik ben ook geen Italiaanse, hoor.'

'Schat, zoals jij kookt en tuiniert en van je kinderen houdt, ben
je een ere-Italiaanse. Wat net zo goed is. Bijna dan.' Hij scheurde
een stuk brood af en begon te kauwen, zonder zijn ogen van me af
te nemen. Daarna legde hij zijn ruwe, eeltige hand zacht op de mijne.

Toen Joe Sr. en Marcella waren vertrokken, bracht ik de kinderen
naar bed en zei tegen mijn moeder dat ik nog even iets wilde nakij-
ken in de winkel. Het parkeerterrein stond nog bijna helemaal vol
vanwege de twee restaurants in het stadje. Omdat ik niemand wilde zien of spreken, nam ik de achteringang van de winkel en deed
boven pas een lamp aan.

Ik opende en sloot de bureaulades, gleed met mijn vingers over
de ingekraste woorden aan de onderkant van wat hun vaders bureau
was geweest, een overblijfsel van toen Joe en David twee verveelde
jongetjes van negen en zeven waren die zaten te wachten tot hun vader klaar was met de laatste klant en de winkel afsloot. Joe had me
de krassen met een zaklamp laten zien, terwijl hij lachend het verhaal vertelde. Hij had het met zijn zakmes gedaan – dat hij net met
kerst van zijn ouders had gekregen en dat David ook dolgraag had
willen hebben, maar niet had gekregen omdat hij jonger was. Joe
had *Joey's Market* geschreven. Twee dagen later had David het mes
te pakken gekregen, een streep door Joe's naam gehaald en *Davy's*
geschreven. En zo ging het nog een tijdje door, om en om; er vormde zich een scheve rij namen, totdat iets anders hun aandacht trok
en ze ergens anders ruzie over kregen. Als vasthoudendheid het cri-
terium was geweest voor wie later de winkel zou krijgen, dan zou –

volgens de krassen tenminste – Capozzi's Market van David zijn geworden, de laatste naam die niet was doorgekrast.

In het begin was het doornemen van de boeken zoiets als Russisch proberen te lezen, maar na een tijdje werd de boodschap in willekeurig welke taal duidelijk: de zaak stond er veel slechter voor dan ik had gedacht. Het ging niet alleen om de niet-betaalde rekeningen die ik in de map had aangetroffen. Hoe was het mogelijk dat ik hier niets van af wist? Joe had vlak voor ons trouwen opnieuw een lening afgesloten voor de winkel. De zaak zat diep in de problemen. En de afgelopen paar maanden waren wel de rampzaligste geweest. Geen wonder dat hij dat aanvraagformulier voor een nieuwe verzekeringspolis niet had opgestuurd.

Ik wist dat de zaken slecht gingen. Joe had het er wel met me over gehad. Maar hij had me niet het hele verhaal verteld. De winkel moest er iedere dag geld op toeleggen, en God mocht weten hoe lang dit al zo was. Zijn ouders wisten het niet – daar was ik van overtuigd. Maar misschien had Joe het zijn beste vriend verteld.

Ik draaide het nummer van Frank en Lizzie, hopend dat het niet Lizzie zou zijn die opnam. Natuurlijk was het wel Lizzie; halverwege mijn verontschuldigingen gaf ze de hoorn aan Frank. Hij begroette me mompelend.

'Wist jij hiervan?'

'Ella? Weet je wel hoe laat –'

'Wist je dat? Van de winkel?'

'Waar ben je?'

'Hier. In de winkel.'

'Ik kom eraan. Ik ben er over een paar minuten.'

Ik zette koffie. Op de timer van de koffiepot zag ik dat het al drie uur 's nachts was; ik dacht echt dat het pas tien of elf uur 's avonds was. Ik probeerde na te denken: Franks gezicht toen ik hem had verteld dat ik de winkel wilde openhouden. Was hij toen van onderwerp veranderd? Ja, herinnerde ik me. Ik dacht dat het te moeilijk voor hem was om zich de zaak zonder Joe voor te stellen. Hij had zijn blik afgewend, gevraagd of Annie er zin in had om naar school te gaan en verteld dat Molly al een lunchtrommeltje van Pocahontas had uitgekozen.

Ik deed de deur open om Frank binnen te laten. Hij had een sweatshirt van de Giants aangetrokken, een spijkerbroek en Uggs. Ik schonk hem een kop koffie in.

Ik klappertandde, hoewel ik het niet koud had. 'Nou?' zei ik. 'Wist je het?'

'Over welke "het" hebben we het hier?'

'Hoeveel "hetten" zijn er?' Mijn stem trilde; ik probeerde zacht te praten, om te voorkomen dat ik zou gaan gillen.

'Hoor eens. Rustig, Ella. Ik weet dat je alle reden hebt om van streek te zijn. Maar zeg eerst eens waar je het precies over hebt.'

Ik haalde diep adem. 'Over de winkel, Frank. Over het feit dat hij over de kop gaat. Al tijden. Heel erg over de kop.'

'Hij dacht nog steeds dat het wel weer zou aantrekken, dat het gewoon een slappe tijd was.'

'Waarom heeft hij me verdomme niet verteld hoe slecht het ervoor stond?'

'Rustig nou maar.'

Ik boog me naar hem toe. 'Jij hoeft me niet te vertellen dat ik rustig moet blijven,' zei ik.

'Financieel zul je het wel –'

'Het gaat niet om het geld!' Ik liet me in de stoel vallen. 'Hij heeft het allemaal in zijn eentje moeten zien te verstouwen. Ik dacht dat die slappe tijd pas sinds kort was, hij heeft me nooit verteld hoe slecht hij ervoor stond – tenzij ik zo met mezelf bezig was dat ik het niet heb gemerkt.' Ik stond op en begon te ijsberen. Die ene keer dat hij compleet uit zijn dak was gegaan vanwege de dierenartsrekening voor Callie. Dat was niets voor hem geweest, maar ik had er mijn schouders over opgehaald. En het was waar dat hij me de laatste tijd wel deelgenoot had gemaakt van zijn zorgen om de winkel, maar blijkbaar was dit al jaren aan de gang. 'Hoe kan het nou dat ik niks heb gemerkt? Ik hield van die man. Ik sprak hem iedere dag, Frank. En dan blijkt zijn zaak, de zaak waar we van moeten leven, zo goed als failliet?'

Frank zette zijn koffie neer en trok me tegen zich aan. Zijn kin bewoog tegen mijn schouder toen hij sprak, net als die keer dat hij me kwam vertellen dat ze Joe's lichaam hadden gevonden.

'Snap het dan,' zei hij. 'Hij wilde die shit niet mee naar huis nemen. Hij was optimistisch gestemd, dacht dat het wel weer goed zou komen. "De mensen krijgen er vanzelf genoeg van om steeds naar Costco te moeten rijden," zei hij. Ik zei dat dat nou net zo fijn was aan Costco, dat je er maar één keer per maand naartoe hoefde te rijden en dan je auto voor een maand kon volladen met alles wat je dacht nodig te hebben, wel voor een halfjaar zelfs. Hij dacht dat de winkel wel weer zou gaan lopen. Hij wilde de stemming thuis niet bederven. Hij wilde dat jullie huwelijk anders zou zijn dan… nou ja, je weet wel, anders dan dat van hem en Paige. Wees nou niet kwaad op Joe. Hij voelde grote druk om die zaak open te houden.'

Joe had me verteld dat grootvader Sergio de winkel al voor zijn dood aan Joe had vermaakt. Sergio had gezegd dat Joe de zaak moest runnen en dat hij later, na de dood van zijn ouders, ook het land dat erbij hoorde zou erven. Joe stopte met zijn studie, gaf zijn droom om als fotojournalist over de wereld te reizen op en kwam terug naar huis om zijn vader in de winkel te helpen. Een paar jaar later kocht hij het kleine huis dat ooit van Sergio en Rosemary was geweest – voor een familieprijsje – en trouwde met Paige.

'Ik ben voornamelijk kwaad op mezelf, omdat ik niks doorhad. Ik bedoel, ik moet toegeven dat ik altijd van streek raakte als hij het met me over geld wilde hebben. Maar ik had geen flauw idee hoeveel hij niet vertelde.'

Frank haalde zijn schouders op. 'Ieder mens is anders. Lizzie zou me bij zoiets iedere dag de oren van de kop hebben gezeurd.'

Dat hielp niet erg.

Waarschijnlijk verstrakte ik, want hij vervolgde: 'Maar dat is typisch Lizzie. Financieel zit het wel goed. Hank, de verzekeringsagent van mijn vader, heeft Joe een heel mooie levensverzekering verkocht. Ga nou maar naar huis en probeer wat te slapen.'

Ik knikte, met mijn lippen stijf op elkaar geklemd. Ik vertelde hem niet dat die mooie levensverzekering niet was doorgegaan. 'Dank je, Frank. Sorry dat ik je wakker heb gebeld en je hiermee heb lastiggevallen.'

'Geen probleem. Kom, dan loop ik even met je mee naar de auto.'

'Ga maar vast. Ik wil hier nog wat opruimen, en dan ga ik naar huis.'

'Doe je dat echt?'

'Ja.'

Maar ik ging weer naar boven en nam nog eens alle mappen door. Alles lag precies op zijn plaats, alleen waren er meerdere mappen met onbetaalde rekeningen. In het vroege ochtendlicht reed ik naar huis. Ik had eindelijk het gevoel dat ik kon slapen. Ik zou er wel iets op vinden.

Toen ik de keuken binnenkwam, zat Annie op het aanrecht te bellen, ze tikte haar voeten tegen elkaar: roze pluizige sokken die tegen elkaar aan ketsten. Ze giechelde. Callie kwam alert aan mijn voeten zitten, met haar staart op de vloer bonkend, in de hoop dat er hondensnoepjes in de plastic tassen zaten die ik bij me had, maar er zat alleen de boekhouding van de zaak in.

Annie zei in de hoorn: 'Oké. Ik hou ook van jou. Dag.'

Ze hing op. Ik tilde haar van het aanrecht en hield haar in mijn armen. Haar zachte haar kietelde in mijn nek. Ze rook naar de perzikgeur van de meisjespoeder die ik bij Target voor haar had gekocht omdat ze die zo graag wilde hebben. Mijn engel van barmhartigheid in haar pyjama van SpongeBob Square Pants. 'Goedemorgen, schat.'

'Goedemorgen, mam.'

'Was dat nonna?'

'Nee.'

'Lucy?'

Ze schudde haar hoofd.

'Moet ik er soms naar raden?'

Ze schudde weer haar hoofd.

'Nou, voor de draad ermee dan. Oom David?'

'Nee, gekkie.' Ze woelde met haar hand door mijn haar, alsof zij de volwassene was. 'Dat was mama.'

7

Annie stopte met door mijn haar te woelen en vroeg: 'Wat is er, mam?'

Ik schudde mijn hoofd en wist er uiteindelijk met grote moeite een lachje uit te persen. 'Niets.'

'Jij vindt mama niet aardig, hè?'

'Nou...' Ik koos mijn woorden zorgvuldig, er een paar uit mijn innerlijke tirade plukkend, zodat *Nee, inderdaad, ik kan haar niet uitstaan, ik wil niet dat ze je belt of dat ze je aanraakt of je kent* geredigeerd werd tot: 'Ik... ik ken haar niet.' *Hoe zou ik haar ook moeten kennen als ze in die drie jaar nooit is langsgekomen of zelfs maar heeft gebeld. Aardige moeder. Volgens mij interesseert het haar geen bal* kwam eruit als: 'Maar ze... ze lijkt me wel... wel aardig.' Het resultaat was weinig oprecht.

Maar Annie, die lieve, oprechte Annie, hield zelf wel een eerlijk en hoopvol gesprek gaande. 'Ze is heel aardig. Ze vindt jou leuk. Volgens mij kunnen jullie wel vriendinnen worden, net als jij en Lucy.' Ze stak haar beide handen uit en haalde haar schouders op, alsof ze wilde zeggen: *Wat is daar nou zo moeilijk aan?*

'O, denk je dat?' Ik kietelde haar totdat ze het uitgilde en zette haar toen op de grond. 'Zullen we maar gaan ontbijten?'

'Zachosaurus!' riep Annie, een en al grote zus, en ze rende slippend op Zach af, die in zijn pyjama met fleece-voeten in de deuropening van de keuken was verschenen, zijn Bubby en brontosaurus achter zich aan slepend, en met zijn haar alle kanten uit als een kompas dat de weg kwijt was. Ik tilde hem op en snoof zijn geur op. Zachosaurus. Niemand noemde hem zo, alleen Joe, Annie en ik. Ik vroeg me af of Paige hem nu ook zo zou gaan noemen.

Terwijl de kinderen eieren gingen rapen en mijn moeder sliep, zat ik op de veranda achter het huis nog meer koffie te drinken; mijn gedachten flitsten heen en weer tussen de kinderen en Paige en Joe en de winkel en onze bankrekening. Ik keek naar de bomen. Dat kalmeerde me altijd. De sequoia's leken net door ons aangestelde bewakers; hun stammen groeiden recht en stevig uit de grond, hun takken waren zo groot dat we er wel eens wilde kalkoenen in hadden zien zitten. Die vogels zaten op een kluitje en waren zo groot als labradors, nauwelijks in staat van de ene tak op de andere te klauteren, een schril gelach uitstotend waar we steeds weer van schrokken, alsof er een stelletje oude Engelse dames in de bomen zat te roddelen. Op een wintermiddag hadden we uren naar hen zitten kijken, naar de uit de kluiten gewassen versie van kippen op een stok.

Onze eiken leken meer op wijze, reumatische grootouders. Als je er een stoel bij pakte en een tijdje ging zitten luisteren, stak je meestal wel iets nuttigs op. De fruitbomen waren als dierbare tantes, met jurken met ruches en een overdosis parfum in de lente; tantes die ons vervolgens in de zomer overlaadden met hun vrijgevigheid door emmers vol appels, peren en abrikozen te laten vallen, meer dan we ooit op konden, alsof ze zeiden: *Mangia! Mangia!*

Tegen de tijd dat mijn moeder wakker was en met haar koffie bij me kwam zitten, voelde ik me al iets beter na mijn groepstherapie met de bomen. Ik was in elk geval niet meer bang dat we van de honger zouden omkomen.

'Wauw,' zei ze. 'Ik was compleet van de wereld. Ik heb je gisteravond niet eens horen thuiskomen.' Ze nam een slok koffie. 'Lieverd.' Ze boog zich naar me toe om een lok uit mijn gezicht te strijken. 'We moeten praten. Ik moet morgen terug, en we hebben nog niet echt de gelegenheid gehad om het over de levensverzekering en je algehele financiële plaatje te hebben. Ik wil je er best mee helpen, maar overmorgen hebben ze me echt weer nodig op mijn werk.'

Ik zei niet dat zij dan misschien wel goed had geslapen, maar dat ik geen oog had dichtgedaan en niet in staat was om het te hebben over wat ik had ontdekt. Ik wist zelf nog niet eens wat ik van de hele situatie moest denken. En hoe stoïcijns ze soms ook kon reageren op dingen, zoals die keer dat Zach de inhoud van zijn luier over zijn hele ledikantje had uitgesmeerd, systematisch elk latje bedekkend met zijn babypoep, dit kleine financiële drama zou haar compleet gek maken. Mijn moeder werkte als boekhouder voor een non-profitorganisatie. Ze verdiende niet veel, maar ze leidde een eenvoudig leven, en met behulp van het geld van de levensverzekering van mijn vader had ze altijd haar hoofd boven water weten te houden. Dus zei ik: 'Niks aan de hand. Ik moet alleen binnenkort met een accountant gaan praten.'

Ze keek me onderzoekend aan en nam een slok koffie zonder haar blik af te wenden. 'Je bent op. Slaap je wel?'

Ik haalde mijn schouders op en maakte een zozo-gebaar.

'Waarom probeer je vandaag dan niet wat te rusten, dan ga ik wel iets met de kinderen doen. We gaan wel naar een pretpark of zo, dan worden zij ook lekker moe en zitten we allemaal in hetzelfde schuitje.'

Ik was inderdaad moe. Maar de kinderen hadden me nodig, en ik hen. Hun biologische moeder cirkelde boven ons, en ik wist niet of ze zocht naar een plek om te landen of dat ze op jacht was, klaar om Annie en Zach weg te grissen, of op zijn best vanuit de verte het nest in de gaten te houden dat ze jaren geleden had verlaten.

'Laten we met zijn allen gaan. Ik wil met jullie mee.'

'Jij krijgt nog zat tijd met Annie en Zach, schat. Zat! En ik kom zo snel mogelijk weer hiernaartoe. Je moet goed op jezelf passen.'

'Ik moet een moeder zijn. Ik kan echt wel mee. Nog drie koppen koffie en een douche, en dan ben ik er weer helemaal bij.'

Toen ik klaar was, zat mijn moeder hoofdschuddend in een van onze fotoalbums te bladeren. 'Jullie waren echt meesters in picknicken, hè?'

Ik ging op de bankleuning zitten. De kinderen gingen eigenlijk alleen maar met hun grootouders naar pretparken. Joe en ik meden die. Maar we gingen wel zo vaak mogelijk picknicken. Het was iets wat we alle vier even leuk vonden, elk om een andere reden. Joe vond het fijn om te kunnen fotograferen en tegelijkertijd bij zijn gezin te zijn. Ik was gek op de wandelpaden door de sequoiabossen, de overvloed aan dieren- en plantenleven. En de kinderen vonden het leuk om insecten te vangen en te kijken of ik wist hoe ze heetten. Annie had altijd een klein insecten-, planten- en vogelboekje bij zich waarin ze nauwkeurig opschreef wat ik allemaal te melden had.

En natuurlijk waren we allemaal dol op eten. Onze picknicks beperkten zich niet tot de standaardboterhammen met pindakaas en jam. We maakten salades en spreads met wat er maar in onze moestuin voorhanden was, en ik ontdekte bij mezelf een tot nu toe niet aangeboorde bron van vreugde wat betreft koken. We hadden twee kinderen die alles lustten, dus ik probeerde steeds nieuwe ideeën uit; en na het eten lagen we elkaar in de zon tevreden knorrend te vertellen hoe lekker alles had gesmaakt.

'Schat, wil je zo soms liever gaan picknicken? Dat is misschien wel zo eenvoudig. Er is nog zoveel eten.'

Ik schudde mijn hoofd. Nu zonder Joe gaan picknicken zou aanvoelen alsof er met een stomp mes een gat in me werd gesneden... en voor Annie en Zach zou het niet veel beter aanvoelen. 'Nee. Het wordt het pretpark! Het land waar alles even duur is! Waar alleen moedige moeders en oma's zich thuis voelen! Laten we het gewoon doen.'

Na die dag noemden mijn moeder en ik Great America, het pretpark waar we waren geweest, Vreselijk Amerika – en dat was geen politiek statement. Het had te maken met mijn slaapgebrek en mijn dode man en de temperatuur van boven de 35 graden en de kinderen die over hun toeren raakten van te veel suikerspinnen en ijsjes. Het had te maken met het feit dat ik ongesteld moest worden en dat mijn lichaam gebruikmaakte van de gelegenheid om mijn gevoelens te reinigen – en een van die gevoelens was dat ik plotseling ontzettend kwaad was. Alles lag te blakeren in de hitte, dus het enige wat nog een beetje te doen leek was een ritje in de achtbaan, die Big Splash heette. We stonden al een uur en vijfendertig minuten in de rij te wachten toen tot ons doordrong dat Zach er veel te klein voor was. Annie en mijn moeder gingen toch, en ik bleef achter met Zach, die het op een gillen zette; niet omdat hij niet mee mocht in de achtbaan, maar omdat hij niet met mijn moeder mee mocht, aan wie hij zich de afgelopen week steeds meer was gaan hechten.

66

Zach was altijd zo'n relaxed kind geweest, dat ik weinig ervaring had met een driftbui als deze – hij gilde, sprong op en neer, ging toen languit op de grond liggen en weigerde op te staan. Ik was me vaag bewust van mensen die hoofdschuddend naar ons keken. Wat zeiden de experts hier ook alweer over? Ik probeerde me iets te herinneren, wat dan ook, uit een van de opvoedbladen die ik wel eens in de wachtkamer van de huisarts las. Weglopen? Ja, heel handig als er honderden mensen om je heen staan. Niet toegeven. Niet belonen. Maar ten langen leste ging ik op mijn hurken zitten en schreeuwde boven zijn gegil uit: 'Zach! Luister naar me! Als je stopt met gillen, krijg je nog een suikerspin van me! Wil je dat?' Hij bleef blèren. 'Suikerspin, Zach! Hoor je me?'

Ineens hield hij op. Hij veegde zijn neus af aan zijn arm. 'En ijslimonade?'

'En ijslimonade.'

Hij stond op en pakte mijn hand beet. Ik hoorde een vrouw zeggen: 'Geen wonder.' En een man zei: 'Je hebt je ouders mooi in je zak, jongen.'

Ik kwam ook overeind en bracht mijn gezicht tot vlak voor het opgeblazen, bezwete gezicht van de man. Met opeengeklemde kaken zei ik: 'Hij heeft geen ouders meer, klootzak. Want zijn vader is net dood, klootzak!'

We liepen weg en ik keek niet meer om. Ik kocht nog een suikerspin voor Zach en een ijslimonade met kersensmaak; zijn lippen werden net zo rood als de randen om zijn ogen.

Terwijl mijn moeder met Zach aan een tafel ging zitten zodat hij zijn lekkernijen kon opeten, nam ik Annie mee naar het reuzenrad. Waarom ik dacht dat het wel leuk zou zijn om in een ijzeren bakje te zitten roosteren, zou ik echt niet meer weten, maar we gingen in het reuzenrad. En toen een ontevreden operator haar post verliet, zaten we tien minuten zwijgend te wachten, in de hoop dat er een andere operator zou komen, of op zijn minst dat God voor een briesje of wat regen zou zorgen. Waar was de mist als je hem nodig had? Iemand schreeuwde door een megafoon dat er spoedig vervanging voor de operator zou komen. Fantastisch. Toen ik studeerde, had ik een bijbaantje op een dokterspraktijk, en daar leerden ze ons dat we altijd moesten zeggen dat de dokter 'spoedig' zou komen, nooit 'over een minuutje'. Spoedig was subjectief. Spoedig was geen concrete toezegging.

In het begin vermaakte Annie zich er nog mee om de verschillende attracties aan te wijzen en genoot ze van het uitzicht, maar al gauw begon ze te dreinen. 'Hoe lang duurt het nog? Ik moet plassen. Ik heb honger. Ik heb het warm. Ik wil naar huis.'

Wat ik wilde weten was: hoe kon iemand nu gewoon weglopen en ons in de lucht laten hangen? Dat zou ik eigenlijk aan Paige moeten vragen. Hoe kun je tegen je man en kleine kinderen zeggen: 'Ik heb het gehad. Da-ag,' en nooit meer omkijken? Ze als het ware in het luchtledige laten hangen, niet in staat om verder te gaan tot er een vervangende operator opduikt die Ella heet en die alle goede knopjes indrukt. De vervangmoeder, de vervangvrouw. Was ik dat voor haar? Was ik dat? Was dat het enige wat ik was? Maar na tien minuten daarboven vast te hebben gezeten, hield ik van de vervangster; toen ze ons uit ons karretje liet kon ik haar wel zoenen. Ik zei: 'Dank je wel! We hadden het geen minuut langer uitgehouden zonder jou!' Ze knikte verveeld en dirigeerde ons de mensenmassa weer in. Annie zei: 'Mam, dat is wel erg dramatisch, hoor.'

Ondanks onze redding bleef de dag zich in een neerwaartse spiraal ontwikkelen. Ik slenterde rond, met mijn ogen tot spleetjes geknepen. Te licht, te veel primaire kleuren, te veel harde geluiden. En een van de allerluidste? Dat was Zach, die steeds wanneer mijn moeder zijn hand losliet, een nieuwe woedeaanval kreeg. Haar wc-bezoek kostte mij een *churro* en nog een ijslimonade – deze keer met druivensmaak.

Op weg naar huis kwamen we vast te zitten in de avondfile, die overal in de Bay Area en omliggende buurten om drie uur 's middags al begint. De kinderen vochten om het speelgoed als wilde honden om een biefstuk, en van mijn moeder, die altijd werd gecomplimenteerd met haar jeugdige uiterlijk, dropen haar tweeënzestig jaar – en misschien nog wel een paar meer – van haar gezicht af. De airconditioning deed het niet goed, zodat het leek alsof er iemand met hoge koorts uit de ventilatiegaten blies. En terwijl ik in de achteruitkijkspiegel naar Annie keek die Bubby uit Zachs hand trok, gilde mijn moeder ineens: 'Ella! Stop!' Ik trapte net op tijd op de rem, anders waren we op een gele Hummer geknald. En je kunt wel raden wie dat ongeluk zou hebben overleefd, niet wij in onze jeep.

Kalm en zacht zei ik tegen mijn moeder: 'We hebben bijna een ongeluk gehad. Ongelukken gebeuren nu eenmaal, zonder enige waarschuwing. Joe is verdronken, en wij hadden nu dood kunnen zijn. Zo. Gaan. Die. Dingen.'

'Jelly? Gaat het wel?'

Ik zat van top tot teen te trillen, en de kinderen waren nog steeds aan het ruziën. Terwijl ik met beide handen op het stuur sloeg, schreeuwde ik: 'Godverdomme! Zo kan ik niet rijden. Hou op daar achterin! Hou op!'

En ze hielden op. Niemand zei nog een woord tijdens de rest van de rit naar huis, alleen het stemmetje in mijn hoofd dat me keer op keer voorhield: *Jij bent de allerslechtste moeder ter wereld.*

Toen we ons pad op reden kwam Callie op ons afspringen, maar de kinderen zaten er compleet doorheen. Annie had rode wangen, ondanks de zonnebrandcrème waarmee ik haar had ingesmeerd. Zachs wang zat vastgeplakt aan zijn autostoeltje; er liep een straaltje kwijl over zijn t-shirt, dat onder de rode en paarse vlekken zat, net als zijn lippen en kin. Door de ijslimonade was het net alsof hij onder de blauwe plekken zat, maar ik vreesde dat mijn woedeaanval meer schade had aangericht. Ik kon bijna hun vleugeltjes zien; ze zagen er in hun slaap zo engelachtig uit dat het onvoorstelbaar leek dat een volwassen vrouw zich genoodzaakt had gevoeld om op de toppen van haar longen tegen hen te schreeuwen. Ik maakte Zach voorzichtig los uit zijn stoeltje; zijn armen en benen hingen los en zwaar langs zijn lijf, zijn hoofd tolde even en kwam toen tot rust tegen mijn schouder. Hij slaakte een diepe, hakkelende zucht. Dit waren mijn engeltjes wier vader net was overleden. Wier biologische moeder het blijkbaar oké vond om de boel van een afstandje een beetje op te stoken, net genoeg om ze eraan te herinneren dat ze ze in de steek had gelaten. En nu had hun boze stiefmoeder ook nog tegen ze geschreeuwd, alleen maar omdat ze kinderen waren.

Nadat we ze in bed hadden gelegd, liepen we op kousenvoeten naar de keuken. 'Het spijt me,' zei ik tegen mijn moeder.

'Wat precies?'

'Je weet wel. Dat ik in de auto zo tekeerging.'

'Ach, lieverd. Ik begrijp dat wel. Ze waren heel lastig. En jij bent gewoon op. Je hoeft niet zo streng voor jezelf te zijn.'

'Maar het is logisch dat ze nu lastig zijn.'

'Dat wil nog niet zeggen dat je het goed moet vinden dat ze in de auto zitten te gillen en te etteren. Je had gewoon geen tijd om te zeggen: "Jongens, denk eraan, wel aardig zijn voor elkaar."'

'Ik had zelf aardig moeten zijn. Ik kan me niet herinneren dat jij ooit zo tegen mij tekeer bent gegaan.'

'Is dat zo?' Ze trok haar wenkbrauwen samen. 'Is dat echt zo? Nou, na je vaders dood gaf je dan ook bijna geen kik meer. Daarvoor was je altijd zo'n kletskous, altijd bezig, urenlang de hort op met dat schriftje van je. Je weet toch dat kinderen rond hun derde constant vragen: "Waarom? Waarom? Waarom?" Jij bleef dat vragen, zelfs toen je al acht was.' Ze schudde haar hoofd. 'Je was me er eentje! Ik had mijn handen vol aan je. Maar daarna werd je heel rustig. Alle vrolijkheid leek uit je weg te vloeien.'

Ze stopte met praten en schoof een van haar armbanden heen en weer over haar pols.

We waren een schaatspaar dat een nieuwe sprong uitprobeerde, een nieuwe draai, maar het werd tijd om de vertrouwde routine weer op te pakken, want we vertrouwden er allebei op dat de ander obstakels of dooiplekken zou mijden.

'Jullie slaan je er wel doorheen.' Ze glimlachte. 'Ik heb zelf meegemaakt wat jij nu meemaakt. En jij hebt meegemaakt wat zij nu meemaken. En wij hebben ons er ook doorheen geslagen.'

Ze deed het net voorkomen alsof dat gemakkelijk was geweest. Door het raam zag ik een eekhoorn op de reling van de veranda zitten; hij bestudeerde een of ander peultje dat hij tussen zijn pootjes had. 'Ik denk nog heel vaak aan papa. Aan al die kampeertrips op de Olympic Peninsula, aan hoeveel ik van hem heb geleerd in die acht korte jaren.' Ze kneep me in mijn hand. 'Dus, hoe heb je je daar precies doorheen geslagen, mam?'

Ze deed de ijskast open en pakte er een fles pinot blanc uit.

'O, zó.'

Ze glimlachte. 'Ik moet toegeven dat dat heel verleidelijk zou zijn geweest, maar nee.' Ze schonk voor ons allebei een glas in.

'Eerlijk gezegd zag ik het in het begin helemaal niet meer zitten, zoals je je waarschijnlijk wel kunt herinneren. Maar toen moest ik steeds aan mijn grootmoeder denken. Jouw overgrootmoeder Just. Die zat in Oostenrijk op haar man te wachten, die naar Amerika was vertrokken. Hij had gezegd dat hij haar zou laten overkomen zodra hij werk had. Ze wachtte een jaar zonder iets van hem te horen. Dus toen verkocht ze alles wat ze bezat en stapte met haar twee kinderen op de boot naar Amerika. Ze sprak geen woord Engels. Ze kende er niemand. Ik zie het helemaal voor me: een kleine vrouw met een vlecht tot over haar middel, haar armen om haar kinderen heen geslagen, koud en ongelukkig, hen vasthoudend alsof ze haar reddingsboeien waren. Onvoorstelbaar toch? Samen op dat schip, op weg naar het grote onbekende...' Ze schudde haar hoofd en keek me aan. 'Dus als ik medelijden met mezelf had, gaf de gedachte aan haar me weer kracht.'

'Hoe is het afgelopen met haar?'

'Nou, ze heeft hem gevonden. Ze heeft hem zowaar gevonden. Hij had al het geld dat hij had verdiend, verdronken. Hij had geen cent, ging vreemd, en wat nog erger was: hij was gewelddadig. Dus gooide ze hem eruit en begon ironisch genoeg tijdens de Drooglegging een handeltje in illegale drank en bracht haar twee kinderen – mijn moeder en tante Lily – groot aan de keukentafel met daaronder een luik waarover een gevlochten kleed lag. Die keukentafel staat nog steeds bij mij.'

Ik zei niets. Ik probeerde te bedenken welk gedeelte van het verhaal precies verband hield met mijn moeder en mij. Niet dat geheime luik. Niet dat handeltje in illegale drank. Niet de kleine moeder met de twee kinderen op het schip. Niet die gluiperd van een dronken man. Callie blafte, en toen ik me omdraaide, zag ik de eekhoorn een eik in duiken en verdwijnen.

'Ella.' Mijn moeder legde haar handen op mijn schouders. 'Wij stammen af van sterke vrouwen. En diezelfde kracht zie ik in jou.'

'Dank je,' zei ik; onze gezichten waren heel dicht bij elkaar, bijna te dicht, te dicht op alles wat onuitgesproken bleef. Ik had op dat moment meer vragen kunnen stellen, maar ik wist dat het geen zin had; die les had ik al lang geleden geleerd. Ik deed een stap naar achteren en pakte mijn wijnglas. Zij deed hetzelfde. 'Hé, wil dat zeggen dat ik die oude grenen tafel krijg? Ik ben dol op die tafel.'

Ze hief haar glas. 'Niet zolang ik nog leef.'

We klonken. Een zwijgende toost op weer een succes: voor de zoveelste keer hadden we het over mijn vader gehad zonder het over hem te hebben.

8

De volgende ochtend zette ik mijn moeder af bij de shuttlebus naar het vliegveld, maar niet nadat ze had aangeboden om haar vertrek uit te stellen en een vervangster te zoeken voor haar werk.

Ik wilde niet dat ze ging. Maar ik wist dat een uitstel van vertrek ons niet zou helpen om naar de overkant te komen, of waar we dan verdomme ook naartoe op weg waren.

Dus reden we naar de DoubleTree Inn, waar ze de shuttlebus naar San Francisco Airport nam; ik zorgde voor koekjes en sap om Zach af te leiden, anders zou hij haar ongetwijfeld achterna zijn gerend. We zwaaiden allemaal. Dat Zachs woedeaanvallen van de dag ervoor waren verdwenen, gaf me kracht. Ik maakte de kinderen vast in hun zitjes en ging op weg naar huis. Bij een stoplicht draaide ik me om en zei: 'Sorry dat ik gisteren in de auto zo tekeerging. Dat was geen aardige manier om te zeggen dat jullie moesten ophouden met vechten. Het spijt me. Kunnen jullie het me vergeven?'

Overdreven knikkend zei Zach: 'Uh-huh, uh-huh, uh-huh.' Dat had ik hem nog nooit eerder horen doen.

Annie zei: 'Natuurlijk vergeven we het je, gekkie. Maar als je soms even tijd voor jezelf nodig hebt, dan is dit misschien een goed moment om bij mama in Las Vegas te gaan logeren.'

De auto achter ons toeterde, en ik haalde het stoplicht nog net voordat het op oranje sprong. Tijd voor mezelf? Helemaal niets voor Annie om zoiets te zeggen, dacht ik bij mezelf, maar de kinderen begonnen 'I've Got Sixpence' te zingen en leken bijna gelukkig. Ik wilde het niet verpesten door haar de les te lezen. Ik zei alleen: 'Geloof me, Annie, ik heb geen tijd voor mezelf nodig. Ik wil het liefst bij jou en Zach zijn.' Toch bleef haar opmerking aan me knagen. Had Paige Annie soms uitgenodigd voor een logeerpartijtje, of had Annie het helemaal zelf bedacht? Ik vroeg me af wat Paige wilde, maar ik vroeg me nog meer af wat Annie wilde. Het was niet onlogisch dat ze Paige wat vaker wilde zien. Maar wat als Paige een band kreeg met de kinderen en dan haar verdwijntruc nog een keer uitvoerde?

We reden het pad op, langs Joe's truck die op zijn gewone plek stond; het lege, holle huis wachtte op ons, hongerig, klaar om ons helemaal te verslinden.

Callie kwam kwispelend aanlopen, maar ik had het gevoel dat we ons op een filmset bevonden, alsof alles een zinsbegoocheling was, en dat ik, als ik dichtbij kwam, wat beter keek en overal wat in prikte, uiteindelijk de waarheid wel onder ogen zou moeten zien. Misschien was het schattige, gezellige huis slechts een kartonnen façade. En was de levendige tuin van plastic en stoffige zijde. Het gerucht ging dat de regisseur ervandoor was en dat de studio de financiering had stopgezet, en daar stonden we dan met ons drietjes, voor de namaakdeur, zonder script. Desondanks deed ik de deur van het slot en liepen we naar binnen.

De hordeur viel met een klap achter ons dicht. 'Zo,' zei ik. Annie en Zach stonden me in de niet-zo-mooie kamer verwachtingsvol aan te kijken. 'Hebben jullie honger?' vroeg ik. Ze schudden hun hoofd. Het was pas halftien 's ochtends, en mijn moeder had voor haar vertrek voor het ontbijt gezorgd. Het rook in huis nog steeds naar toast en koffie. 'Willen jullie buiten spelen?' Weer schudden ze hun hoofd. Buiten leek alles van klatergoud in het zonnetje. De vogels zongen lofliederen. De vogels moesten hun bek eens houden.

'Zo,' zei ik weer. Ik liep naar de grote kast, trok een la open en pakte er drie films uit. *The Sound of Music, Toy Story* en *The Beauty and the Beast.* Ik ging naar mijn slaapkamer, trok de rolgordijnen naar beneden en stopte *The Sound of Music* in de dvd-speler. Daarna trok ik mijn spijkerbroek uit en deed mijn trainingsbroek aan. De kinderen stonden erbij alsof ze bij een vreemde op bezoek waren. Films mochten alleen 's avonds; ze kenden de regels. In de keuken maakte ik popcorn klaar. Ik stapte met de schalen in bed. Na een paar minuten klopte ik aan weerszijden op bed. 'Kom.' En toen zong ik: 'Laten we bij het begin beginnen…' Ze klauterden giechelend op bed, met hun vingers in hun oren. Nog een familiegrapje waar Joe mee was begonnen. Ik was niet echt de beste zangeres ter wereld.

Zach hield Bubby in zijn ene hand en pakte zijn schaal popcorn aan met zijn andere. Callie sprong op bed, stak haar neus even in Annies schaal en ging toen smakkend overdwars aan het voeteneind liggen. We stonden niet op toen de telefoon ging. We stonden niet op toen er op de deur werd geklopt. 'Sst,' zei ik, toen we iemand hoorden aankloppen, en de kinderen smoorden hun gegiechel in de kussens. Zelfs Callie werkte mee door niet te gaan blaffen. Ze jankte alleen even, sloeg met haar staart op de matras en keek ons met een schuin hoofd aan, alsof ze wilde zeggen: Maar misschien is hij het wel…

Onder het toeziend oog van Joe op de foto op het nachtkastje keken we naar films, sliepen we en keken we naar nog meer films. Voor het eten bestelde ik pizza bij Pascal. Ik stopte *The Little Mermaid* in de dvd-speler. Toen ik me ineens herinnerde dat Ariel Prins Eric redde van de verdrinkingsdood, was ik bijna weer opgestaan om de dvd eruit te halen. Toch liet ik hem erin. Misschien zouden ze inderdaad van streek raken, maar het was beter dat dat bij mij gebeurde dan ergens anders, bij een vriendje bijvoorbeeld. Of bij Paige.

Het begon te stormen. Ik sloeg mijn armen om de kinderen heen toen Prins Eric op de bodem van de zee terechtkwam. Voor de zoveelste keer vroeg ik me af hoe het voor Joe moest zijn geweest. Was het gegaan zoals Frank dacht? Was hij meteen met zijn hoofd tegen de rotsen geknald en had hij niet eens beseft dat hij ons nooit meer zou zien? Ik hoopte het. Ik hoopte dat zijn laatste referentiekader het kader van zijn camera was geweest waardoor hij het bruine, scherpe klif had zien afsteken tegen de diepblauwe lucht, en niet de gedachte aan Annie en Zach huilend in mijn armen. Toen Ariel Prins Eric optilde, steeds hoger, tot aan de oppervlakte, en hem met haar mooie stem weer tot leven wekte, stroomden de tranen bij ons alle drie over het gezicht. Annie legde haar natte wang in mijn hals en zei: 'Ik wou dat er echt zeemerminnen bestonden.'

Ik zei: 'Ja, Banannie, dat wou ik ook wel.'

Zach zei: 'Als ik Koning Triton was, dan zou ik zo hard hebben gebruld dat alle vissen en zeemeerminnen papa de lucht in hadden getild! Heel heel hard!' Hij legde zijn hoofd op mijn schoot, en ik streelde zijn haar naar achteren. Ineens begon hij snikkend te roepen: 'Ik wil papa! Ik wil papa!' Annie hield het ook niet meer, ze begon nog harder te gillen dan Zach, steeds dezelfde woorden, steeds weer.

Ik wist me te beheersen. Ik dacht aan overgrootmoeder Just en haar twee kinderen op dat enorme schip, op weg naar het grote onbekende. Na een tijdje waren Annies en Zachs woorden en tranen op, hun hakkelende ademhaling werd gelijkmatiger, en ze vielen uiteindelijk in slaap, met op hun kleine gezichten de streperige sporen van opgedroogd zout.

9

Op een dag hingen de bewoners hun zwarte kleren weer in de kast, en de week daarop dosten ze zich uit in het rood, wit en blauw. Niet wegens gebrek aan respect voor Joe, maar in vele opzichten juist om hem eer te bewijzen. Joe Sr. en Marcella waren zelfs de eersten die aan hun burgerplicht voldeden door de pilaren van hun veranda in Fourth of July-vaandels te wikkelen, en de rest van het stadje volgde al snel hun voorbeeld. Elbow viert de Fourth of July zoals New York oudejaarsavond viert. En als we die analogie voortzetten, dan was Joe degene die aftelde, en de veranda van Capozzi's Market onze eigen kleine Times Square. De Beach and Boom Barbecue die grootvader Sergio drieënveertig jaar geleden, na de oorlog, voor het eerst had georganiseerd, was een traditie, en met tradities stopte je niet. Inderdaad, de man die naar een interneringskamp was gestuurd, had de Fourth blijkbaar uitbundig gevierd. Joe had me verteld dat het nu zo'n deel uitmaakte van de traditie van zijn familie en van het stadje, dat hij zich nooit had afgevraagd of dat niet gek was.

We waren in de tuin toen Lucy kwam. Zachs superhelden waren bezig een of andere verloren gewaande planeet vanuit hun ruimteschip Tomatenmandje in bezit te nemen, en Annie had van Callie een paard gemaakt.

Ik strekte mijn rug en omhelsde Lucy even. 'Je haar is warm,' zei ze. 'Ik dacht dat jullie inmiddels jullie kostuums wel zouden hebben aangetrokken.'

Ik haalde mijn schouders op. 'Het voelt raar. Ik kan het me helemaal niet voorstellen zonder hem.'

'Dat snap ik wel. Maar jullie gaan toch wel?'

Ik knikte.

Annie zei: 'Volgens mij moeten we onze kostuums aandoen, mam.'

'Ik dacht dat je dat niet wilde, Banannie.'

'Eerst niet. Maar nu wel. En Zach wil het vast ook.'

Zach knikte en deed zijn uh-huh-ding, terwijl hij Batman tussen de komkommers smeet. Omdat Joe de stadsomroeper was geweest die voorging in de liedjes en voorlas uit de Onafhankelijkheidsverklaring, trokken we op de Fourth allemaal kleren uit die tijd aan. Annie en ik droegen lange jurken en bonnetten, Zach en Joe kniebroeken, gilets en zwarte hoeden.

David zou de ceremonie nu leiden, en hij had Joe's kostuum al opgehaald.

'Oké dan,' zei ik.

'Oké.' Annie sprong van Callie. 'De show kan beginnen, mensen.' Ze ging ons voor naar het huis, waar we ons omkleedden.

Een jaar geleden had ik op de eerste rij staan meedeinen, met Zach op mijn heup, blazend op een plastic fluitje, terwijl mijn man op de veranda voor Capozzi's Market de menigte voorging in 'You're a Grand Old Flag', 'America the Beautiful' en 'Yankee Doodle Dandy'. Toen hij bij de regel 'I've got a Yankee Doodle sweetheart, she's my Yankee Doodle joy' was gekomen, had hij Annie en mij en Zach de veranda op getrokken en rondjes met ons gedraaid, terwijl het publiek juichte en het bijeengeraapte bandje doorspeelde. De hele dag was een superoubollige, amateuristische ode aan de nostalgie, en ik genoot er met volle teugen van. Zie je het voor je? Ik leidde de mars naar de barbecue op het strand alsof ik de cheerleader van een fanfare van een topuniversiteit was; mijn geluk wervelde tussen de boomtoppen en landde gehoorzaam weer in de stevige greep van mijn hand.

Geen van ons had kunnen bevroeden dat de vrolijke man die luidkeels voor de winkel van zijn grootvader Sergio stond te zingen, met zijn hoed tegen zijn hart gedrukt, al heel snel deel zou uitmaken van het verleden dat we hier vierden. Of dat hij had staan dansen op de veranda van zijn geheime mislukking. Maar vandaag sleepte ik me naar het achterste gedeelte van het publiek, zwetend in mijn lange, zware jurk, knikkend en glimlachend naar degenen die me wilden omhelzen of me even in mijn arm knepen; we hadden elkaar niets meer te zeggen. Ik overleefde de minuut stilte ter ere van Joe, en ook 'Yankee Doodle', maar toen David ons voorging in 'This Land is Your Land' en we bij de regel 'From the redwood forest to the river's waters' kwamen – een regel die Joe had veranderd zodat hij beter bij Elbow paste –, stroomden de tranen me over de wangen. Lucy gaf me een zakdoekje. Het waren echter niet alleen tranen van droefenis. Joe was er niet meer. Maar zijn land was mijn land, zijn stadje was mijn stadje, zijn kinderen waren mijn kinderen. Ik had echt een thuis gevonden toen ik Joe had gevonden, en dat was nog steeds mijn thuis.

'Ik ben bang,' zei ik later tegen Lucy, toen we vanaf een rotsblok aan de rivier Annie en Zach in de gaten hielden die een zandkasteel bouwden dat meer weg had van een hangar, en de menigte zich verspreidde om naar het vuurwerk een eindje stroomopwaarts te gaan kijken. Aan de overkant van de rivier waren de hongerige kreten te horen uit het visarendsnest in de top van een dode boom, dat Joe nog geen maand geleden had gefotografeerd. 'Ik ben me er plotseling continu van bewust dat ik zoveel te verliezen heb.'

Ze sloeg haar arm om me heen. 'De meeste mensen in jouw omstandigheden blijven hangen in wat ze al hebben verloren. Die kunnen nog niet eens verder kijken.'

'Ja, dat kan wel zijn, maar die hebben niet die daar.' Ik wees met mijn kin naar de kinderen. 'Vroeger dacht ik dit soort dingen niet. Alles voelt nu zo ontzettend kwetsbaar.'

'Je was altijd wel een beetje een laat maar waaien-typetje,' erkende Lucy. 'Ik bedoel, geen enkel leven is zo zorgeloos.'

'Hoe bedoel je?'

Lucy bloosde. 'Ik wilde niet... nou ja, je weet wel. Niks. Te veel wijn en te veel zon, dan ga ik altijd onzin uitkramen.'

Het stak wel. Een laat maar waaien-typetje? Ik wilde echter niet doorvragen. Misschien had Frank haar verteld van de winkel. Hij kraamde er soms ook van alles uit, met of zonder wijn en zon. Terwijl Annie en Zach water schepten met hun plastic emmertjes, renden Callie en een bordercollie over het strandje naar het water. 'Nee!' riep ik. Maar het was al te laat. Ze landden midden op het zandkasteel van de kinderen, dat meteen instortte.

Als Elbow nog steeds mijn stadje was, dan was Capozzi's Market nu mijn winkel, en waren de rekeningen mijn rekeningen. Julie Langer, een van de moeders van school, wilde per se dat de kinderen op zaterdag bij haar kwamen spelen, en terwijl ik in mijn eentje in de tuin stond te zwoegen, brak ik me het hoofd over onze financiën.

Was de tuin maar een echte afspiegeling van mijn zielenroerselen. Al die volle, vruchtbare grond in precieze en regelmatige rijen! Geen braakliggende plekken, geen verdorde stelen. En dan die vitale geur van schone aarde.

Ik legde mijn handschoffel neer, tilde de compostmand op en liep naar de afvalbakken. Onze compost was het geheim van onze tuin. En het geheim van onze compost was dat we die niet te vochtig lieten worden, dat we voor voldoende stikstof zorgden en dat we hem niet te weinig, maar ook niet te vaak omschepten. Wat er nu lag werd al aardig warm, het zou niet lang meer duren voordat ik alles over de tuin kon verspreiden. Ik roerde het koffiedik, de eierdoppen en de rest van het keukenafval erdoorheen, samen met wat magische kippenmest. Daarna deed ik er de droge bladeren bij die ik van afgelopen herfst had overgehouden. Bladeren die Joe nog had opgeharkt.

De winkel, de winkel. Wat moest ik met de winkel doen? Ik wilde hem niet zomaar opgeven. Op de Fourth was het me zonneklaar geworden dat de winkel niet alleen het erfdeel van de familie was, maar ook het hart van ons stadje. Maar dan wel een hart met zwaar verstopte slagaders. Elbow was te klein voor een eigen kruidenierswinkel, en Capozzi's was niet hip genoeg om wijnkenners en culi's aan te trekken. Maar we werden omringd door een zich nog steeds uitbreidend wijngebied, waar toeristen in groten getale op afkwamen. Het had Joe geërgerd dat iedereen in Sebastopol zijn appelbomen kapte en er druiven voor in de plaats zette, maar ik had in het zuiden gewoond en zei tegen hem: 'Nou, liever wijngaarden dan winkels en parkeerterreinen.' Toch was hij het niet eens met alle veranderingen, en hij noemde het wijngebied 'het pijngebied'.

Ik schepte de compost, die zo donker als koffie was, om. Wat wist ik nu van een winkel bestieren? Helemaal niets. Ik kon gewoon volgens plan in de herfst aan de slag gaan als gids. Ik zou alleen moeten vragen of ze me niet fulltime in dienst konden nemen in plaats van parttime. Namen ze überhaupt wel fulltime gidsen in dienst? En dan moest ik ook nog een oppas nemen voor Annie en Zach, voor 's middags na school. Maar wat zou er dan van Capozzi's Market terechtkomen? Een doorn in het oog, een leegstaand pand vol spinnenwebben, met een retro-uithangbord dat nog maar aan één hoek vastzat, en een hordeur die bijna uit zijn hengsels viel? Een plek waar kinderen elkaar uitdaagden om een voet op de veranda te zetten, bang geworden door allerlei spookverhalen? Als we hem op de een of andere manier konden redden... met behulp van de familie... Misschien kon Gina blijven invallen... en misschien konden David en Marcella ook wat uren draaien... dan was ik wat flexibeler. Misschien konden Annie en Zach een paar middagen per week naar de winkel komen, hun huiswerk doen in het kantoortje, en later, wanneer ze wat ouder waren, meehelpen, net zoals Joe en David hadden gedaan. Ik gooide er nog wat bladeren bij. Maar hallo? De winkel zou het niet redden. Hij was net zo vergaan als de eikenbladeren die ik door de compost schepte.

Joe's laatste etensrestjes zaten er ook bij, ze lagen te rotten en te reïncarneren. De laatste bagel, de laatste bananenschil. De restjes van onze laatste picknick samen. Ik keerde de schop vol compost om. God, wat had hij picknicken altijd leuk gevonden. Hij zei altijd dat hij het picknicken nieuw leven wilde inblazen, dat dit gebied gegrondvest was op het fenomeen picknicken.

Dat was natuurlijk niet echt hoe het zat, maar ik vond het wel mooi klinken, en er zat een kern van waarheid in: toen de blanken naar dit gebied waren getrokken, was dat niet om picknickkleden uit te spreiden, maar om de sequoia's te kappen. Toch waren de bewoners van San Francisco, zo'n honderd jaar geleden, al begonnen met het bouwen van zomerhuisjes en huizen aan de rivier, om hier te kunnen picknicken en zwemmen.

In de Elbow Inn hing een oude groepsfoto, de vrouwen in hoog gesloten, lange jurken, de mannen met hoeden en lange broeken met bretels, ontspannen zittend op een enorm kleed – of tenminste: ze deden hun best om er, voor zover dat mogelijk was in dat soort kledij, ontspannen uit te zien – met voor hen een feestmaal.

De winkel had ooit 'alles Italia' willen bieden… voor de paranoia van de oorlog was begonnen. Maar nu, tientallen jaren later, was iedereen gek op alles wat maar Italiaans was – kunst, eten, wijn, levensstijl. Eten *al fresco*, buiten. Met de meest verse ingrediënten. Uit eigen tuin. Slowfood in tegenstelling tot fastfood. Die hele slowfoodbeweging en eten direct van het land, iets waar ik in geloofde, vond zelfs haar oorsprong in Italië; ze had een sprong genomen over een oceaan en een continent, om vervolgens in Sonoma County te landen. Ik wist dat de rest van het land uiteindelijk ook wel zou volgen, maar veel mensen in Elbow en omliggende gemeentes zoals Sebastopol, door de bevolking ook wel Berkeley North genoemd, aten al biologisch en ondersteunden de plaatselijke boeren.

En toen zag ik het ineens voor me. Ik zag de winkel, dezelfde maar anders, al helemaal af. Ik kon zelfs de winkelbel aan de krakende deur horen, almaar rinkelend terwijl er doorlopend klanten binnenkwamen, die weer wegingen met hun armen vol, hun manden vol, terwijl het gerinkel van de bel aanhield als een gezegend klokkenspel, de verkondiging van een herrijzenis en een nieuw leven.

'Jezus!' schreeuwde ik. Dat kon wel eens de oplossing zijn. Ik liet het deksel op de bak vallen, trok mijn handschoenen uit en rende naar het huis. Het was een maf idee, maar misschien werkte het wel. Ik moest David bellen. Ik moest Lucy bellen. En waarschijnlijk moest ik ook een psychiater bellen.

10

'"Life's a Picnic"? Is dat niet een beetje ironisch, gezien de omstandigheden? Zo lollig is je leven op dit moment niet.' Lucy stond bij het aanrecht een glas wijn voor David en mij in te schenken, een zachte pinot noir uit haar wijngaard in Sebastopol. Op het label stond, tegen een witte achtergrond, een zwarte Schotse terriër die een rode frisbee ving. Ik vond het label erg mooi. De wijnmakerijen waren ineens zo creatief allemaal. Dus waarom zouden kruidenierszaken dat ook niet zijn?

David zei: 'Weer zo'n verhaal over dat je van zure citroenen de zoetste limonade kunt maken?'

'Precies,' zei ik. 'Alleen kunnen we bij die limonade ook voor broodjes zorgen, en salades en spreads… allemaal gemaakt van biologische producten uit de buurt natuurlijk, en voor heerlijke picknickmanden en kaarten en picknickkleden.' Ik klonk als een overenthousiaste radiopresentator, maar ik moest hen ervan overtuigen dat het iets kon worden. En ik had David daarbij nodig, anders lukte het niet.

Lucy en David waren mijn beste vrienden. Lang voordat ik hen leerde kennen, hadden ze een poging gedaan met elkaar naar bed te gaan. Ze zaten toen op de middelbare school, en David probeerde zichzelf nog steeds wijs te maken dat hij hetero was. Hij had me verteld dat die nacht al zijn twijfels had weggenomen; als hij het niet kon met Lucy, met haar lange, zwarte wimpers, haar albasten huid en haar werkelijk prachtige borsten, zou hij het met geen enkele vrouw kunnen. Lucy op haar beurt had me verteld dat ze van plan was om single te blijven totdat George Clooney haar een aanzoek zou doen.

Lucy ging op de bank zitten en zei: 'Voordat ik het vergeet, jullie moeten echt weer naar de wijngaard komen. Het is daar nu zo fantastisch. Echt… Oké, Ella, waar had je het ook alweer over? Citroenen?'

David draaide de pinot noir rond in zijn glas en hield hem tegen het licht. 'Stevig en fris in de mond. Met een langzame afdronk van bramen en rabarber. Ja. De vanille en kruiden zorgen voor een verrukkelijke complexiteit. Echt buitengewoon, Lucy.'

'O god,' zei ik. Hij kon zo'n heerlijke snob zijn.

'Zeg maar gewoon David, hoor.' Hij spreidde zijn vingers en bestudeerde zijn nagels. 'Ik zie het al bijna voor me… Picknicks in de boomgaarden, de wijngaarden, de sequoiabossen, aan de rivier, langs de kust, we hebben hier alles. We gaan samenwerken met andere bedrijven, arrangementen voor een weekendje in de Elbow Inn, ongedwongen etentjes bij Pascal's of Scalini's, en een fantastische picknick in een setting naar keuze. Het gaat niet meer alleen om wijn proeven… Maar het is wel een gok, El. En het klinkt duur.'

Ik had hen gebeld omdat ik bruiste van de ideeën om Capozzi's Market om te toveren tot een zaak die zich voornamelijk op toeristen richtte, een plek waar ze konden stoppen om alle spullen voor een heerlijke picknick te kopen. We zouden spullen leveren die je niet in de gewone supermarkten kon krijgen. Alles biologisch, van boeren uit de buurt. Met de nadruk op Italiaans, maar niet al te streng; ik kon me ook de Californische keuken en Aziatische invloeden voorstellen. We zouden olijven verkopen en wat van Marcella's gevulde broodjes en salades – van rodebietjessalade met sinaasappelschil en paardenbloemenblad tot ouderwetse aardappelsalade –, allemaal perfect voor een picknick. En natuurlijk brood van de bakkerij in Freestone. En een fikse wijnselectie, met iedere week op zaterdag en zondag een proeverij in de zaak. Lucy zou de eerste mogen verzorgen. Ik hoopte dat David de functie van fulltime kok op zich zou willen nemen. En we zouden ook zorgen voor gedetailleerde, mooi geïllustreerde kaarten met de beste picknickplekjes erop, getekend door onze eigen kluizenaar-kunstenaar Clem Silver, hoewel het misschien enige moeite zou kosten hem over te halen, maar ik was bereid het te proberen.

En ja, de zaak zou Life's a Picnic heten – misschien was het ironisch om hem zo te noemen, want ons leven was op dit moment inderdaad geen lolletje, maar je kon het ook opvatten alsof ik mijn middelvinger opstak naar het lot. Wat nou weduwschap. Wat nou geen levensverzekering. Wat nou deurwaarders. Ik zou wel een manier vinden om dit idee te laten slagen. Bovendien was ik bang om fulltime te gaan werken nu Paige op de loer lag. Ik moest werk hebben waarbij ik de kinderen bij me kon houden. En ik voelde me verplicht om de winkel te redden, om vele redenen, sommige daarvan durfde ik niet eens hardop tegen mezelf te zeggen, laat staan tegen Lucy en David.

David staarde naar zijn lege wijnglas. Terwijl ik de fles pakte om hem bij te schenken, zei hij: 'Ik snap het. Aards raffinement. Waar dit gebied bekend om staat. Goede wijn. Picknickkleden van hennep. Kaviaar en alfalfascheuten. Maar ik weet het niet... Ik ben niet echt van het hongerlijden. Denk je serieus dat dit gaat slagen, ik bedoel, dat je hieraan kunt verdienen?' vroeg hij. 'Oeps.'

Toen ik zijn blik volgde, zag ik een muis over de verandareling wegschieten. Op klaarlichte dag.

'Je moet een kat nemen.'

'David. Ik kan er nu echt geen kat bij gebruiken. Het is maar een klein muisje.'

'Schat, muizen vermenigvuldigen zich.' Hij keek me aan, maar ik reageerde niet. Hij zuchtte. 'Die wetenschap brengt ons vandaag weliswaar geen steek verder, maar zorgt wel voor het volmaakte bruggetje: we moeten het over cijfers hebben.'

David en Lucy waren allebei goed met cijfers. Lucy had net een wijngaard met een chique wijnmakerij gekocht, David had de publiciteit gedaan voor een reclamebureau in San Francisco. Toen Gil zijn computerbedrijf had verkocht om als een tevreden *pensionado* in het asiel te gaan werken, hadden ze een prachtig huis aan de rivier gekocht. David had echter al snel genoeg gekregen van de twee uur durende rit op en neer naar zijn werk. Hij had ontslag genomen en was nu op zoek naar iets in de buurt, maar de reclamebureaus lagen hier niet echt voor het oprapen.

Iedereen wist dat hij iets moest gaan doen. Met Pasen had Gil me even apart genomen en gezegd: 'Ik ben deze maand bijna vijf kilo aangekomen. Hij kookt drie keer per dag fantastische maaltijden, gevolgd door een toetje – ja, zelfs een toetje na het ontbijt. En dat iedere dag verdomme. Hij moet nodig weer aan de slag.' En nu had ik iets voor hem. Mits ik hem ervan kon overtuigen dat het een goed idee was.

Ik glimlachte en probeerde vertrouwen uit te stralen. 'Ja, we kunnen hieraan verdienen. Jij hebt je contacten. Je kunt ons in ieder culinair tijdschrift aan de Westkust krijgen.'

Hij knikte, draaide zijn glas rond. 'Je weet hoe Joe was. Hij was zo'n purist wat de zaak betreft. Hij haatte alles wat met toeristen te maken had.'

'Dat weet ik. Maar door die houding zijn we wel puur failliet gegaan.'

Lucy zei: 'Daar zit wel wat in.'

'En dit wordt iets met klasse, David, niks ordinairs – maar ook weer niet truttig. Alles zelfgemaakt, met lokale producten. Een eerbewijs aan wat grootvader Sergio ooit is begonnen. Joe zou dat mooi vinden.'

Lucy stond op. 'Helaas kan ik je op dit moment financieel niet helpen, omdat ik net die wijngaard heb gekocht. Maar ik vind je idee een schot in de roos. En ik zal je zo veel mogelijk helpen.' Ze liep naar me toe en omhelsde me kort.

David dronk zijn laatste slok wijn. 'Ik weet het niet.'

'Ach vooruit, David,' zei ik plagend. 'Toen jullie klein waren, wilde jij de winkel toch altijd? Jij en Joe waren toch elkaars concurrenten? Je weet wel, "Davy's Market"?'

Davids gezicht kreeg de kleur van de granaatappels die ik in een schaal op het aanrecht had liggen. 'Hoe oud was ik toen? Vijf of zo? Ik ben over die obsessie heen gegroeid, ongeveer in dezelfde tijd dat ik mijn Winnie-the-Pooh-onderbroeken niet meer wilde dragen, omdat Joe ze mijn Poep-broeken noemde.' Hij stond op. 'Ik zal erover nadenken. En ik wil alle financiële gegevens zwart-op-wit hebben.'

Ik had bijna gevraagd: Je bedoelt rood? Maar dat deed ik niet.

De rest van de week, terwijl ik veertien armetierige cheques uitschreef, vergezeld van briefjes waarin ik beloofde zo snel mogelijk meer te betalen, probeerde ik manieren te verzinnen waarop ik David ervan zou kunnen overtuigen dat de picknickzaak een goed idee was. Toegegeven, het was misschien een beetje te toeristisch naar Joe's smaak, maar hij had zich wel eens laten ontvallen dat hij wilde dat hij op de een of andere manier de oorspronkelijke charme van grootvader Sergio's winkel terug kon krijgen. En Joe zou het eerbewijs aan onze picknicks wel kunnen waarderen.

Ik moest David ervan overtuigen dat dit dé manier was om eer te bewijzen aan dat verleden, en ook dé manier om de zaak open te houden en winstgevend te maken. Ik had David nodig. Ik kon best goed koken voor mijn gezin, maar hij zou het op een heel ander niveau kunnen brengen, en het was duidelijk dat ik ook nog veel moest leren wat betreft de financiële kant van zakendoen. Ik voelde me wanhopig, en ik had nog steeds niet verteld dat er een probleem was met de levensverzekering, aan niemand.

Het was beslist nodig om de familie zover te krijgen dat ze meededen. Hetgeen betekende dat ik aan iedereen zou moeten uitleggen hoe beroerd de zaken er financieel voor stonden. Ik wist dat ik dat al veel eerder had moeten doen, maar het voelde als verraad. Ik moest met Joe praten.

Op een avond pakte ik de telefoon en belde het nummer van de zaak. Dat had ik vaker gedaan, heel vaak zelfs, gewoon om zijn stem te horen, om hem te horen zeggen: 'Fijn dat u Capozzi's Market belt. We zijn even met klanten bezig. Als u een bericht inspreekt, bellen we u zo snel mogelijk terug.'

Maar dit was anders. Dit keer moest ik hem echt spreken. Een deel van me, op zijn minst mijn arm en vingers, vergat even dat Joe dood was, en dat deel pakte de telefoon en belde zijn nummer zodat ik kon zeggen: 'Schat, wat moet ik doen? Kom naar huis, dan gaan we eten – ik heb linzensoep gemaakt – en dan vinden we er wel wat op. O, en kun je koffie meenemen?'

Toen het antwoordapparaat aansloeg, bracht zijn stem me met een klap weer terug in de werkelijkheid. Ik hing op en controleerde

even of de verbinding echt was verbroken. De kiestoon, vlak en le-
venloos, zoemde mijn oor in, door mijn hoofd, mijn keel, mijn hart.
Als ik de zaak veranderde, zou ik ook de tekst op het bandje in het
antwoordapparaat moeten veranderen, iets waartoe ik me nog steeds
niet had kunnen zetten.

De week daarop maakten David, Lucy en ik een wandeling door
haar wijngaard, over de heuvel, tussen de rijen door. De wijnstokken leken net uitgestoken armen die ons in de late middagzon verwelkomden. Lucy was verliefd op dit stukje aarde en wilde het dolgraag in alle stadia met ons delen. Ze droeg werklaarzen en een
breedgerande hoed, en onder het praten raakte ze de druiven en wijnstokken liefdevol aan.

'De pinot noir-druiven beginnen nu van groen naar paars te kleuren. Als je goed kijkt, zie je dat de kleur van iedere druif een andere intensiteit heeft. Zijn ze niet prachtig?' Ze vertelde dat dat pro-
ces *véraison* heette en dat dit het moment in het seizoen was om wat
bladeren te verwijderen om het bladerdak onder controle te houden.
'Hoe meer zon deze schatjes krijgen, hoe droger en aromatischer ze
zullen worden. In de herfst zullen ze dan volmaakt vlezig zijn, en
kunnen ze geperst worden.' Ze had het ook nog over *terroir*, hét to-
verwoord onder wijnhandelaars en wijnmakers, het woord dat iedereen voortdurend in de mond nam.

'Terroir is de sensatie dat je de bodem kunt proeven in de wijn.
Deze heuvel heeft een geschiedenis.' Lucy spreidde haar handen alsof ze het land zegende. 'Je hebt het klimaat, en zelfs de manier waarop het licht van de zon schuin op de heuvel valt. En de geologie –
al die lagen van steen en vulkanische as van miljoenen jaren geleden.
Dat oorspronkelijke materiaal maakt de grond tot wat hij nu is, de
mineralogie, de chemische balans ervan.'

'Doe mij die maar,' zei David. 'O, wacht, deze is chemisch niet
helemaal in balans. Sorry, mijn fout, ga verder.'

Lucy rolde met haar ogen. 'Zoals ik zei… terroir is de gevoelsuit-
drukking van het land waarvan de druiven afkomstig zijn. Anderen
zeggen dat terroir over wijnbouw gaat, de invloed op de druif. De

manier waarop de wijnstokken met de hand worden gesnoeid, het soort vaten en het hele wijnmaakproces. En sommigen zeggen dat het alles is – vanaf wat er hier door de eeuwen heen is gebeurd tot het moment waarop de fles wordt ontkurkt.'

'Ik heb altijd gedacht, en misschien klinkt dat raar, dat Annie en Zach doordrenkt zijn van deze plek, van Elbow,' zei ik. 'Ik wil continu hun geur opsnuiven. Dat moet dan wel hun terroir zijn.'

'Het terroir van mensen?' zei Lucy. 'Ik weet nu al wat voor discussies dat zal oproepen. Maar ga verder.'

'Het is... ik ruik het land, deze plek, in hun haar, in hun nekplooien, aan hun vingertoppen. Zo'n heerlijke leemachtige geur, vermengd met schijneik en sequoia, rozemarijn, lavendel. En oké, ook een beetje knoflook als ze bij Marcella zijn geweest... ik weet het niet precies. Het klinkt gek als ik het probeer uit te leggen.'

David klopte me op de rug. 'Gewoon in bad stoppen, dan heb je er geen last meer van.'

'Ha ha. Heel grappig.'

'Nee,' zei hij. 'Ik snap echt wel wat je zegt. En ik zou nog een stapje verder durven gaan. Ik heb nagedacht over jouw idee voor de winkel.'

'O ja?'

'Hoewel grootvader Sergio al jaren dood is, ruikt die kruidenierswinkel nog steeds naar hem als ik daar binnenkom – vaag, maar toch. Vooral boven in het kantoortje. De kersengeur van zijn pijptabak. Vermengd met de Old Spice van pa.'

'Gewoon een raam openzetten, dan heb je daar geen last meer van,' zei Lucy.

'Oké, die zit.' Hij schudde zijn hoofd. 'Maar nee, zelfs dat kan die geur niet verdrijven. Niets kan dat. Zelfs als je de winkel verandert, als je hem renoveert en er een iets andere winkel van maakt, dan nog zal het Capozzi's Market zijn. Je zult de familiegeschiedenis blijven voelen wanneer je er binnenkomt. Misschien zelfs nog sterker, met dat eerbewijs aan het moederland, zoals grootvader altijd zei. En dat is waar het om gaat. Als we Ella's idee niet uitproberen, zullen we de zaak waarschijnlijk kwijtraken, dus alles waar mijn grootvader, mijn vader en mijn broer al die jaren voor hebben gewerkt.'

Ik durfde niets te zeggen. We leken wel behekst hier op deze symmetrisch geploegde heuvel, omringd door oude knoestige wijnstokken en jonge druiven.

'Verandering hoeft niet slecht te zijn. Weet je, ik heb altijd tegen Joe gezegd dat hij zich niet zo moest verzetten tegen dat toeristengedoe. Dat hij er juist blij mee moest zijn. Maar ja, ik was de baby van de familie, ik zou de winkel nooit gaan runnen. Dat had grootvader me wel duidelijk gemaakt.' Toen zei hij: 'Ik wil het nog steeds over cijfers hebben, maar ik denk dat jouw idee misschien zo gek nog niet is, Ella. Vertel me wat je precies van me wilt. Volgens mij wil ik wel meedoen aan deze picknick.'

Ik pakte hen allebei beet en slaakte een overwinningskreet. Gearmd slenterden we de heuvel af naar de kleine wijnzaak om het te vieren. Ondanks het feit dat we het nu over cijfers moesten hebben.

Lucy schonk de wijn in. We proostten op terroir en op Life's a Picnic. Ik vertelde hun over mijn probleem met de levensverzekering. Ik legde ook uit hoe slecht de zaak er volgens mij financieel voor stond. Ik zag dat ze allebei hun best moesten doen om me niet met open mond aan te staren. Lucy schonk nog wat wijn in. David trommelde met zijn vingers en maakte een klakgeluidje met zijn tong – iets wat hij altijd deed als hij ergens over nadacht. Gewoonlijk viel me dat alleen maar op als we elkaar belden, maar op dat moment was Davids tonggeklak het enige geluid in de kamer.

Uiteindelijk zei hij: 'Ik zal het mijn ouders voorzichtig gaan vertellen, dat van de winkel en de levensverzekering. Ik weet wel waarom Joe het niet aan mijn vader heeft opgebiecht.' Hij leek ver weg met zijn gedachten. 'Omdat hij altijd wilde dat mijn vader en grootvader trots op hem zouden zijn. Dat wilden we allebei. Zelfs ik met mijn ernstige tekort aan Italiaans machismo. Mijn vader lijkt dat ook nog steeds hard nodig te hebben… trots te kunnen zijn op de winkel, op zijn vader, op ons.' Hij kreeg tranen in zijn ogen en stond op. 'Op zijn twee zoons.'

II

De volgende ochtend, toen ik de afwas deed, voelde ik iemand aan mijn spijkerbroek trekken. Het was Zach; hij keek me aan, sabbelend op zijn duim en met Bubby in zijn hand. Met het blauwe satijn van de konijnenoortjes streelde hij zijn wang.

'Wat is er, liefje?'

Hij begon Bubby tegen de keukenlades te meppen. Ik draaide de kraan dicht en knielde naast hem neer. 'Wat is er, Zachosaurus?'

Hij zuchtte. 'Wanneer komt papa thuis?'

'Och liefje.' Ik knuffelde hem. 'Papa is dood. Dat weet je toch? Papa komt niet meer thuis.'

'Dat weet ik wel. Maar wanneer komt hij dan terug?'

'Hij komt niet meer terug.'

'Als ik groot ben dan?'

Ik schudde mijn hoofd. 'Nee, ook niet als je groot bent.'

'Die mama-mevrouw is wel teruggekomen.'

'Dat is zo. Maar die is niet dood. Ze woont alleen maar ergens anders en is op bezoek geweest. Snap je het verschil?'

Hij knikte en zuchtte nog een keer. 'Mag ik een haverreep? Een hele?'

'Tuurlijk. Maar snap je het van papa?'

Hij begon Bubby op en neer te zwaaien en maakte rare danspasjes terwijl hij zei: 'Uh-huh, uh-huh, uh-huh, uh-huh, uh-huh! En ook wat melk? Alsjeblieeeeeft!'

Het inmiddels vertrouwde uh-huh-riedeltje, waarmee Zach vlak na Joe's dood was begonnen, leek zijn manier om te zeggen dat hij genoeg had van al het geprat. Hij was drie, en het kostte hem moeite het te begrijpen. Ach verdomme, ik was vijfendertig, en zelfs ik begreep het op sommige dagen niet eens. Maar ik wou dat ik wist hoe ik hem kon helpen.

Later die middag belde Paige, en ze zei iets waar ik vreselijk van schrok; haar woorden waren als opflitsende borden in de mist die me vertelden wat onze bestemming was als we deze weg vervolgden. Ze belde wel vaker voor Annie. Ik had Paige steeds van alles willen vragen, maar ik kreeg de woorden niet over mijn lippen; ik voelde continu een fysieke barrière, alsof er iets in mijn keel zat wat eventuele vragen die onze wereld mogelijkerwijs zouden kunnen verwoesten, blokkeerde. Maar toen ze die dag belde, haalde ik een keer diep adem en perste er een paar woorden uit. Ik vroeg haar wat haar bedoelingen waren. Ik klonk als een knorrige vader die een tienerjongen uithoort die met zijn dochter uit wil gaan, wat beslist niet mijn bedoeling was. Het was mijn bezorgdheid die zich liet horen.

'Mijn bedoelingen?' vroeg Paige. 'Pardon? Ik ben Annies moeder. En ik zou graag mijn dochter willen spreken.'

Ik haalde nog een keer diep adem. 'Ja, ik weet dat je haar op de wereld hebt gezet. Maar je bent heel lang weg geweest, Paige, en ik wil niet dat Annie gekwetst wordt.'

'O nee? Als je zo bang bent dat Annie gekwetst wordt, moet je misschien maar eens wat voorzichtiger gaan rijden, zodat je niet bijna een ongeluk krijgt en mijn kinderen dan ook nog van alles naar het hoofd slingert.'

Ik deed mijn mond open. Er kwamen geen woorden uit, maar mijn hart ging zo tekeer dat ze hem waarschijnlijk door mijn keel heen kon horen kloppen.

Ze vervolgde: 'Geef me alsjeblieft Annie even. Of heb ik daar soms een gerechtelijk bevel voor nodig?'

Een gerechtelijk bevel? Had ze gerechtelijk bevel gezegd? 'Paige, ik wilde alleen maar… Oké, ik roep haar even.'

Wát wilde ze? Wat wílde ze? Een deel van me snapte wel dat het goed voor Annie zou zijn om een band op te bouwen met Paige. Maar een ander deel was bang voor wat dat zou kunnen betekenen voor Annie en mij en Zach. En wat als Paige weer spoorloos verdween terwijl de kinderen net aan haar gewend raakten?

Toch bleef ze de moeder van Annie en Zach – dat wilde zeggen:

hun biologische moeder – en als het de kinderen zekerder maakte door haar te kennen en als ze het meende wanneer ze zei dat ze niet weer zou verdwijnen, dan was dat veel belangrijker dan mijn eigen jaloerse territoriumdrift. Dat bleef ik mezelf tenminste wijsmaken terwijl ik moeite had met ademhalen, iets wat me steeds vaker overkwam. Vooral rond twee uur 's nachts. *Adem in.*

Paige. De kinderen. De rekeningen. De winkel. Morgen. Overmorgen. *Adem uit.*

'Mammie?' vroeg Annie achter me. 'Waarom blaas je zo raar en waarom maakt je adem zoveel lawaai?'

Ik draaide me naar haar om. Ze was pas zes, maar ze leek de afgelopen paar maanden een stuk wijzer geworden. Ze kon niet anders. Hoewel ik het haar niet had willen vragen, kwamen de woorden eruit voordat ik mijn lippen op elkaar kon klemmen. 'Banannie? Heb je je mama verteld over ons uitje naar Great America?'

Ze knikte, grote knikken, zodat haar paardenstaart op en neer danste.

'Wat heb je precies gezegd?'

'Ik heb haar over de attracties verteld en dat alles leuk was, behalve het reuzenrad, en dat we heel lang hebben vastgezeten in de lucht.' Ze lachte, maar het was een zenuwachtig lachje. 'Dat weet je toch nog wel?'

'Ja.'

Ze stopte haar handen in haar zakken. 'Wat is er, mammie?'

'Heb je toevallig ook verteld dat we bijna een ongeluk hebben gehad?'

Weer een grote knik. 'Dat was eng! Weet je nog hoe de banden piepten?'

'Ja.'

'Waarom klink je zo raar?'

'Annie? Heb je ook verteld dat ik tegen jou en Zach heb geschreeuwd?'

Ze begon te jammeren, nu bijna onmerkbaar knikkend, met haar kin tegen haar borst.

'Liefje, dat geeft niks. Ik ben niet boos. Ik wil het alleen even weten.'

'Ja, maar ze bleef het steeds vragen. Ze bleef me steeds van alles vragen, en papa en jij zeiden dat ik altijd de waarheid moet vertellen, wat er ook is. Dus dat heb ik gedaan. Jij hebt het g-woord gebruikt dat opa altijd zegt en waar oma dan boos om wordt. Dat weet je toch nog wel?'

Ondanks alles moest ik glimlachen, hoewel er een scheut van angst door me heen ging. 'Ja, dat weet ik nog, al doe ik nog zo mijn best om het te vergeten. Ik hoopte eigenlijk dat jij het ook was vergeten.'

'Nee, ik weet het nog precies. Je weet het toch?' Ze tikte op haar voorhoofd. 'Ik heb een geheugen als een olifant. Jij zei: "Godverdomme! Zo kan ik niet rijden. Hou op daar achterin!" En je sloeg heel hard op het stuur. En toen hield je je hand op en zei: "Au." Heb ik iets verkeerds gedaan, mam?'

'Nee, schatje. Je hebt niks verkeerds gedaan. Ik heb iets verkeerds gedaan.' En Paige ook, dacht ik, maar dat zei ik niet hardop. Annie uithoren om aan informatie te komen. Schandalig! Maar aan de andere kant, ik had net precies hetzelfde gedaan. Schandalig.

12

Hoewel Paige me aan het schrikken had gemaakt, zette ik door. We riepen een familievergadering bijeen. David had Joe Sr. en Marcella al op de hoogte gebracht van zowel mijn idee voor de zaak als de financiële situatie. Joe Sr. kwam meteen ter zake: 'Ella, luister. Het is niet voor het eerst dat onze familie voor een moeilijke opgave staat. Vlak nadat mijn vader Capozzi's had geopend moest hij weg, wegens omstandigheden waar hij zelf niets aan kon doen. Maar iedereen in dit stadje heeft toen zijn steentje bijgedragen, ze hebben mijn moeder geholpen, en de winkel, en onze familie heeft het overleefd. Deze winkel is de erfenis van mijn vader, van onze familie. En ooit zullen Annie en Zach hem krijgen.' Hij pakte mijn schouders beet en keek me recht in de ogen. 'Moeder en ik zullen er alles aan doen om de winkel te redden. We hebben nog wat spaargeld, een appeltje voor de dorst. We zullen je helpen de zaak te verbouwen. Het is voor onze kleinkinderen. Welke grootouder kan daar nu nee tegen zeggen?'

Had Joe maar geweten dat zijn vader zo zou reageren.

Iets wat Joe en ik wel goed hadden geregeld, waren onze testamenten. We hadden die laten opmaken toen we trouwden, en hij had de winkel aan mij nagelaten, op voorwaarde dat ik voor Annie en Zach zou zorgen, mocht hem iets overkomen. Ik ging er nu mee akkoord om het grootste deel van het verzekeringsgeld in de winkel te investeren en mijn belangen te verkopen aan Marcella, Joe Sr. en David. In ruil daarvoor zouden zij geld in de zaak stoppen, zodat we konden gaan verbouwen en een professionele keuken konden laten installeren. Het zou krap worden in het begin, en niemand zou er veel geld aan verdienen, maar we waren allemaal bereid het als een investering te zien.

Bovendien waren we het er allemaal over eens dat we een groot project nodig hadden, dat het een eerbetoon aan Joe zou zijn. David klopte Marcella op haar arm en zei: 'Het is me een grote eer dat ik de kok mag zijn, maar dan alleen met ma's hulp.' Marcella straalde – zo gelukkig had ik haar sinds Joe's dood niet meer meegemaakt.

Ik wilde Annie en Zach ook deelgenoot maken van onze plannen, dus ging ik, een paar dagen nadat we alles hadden geregeld, met hen picknicken.

Toen Joe nog leefde was hij altijd degene geweest die de plannen maakte, degene die thuiskwam en zei: 'Kom, laten we gaan.' En altijd was er onderweg ergens iets van een verrassing. Hij vond het leuk om ons te verrassen, soms ook om alleen mij te verrassen. Dan regelde hij het zo dat de kinderen bij zijn ouders gingen logeren en had hij een kamer voor ons gereserveerd bij een *bed & breakfast* in Mendocino, of hij had de truck volgeladen met kampeerspullen. Het kwam voor mij altijd weer onverwacht. Zijn verrassingen hadden iets caleidoscopisch, met achter iedere bocht iets nieuws. Een autorit ging over in een stop bij een wegrestaurant, wat dan weer overging in een dinertje, dat overging in een nachtje slapen, dat overging in een weekendje weg, met picknicks en een tas met kleren en boeken en thermoskannen met warme thee. Hij plande geen dure uitstapjes – hij kende de eigenaar, of anders kende Joe Sr. hem wel of zoiets. In elk geval resulteerde het altijd in hoge kortingen en extra toetjes. De paar keer dat ik hem probeerde te verrassen, kwam hij er door mijn eigen schuld altijd per ongeluk achter – ik liet een briefje met een telefoonnummer erop op het aanrecht liggen of er stond een berichtje van de fotowinkel op het antwoordapparaat. Maar hij wiste altijd zijn sporen uit. Op een keer maakte ik er een grapje over: 'Jij bent veel te goed in sporen uitwissen. Ik hoop maar dat je geen verhouding hebt.'

Ik maakte Zach los uit zijn autostoeltje, nog steeds met mijn gedachten bij hoe zorgvuldig Joe zijn verrassingen altijd plande, aan hoe leuk ik dat van hem had gevonden, en aan hoe ik toen al had geweten dat dat het was wat ons liefdesavontuur mogelijk maakte, zelfs al moest die liefde groeien te midden van jonge kinderen die veel aandacht nodig hadden. Verrassingsafspraakjes. Tijd voor onszelf. De wetenschap dat hij genoeg om me gaf om dat allemaal te doen. En ik, die eenvoudig te verrassen was, omdat ik met mijn hoofd bij andere dingen was. Zo erg met mijn hoofd bij andere dingen dat ik dacht dat alles in orde was, zelfs toen dat niet zo was.

En nu was het mijn taak om de uitjes te organiseren en de dingen op te lossen waar ik niets van had gemerkt. Callie ging ons voor op het pad naar Quilted Woods, een plek die voor Joe en mij heilig was, een plek die ik niet op de picknickkaart zou zetten. Het was privéterrein, maar de eigenaar vond het niet erg als de plaatselijke bevolking er gebruik van maakte. Er was zelfs een houten podium neergezet waar mensen onder de sequoia's konden optreden of trouwen.

Ik vond het mooi zoals de sequoia's in cirkels groeiden en zich vermeerderden door uitlopers – scheuten die zich in de grond wortelen en nieuwe bomen worden – die hun voeding onttrekken aan de moederboom, zelfs nog aan de wortels ervan lang nadat de boom al dood is... honderden, zelfs duizenden jaren. Maar toch, als je de jongere scheuten bij de moederboom zou weghalen en probeerde te verplanten, zouden ze hoogstwaarschijnlijk verdorren en doodgaan.

De kinderen renden het podium op, terwijl ik tussen een paar bomen een kleed uitspreidde. Onder de sequoia's groeiden douglassparren, dennen en schijneiken. Het gesteente en de omgevallen bomen waren bedekt met een mostapijt, en daartussen had zich een rijk plantenleven ontwikkeld – varens, gebroken hartjes, klaverzuring, wilde gember, om er maar een paar te noemen. Op een keer, toen er niemand anders in de buurt was en we wat wijn hadden gedronken, hadden Joe en ik in dit bos de liefde bedreven. Ik droeg die dag een lange rok, die ik aanhield terwijl ik me op hem vlijde. Hij had mijn blouse opengeknoopt, en ik herinnerde me hoe warm en goudgeel de schuine stralen van de zon waren geweest en hoe het had gevoeld toen zijn handen mijn tepels beroerden, en hoe hard en groot en langzaam hij zich in me had bewogen. Ik voelde een steek in mijn buik die ik niet meer had gevoeld sinds hij dood was.

Een vogel, een killdeerplevier, met een witte borst met donkere ringen eromheen, die net kettingen leken, had me gezien en deed alsof ze een gebroken vleugel had. Ze deed een paar pasjes, terwijl ze haar vleugel over de grond liet slepen. En toen nog een paar passen. Wat een toneelspeelster. Ze had vast een nest met jongen in de buurt en probeerde me daarvan af te leiden. Ik wou dat het met Paige ook zo eenvoudig was. Gewoon doen alsof ik mijn arm had gebroken, dan zou ze op de een of andere manier de kinderen helemaal vergeten.

De kinderen.

Ik sprong overeind. Annie en Zach waren weg. Ik keek naar de brug, waar ze graag stokken vanaf wierpen om dan naar de andere kant te rennen en te kijken hoe ze langsdreven. Daar waren ze niet. En waar was Callie eigenlijk? Ik riep, maar kreeg geen reactie. De kreek was te ondiep om in te kunnen verdrinken – toch? Ik begon te rennen, hen te roepen. Callie blafte niet eens.

Ik vond ze een heel eind voorbij de brug. Hoe lang had ik aan Joe en ons liefdesspel zitten denken? Naar de killdeerplevier zitten kijken? Ze gooiden handenvol bramen in de lucht, onstuimig lachend en zingend: 'Daar ga je, daar ga je!'

'Wat zijn jullie in vredesnaam aan het doen?' Mijn angst en het standje dat al voor op mijn tong lag, losten zich meteen weer op. Bovendien wilde ik niet dat Annie zou beseffen dat ik hen kwijt was geweest, bang dat ze dat aan Paige zou vertellen. Maar wat waren ze toch aan het doen? Zelfs Callie zat met een scheef hoofd verwonderd naar hen te kijken.

Ze gingen door met bramen plukken, zonder op de doorns te letten, en het sap en het bloed van hun krassen mengden zich en liepen in straaltjes over hun armen. Annie begon weer te lachen. 'Snap je dat niet? We sturen papa bramen.'

'Naar de hemel!' gilde Zach. 'En ik ga ook een keer op bezoek bij hem in de hemel! Op Thomas de Trein!'

'Om precies te zijn,' zei Annie, die even stopte om naar me te grijnzen, 'we sturen hem *Rubus fruticosus*.' Dat was een van de eerste Latijnse plantennamen die ik van mijn vader had geleerd. En ik had hem weer aan Annie geleerd. En net als ik had ze een ijzeren geheugen.

Later, toen we aan het lunchen waren, vertelde ik hun dat we van de winkel een zaak gingen maken waar mensen picknickmanden en lekkere lunches en spelletjes konden kopen. Ik bracht hun in herinnering dat de grootvader van papa de winkel was begonnen, dat hij al die tijd in de familie was geweest en dat hij nu van ons en van oom David en van nonna en nonno was. Dat we iedere keer dat we in de winkel waren, aan papa zouden denken. En dat zij er nu ook echt bij hoorden, omdat ik hun hulp goed kon gebruiken. En dat de winkel ooit van hen zou zijn, mochten ze dat willen, als ze groot waren.

'Papa vond picknicken heel leuk,' zei Annie.

'Dat is zo.'

'Papa was een picknick-*Crusader*!' zei Zach. Hij schoot overeind, en ik kon met moeite voorkomen dat er een paar bekers op het kleed omvielen.

'Ja, dat is zo.'

'Mama?' vroeg hij. 'Ik wil ook een picknick-Crusader worden. Mag ik dit kleed als cape gebruiken?'

'Nee, dat gaat niet, liefje.'

'Omdat onze spullen erop staan?'

'Precies. Je bent een heel slimme crusader.'

'Zelfs zonder mijn cape?'

'Zelfs zonder je cape.'

We begonnen meteen met de verbouwing van Capozzi's Market. De hele familie hielp mee – alle tantes en ooms en neven en nichten. Het weekend daarop maakte zo'n beetje iedereen in Elbow zijn opwachting. Ik sleepte met dozen vol blikken en ontmantelde schappen tot mijn armen en benen en rug er pijn van deden, maar dan werd ik de volgende dag wakker en ging ik gewoon weer door. Frank hielp een ploegje mensen dat bezig was achter de zaak een soort serre aan te bouwen, voor de wintermaanden, wanneer zelfs

99

de diehard-picknickers zich door de regen zouden laten afschrikken.

Frank zei dat hij zich erop verheugde om 's ochtends koffie te komen drinken bij de open haard. We keken elkaar diep in de ogen, en ik zag aan hem dat hij Joe erg miste. Ik had hem veel te weinig gezien sinds Joe's dood; hij was een paar keer langsgekomen, maar dat had alleen maar een ongemakkelijk en droevig gevoel gegeven. We misten allebei dezelfde man, en konden die niet voor de ander zijn. Zelfs Lizzie kwam langs met een grote koelbox vol drankjes en hapjes. Ze knikte even naar me, maar sprak met David, niet met mij, en toen ze wegging nam ze van iedereen omstandig afscheid, behalve van mij. Ik vroeg me af of ze Paige soms had gesproken, of ze samen de draak hadden gestoken met mijn: Wat zijn je bedoelingen?

Na ons gesprek had Paige Annie echter maar een paar keer gebeld, en ik hoopte dat ze zich wat meer op de achtergrond zou houden. Tenminste, ik hield mezelf steeds voor dat dat het was.

In het begin van de verbouwing lag het feit dat het Joe's zaak was geweest, er als een dikke, klamme mist overheen, en we gingen aarzelend en stilletjes te werk. En ondertussen vroeg ik me af: waarom hebben we dit lang geleden niet samen gedaan? Waarom moest Joe doodgaan voordat er een oplossing werd gevonden? Maar de stemming klaarde op toen ik het gevoel begon te krijgen dat Joe ons aanmoedigde. Ik begreep hoe het voor hem moest zijn geweest om het gevoel te hebben dat de zaak hem uit handen glipte, dat de zaak gelijkstond aan mislukking. En misschien was hij nu wel opgelucht, waar hij dan ook was. Misschien zelfs wel trots.

Ik stond de familiefoto's van de muur te halen toen Joe Sr. naar me toe kwam lopen en vroeg: 'Waar laat je die?'

'Dat weet ik nog niet, maar in elk geval op een opvallende plek. Waar denk jij dat ik ze moet hangen?'

Hij pakte een foto uit mijn hand. Het was een oude zwart-witfoto. In een hoek stond in zwart geschreven: *Capozzi's Market, 1942.* Voor de winkel stond grootmoeder Rosemary met twee jongens.

'Wie van de twee ben jij?' vroeg ik.

Hij wees naar de jongste, een jongen van een jaar of zeven of acht, met een scheefstaande pet en een veeg op zijn gezicht. De andere jongen leek een tiener. 'Ik wist niet dat je nog een oudere broer had.'

Hij knikte. 'Hij is omgekomen in de oorlog. Terwijl hij voor zijn land vocht.'

'Wat erg. Dat is vast heel moeilijk geweest.' Hij knikte weer, nog steeds naar de foto starend. 'Hé, waar is grootvader Sergio eigenlijk? Heeft hij de foto gemaakt?'

Hij schudde zijn hoofd. 'Nee, hij had zijn zoon geofferd om tegen Italië te vechten, maar hij was zelf nog geen staatsburger, dus…'

Ik hield een andere foto op, eveneens met het jaartal 1942 erop. 'Hier staat hij ook niet op.'

'Nee, lieverd. Mijn vader was er niet toen die foto's werden genomen… Zoals ik al zei, hij moest toen een tijdje weg.' De foto's waren genomen toen hij in het kamp zat. Ik wist dat, maar ik vroeg er niet naar. Joe Sr. gaf me de foto terug en liep de deur uit. Ik begreep het wel. Ik was zelf opgegroeid in een gezin waarin over bepaalde zaken niet werd gesproken, en ik voelde me het meest op mijn gemak als ik geen vragen stelde.

Ik bekeek de ingelijste foto's stuk voor stuk, tot ik er een zag die later was genomen, ook voor de winkel, met Sergio, Joe Sr. en Joe als peuter. Joe had zijn armen in de lucht, alsof hij ergens om juichte. De beide mannen keken glimlachend toe.

's Ochtends als ik opstond, dwong ik mezelf om niet alleen de dingen te doen die gedaan moesten worden, maar ook iets wat ik leuk vond om te doen. Ik vervulde mijn plichten in de zaak en bekommerde me om Annie en Zach. Soms combineerde ik beide, en dat voelde als momenten van genade. De kinderen mochten me dan helpen met de schappen opnieuw vullen en meedenken over welke picknickplaatsen er moesten komen op de kaart van Life's a Picnic, die Clem Silver voor ons wilde tekenen; hij waagde zich zelfs een keer naar de winkel voor overleg.

In de winkel liet ik de kinderen knutselen, en tussen het schuren en schilderen en timmeren door deed ik af en toe met hen mee. Op een vreemde manier gaf het me een bevredigend gevoel om rommel te maken en die dan weer op te ruimen. Ik probeerde mijn hoofd leeg te houden, alleen maar te denken aan wat ik op dat moment aan het doen was, of ik nu een kerriesalade met garnalen en mango aan het maken was of een patroon aan het bedenken was voor een kralenketting en dat patroon dan nauwgezet te volgen: twee blauwe houten kralen gevolgd door drie groene glazen gevolgd door een zilveren. Geen verrassingen. Zo voorspelbaar als de minuten die voorbij tikten. Tot die keer dat ik te hard trok en het snoer brak; de kralen rolden onder de vrieskist, en ik kon er maar zo weinig onderuit krijgen dat ik alleen nog een armband kon maken. En toen herinnerde ik me dat zelfs de tijd – vooral de tijd – verre van voorspelbaar was.

We werkten ook in de tuin – we oogstten meer groente dan we ooit op zouden kunnen. Ik bracht tassen vol artisjokken, tomaten, basilicum en nog veel meer naar Marcella en David, die ze verwerkten in onze creaties op het menu.

Ik maakte ijslolly's van vruchtensap voor Annie en Zach, net zoals mijn moeder die voor mij had gemaakt, in haar oude ijsvormpjes van Tupperware. Ik vulde zelfs plastic bekertjes met hondenbrokjes en kippenbouillon, die ik invroor voor Callie. Als nooit tevoren had ik alles onder controle. Op een manier, zo hield ik mezelf voor, die Paige nooit had gekund en nooit zou kunnen. Ik was een wandelende reclame voor de volmaakte weduwe/moeder/winkelredder/hondenliefhebber.

Maar altijd gebeurde er dan weer iets wat me eraan herinnerde dat ik dat allemaal niet echt was.

Op een dag vond ik in de vriezer een van Zachs actiefiguurtjes, bevroren in een plastic bakje. Batman lag er koud en roerloos bij, met zijn rechterarm uitgestoken alsof hij me smeekte hem te bevrijden. Zach kwam binnenrennen, bezweet en onder de vlekken. Hij wilde appelsap. Toen ik de menselijke ijslolly voor hem hield, zei hij: 'Dat heeft Mr. Freeze gedaan.' Dagenlang vond ik nog andere slachtoffers van Mr. Freeze in de vriezer, ingevroren in een schaaltje of een plastic doos: Spiderman, Superman, Robin; blijkbaar konden zelfs slechteriken als de Joker en Catwoman niet ontsnappen aan de ijsmachine van Mr. Freeze.

Eerst liet ik ze gewoon liggen, maar binnen de kortste keren was er geen plek meer in de vriezer. 'Zach?' zei ik. 'Lieverd? Wat wil je doen met al die ingevroren poppen? Daar is geen plek voor.'

Hij haalde zijn schouders op. 'Ik kan er niks aan doen. Dokter Solar moet ze redden.'

Ik vroeg hem wanneer hij dacht dat dokter Solar zou komen. Hij keek naar buiten; het mistte niet. 'Waarschijnlijk vandaag.'

Later, terwijl ik buiten de was ophing, met bewondering denkend aan grootmoeder Rosemary, die de boel bij elkaar had weten te houden toen Sergio weg was – iets in me wilde doen alsof Joe ten onrechte achter prikkeldraad zat in plaats van onder een grafsteen lag –, hoorde ik Zach een schreeuw slaken waar ik kippenvel van kreeg, zelfs in de warme zonneschijn. Ik rende naar het huis. Zach stond op de achterveranda, met een rood hoofd. De tranen stroomden over zijn wangen.

'Kijk eens wat ik heb gedaan! Dat is jouw schuld!' jammerde hij.

Op de veranda, in de zon, stonden de zeven plastic bakjes die Zach die ochtend op een rijtje had gezet. De actiefiguurtjes dreven met hun gezicht naar beneden in het gesmolten ijs.

'En nu zijn ze allemaal verdronken!'

'Och, lieverd…' Waarom had ik er niet beter over nagedacht?

'En ze zijn dood! En ze komen nooit, echt nooit meer terug! Zelfs niet als ik groot ben.'

Ik wilde al die gemaskerde harde lijfjes redden, de Caped Crusader, de Boy Wonder. Ik gooide het water uit de bakjes en wees Zach erop dat ze sowieso allemaal over bovenmenselijke krachten beschikten en hun ontijdige dood vast wel het hoofd zouden kunnen bieden. Zach speelde iedere dag urenlang met zijn actiefiguurtjes, en ik wilde dat hij dat bleef doen. Maar hij wilde ze per se begraven. Hij wilde hun een begrafenis geven. En dat was iets wat ik niet voor hem probeerde op te lossen, want de rest kon ik ook niet oplossen.

Dus hield ik hem alleen maar vast terwijl hij snikte, en hielp ik hem de plastic figuurtjes achter de kippenren te begraven. Daarna vroeg Zach me nooit meer wanneer zijn vader terug zou komen.

Hij begon beetje bij beetje, en later nog iets meer, het verschil te begrijpen tussen de dood van Joe en het vertrek van Paige. En hij begon ook te begrijpen dat het leven uit eeuwig afscheid nemen bestaat.

13

Halverwege september gingen de kinderen naar school en waren we zover dat de winkel heropend kon worden.

We hadden het oude bord met CAPOZZI'S MARKET behouden en vlak daaronder het nieuwe bord met LIFE'S A PICNIC gehangen. In de Indian summer was het altijd picknickweer, en daarna kreeg je nog de mooie herfstdagen voordat het regenseizoen begon. En zelfs in de winter zou er tussen de stormen door genoeg zon zijn voor een picknick. De grote serre die we aan de achterkant hadden neergezet, kon als toevluchtsoord dienen tijdens de regenstormen die midden in de winter zouden opsteken, en we hadden ook ronde cafétafeltjes en -stoelen op de overdekte veranda voor de winkel gezet, en in een hoek van de zaak zelf, bij de houtkachel.

De meeste gangpaden hadden we weggehaald. De toonbank strekte zich over de lengte van een muur uit. De vitrine lag vol koude salades, van alles wat – van kipkerrie tot pasta met aubergine, en natuurlijk ook de beroemde elleboogjesmacaronisalade van Elbow, wat gewoon neerkwam op een macaronisalade met salami erdoor, maar we noemden hem beroemd vanwege de elleboogconnectie. We hadden ook allerlei soorten broodjes, waaronder onze specialiteit: een uitgehold rond brood gevuld met laagjes vleeswaren, kaas, groentes en pesto. Alles werd door onszelf gemaakt van verse ingrediënten, zo mogelijk uit de buurt; alleen diervriendelijke vlees en kip, geen toegevoegde hormonen, en heel veel biologisch. Ik had genoeg verstand van biologie en groente verbouwen om helemaal paranoïde te zijn wat pesticiden betrof, en ik wilde zeker weten dat ik onze klanten niet langzaam vergiftigde. Ja, het was duurder om kwaliteitsproducten te gebruiken, en ja, dat was aan onze prijzen te merken, maar mijn gevoel – en daar kon ik volgens mij wel op vertrouwen – zei me dat de klanten klaar waren voor Life's a Picnic.

Midden in de winkel hadden we picknickmanden, in verschillende vormen en maten, uit Peru en Guatemala uitgestald. Daarnaast hingen picknickkleden en tafelkleden aan haken. We hadden ouderwetse bordspelletjes – mens-erger-je-niet, scrabble, schaken – klaarstaan voor de klanten; er waren ook nieuwe spellen die ze konden kopen. Tussen het eetgedeelte en de toonbank bevonden zich vier halve gangpaden waarvan de schappen waren gevuld met wijn, crackers en allerlei specialiteiten. Daarachter stonden de koelkasten met glazen deuren vol bier, frisdrank, sapjes en twaalf verschillende soorten water. In een hoek van de schuur van Marcella en Joe Sr. had ik een ouderwetse cola-automaat gevonden die ik had laten opknappen en die nu vol stond met flesjes cola op ijs. Joe was ook al tijden van plan geweest om dat te doen. Met in mijn achterhoofd mijn nieuwe motto om niet uit te stellen wat je vandaag ook kon doen, had ik een bedrijfje in Santa Rosa gebeld dat Retro Refresh heette.

We hadden de muren zachtgeel geschilderd, waar drie lagen voor nodig waren geweest. Maar toen ik de dag voordat we open zouden gaan midden in de winkel stond, kreeg ik een glimlach om mijn mond van de vrolijke, zonnige kleur. Ik bevond me midden in de zaak, me ervan bewust dat mijn mondhoeken omhooggingen; daar stond ik dan, een maf glimlachend mens dat op het punt stond een zaak te openen die Life's a Picnic heette, en dat maar een paar maanden na de dood van haar man. Ik had hem beter 'het leven is een achtbaan' kunnen noemen.

We hadden persberichten gestuurd naar alle kranten, tijdschriften en radio- en zelfs tv-stations in Californië. Gewoon voor het geval dat, had David gezegd, er misschien eens een keer geen nieuws was en iemand een item over ons wilde maken.

Het enige wat nog ontbrak, was een kaart met de picknickplaatsen erop. Clem Silver, een landelijk bekende illustrator en schilder, had gezegd dat hij hem op tijd klaar zou hebben, maar we hadden niets meer van hem gehoord, terwijl de opening al over minder dan een dag was. Het probleem werd verergerd door het feit dat Clem zijn telefoon nooit opnam. Toen ik hem een keer had gevraagd hoe dat precies zat, had hij gezegd: 'Een echte kluizenaar neemt zijn telefoon niet op.' Daar zat wat in. Het was algemeen bekend dat Clem graag op zichzelf was. Hij woonde in het bos, in de donkere schaduw van de sequoia's. Hij had lang wit haar dat hij in een paardenstaart droeg, lange nagels die onder de verf zaten, en hij rookte lange damessigaretten – Virginia Slims menthol. Blijkbaar deed hij ook erg lang over zijn werk.

De winkelbel ging, en David en Gil kwamen, beladen met dozen en tassen, binnenzetten, met in hun kielzog Annie en Zach die ijzeren emmers met aanmaakhout droegen voor bij de houtkachel. Marcella volgde met haar armen vol hortensia's. Lucy kwam nog meer wijn brengen.

Ik zei: 'Lucy, ik moet Clem Silver zien te vinden. Ik weet dat hij daar ergens boven in het bos woont, maar ik weet niet precies waar.'

'Gewoon Spiral Road volgen tot het einde, voorbij dat bord waarop staat: PAS OP VOOR DE KUNSTENAAR. Het is het laatste huis, een paar honderd meter na wat je denkt dat het laatste huis is.' Ze wees naar de deur. 'Je doet het fantastisch. Ik heb de kinderen en alles is onder controle. Ga nou maar.'

'Zeker weten? Je zit midden in de druivenpluk.'

'Dat persen gaat ook wel door zonder mij. En even geen spijkerbroek en laarzen en paarse vlekken is ook wel eens fijn. Ga nou maar. En El? Doe rustig aan. Jij kunt ook wel een pauze gebruiken. Alsjeblieft.'

Lucy zette haar crèmekleurige fluwelen hoedje recht, draaide zich zwierig om in haar lange paisley rok en vroeg Annie en Zach haar te komen helpen met de tafelkleden.

Ik ging naar buiten, blij dat ik even een wandeling kon maken. Ik liep de straat door, langs het postkantoortje ter grootte van een postzegel, langs de twee restaurants en de Elbow Inn, langs de huizen van de Nardini's, de Longobardi's en de McCant's, en stak toen de drukkere weg over die de scheidslijn vormde tussen Elbow en het bos.

Ik wandelde de steile, smalle Spiral Road op, die inderdaad als een spiraal om de heuvel liep. De stichters van dit stadje waren beslist heel creatief geweest qua naamgeving. De zuidelijke Pomo-indianen waren echter de eersten geweest die dit gebied de Schaduwplek hadden genoemd. Ze sloegen hun tenten slechts tijdelijk op in de donkere sequoiabossen; ze gaven de voorkeur aan de zonovergoten hellingen waar alleen eiken stonden. De Kashaya Pomo's noemden zichzelf zelfs 'het volk van de top van het land', alsof ze zich op hun borst klopten en zeiden: 'Wij wonen in de mooie, zonnige buurt.'

Maar toen kwamen de blanken met hun houtkap. Na de aanleg van de spoorlijn kwamen de bewoners van San Francisco naar de streek om er te gaan vissen en zwemmen in de rivier. Sommigen van hen bouwden zomerhuisjes in het bos, maar slechts weinigen woonden er het hele jaar door, en dat was nog steeds zo. Veel mensen die een huis in de schaduw hadden, vluchtten in de winter naar plaatsen als Palm Springs.

Ik liep door over de weg vol haarspeldbochten, af en toe pauzerend om op adem te komen. Hoe hoger ik kwam, hoe verder de huizen uit elkaar stonden.

Eindelijk zag ik in de verte inderdaad het bord met de tekst PAS OP VOOR DE KUNSTENAAR. Daarachter zag ik een huis liggen, maar niet het huis dat ik had verwacht, niet het huis van een man die zelden zijn haar of nagels knipte.

Dit huis was met zorg en met oog voor de omgeving gebouwd, want in de fundering en in de enorme schoorsteen zat elk stuk hout, elke natuursteen precies op zijn plek. De ligging van het huis was dusdanig dat het geen kant uit kon. Mocht er een modderstroom vol boomstammen de heuvel af komen, dan zou die zich waarschijnlijk in tweeën splitsen en om het huis heen verder stromen, zonder het te beschadigen. Aan weerszijden van de voordeur, die van glas in lood met details van groen uitgeslagen koper was, stonden potten met salie en met kleine witte bloempjes met een rood randje. Een rijtje windgongen in verschillende vormen en maten leken zich even in hun slaap te verroeren, maar kwamen algauw weer tot rust. Toen ik aanklopte, klonk er van diep in het huis een golf van geblaf op.

Een hese stem zei: 'Petunia! Rustig, meisje. Jerry, nergens voor nodig om zo over je toeren te raken.' Clem deed de deur open en nam me aandachtig op. Hij droeg een oud Cal-sweatshirt dat onder de verfvlekken zat, en een slobberige grijze trainingsbroek. Zijn paardenstaart lag als een dunne minkstola over zijn schouder gedrapeerd. 'O! Ella Beene! Kom verder, kom verder.' Hij draaide zich om en schuifelde op lamsleren slippers de gang in. De honden, die waren opgehouden met blaffen, keken me behoedzaam aan. Blijkbaar waren ze niet erg van me onder de indruk, want ze draaiden zich om en volgden Clem. Ik liep naar binnen.

Het lamplicht gaf een warme, gouden glans. 'Wauw,' zei ik. 'Wat mooi is het hier.'

Hij draaide zich om, ingenomen met mijn compliment. 'Dank je. Dat vind ik ook.'

'Het is prachtig hier in het bos.'

Hij knikte, en terwijl hij bleef knikken, zei hij: 'Ja, ja! Hier begrijp je hoe het eruitzag toen alles driehonderd miljoen jaar geleden nog zeebodem was.' Hij glimlachte. 'Wacht, ik moet je eigenlijk iets te drinken aanbieden. Thee? Of koffie?'

Ik koos voor thee, en terwijl hij theezette, praatte hij verder. 'Iedereen denkt dat ik hier woon om weg te zijn van de rivier, vanwege de overstromingen en zo die ik als kind heb meegemaakt.'

'Wat was dat precies?' vroeg ik.

'O… Ik vergat even dat je niet van hier bent… Het is een oud verhaal. Een heel oud verhaal. Maar eigenlijk denk ik dat je vanwege wat er met Joe Jr. is gebeurd…' Hij pakte een doosje theezakjes van een schap. 'Ja, ik denk dat je dit verhaal wel zult kunnen waarderen.'

Dus vertelde Clem Silver me over de overstroming van '37, toen hij een peuter was. Zijn familie had aan de rivier gewoond, drie huizen bij het huis van Marcella en Joe Sr. vandaan, in het huis waar nu de Palomarino's woonden. Clem was aan de wandel gegaan en niemand kon hem vinden. Iedereen werd geëvacueerd, alleen Clems vader en moeder, die koortsachtig naar hem op zoek waren, bleven achter. Het water in de rivier kwam steeds hoger te staan, en net toen zijn moeder hem optilde van de plek waar hij een spinnenweb zat te bestuderen, kwam er een hoge golf aanzetten die hem uit haar armen rukte en stroomafwaarts sleurde, buiten haar bereik, en vervolgens uit het zicht.

'Ik herinner me nog dat mijn moeder gilde en dat ik bang was, maar toen vulden mijn oren en ogen en mond zich met het kolkende water. Meteen daarna werd het prachtig stil, een stilte die ik nog nooit eerder had gehoord. En boven me zag ik een prachtige lichtstraal.

Je hoort mensen wel eens vertellen over hun bijna-doodervaring, over dat ze naar het "licht" gaan en zo. Maar in mijn geval, daar in dat donkere rivierwater, was dat licht het enige wat ik zag, het enige wat ik nodig had. En dat licht bracht me weer naar de oppervlakte, naar lucht, naar het leven – niet naar een of andere hemelse ontmoeting –, en dat vind ik helemaal prima.

Maar Ella Beene, er is één ding dat ik je moet vertellen: ik ben die dag bijna verdronken, en het was het meest vredige gevoel dat ik ooit heb gekend. Sinds die tijd ben ik steeds op zoek naar dat gevoel. En ik denk dat ik op de een of andere rare manier – dat is nu eenmaal zo, ik ben in alle opzichten raar – om die reden hier ben gaan wonen, in dit bos. Dit lijkt nog het meest op de bodem van die rivier.'

'Je voelde je dus vredig onder water?'

'Ja.' Hij sloeg zijn armen over elkaar. 'Ik weet dat het vreemd klinkt, maar ja, ik voelde me vredig.'

Ik keek naar de grijze haartjes op zijn kin, naar zijn vochtige bleke ogen. 'Dank je dat je me dit verhaal hebt verteld,' zei ik, mijn blik afwendend en om me heen kijkend in de kamer, bang dat ik anders zou gaan huilen. 'Het voelt hier in elk geval heel vredig.'

Hij vertelde dat zijn ex-vrouw niet tegen het donker had gekund. '"Je bent kunstenaar," wierp ze me steeds voor de voeten. "Dan heb je toch een licht atelier nodig?" Waarschijnlijk was het pure koppigheid dat ik per se hier wilde blijven, als een mossel op een rots. Maar ik vind het mooi dat het licht moeite moet doen om hier te komen. Ik ben vooral geïnteresseerd in de contrasten. Hier valt het licht me meer op, hoe het als een elixer naar beneden stroomt. Het donker dwingt ons ons te richten op wat er echt toe doet, terwijl wat er niet toe doet vervaagt. Moet je mij horen, typisch kunstenaarspraat, hè? Hier, Ella Beene, ik zal je je kaart laten zien. Ik neem tenminste aan dat je daarom helemaal hiernaartoe bent gekomen.'

Ik liep achter hem, Petunia en Jerry aan naar het atelier, dat al meer leek op het slordige hutje waarin ik me hem had voorgesteld. Op de tafel, die vol stond met verf, lege blikjes sinaasappelsap en volle asbakken, lag de kaart.

Ik hield hem op: het was een soort sprookjesachtige schatzoekerskaart met betoverende plekjes, in kleuren en texturen die tegelijkertijd natuurlijk en weelderig waren. 'Dit is het helemaal. Dit zal ervoor zorgen dat het hele concept van Life's a Picnic gaat werken.'

'Dus je vindt hem mooi?' Hij grinnikte. 'Dan kan ik dus kopieën gaan maken?'

'Ik vind hem prachtig.' Ik omhelsde hem, die oude tovenaar die rook naar verschaalde sigarettenrook en terpentine, en die over genoeg toverkracht beschikte om in mijn hoofd te kunnen kijken en op papier te zetten waar ik blindelings naartoe had gewerkt. Die me een verhaal had verteld dat maakte dat ik me op de een of andere manier beter voelde.

Ik verliet de gouden warmte van Clems huis, en mijn geest vertraagde om de koele, stille rust te absorberen, om hem in zijn volle omvang te zien en te voelen, wat ik tijdens mijn haastige klim omhoog niet had gedaan. De smalle weg was bedekt met roestbruine dennennaalden die mijn stappen dempten. De helling was een wirwar van volle klimop, zwaardvarens, duivelswandelstok, oxalis oregana, bramen en gifsumak. De laurierbomen, de douglassparren en de schijnbeuken leken meer op struiken dan op bomen naast de sequoia's, die zo hoog waren dat ik mijn hoofd in mijn nek moest leggen om het stukje blauwe lucht te kunnen zien dat boven deze schaduwwereld zweefde. Sommige huizen waren net kabouterhuisjes, zich vastklampend aan de heuvel; in het duister van de middag gloeide achter hun kleine raampjes licht op. Twee schuren waren samen met een gedeelte van de heuvel naar beneden gestort, waarschijnlijk al jaren geleden; ze waren inmiddels overwoekerd door klimop. Eén huis was onlangs helemaal uitgebrand en zag vanbinnen net zo steenkoolzwart als de afgebrande sequoiastronken die er al heel lang stonden. Sommige huizen waren erg mooi – oudere zomerhuizen uit het begin van de vorige eeuw, die goed waren onderhouden –, maar er stonden ook modernere huizen, met veel ramen en daklichten om schachten van gefilterd licht binnen te kunnen laten.

Klimop groeide langs de stammen van bomen en hing van de takken, bijna als zeewier. Het was donker en ontzettend stil.

Alsof ik onder water was.

Het was nu bijna drie maanden geleden. Drie maanden! Hoe was het mogelijk? Dat ik hem nooit meer in de tuin zou zien staan grinniken, terwijl hij met de rug van zijn hand over zijn voorhoofd streek – of zijn camera richtend, met zijn lichaam gebogen als een komma, alsof hij wilde zeggen: Blijf staan en beleef dit moment. Of in de winkel, jonglerend met sinaasappels. Hadden we eigenlijk wel sinaasappels in de nieuwe zaak? Was ik de sinaasappels soms vergeten? Joe zou wel aan sinaasappels hebben gedacht.

En hij had ook een bepaalde manier gehad om Annie en Zach op te tillen, in één beweging, elk in een arm, hun gelach, hun opgetogen *papa papa papa*. Zoals hij hen door de kamer zwierde en hen paardje liet rijden op zijn knieën, terwijl hij het liedje van grootvader Sergio zong: 'Hop hop paardje, op naar Leoni, voor de macaroni… hop hop paardje… Hop!' En precies op dat punt gooide hij hen dan in de lucht.

Was hij ergens, hield hij ons in de gaten? Wist hij het van de zaak? Was hij het ermee eens? Was hij blij, opgelucht of kwaad? Had ik hem wel de vrijheid gegund om te kunnen reïncarneren, het nirwana te bereiken of een engel te worden of wat het dan ook was dat er gebeurde?

Daar, in dat bos, begreep ik waarom het woord 'betoverd' zo vaak voorafging aan 'woud'. Het heeft iets mystieks, iets bovennatuurlijks, om omringd te zijn door die oude levende grandeur. Waar de ene straal gefilterd licht er hemels uitziet en een andere het resultaat van een tovenaarstruc lijkt te zijn. Het rook er naar laurierblad, naar leem, naar houtvuur en dennennaalden en mist – zelfs al was het daarginds en heel, heel ver daarboven, een warme, zonnige dag. Ik herinnerde me dat ik ergens had gelezen dat onderzoekers in het bladerdak van de sequoia's roeipootkreeftjes hadden ontdekt – schaaldieren die deel uitmaakten van de voeding van baleinwalvissen. Niemand wist precies hoe ze daar kwamen, maar iedereen kon zich er wel een voorstelling van maken. De mussen die overvlogen konden net zo goed een school witvissen zijn. Zo'n soort droomplek was het: ik had net zo goed op de bodem van de zee kunnen lopen; misschien kwam Joe zo wel langs zwemmen.

Hoe lang geleden was het eigenlijk dat ik nog langs een huis was gekomen? Waar was ik? Ik liep te fantaseren over mijn dode man die door het bos zwom terwijl er een winkel vol eten op me wachtte, en mensen die van mijn terugkeer afhankelijk waren. En wat dit gefantaseer over mijn geestelijke gezondheid zei, wilde ik al helemaal niet weten. Ik wilde in elk geval niet de vrouw zijn die was verdwaald nadat ze een kaart had opgehaald. Maar waar ging dit eigenlijk over? Ik was maanden bezig geweest met de verbouwing van de winkel, een nieuw begin dat tegelijkertijd een poging was om iets van Joe vast te houden. Het had goed gevoeld om een project te hebben, om bezig te zijn, om afleiding te hebben. Om de rol van sequoia te spelen, hoog boven alles uittorenend, reikend naar de zon.

Maar een deel van mij wilde zich het liefst onder de varens verstoppen. Bij de naaktslakken slapen.

Er knapte een tak en mijn hoofd schoot omhoog. Boven de weg stond een muildierhinde me met haar enorme inktzwarte ogen aan te kijken. Er knapte nog een tak, en ik zag twee van haar reekalfjes beneden me; in de vroege herfst waren hun vlekken al aan het vervagen, maar hun poten waren nog zo fragiel als de steel van een wijnglas. Ik hield me doodstil, terwijl het moederhert me bleef aankijken. Ik weet hoe je je voelt, wilde ik tegen haar zeggen. We lijken precies op elkaar, jij en ik. Maar ik besefte dat zij mij als de indringster beschouwde, als degene die tussen haar en haar kinderen stond. Ik verroerde me niet. Uiteindelijk moest ze hun een teken hebben gegeven, want de reekalfjes huppelden de weg over, vlak voor me langs, zo dichtbij dat ik hen had kunnen aanraken, en toen haastten ze zich met zijn drieën de heuvel op en verdwenen het bos in.

Ik rende de rest van de weg terug naar de winkel. Terug naar Annie en Zach.

14

De volgende ochtend lag ik in bed aan Clems verhaal te denken toen ik Zach onder de deken voelde kruipen. Hij slaakte een van die lange, hakkelende zuchten van hem, net zolang tot ik mijn ogen opendeed. Hij lag naar het plafond te staren terwijl hij met Bubby's oortje over zijn wang wreef.

'Ik mis Batman. En Robin. Ik wil dat ze ook op het grote feest komen, maar dat kan niet! En papa ook niet! En ik ben helemaal alleen!'

'Ik ben er toch? En Annie?'

'Ik bedoel jongens.'

'Oom David? Je vriendjes?'

Hij zuchtte weer. Het leek wreed dat zijn lievelingsspeelgoed onnodig begraven lag achter het kippenhok, terwijl hij het nu zo goed kon gebruiken.

'Weet je wat?' Ik begon er wat op los te improviseren. 'Papa is echt dood, dus die kan niet komen. Maar Batman en Robin, dat was doen alsof, dus misschien, heel misschien, zijn ze niet echt verdronken.'

Hij schoot overeind en keek me met grote ogen aan. 'Echt?' Toen ik knikte zei hij: 'Maar we hebben het zelf gezien. Ze waren echt verdronken.' Hij liet zich weer achterover op bed vallen en begroef zijn hoofd in Joe's kussen.

'Weet je, gisteren heeft een oude wijze man me een heel mooi verhaal verteld.'

'Een echt gebeurd verhaal? Of een net doen alsof verhaal?'

'Echt gebeurd. Helemaal echt. Toen die man klein was, nog kleiner dan jij, was hij bijna verdronken.'

Zach hapte naar adem, en even was ik bang dat het een verkeerde gok was om dit verhaal te vertellen. 'En is hij toen doodgegaan? Net als papa?'

'Nou, nee, hij is niet doodgegaan. Hij ging bijna dood. Hij was heel diep in het water. En hij zei dat hij zich gelukkig voelde, al verdronk hij bijna. Maar toen kwam hij weer boven en ademde lucht in en bleef leven.'

'Is hij gered door een zeemeermin?'

'Nee. Ik zei toch dat het echt gebeurd was?'

'O.'

'Dus ik dacht zo… Misschien zijn Batman en Robin alleen maar bijna verdronken.'

'En Catwoman dan? En de Joker ook?'

'Ieder plastic poppetje dat je maar kunt verzinnen.'

Hij begon op bed op en neer te springen, joelend en gillend. We renden in onze pyjama's naar buiten, waar het bedauwde gras onze voeten likte. Ik pakte de spade, en toen Callie begreep wat we aan het doen waren kwam ze me helpen, en zo hadden we ons eigen actiefigurenpaasfeest, terwijl we het ene modderige popje na het andere opgroeven – de helden, maar ook de boeven –, verlost van hun zonden, wedergeboren op de ochtend van de dag dat Capozzi's Market zijn eigen heuglijke en wonderbaarlijke wedergeboorte zou vieren.

Bijna iedereen in Elbow kwam naar de opening. Het was zo vol in de zaak dat er mensen buiten op de veranda en op straat moesten staan; zelfs Clem Silver was de heuvel af komen lopen om zijn handtekening op de kaarten te zetten. De eigenaars van de Elbow Inn brachten hun grote historische foto van de picknickers aan de rivier mee, om aan de muur te hangen. Ik was blij dat iedereen er was, en ook dankbaar, maar ik wist dat Life's a Picnic het met alleen de goodwill van de buurt niet zou redden. Al was het alleen maar omdat de buurtbewoners thuis zelf hun picknickmand konden samenstellen voor een fractie van de prijs. Wat wij nodig hadden waren hongerige toeristen. Wat wij nodig hadden waren niet-stadgenoten met geld.

Wat wij nodig hadden was een scheepslading vol publiciteit.

Ik pakte David bij zijn arm. 'Nou, waar zijn al die journalisten van je?'

Hij klopte me op de hand. 'Rustig maar. Die druppelen in de loop van de komende weken wel binnen. Maar ik denk dat er vandaag vast wel één journalist zal komen opdagen. Is het niet fantastisch? Iedereen vindt het prachtig!'

'Ik hoorde Ray Longobardi zeggen dat hij een extra hypotheek zal moeten afsluiten om zo'n stomme picknick te kunnen bekostigen.'

'Ray Longobardi hoort niet echt tot onze doelgroep. Gewoon niet op hem letten. Voor hem bestaat een picknick uit een slappe witte boterham met smeerworst en een biertje. *Ik* hoorde Franny Palomarino juist enthousiast vertellen dat ze de rood geschilderde terrasmeubeltjes zo enig vond en dat ze nog nooit zo'n verrukkelijke kipkerriesalade had gegeten. Dus als je per se iemand wilt afluisteren, ga dan bij haar in de buurt staan, misschien stelt dat je wat gerust.'

Frank kwam binnen met een mand vol handgemaakte zeepjes. Lizzie had hun oude stal tot een erg succesvolle zeepziederij omgetoverd. 'Lizzie kon niet komen,' zei hij. 'Maar ik moest je dit van haar geven.'

Ik nam de mand van hem over. 'Wat aardig.' We wisten allebei dat ze best naar de opening had kunnen komen, maar dat ze het gewoon niet aankon een vriendin van me te zijn. 'Bedank Lizzie van me.' Frank omhelsde me en liep toen weg om een berg eten op zijn bord te scheppen.

Annie en ik droegen ongeveer dezelfde kleren, die zij had uitgezocht: klompen, een legging en een soort lange boerenkiel. Ze had me gevraagd haar haren in een krans om haar hoofd te vlechten, en haar mooie parelachtige gezichtje gloeide toen ze tegen een van haar schoolvriendinnetjes zei: 'Echt, het was zo lastig om de tafelkleden een beetje mooi op te hangen!'

Ik liep naar haar toe en zei: 'Je hebt het prachtig gedaan.' Ze begon nog meer te stralen. Zach kwam aanzoeven met Batman en Robin, met in zijn kielzog een trits jongetjes. Ik deed de deur open. 'De buitenlucht roept.' Ze renden naar buiten.

Lucy zat voor op de veranda. 'Maak je geen zorgen, ik hou hem nog steeds in de gaten. Maar ze waren al naar binnen voordat ik ze kon tegenhouden.'

'Fijn.' Ik keek om me heen. 'Heb je niemand gezien die aantekeningen maakte, of misschien een microtaperecorder bij zich had?'

Ze schudde haar hoofd. 'Nog niet.'

Ik haalde mijn schouders op en begon de glazen uit te stallen en champagne en appelcider in te schenken. Nadat ik de glazen had rondgedeeld, vroeg ik iedereen naar buiten te gaan en zich voor de veranda te verzamelen, net als ieder jaar op de Fourth of July. Ik ging op de veranda staan zoals Joe altijd deed en hief mijn glas. 'Dat we dit voor elkaar hebben gekregen? In een paar maanden tijd? Het is een regelrecht wonder. Jullie zijn mensen die niet alleen doen wat ze beloven, maar jullie werken ook harder en langer dan menselijk gezien mogelijk is. Mensen die zelfs eten komen brengen! Die op de kinderen passen! Ik weet dat ik niet hier in Elbow ben opgegroeid. Maar ik hoop dat jullie me als een van jullie beschouwen. Want ik doe dat wel. Op jullie, Elbow, Californië. Op grootmoeder Rosemary en grootvader Sergio, die de zaadjes voor deze zaak hebben geplant, op Marcella en Joe Sr. die hem met bloed, zweet en tranen hebben bemest. En als laatste op Joe, die dol was op picknicken, dol was op de zaak, dol was op jullie allemaal. Dank jullie wel.' We hingen Joe's schort op en de foto van hem, zijn vader en grootvader en proostten op het succes van Life's a Picnic.

Toen ik later naar huis wandelde, met aan iedere hand een kind, voelde ik me tegelijkertijd duizelig van opwinding en doodmoe. Iedereen – Ray Longobardi uitgezonderd – was dolenthousiast geweest over het eten, de zaak, de kaart, en dacht dat dit een enorme stimulans zou zijn voor de andere bedrijven die afhankelijk waren van het toerisme, zoals de restaurants, het kano- en kajakverhuurbedrijf en de Elbow Inn. Het was alleen teleurstellend dat er geen pers bij was geweest, maar ik wist ook dat de opening van een picknickzaak geen groot nieuws was. Net op dat moment kwam een jonge, iets te dikke jongeman zich naar ons toe haasten. Hij droeg een sportbroek, sportschoenen en een windjack. 'Ella? Ella Beene?' vroeg hij.

Als dat geen journalist was! Eindelijk! 'Ja, dat ben ik. En ja, ik ben de eigenaar, of eigenlijk moet ik zeggen een van de eigenaars. Maar ik kwam op het idee toen –'

'Dus u bent Ella Beene? Dan moet ik u dit overhandigen.' Hij ritste zijn windjack open en pakte er een bruine envelop uit. 'Sorry. Maar ik doe gewoon mijn werk,' zei hij, in een onhandige poging om vriendelijk te klinken. Hij draaide zich om, stak schommelend de straat over, stapte in zijn Hyundai en reed weg.

Ik keek naar de envelop. Mijn naam stond er met de hand geschreven op, met mijn adres en het adres van de winkel, en verder niets. Ik wist wat het was.

Annie trok aan mijn arm. 'Mam? Was dat de man van het nieuws?'

15

Ik bracht de kinderen naar bed en stak de houtkachel aan. Toen liet ik me op de bank ploffen, zette mijn voeten op de hutkoffer die als tafel dienstdeed, en hield mezelf voor dat de envelop wat anders bevatte dan waar ik het bangst voor was.

Misschien nog zo'n los eindje van Joe, nog meer slecht nieuws op financieel gebied. *Laat dat het zijn. Dat kan ik wel aan.* De tirade die ik in de tuin had afgestoken toen voor het eerst echt tot me was doorgedrongen hoe groot onze geldproblemen waren, leek nu behoorlijk belachelijk. Ik overwoog even om de envelop gewoon niet open te maken; ik legde hem neer en pakte hem toen weer op.

Het vuur knapte, wat me aan het schrikken maakte. Ik haalde een keer diep adem, pakte de papieren uit de envelop en begon de verklaring van de eiseres, Paige Capozzi, te lezen:

> Ik ben de moeder van twee kinderen, Annie Capozzi, zes jaar oud, en Zach Capozzi, drie jaar oud. Hun vader, Joseph Capozzi, is onlangs verdronken. Ik verzoek u de kinderen aan mij toe te wijzen, zodat ze bij mij kunnen wonen.

En waarom denk je verdomme dat iemand dat zou laten gebeuren? Waarom bij jou? Iedereen in Elbow kent Annie en Zach beter dan jij ze kent.

> Ik heb een ernstige postnatale depressie gehad na de geboorte van mijn kinderen. Toen Zach een zuigeling was, was ik niet meer in staat om als moeder te functioneren. En hoewel het buitengewoon pijnlijk voor

me was, had ik het gevoel dat het in het belang van mijn kinderen was om hen aan de zorg van hun vader toe te vertrouwen, zodat ik in de gelegenheid zou zijn om de hoogstnoodzakelijke medische en psychische hulp te zoeken.

Mijn aandoening was van tijdelijke aard, maar maanden later, toen ik het contact met mijn kinderen en hun vader probeerde te herstellen, werd dat genegeerd. Ik heb talrijke brieven geschreven, zowel aan de kinderen als aan de vader, maar heb alleen antwoord gekregen op de eerste paar.

Brieven? Maak dat de kat wijs. Je hebt je kinderen en je man in de steek gelaten omdat je je niet zo lekker voelde? En nu ben je zo wanhopig dat je zelfs bereid bent om leugens te vertellen?

Ik was nog herstellende en wist niet precies wat mijn rechten waren met betrekking tot het voogdijschap. Bovendien beschikte ik niet over de financiële middelen en over de fysieke en geestelijke kracht om met de vader een gevecht over de voogdij aan te gaan toen hij een scheiding aanvroeg. Ik heb me toen geconcentreerd op het opbouwen van een nieuw leven, met de bedoeling om later mijn rechten als moeder weer op te eisen. Ik ben een succesvolle interieurconsulente geworden. De verdiensten zijn goed, en ik heb flexibele werktijden. Aangezien ik vanuit huis werk, verkeer ik in de positie om Annie en Zach zowel financieel als emotioneel te ondersteunen. Hoewel hun stiefmoeder de kinderen goed heeft verzorgd, lijden Annie en Zach onder het verlies van hun vader, en zouden ze bij hun nog enige levende ouder moeten zijn. Van mij kunnen ze de waarachtige liefde en steun ontvangen die alleen een echte moeder kan geven.

O, breek me de bek niet open over wat een echte moeder is! Goed ver-
zorgd? En laten we het ook eens hebben over wat je Annie en Zach hebt
aangedaan, dat was iets wat een echte moeder zich nooit in het hoofd
zou halen.

Ik vraag u om de kinderen aan mij toe te wijzen, zodat
ze bij mij in Las Vegas kunnen komen wonen, waar ik
een prachtig huis heb in een kinderrijke buurt.
Ik verklaar onder ede dat al het bovenstaande naar
waarheid is.

Er was een datum vastgesteld voor een mediationgesprek: 1 oktober;
er zat een oproep bij tot de bijwoning van de hoorzitting op 3 november. En een vraag om wat documenten op te sturen, waaronder
de verzonnen brieven.

Joe had me niet verteld dat de zaken zo slecht gingen. Dat was
een schokkende ontdekking geweest, maar ik kon bijna begrijpen
waarom hij niets had gezegd: de winkel was letterlijk Joe's zaak. Hij
had gedacht het tij wel te kunnen keren, en dan zou niemand – zelfs
ik niet – hebben hoeven weten hoe slecht hij ervoor had gestaan. Ik
had niets te maken gehad met de dagelijkse gang van zaken in de
winkel. Maar de kinderen – dat was wat anders. Als het om Annie
en Zach ging, vertelden Joe en ik elkaar alles. We gingen samen met
hen naar de dokter, hadden Annie samen weggebracht toen ze voor
het eerst naar de kleuterschool ging, vertelden elkaar precies welke
woordjes Zach voor het eerst sprak – ook de meest kleurrijke. Joe
zou het me hebben verteld als Paige had geprobeerd met de kinderen te corresponderen. En het stond buiten kijf dat Joe niet wreed
was.

Ik wierp het hele pakketje papier zo hard mogelijk van me af, maar
het fladderde zwakjes door de lucht alvorens de grond te raken.

Ik denk dat ik die nacht hooguit twintig minuten sliep. De volgende ochtend, nadat ik de kinderen naar school had gebracht, belde ik
meteen de troepen – de hele familie van Joe, Lucy, mijn moeder,

Frank – om hun te vertellen dat Paige een verzoek had ingediend om de voogdij over haar kinderen te krijgen. Geen van allen liet iets van bezorgdheid doorschemeren. 'Geen enkele rechter met gezond verstand zal die vrouw de voogdij toewijzen,' stelde Marcella me gerust.

Joe had zijn scheiding zonder advocaat geregeld, maar ik begreep dat ik er nu een nodig had. Frank kende er wel eentje, en ik belde haar meteen nadat ik het gesprek met hem had verbroken. Ze had tussen de middag nog wel een gaatje voor me – of ik dan kon? Ik liet de kinderen over aan Marcella en zorgde ervoor dat David en Gina de winkel deden.

In de auto dacht ik aan de laatste keer dat ik bij een advocaat was geweest. Dat was toen Henry en ik hadden besloten om te gaan scheiden. Henry, die op een keer, lang geleden, was opgedoken als mijn labonderzoekspartner tijdens de lessen eencelligen, cellen en organismes, zei dat mijn naam hem deed denken aan L.L. Bean, van de kledingcatalogus. Hij zei dat hij het zo voor zich zag: ik op de veranda van een blokhut in Vermont, gekleed in een donsjack en spijkerbroek, met vislaarzen aan mijn voeten. Het eenvoudige leven. Een paar hectare grond, een paar kinderen. Het klonk als een goed plan, en ik was er helemaal voor.

Maar nadat Henry en ik getrouwd waren, werden we door mooie banen in de biotechnologie-industrie naar San Diego gelokt en gingen we in een perzikkleurig gepleisterd paleisje wonen, dicht bij de snelweg en te midden van honderden andere perzikkleurige gepleisterde paleisjes. Aan de rand van het zwembad van olympische afmetingen in onze *gated community*, deed de grap de ronde dat onze huizen zo dicht op elkaar stonden dat, als je een kopje zeezout wilde lenen, je buren je dat door het badkamerraam heen konden aanreiken.

'We kunnen altijd na ons pensioen nog in Montana gaan wonen,' zei Henry. Terwijl ik als onderzoeksassistent ploeterde, en daarna verwelkte, ernaar verlangend dat donsjack in dat bos te kunnen dragen, in plaats van een witte jas in het lab, bloeide Henry op. Hij hield van zijn baan als biochemicus, hij hield van de veelsoortigheid van de vele stranden, van de niet zoveelsoortigheid van het weer, hij hield van het spaarzaam ingerichte perzikkleurige paleisje en van onze maagdelijke SUV die zich nooit van het asfalt waagde om eens een berg te gaan beklimmen. De auto had zelfs nog nooit kinderen naar voetbal gebracht.

En toen kwamen alle miskramen, alle narigheden die ertoe leidden dat we ieder aan het uiteinde van een lange, lege eettafel naar elkaar zaten te staren. Op Henry's aandringen namen we advocaten in de arm. Een van hen zei tegen me: 'Gelukkig hebben jullie geen kinderen.' Ik keek haar alleen maar aan. Ik keek naar haar terwijl ze een pluisje van de mouw van haar duur uitziende jasje tikte en haar armen op het bureau over elkaar sloeg. 'Dan zou je voor eeuwig aan hem vastzitten. Dan zou je wat te stellen krijgen met hem, en met de stiefmoeder, mocht hij hertrouwen… wat ze altijd doen. Onmiddellijk. Mannen zoeken iemand die hen kan helpen bij de opvoeding, en vrouwen willen niets liever dan mannen helpen.' Ze trok een volmaakt geëpileerde wenkbrauw op, haar eigen Arc de Triomphe. 'Het is een ramp. Je kunt dan alleen nog maar hopen dat hij iemand neemt die de kinderen tolereert.' Ze haalde haar schouders op. 'Er zijn maar weinig mensen die echt van een kind kunnen houden zoals een biologische ouder dat doet. Nee, wat dat betreft mag je van geluk spreken.'

Henry's gesprek was waarschijnlijk net zo beroerd verlopen, want we besloten eensgezind om het zonder advocaten te doen en de boel zelf te verdelen. Ik had nooit meer aan de woorden van die advocate gedacht, aan hoeveel pijn ze hadden gedaan, en nu deden ze opnieuw pijn – om de tegenovergestelde reden.

Het kantoor van Gwen Alterman was gevestigd op de tweede verdieping van een stenen gebouw in het centrum van Santa Rosa. Ze was ouder dan ze aan de telefoon had geklonken, begin vijftig misschien, en groter dan ik me haar had voorgesteld. Mijn blik viel op de foto's van haar met haar man en kinderen. Ik had willen vragen of ze een stiefmoeder was of een biologische moeder, maar ik hield mijn mond. Terwijl zij haar broodje kip van Burger King at, vertelde ik haar mijn verhaal. Ze gaf me een doos Kleenex, die ik dankbaar aanpakte. Omdat ik per minuut moest betalen, bleef ik door mijn tranen heen doorpraten, me verontschuldigend en mijn neus snuitend; ik vertelde haar alles wat ik maar kon bedenken, zelfs het feit dat ik bankroet was. Ze maakte aantekeningen en knikte, en eenmaal klopte ze me over het enorme bureau heen op mijn hand.

'Dus,' zei ze, nadat ik haar het gerechtelijk bevel en de scheidingspapieren van Joe had gegeven. 'Je hebt een behoorlijke klap gehad, zeg. Mag ik je iets vragen? Ben je ooit officieel voogd geworden van de kinderen? Voor het geval dat je man iets zou overkomen?'

'Nee… nee. We hebben het er wel over gehad, maar het is er nooit van gekomen. Omdat we Paige daarvan op de hoogte hadden moeten stellen… En bovendien zag het ernaar uit dat ze toch nooit terug zou komen.'

'Aha. Nou, dat is jammer. Maar toch, als er een God bestaat, dan zou die vrouw geen enkele kans mogen maken. Rechters zijn meestal niet mild in hun oordeel over ouders die hun kinderen in de steek laten.' Ze pakte haar bril, die aan een koordje op haar matroneachtige borsten hing, zette hem op haar neus en begon de papieren te bestuderen. Ik keek naar de familiefoto's en zag dat alle drie de kinderen onmiskenbaar zowel op haar als op haar man leken. Geen gebroken-samengesteld gezin dus.

Gwen Alterman keek me over haar bril heen aan en schraapte haar keel. 'Ze beweert dat ze talloze malen geprobeerd heeft contact op te nemen? Dat zet de zaak in een ander daglicht.'

'Ja, maar ze liegt,' zei ik.

'Weet je echt honderd procent zeker dat ze geen contact heeft proberen op te nemen met de kinderen of hun vader? Ik vraag het, omdat er een dagvaarding voor die brieven bij zit. Als je ze hebt, zul je ze moeten overdragen.'

Ik schudde mijn hoofd. 'Toen ik daar kwam, was ze nog niet zo lang weg. Ik heb nooit ook maar een spoor van haar gezien.' *Behalve in de blauwe ogen en het zijdeachtige blonde haar van Annie en Zach*, dacht ik. *En die ene foto waarop ze stralend zwanger staat te*

125

zijn, in dat boek van Joe over fotografie. En de paisley badjas die Joe heeft weggegooid na onze eerste nacht samen.

'En de familie van je man? Hebben zij contact met haar gehad?'

'Nee. Ze zijn kwaad op haar omdat ze is weggegaan.'

'Waarom is ze precies weggegaan? Omdat ze depressief was? Een beetje depri en dan meteen drie jaar niet naar je kinderen omkijken?'

'Dat is alles wat ik weet,' gaf ik toe. Gwen wachtte, me aanturend over haar bril. 'Je weet niet hoe Joe's familie is. Over dat soort dingen wordt niet echt gepraat. Het zijn warme, liefdevolle mensen. Maar ze praten niet graag over… je weet wel… over hun problemen.'

'Zoals daar zijn?'

Ik zuchtte. 'Nou, zo weet ik bijvoorbeeld dat Joe's grootvader tijdens de Tweede Wereldoorlog in een interneringskamp heeft gezeten, maar niemand heeft het daarover. En toen het heel slecht ging met onze winkel, heeft Joe het daar ook nooit met iemand over gehad.'

'Had Joe een Japanse grootvader?'

Ik glimlachte. 'Nee. Maar dat was precies wat ik ook dacht toen Joe het me vertelde. Italianen werden ook in kampen gestopt, alleen niet zoveel.'

Ze schudde haar hoofd. 'Dat wist ik niet… Echt waar?' Haar telefoon ging één keer over. Ze zei tegen haar receptioniste dat ze nog een paar minuten nodig had. 'Zeg eens, is het eigenlijk nooit bij je opgekomen om Joe naar de reden van haar vertrek te vragen?'

Ik keek haar aan. 'Eh. Nee.' Ik zei niet dat ik daar, diep vanbinnen, nog steeds het liefst niets van wilde weten. 'Maakt ze een kans?'

'Kans altijd.' Ze wierp een blik op een van de scheidingspapieren. 'Maar zo te zien is Joe's verzoek om volledige voogdij niet aangevochten. Ze heeft zonder enig verweer alles ondertekend. Kennen je kinderen haar überhaupt?'

'Nou, ja – Annie herinnert zich haar nog. Zach niet, maar hij is ook niet bang voor haar. Hij lijkt haar wel aardig te vinden. Ze is heel… mooi… en ze gaat wel leuk met ze om, geloof ik.'

'Voor mooi koop je niks, schat, en je kleine kinderen in de steek laten is nooit mooi. Of goed. Voor de kinderen ben jij hun moeder. Je hebt ze te eten gegeven, hun luiers verschoond, en je bent er de afgelopen drie jaar voor ze geweest, terwijl zij God mag weten wat uitspookte. Nee, het is niet in het belang van de kinderen om ze uit hun vertrouwde omgeving weg te halen, weg van hun liefdevolle stiefmoeder, hun familie – trouwens, ik heb van iedereen in de familie een brief nodig – en ze dan in een vreemde omgeving te plaatsen, bij iemand die ze niet kennen. Volgens mij staan we heel sterk.'

Ik slaakte een diepe, beverige zucht. 'Je moest eens weten hoe fijn ik het vind om dat te horen.'

Ze glimlachte en zette haar bril af. 'En nu over jou. Slaap je wel? Eet je wel?'

Ik haalde mijn schouders op. 'Van slapen komt weinig. Eten gaat wel.'

'Je moet yoghurt proberen. Milkshakes. Je moet echt wat binnen zien te krijgen, schat, want je zult al je kracht nodig hebben. En je kinderen zullen je ook nodig hebben.'

Ik knikte.

'Ik vind het vervelend om te moeten zeggen terwijl je al zoveel te verstouwen hebt, maar je zult toch een inkomstenbron moeten zoeken. En snel ook. Zo te horen gaat het haar voor de wind – tenminste, zo doet ze het voorkomen. En voor zover ik weet zou dat best eens kunnen kloppen, want de onroerendgoedmarkt in Las Vegas is booming. En als jouw financiële plaatje echt zo beroerd is als je vertelde, kan het lijken alsof je niet in staat bent om de kinderen te onderhouden. Als die nieuwe zaak van je niet gauw begint te lopen, kan het zijn dat je iets anders moet verzinnen. Maar ik zal aanvoeren dat het getuigt van ondernemingszin en lef dat je het erfgoed van de familie probeert te redden. En dat is meer dan ik van haar kan zeggen.

En nog een akelig detail: ik vraag vijfduizend dollar voorschot. Dat heb ik nodig om verder te kunnen gaan. We moeten proberen een rechtszaak te voorkomen, want dat wordt heel duur. Dan gaan ze een onderzoek doen, er een maatschappelijk werker bij halen, onderwijzers ondervragen, artsen, familie, vrienden – en zelfs de kinderen. Maar ik geloof eerlijk gezegd niet dat het zover zal hoeven komen.'

Ik knikte weer en probeerde te voorkomen dat ik er net zo moedeloos uitzag als ik me voelde. Waarom had ik meteen al mijn geld in de winkel gestoken? En al mijn energie?

Ik moest mezelf naar de jeep slepen. Toen ik in de auto zat, bleef ik even op het parkeerterrein staan, met mijn hoofd op het stuur, mijn ogen rood van slaapgebrek. Toen dwong ik mezelf het contactsleuteltje om te draaien.

Op de terugweg kwam er een gevoel van wanhoop opzetten. Niet nu! Ik moest iets verzinnen. Ik moest eten. En slapen. Ik moest voor mijn kinderen zorgen. Hoe voelden zij zich? Ik kreeg een geheugenflits: hoe verward en verloren ik me had gevoeld na de dood van mijn vader. Die avond na het pretparkfiasco had mijn moeder me gerustgesteld. Ze had gezegd dat wij ons er ook doorheen hadden weten te slepen, en dat was ook zo. Maar ik herinnerde me die eerste maanden nog, hoe erg ik mijn moeder nodig had gehad, en dat haar ogen steeds een nietszeggende uitdrukking hadden gekregen wanneer ik met haar probeerde te praten. De hele avond hoorde ik het geluid van de tv aan de andere kant van mijn kamermuur, en als ik terugkwam van school, waren de gordijnen nog dicht, was het licht op de veranda nog aan, lag de krant nog op de stoep en liep mijn moeder nog in haar nachtjapon rond. Ik mocht dat niet doen; ik moest de kinderen hierdoorheen zien te slepen.

Ik moest Paige het hoofd bieden. Geld verdienen. Stoppen met zweten. Geen pijn meer op de borst hebben. Ademhalen. Zelfs dat lukte me niet meer. Waarom zat ik te zweten? Had ik soms koorts? Ik had pijn op de borst. Mijn arm deed pijn. Ik kreeg nog steeds geen adem.

En toen werd het me ineens duidelijk: ik moest maken dat ik naar een ziekenhuis kwam.

Memorial Hospital was maar twee straten van me vandaan, maar ik durfde niet verder te rijden, bang dat ik van de weg zou raken en een voetganger zou aanrijden. Ik parkeerde de auto en stak de straat over, waarbij ik zelf bijna werd aangereden. Het zweet liep nog steeds over mijn gezicht, en ik had het gevoel alsof mijn borstkas werd ingedrukt. Ik was een magere vrouw van vijfendertig, die ladingen biologische groente naar binnen werkte. Ik was ook de dochter van een man die op zijn veertigste was gestorven aan hartfalen. Ik liep de spoedeisende hulp binnen en ging naar de balie.

'Volgens mij… volgens mij heb ik een hartaanval,' fluisterde ik.

De vrouw nam me even op, pakte de telefoon en riep: 'Mogelijke hartaanval. Vrouw. Leeftijd?'

'Vijfendertig,' zei ik. Binnen de kortste keren lag ik al op een brancard vragen te beantwoorden. Van welke symptomen had ik last? Wanneer waren die begonnen? Hoe erg was de pijn? Wie moesten ze inlichten?

Wie ze moesten inlichten? *Joe*, dacht ik. *Joe moet worden ingelicht.* 'Mijn man,' zei ik. 'Maar hij is dood.'

Wie ze moesten bellen, vroegen ze weer. Marcella niet – die zorgde voor de kinderen. Mijn moeder was te ver weg. Wie was er nog meer? Lucy. Ze konden Lucy bellen. Ik gaf hun haar nummer, samen met mijn verzekeringspasje.

Vier uur en vijf onderzoeksresultaten later legde dokter Irving Boyle de precieze complicaties van een angstaanval uit, en waarom ik daar zo'n geschikte kandidaat voor was. Hij had een ruige grijze baard, waardoor hij meer op een professor in de filosofie leek dan op een arts. Hij zei: 'Er is niets aan de hand met uw hart.' Hij ging op zijn kruk zitten, stak zijn pen achter zijn oor en legde zijn handen op zijn knieën. 'Behalve dan dat het gebroken is. Droefheid en depressie kunnen leiden tot een angstaanval zoals u vandaag heeft gehad. Dat uw man onlangs is overleden heeft veel van u gevergd, zowel geestelijk als lichamelijk. Nog gecondoleerd overigens. Ik stel voor dat u angstremmers gaat slikken en misschien ook antidepressiva om u over deze hobbel heen te helpen.'

Deze hobbel? Aan de meelevende blik in zijn ogen zag ik echter dat hij niet probeerde om het minder erg te maken dan het was. 'Dus wat u wilt zeggen, is dat het goede nieuws is dat ik niet doodga aan een hartaanval, en het slechte nieuws dat ik niet doodga aan een hartaanval.' Toen ik zijn gezicht zag, voegde ik er gauw aan toe: 'Grapje.'

'Verwijzingen naar zelfmoord worden door ons ernstig genomen. Vooral als het om mensen zoals u gaat, die net een dierbare hebben verloren. Ik begrijp waarom u dit soort gevoelens heeft, maar u moet aan uw kinderen denken. U heeft nog een heel leven – en veel mooie momenten – voor u.'

Ik knikte. 'Dat weet ik wel. Echt. Geen sprake van dat ik mijn kinderen in de steek laat.' Ik vertelde hem niet dat iemand de kinderen bij me weg probeerde te halen. Dat het verdriet om het verlies van Joe maar een deel was van wat ik voelde. Dat ik ook doodsbang was om Annie en Zach kwijt te raken. Hij vroeg me of ik moe was, en ik vroeg hem of het mogelijk was om dood te gaan aan slaapgebrek.

Hij schreef Xanax voor voor mijn slaapprobleem en mijn angstgevoelens. Ik zei dat ik nog even wilde wachten met antidepressiva, dat het me heel natuurlijk leek dat ik verdrietig was, en dat dat verdriet zijn beloop moest hebben. Ik was niet depressief, zei ik tegen hem. Alleen maar moe en bedroefd.

Lucy reed me naar huis. Marcella had de kinderen te eten gegeven en in hun pyjama's gestopt, en het huis rook naar aubergine met Parmezaanse kaas – Joe's lievelingseten – en naar badschuim van SpongeBob. 'Sorry,' zei ik tegen haar, maar ze wuifde het weg.

'Geeft niks. We hebben het leuk gehad. Hoe gaat het? Gaat het weer een beetje?'

Ik kneep in haar hand en knikte, maar het ging helemaal niet. Ik was bijna de hele dag in het ziekenhuis geweest, alleen om te horen dat ik geestelijk een wrak was. Een gekkin. Niet zo heel anders dan Paige.

Annie kwam de slaapkamer van de kinderen uit rennen. 'Mam! Mam!' riep ze vrolijk. Zo had ik haar niet meer meegemaakt sinds Joe's dood. Ik tilde haar op. Dat ze zo blij was om me te zien, was als balsem voor mijn ziel. 'Mag ik het haar nu vertellen? Mag het?' vroeg ze aan Marcella. Marcella haalde haar schouders op, draaide zich om en begon haar schort af te doen. 'Mam? Raad eens?'

'Je hebt je kamer opgeruimd.'

'Nee, gekkie.' Ze woelde door mijn haar. Dat deed ze vaak de laatste tijd. Ik was nog niet helemaal toe aan die omkering van de ouder-kindrol. 'Mama heeft ons uitgenodigd in Las Vegas! Ze wil dat Zachosaurus en ik volgend weekend bij haar komen logeren!'

16

De volgende ochtend in de winkel, voordat hij openging, terwijl ik risottocakejes bakte en de puttanescasaus aan de kook bracht, belde ik Gwen Alterman en vroeg haar wat ik met Paiges verzoek aan moest. 'En ik kan er ook niet tegen dat ze Annie manipuleert. Dat moet ophouden.'

Gwen was het met me eens. 'Het verzoek via de kinderen spelen is onder de gordel. Ik zal haar vandaag nog een officieel schrijven doen toekomen waarin ik haar sommeer daarmee op te houden. Je zou natuurlijk nee kunnen zeggen tegen een omgangsregeling... en dan gaat zij waarschijnlijk een verzoek indienen bij de rechtbank om een logeerpartij af te dwingen. We zouden een psychologisch rapport moeten hebben om vast te stellen of ze niet gestoord is, of ze de kinderen niet zal ontvoeren. Maar tegelijkertijd moeten we niet de indruk vestigen dat je op voorhand tegen een relatie tussen de kinderen en hun biologische moeder bent.' Ze zweeg, en ik zag voor me hoe ze een multiplechoicetest deed, de antwoorden tegen elkaar afwegend, terwijl ik het gas onder de saus wat lager draaide zodat hij verder kon pruttelen. 'We moeten zorgen dat je niet als een jaloerse, dominante vrouw overkomt. We moeten je als liefdevol afschilderen. Als iemand die openstaat voor een omgangsregeling. Maar we moeten ook volhouden dat het het beste is als de kinderen bij jou wonen. Punt.'

Ik luisterde. Ik dacht eraan om adem te halen. Ik klemde de telefoon met mijn schouder tegen mijn oor, zette het koperen bakblik voor de risottocakejes neer, schonk een glas water in en maakte het potje Xanax open dat in mijn tas onder de toonbank zat. Joe plaagde me altijd met mijn onwil om medicijnen te slikken, al was het maar een aspirientje. Maar na die middag op de spoedeisende hulp had ik het gevoel dat ik de Xanax nodig had. Terwijl ik er eentje innam, drong het voor het eerst tot me door dat Paige, zelfs al zou ik deze zaak winnen, nog steeds deel zou gaan uitmaken van ons leven. Voor altijd. Tenzij ze besloot om weer te verdwijnen. Maar een omgangsregeling hield in dat zij en de kinderen… elkaar zagen. Op een soort van reguliere basis.

'Luister,' zei Gwen. 'Ik zal een verzoek indienen voor een psychologische test. Ze zullen nee zeggen. Ik vraag om een gerechtelijk bevel. We rekken op die manier in elk geval wat tijd.'

Maar die avond, toen ik thuis een emmer kool zat te snijden, belde ze me terug. 'Ongelooflijk, maar ik heb hier al een psychologisch rapport in mijn hand. Naar me toe gefaxt door Paiges advocaat. Ze heeft er een week geleden eentje op laten stellen, en alles is in orde. Met vlag en wimpel geslaagd. Natuurlijk zouden we om een nieuw rapport kunnen vragen, van een arts naar onze keuze, maar dan zullen ze jou ook aan zo'n test willen onderwerpen.'

Ik nam nog een Xanax en vroeg me af hoe ik het op dit moment zou doen, qua psychologische test. 'O,' zei ik.

Gwen zuchtte. 'We zullen deze zaak winnen.'

Dat klonk goed – maar voor wie? Niet voor de kinderen, en dat zei ik ook tegen haar.

In de kamer van de kinderen hoorde ik Zach brullen: 'Ik ga het zeggen, hoor!' Ik wachtte tot hij de keuken in zou komen stormen, maar hij voerde zijn dreigement niet uit.

'Zach is nog te jong om zonder mij te vliegen. Wat als ze nou eens hiernaartoe komt, hier in de buurt iets met ze gaat doen?'

'Laten we zeggen in een straal van vijftig kilometer? En mogen ze ook een nachtje bij haar blijven?'

Ik zuchtte. 'Oké… Goed.'

'Laten we hopen dat ze hier wakker van schrikt en snapt dat het nog niet zo eenvoudig is, het moederschap.'

Ik ging kijken wat de kinderen aan het doen waren. Annie had haar kleine roze koffertje dat ze van Marcella had gekregen voor logeerpartijtjes, tevoorschijn gehaald en was bezig er jurken in te stoppen die ze haast nooit droeg.

'Ik pak mijn koffer voor als we naar mama gaan. Dat is anders dan hier, in een echte stad,' legde ze uit.

'Vandaar die jurken dus?' vroeg ik.

Ze knikte. 'Vandaar die jurken.'

Zach zei: 'Ik wil geen jurk aan. Jurken zijn stom.'

'Banannie, ik denk dat je mama jullie hier komt opzoeken en –'

'Wat? Nee!' Ze stampvoette. 'Dat is saai! Ik wil met het vliegtuig!'

'Dat komt ook nog wel… een ander keertje. Maar omdat het de eerste keer is, komt ze hiernaartoe. Misschien gaan jullie wel naar een hotel.'

'Een groot hotel?'

'Hotels zijn ook stom.'

'Zach, waarom vind je alles stom? Heb je soms buikpijn?'

'Nee! Ik pak gewoon mijn stomme jama in en mijn stomme kleren!'

'O… Annie, ik weet niet of het een groot hotel is. Dat zul je aan je mama moeten vragen.'

'In een groot hotel zou ik mijn jurken wel kunnen aantrekken. Ik wil er chic uitzien. Net als mama.' Ze stopte de zwarte leren schoenen die ze op de begrafenis had gedragen ook in de koffer. Ze pakte niet haar kleine Birkenstocks en de Zweedse muiltjes die bij de mijne pasten in. Met haar handen op haar heupen bekeek ze de inhoud van haar kast. 'Ik heb niets om aan te trekken,' zei ze, terwijl ze een lok blond haar uit haar gezicht veegde.

Zach kwam aanlopen met zijn brontosaurus en een armvol Matchbox-autootjes en liet ze in zijn Thomas de Trein-koffertje vallen. Ik tilde hem op en gaf hem een kusje op zijn oor; hij legde zijn hoofd op mijn schouder en slaakte een diepe, vermoeide zucht.

'Ik weet het,' zei ik. 'Zullen we naar *The Sound of Music* gaan kijken?'

'Alweer?' vroeg Annie.

'Waarom niet?' zei ik schouderophalend. Ik hoopte dat ze in mijn bed in slaap zouden vallen. Ik wilde niet alleen slapen.

'Nou, goed dan… Ik kan dit morgen ook wel afmaken.'

'Tuurlijk. Trekken jullie je pyjama maar aan, dan ga ik popcorn maken en dan zie ik jullie zo in de slaapkamer.'

De kinderen vielen allebei vroeg in slaap, tegen de tijd dat bij de familie Von Trapp de pleuris uitbrak en Maria 'Dan denk ik aan alles waar ik zo van hou' begon te zingen. *Als de hond bijt, als de bij steekt. Als ik droevig ben... Als de man doodgaat... Als de ex-vrouw... mijn kinderen probeert weg te halen... dan denk ik gewoon aan alles waar ik van hou.* Daarna volgt de confrontatie met de aantrekkelijke kapitein Von Trapp, en Maria die kleren probeert te maken van gordijnstof.

Lucy belde om te vragen hoe het met me ging. Ik vertelde haar waar ik naar zat te kijken.

'Alweer?'

'Maria. Wat een stiefmoeder. Wat een rolmodel. Maar ja, zij hoefde niet bang te zijn dat hun moeder ooit nog zou terugkomen, want die was dood.'

'Waargebeurd.'

'Ja, waargebeurd,' zei ik. 'Ik zou ook wel een moeder-overste kunnen gebruiken die me, in een ontroerende vertolking, vertelde wat ik moet doen. O nee, die moeder-overste zou ik zelf moeten zijn. Dat is een soort supermoeder, zoals ook zal worden vastgesteld door de rechtbank van de County van Sonoma.'

'Schat, je bent ook een supermoeder, dat is zonneklaar. O, ik ben gek op die scène in het prieeltje. God. Christopher Plummer. Ik ben al sinds mijn zesde of zo verliefd op die man. Bel me later maar.'

Ik hing op. Joe was dan wel weg, maar er was nog steeds van alles waar ik erg van hield. Samen met mijn kinderen de tuin omspitten, samen met de kinderen eieren rapen, naar het stadje wandelen, met de kinderen op hun fietsjes, kleien en vingerverven en kralen rijgen, schaafsel van waskrijtjes tussen vellen waspapier strijken – al die dingen waar je vies van werd en die ik zo leuk vond om met hen te doen. Nog heel veel andere dingen naast samen naar *The Sound of Music* kijken... alweer, zoals Annie en ook Lucy had gezegd.

Dokter Irving Boyle had gelijk. Vanwege Annie en Zach had ik heel wat om voor te leven. Ik was niet alleen hun moeder, ik was een goede moeder, een supermoeder. We moesten gewoon de dingen blijven doen waar we van hielden. Een weekend met Paige vormde heus geen bedreiging voor wat we de afgelopen drie jaar samen hadden opgebouwd. En Gwen Alterman had ook gelijk: het zou onze zaak alleen maar goeddoen. Ik zag Paige al voor me met haar volmaakt gemanicuurde nagels onder de stomme vingerverf. Ha!

Annie en Zach zaten op de bank in de niet-zo-mooie kamer. Callie liep van de een naar de ander; ze duwde haar kop en rug tegen ons aan, sloeg ons hijgend met haar staart. Het roze koffertje zat tjokvol en stond, samen met het Thomas de Trein-koffertje, bij de deur te wachten. Om kwart over tien – precies op het afgesproken tijdstip – draaide Paiges huurauto het pad op. Callie rende samen met Annie de gang in, terwijl Zach, met zijn Bubby in zijn hand, opstond en mij aankeek. Ik veegde mijn handpalmen af aan mijn spijkerbroek en probeerde mijn haar te fatsoeneren.

Zach sprong bij me op schoot. 'Bella,' zei hij, terwijl hij een kus op mijn wang plantte. 'Je ziet er fantastisch uit.'

Ik lachte en plantte een hele trits kussen op zijn gezicht. Ik wist dat hij die woorden van Joe had. Mijn onzekerheid moest wel van mijlenver zichtbaar zijn als een jongetje van drie zich genoodzaakt voelde om mij een complimentje te geven. Nadat hij zich wriemelend van me had losgemaakt, stond ik ook op. Ik dacht er gelukkig aan om een paar keer diep adem te halen, en toen liep ik naar de keuken waar ik een theedoek pakte zodat het eruitzag alsof ik bezig was. Ik had de hele ochtend lopen schoonmaken, maar het huis zag er nog steeds rommelig uit. En ze zou waarschijnlijk niet eens binnenkomen.

Ze kwam echter al door de gang de keuken in zetten.

'Annie heeft me binnengelaten.' Ze wierp even een blik in de niet-zo-mooie kamer. 'Dat wilde ik je al eerder zeggen, heel goed dat jullie die muur weg hebben gehaald. Ziet er veel beter uit zo. Ik wist het. Zou ik even naar de wc mogen?'

Ik had een begin gemaakt met het schoonmaken van de badkamer, maar toen was er iets tussen gekomen en had ik er verder niet meer aan gedacht. Ik overwoog even om nee te zeggen; dat ze, als ze naar de wc moest, maar naar het benzinestation van Ernie moest rijden, maar ik wist dat ik dat niet kon maken. 'O. O, oké. Hij is – nou ja, je weet waar hij is.'

'Ja,' zei ze. Terwijl ze in de badkamer was, kon ik mezelf wel voor de kop slaan dat ik daar niet had schoongemaakt. Natuurlijk moest ze naar de wc. Ze was het hele eind van het vliegveld hiernaartoe komen rijden. Ik dacht aan mijn nieuwe medicijnen in het medicijnkastje en aan de kalkkringen in de wc-pot. Aan Joe's aftershave die nog steeds op de wastafel stond en die ik opsnoof als ik me rot voelde. Zou ze het flesje openen, eraan ruiken en net als ik er wat van op haar pols deppen? Of zou ze het in de wc gooien? Lag mijn ondergoed nog op de grond? Die oude onderbroek met de twee scheuren bij het elastiek?

Toen ze de badkamer uit kwam, rende Zach naar me toe en greep mijn been beet. Ik wreef over zijn rug en gaf haar de verzekeringspasjes van de kinderen, het telefoonnummer van hun kinderarts en nog wat instructies met betrekking tot Annies allergie voor antibiotica en Zachs gehechtheid aan zijn Bubby. Ze rook niet naar Joe's aftershave, alleen naar haar eigen jasmijn-citrusparfum, de geur waaraan ze altijd te herkennen was en die in mijn huis leek te blijven hangen. Ze nam de pasjes aan, maar gaf me het nummer van dokter Magenelli en de instructies terug. 'Dank je, maar ik ken dokter Magic en zijn nummer. En van Annies allergie weet ik ook. En wat die instructies betreft, Annie is een erg slim meisje, dus ze kan me vast wel helpen als ik iets niet weet. Maar toch bedankt. Heel attent van je.' Ze stopte de pasjes in haar gestroomlijnde portemonnee, klikte hem dicht en liet hem weer in haar gestroomlijnde schoudertas glijden. Ze droeg een witte broek en een perzikkleurige zijden blouse die mooi afstak tegen haar huid. Ze had zich als tiener vast nooit ingesmeerd met babyolie en op zo'n foliedeken liggen bakken in de zon. Ze zag er een beetje anders uit dan de laatste keer dat ik haar had gezien. Ze had nu een sprietige pony die haar ogen omlijstte, waardoor ze nog groter leken.

'Ik zal de autozitjes even pakken,' zei ik.

'Dat hoeft niet. Ze zitten ingebouwd in de huurauto. We logeren in het Hilton in Santa Rosa.' Ze wendde zich tot de kinderen. 'Koffers gepakt?' Ze knikten.

Annie zei: 'Heel veel jurken.'

'Prima.' Paige keek op haar horloge.

Ik zei: 'Het is zo wel een lange dag voor je...'

'O, dat geeft niks. Ik vind het heerlijk om ze te kunnen zien. Oké, Annie, Zach, zeg Ella maar gedag.'

Ella? Leuk geprobeerd. En ze hoefde mijn kinderen echt niet te vertellen dat ze me gedag moesten zeggen.

Zach zei: 'Ik wil hier blijven.'

Ik bukte me en streek zijn haar naar achteren. 'Je kunt me altijd bellen. En Annie is bij je. En Bubby. En morgen ben je alweer terug.' Hij begon met Bubby op de grond te slaan. 'Oké, liefje?'

Hij keek Paige aan en knikte langzaam. Annie pakte zijn andere hand en met ons drieën liepen we achter Paige aan de veranda af. Ik knielde om hen allebei misschien iets te lang te knuffelen, vechtend tegen mijn tranen.

'Dag, mammie!' riepen ze zwaaiend vanuit de auto, terwijl zij met hen wegreed. Ik bleef kijken tot ze de bocht om waren en keek toen naar het stof van het grind dat zich oploste in de ochtendlucht.

Ik trok Joe's jas aan en liep met Callie naar de kippenren. Callie zigzagde voor me uit. We hadden vier kippen, Bernice, Gilda, Harriet en Mildred. Toen ik onder hen voelde, bleek dat ze, op Mildred na, allemaal een ei voor me hadden gelegd. Mildred legde al een tijdje minder eieren. Ik vroeg me af of ze soms ook in de rouw was. Ik liet de drie warme eieren in de zakken van Joe's jas glijden en volgde Callie terug naar huis.

Ik had me voorgenomen bezig te blijven en op zoek te gaan naar de brieven waar Paige om had gevraagd. Gwen had gezegd: 'Je moet de rechter kunnen vertellen dat je er ijverig naar hebt gezocht, maar dat je ze niet hebt kunnen vinden.' Ik zou de dozen en dossiers in Joe's kantoortje doorzoeken, dan was dat ook weer achter de rug.

Ik zat in zijn oude kantoortje in Life's a Picnic en doorzocht de dossiermappen, bladerde de grootboeken door en vond belastingpapieren die ik ooit blindelings had ondertekend. De voortekenen van een financiële ondergang spatten van de papieren af, maar ik had nooit enige moeite gedaan om ze door te nemen. Als een huisvrouw uit de jaren vijftig had ik me niet bemoeid met de financiën en alleen maar voor de kinderen gezorgd. Dat was op een natuurlijke manier gegaan; het was geen weloverwogen besluit geweest. Het leek toen te werken voor ons, maar ik zag inmiddels in dat het helemaal niet had gewerkt. Joe had de waarheid voor me verzwegen, en een deel van mij had dat blijkbaar heel best gevonden.

De deur achter de dossierkast gaf toegang tot een opslagruimte. De kast was te zwaar om te verschuiven, maar omdat ik David niet om hulp wilde vragen, maakte ik de laden leeg en schoof en duwde net zo lang met de kast tot ik de deur kon openen. Ik trok aan het touwtje om het kale peertje aan te doen dat aan het spant hing. Het rook er naar schimmel – en naar herinneringen. Stapels dozen, wat oude, stoffige meubels, een toilettafel met spiegel en een secretaire die waarschijnlijk van Joe's grootouders waren geweest. Als er al brieven waren, dan zou ik die hier moeten kunnen vinden.

Ik begon met de dozen. Niet de dozen waarop stond wat erin zat, zoals 'Joey's honkbalprijzen' of 'Davy's schoolschriften'. Ik begon met de dozen in de hoek, waar niets op stond. In de eerste die ik openmaakte, trof ik de paisley badjas aan.

Ik herkende hem meteen – de blauwgroene, honingkleurige en maagdenpalm-blauwe krullen – en ik begreep nu ook dat Paiges ogen en huid goed uitkwamen bij deze kleuren – zelfs al had ze hem iedere dag, de hele dag, aangehad, dan nog had ze er vast fantastisch uitgezien. Joe had hem bewaard, die avond dat we elkaar hadden leren kennen. Hij had hem weliswaar van het haakje op de achterkant van de badkamerdeur gepakt, maar hij had hem niet weggegooid of weggegeven, en ook niet aan Paige opgestuurd. Hij had hem gehouden. Omdat hij haar miste? Omdat hij hoopte dat ze zou terugkomen? Had hij de deur van het kantoortje op slot gedaan, net als ik zojuist had gedaan, de dossierkast weggeschoven, de doos opengemaakt om haar badjas te pakken en haar parfum op te snuiven, zoals ik aan al zijn hemden snoof?

Of misschien had hij het gewoon bij de andere spullen van haar gestopt, omdat hij er verder niets meer mee te maken wilde hebben. Misschien had hij er wel nooit meer aan gedacht.

Er waren nog meer dingen waarvan ik durfde te wedden dat ze hem niets konden schelen. Oude flesjes make-up. Een doosje tampons. Een stukgelezen exemplaar van *Wat je kunt verwachten als je in verwachting bent*. Wat kleingeld en een borstel waar nog blond haar in zat.

Nee, dit was geen altaar. Dit was een in haast ingepakte doos, weggestopt, vergeten.

Op dat moment had ik moeten stoppen en de opslagruimte weer moeten afsluiten, de dossierkast ervoor schuiven en de dossiers weer in de lades leggen. Maar dat deed ik niet. Ik maakte nog een doos open. En nog eentje, waar Annies oude babykleertjes in bleken te zitten – bijna alles even klein en roze of perzikkleurig en wit; kleine katoenen aandenkens aan een tijd waar ik nooit deel van zou kunnen uitmaken. Er zat zelfs een rompertje met kleine eendjes erop bij, dat ik herkende. Tijdens mijn eerste zwangerschap had ik er ook zo eentje gekocht bij GapKids. Toen ik bij Henry was weggegaan, had ik het in de kast op de kinderkamer laten hangen. Waar zou het nu zijn? Had hij het in een doos gestopt, samen met de andere dingen die ik had achtergelaten? Het was waarschijnlijker dat hij het had weggegeven.

Paige en ik waren in dezelfde tijd zwanger geweest. Toen ik hen pas kende, had ik al bedacht dat een van mijn baby's net zo oud als Annie had kunnen zijn, bijna precies even oud. Ik vond Annies babyboek, dat ik nog nooit had gezien, hoewel het een van de weinige dingen was waar ik Joe naar had gevraagd. Hij had zijn schouders opgehaald en gezegd dat hij niet goed meer wist waar het was gebleven. Had Paige het in deze doos gestopt, met het voornemen het ooit te komen ophalen? Het was zelfgemaakt, met een kaft van roze en witte stof met konijntjes erop, en met haar naam, Annie Rose Capozzi, en haar geboortedatum, 7 november 1992, er in het midden op geborduurd. Ik overwoog heel even om het dicht te laten – ongeveer twee seconden. Ik wist dat ik me alleen maar ongelukkig zou gaan voelen. Toch keek ik erin, naar de foto's van Paige, stralend, zelfs tijdens de bevalling, en Joe en Paige en Annie, samen knus op een ziekenhuisbed, omringd door roze boeketten en ballonnen, Joe en Paige met elk een even brede lach op hun gezicht, die hen met hun kind verbond als de twee symmetrische kanten van een anker.

Ik bladerde verder, nog meer bladzijden vol Annie: Annie met Marcella, met Joe Sr., met Frank en Lizzie en David, maar geen foto's van Paige. Pas vijf maanden later weer, met Pasen, toen ze haar plaats opnieuw innam, herrezen uit de vergetelheid. Er zaten niet veel foto's van Joe bij, omdat hij degene was geweest die ze had genomen. Misschien was dat nog wel erger, deze foto's weerspiegelden wat hij had gezien, waar hij van had gehouden – zijn aanwezigheid was daardoor nog sterker dan wanneer hij wel op de foto's had gestaan. De blik op Paiges gezicht, dat geheime glimlachje dat slechts met één andere persoon op de wereld werd gedeeld. En met Annie in haar armen.

Later die avond zat ik in bed en probeerde ik te veel huishoudelijke rekeningen te betalen met te weinig geld op de bank. Maar ik zat vooral te wachten op een telefoontje van Annie en Zach. Callie lag op het voeteneind te snurken, met haar poten trekkend terwijl ze droombotten opgroef. Ik probeerde een logische volgorde aan te brengen in al mijn hersenspinsels, maar het lukte me niet. Ik trok het laatje van het nachtkastje open en rommelde erin tot ik mijn kladblok en pen had gevonden. De woorden 'kippenvoer' en 'rabarberzaad' stonden er in mijn handschrift in geschreven.

Ja, het was waar. Ik was een laat maar waaien-type geweest. Mijn leven was eens zo simpel, als de titel van een stom liedje, het soort liedje dat je onderweg in de auto zong: '*O, ik heb kippenvoer, en rabarberzaad, en een lach van een meter breed. Ik heb een jongen en een meisje en een parel van een man en een lach van een meter breed.*'

Joe zorgde voor de boodschappen; aan het eind van de dag nam hij uit de winkel mee wat we nodig hadden. Het postkantoor was naast de zaak, dus hij was degene die de post afhaalde. En als er geen klanten waren deed hij de boekhouding. Blijkbaar had hij veel tijd gehad om de boekhouding te doen.

Ik was zijn leven binnengestapt en had hem nauwelijks met het mijne belast. Ik had me een wandelend graf gevoeld, een graf dat te vaak was gedolven, dat op het punt stond om in te storten; er zat destijds nog maar weinig leven in me. En toen was ik op Joe en de kinderen gestuit – een kant-en-klaargezin met een gat ter grootte van een mammie erin dat ik kon vullen. Ik had geen enkele twijfel gehad. Waarom twijfelen aan iets wat zo duidelijk het lot was?

Joe en ik gingen van elkaars naam niet kennen meteen naar een gezin vormen. We doorliepen niet de fases die onze vrienden doorliepen – de lange, diepe zuchten, de rollende ogen, het 'oké, dan doe ik het wel'. Ik deed alles maar al te graag wanneer het om de kinderen ging. En na het maanden in zijn eentje te hebben moeten zien te rooien, liet Joe me meestal mijn gang gaan.

We waren drie jaar samen geweest. Maar hoe goed hadden we elkaar eigenlijk gekend? Misschien toch niet zo goed als ik dacht. Henry en ik waren zeven jaar getrouwd geweest, maar zelfs na alles wat we samen hadden meegemaakt, had ik nooit het gevoel gehad dat ik een andere Henry kende dan andere mensen kenden. Het soort gesprekken dat hij met mij voerde, had hij met hetzelfde gemak kunnen voeren met zijn collega's, zijn honkbalvrienden, of zijn moeder – afhankelijk van het onderwerp. Er was niets wat alleen van ons was, behalve wanneer het ging om samen een baby proberen te krijgen. Maar toen we besloten dat we genoeg hadden van al dat proberen en ik het over adoptie wilde hebben, was Henry van onderwerp veranderd. We hadden weer korte gesprekjes over laboratoriumratten, over honkbal, en dan vooral over de Padres, en over zijn vaders hernia.

Joe en ik vonden het heerlijk om met elkaar te praten. Onze gesprekken gingen alle kanten uit, van iets ongelooflijks dat een van de kinderen had gedaan en hoe prachtig de aubergines erbij stonden, tot een gedicht over een blauwe reiger dat hij in een tijdschrift had gelezen. Ik vond hem een van de interessantste mensen die ik ooit had ontmoet. Hij was grappig, creatief, intuïtief, artistiek. Na de dood van Sergio was Joe gestopt met zijn studie om zijn vader te gaan helpen; hij voelde het als zijn plicht om de wens van zijn groot-vader te respecteren na alles wat die in zijn leven had meegemaakt. Joe gaf zijn droom om fotojournalist te worden op en fotografie werd zijn hobby, waarin hij het mooiste van wat de wereld te bieden had, probeerde vast te leggen, voortdurend op zoek naar de beste hoeken en het beste licht. Dat had ik juist zo mooi aan hem gevonden. Maar inmiddels zag ik in dat er veel was waarvoor hij zijn ogen had ge-sloten, en ik verbaasde me over het gemak waarmee ik zijn gefilter-de blik had overgenomen.

Ik pakte Paiges visitekaartje. Callie rekte zich uit, deed haar kop even omhoog en liet hem toen weer op de matras vallen. Ze snurk-te verder. Ik schraapte mijn keel en oefende wat ik wilde zeggen.

'Hallo? Paige? Met Ella.'

Te vragend. Te onzeker.

'Hallo, Paige. Met Ella. Ik zou Annie graag even willen spreken.'

Nee. Te dwingend. Ik moest luchtig overkomen, alsof ik me to-taal geen zorgen maakte.

'Hoi, Paige. (Het is toch Paige?) Ha, met Ella. Is Annie in de buurt?'

Ik toetste het nummer in en hing twee keer op voordat ik de te-lefoon liet overgaan.

'Hallo, dit is de voicemail van Paige Capozzi. Spreekt u na de piep uw boodschap in, en vergeet niet: als uw interieur echt niet meer kan, dan is Paige uw man.' Gevolgd door een piep.

Ik wilde net ophangen, toen ik bedacht dat ze waarschijnlijk kon zien wie er had gebeld, dus ik begon toch maar iets te zeggen. 'Eh. Hoi. Met Ella. Ella Beene. Weet je... ik zat net aan... eh... Annie en Zach te denken. En ik wilde ze welterusten wensen. Goh. Ik kan me niet eens herinneren wanneer het voor het laatst was dat ik ze niet zelf naar bed heb gebracht. Volgens mij was het... toen Joe en ik vierden dat we drie jaar samen waren? Toen we naar Mendocino zijn gereden om –' Piep.

Wacht. Misschien had ze wel zo'n keuzemenu waarmee je je bood-schap weer kon wissen. Ik drukte op allerlei toetsen, ik schudde met het toestel. Ik zei: 'Hallo? Hallo?' Niets. Ik hing op.

De telefoon ging over. Ik schrok, want het toestel lag nog op mijn schoot.

'Hoi mammie.' Het was Zachs stem, die als een zalige opluchting mijn hoofd, mijn lichaam vulde. Pas toen ik zijn stem hoorde, drong tot me door hoe gespannen ik was, hoe bang ik eigenlijk was dat er iets verschrikkelijks was gebeurd. Mijn nieuwe angst voor slecht nieuws.

'Hoi schatje! Hebben jullie het leuk?'

'Nee. Ik wil naar huis. Nu!'

'O, Zach. Wat is er dan?'

'Ik wil jou!' Ik zag hem voor me alsof hij naast me stond, de manier waarop hij de telefoon met beide handjes vasthield, met Bubby onder zijn arm geklemd, zijn buikje naar voren, zijn knietjes waarschijnlijk gebogen, hakken tegen elkaar, tenen uit elkaar en iets naar buiten, in een soort onelegante, maar aanbiddelijke plié.

'Liefje, luister. Morgen ben je weer thuis. Je hebt Annie toch? En Bubby. En een mooi hotel? En raad eens, er zit een verrassing voor je in je koffertje. In het binnenvakje. Ga maar pakken.'

'Oké!' Hij legde de telefoon neer. Ik had een nieuwe stegosaurus voor hem ingepakt en voor Annie een paar mooie sokken voor bij haar leren schoenen.

Op de achtergrond zei Paige: 'Wat aardig van Ella. Bedank haar maar netjes, Zach.'

Ella? Alweer? En Zach zeggen dat hij mij moet bedanken? Hou je mond. Hou alsjeblieft je mond.

Zach kwam weer aan de telefoon. 'Cool, mam!'

'Gaat het nu weer?'

'Uh-huh. Uh-huh, uh-huh, uh-huh. Ik ga spelen. Annie wil wat zeggen.'

Zach stiet een woest klinkende brul uit, en toen kwam Annie aan de lijn.

Ik vroeg of ze het leuk had.

'Heel erg.'

'O ja?'

'Ja nou... je zou mijn kamer eens moeten zien!'

O god. Waar waren ze? 'Je bedoelt in het hotel?'

'Nee, mijn eigen kamer. Mama heeft foto's bij zich. En zo te zien is hij nog groter dan onze niet-zo-mooie-kamer.' Ze giechelde.

'Wauw.'

'Ja. Wauw.'

'Is het een logeerkamer?'

'Nee, echt mijn eigen kamer. Op de muur staat in grote glinsterende letters Annie. En er is heel veel groen.' Hoe wist Paige dat groen Annies lievelingskleur was? En hoe had ze het zo snel voor elkaar gekregen om die kamer in te richten en groen te verven? 'En ook nog andere kleuren. Lichtpaars en roze en crème. En een groot bed. Heel cool. Het is een kasteel gewoon!'

Het zweet brak me weer uit, en ik had het gevoel dat ik geen adem kreeg.

'Mam?'

'Ja, liefje?'

Ze fluisterde, met een pauze tussen elk woord: 'Ik… mis… je.' Ik voelde me oneindig beschaamd toen tot me doordrong hoezeer ik het nodig had om die woorden te horen, en ik bedacht dat het voor het eerst was dat het verdriet van mijn kinderen dat van mij op de een of andere manier draaglijker maakte.

17

Dunne flarden slaap dreven mijn koortsachtige gedachten in en uit mijn hoofd. Toen de haan van de Claytons kraaide, schoot ik geschrokken overeind. Er was wel een brief. Die was ik vergeten. De brief waar Joe me over had verteld. De afscheidsbrief waarin Paige hem de zorg voor de kinderen had toevertrouwd en *arrivederci* had gezegd. Als ik die brief nou eens zou kunnen vinden…

Ik stond op in de roze getinte duisternis en trok mijn spijkerbroek en een sweatshirt aan over Joe's t-shirt. Ik verzamelde al mijn proppen Kleenex, die als kwallen over het bed verspreid lagen, deed de lamp aan, pakte het kladblok en schreef alle dingen op die er moesten gebeuren. Het leven dat verder reikte dan rabarberzaad en kippenvoer.

Nadat ik het kippenhok had schoongemaakt, haastte ik me naar de zaak. Ik deed de lampen aan en voelde me zelfs heel even getroost. Hoewel al mijn geld erin zat, hoewel we een risico hadden genomen en iedere dag een beetje vermoeider en armer raakten, voelde het nog steeds precies goed. Ik verheugde me op de dag dat ik me geen zorgen meer hoefde te maken over de voogdij en me kon richten op mijn ochtenden achter de toonbank – klanten helpen, samen met David menu's bedenken – terwijl de kinderen op school zaten. Net op dat moment kwam David binnen met een stapel dozen in zijn armen.

'Voelde je je oren niet jeuken?' Hij zette de dozen neer en begon ze te leggen. 'Want ik had net een journalist van de *Press Democrat* aan de lijn. Hij wil ook met jou praten. En… O, dit ga je fantastisch vinden. Misschien gaat *Sunset* een verhaal over ons doen. En ik ben ook bezig met *Real Simple*. Maar die dingen spelen pas over een paar maanden.'

Ik knikte, ik bleef knikken.

Hij pakte me bij de schouder. 'Gaat het? Je ziet er moe uit.'

'Nou, dank je.' Ik rechtte mijn rug. 'Niks aan de hand. Het is gewoon... Ik zou het liefste hier beneden blijven om winkeltje met je te spelen, maar ik moet naar boven, kijken of ik in de dossiermappen nog iets kan vinden van die shitstukken die ze voor de hoorzitting willen hebben.'

'O. Dat klinkt ontzettend leuk.'

'Precies.'

'Ook dit zal voorbijgaan. En dan zijn de kinderen weer gewoon thuis bij jou. Je brengt ze naar school, je geeft interviews aan tijdschriften, je voert ze charmante en slimme quotes voor in hun artikelen terwijl je in de soep van groentes uit je eigen tuin staat te roeren en ondertussen snel nog wat hout in de haard gooit.'

'Dat zal allemaal wel, maar nu ga ik snel naar boven om mezelf te begraven tussen stapels financiële dossiers.'

'Hé, heb je de wortels en zo nog geroosterd?'

'Eh. Nee.' Ik had helemaal geen tijd om wortels te roosteren. 'Zal ik ze nu voor je hakken?'

'O. Heb je ze nog niet eens gehakt dan?'

'Sorry, David. Maar ik kan het nu toch doen?'

'Zeker weten?' Nee. Ik bedoelde, ja, ik wist zeker dat ik het niet kon. Maar ik deed het toch. Ik hakte in een razend tempo, zoals hij me had geleerd, wortels, zoete aardappelen, walnoten en uien in grote stukken, en bijna twee keer hakte ik mijn vinger er af.

'O mijn god,' zei David. 'Doe toch voorzichtig. In het recept staat sap van bloedsinaasappels, niet bloed en sap.'

Ik vulde een grote braadpan voor de helft met de groente en husselde alles met olijfolie, tijm, zout en peper, wat *maple syrup* en versgeperst sap van bloedsinaasappels, waarbij ik erin slaagde mijn eigen bloed eruit te houden, en zette de pan toen in de oven zodat de hele winkel zou ruiken naar liefdevolle, knusse en gezonde goedheid. En toen rende ik met twee treden tegelijk de trap op om zo snel mogelijk belastend bewijs te vinden tegen de vrouw die de voogdij over Annie en Zach probeerde te krijgen.

Ik deed de deur van het kantoortje op slot, voor het geval David me wilde komen troosten met zijn citroenscones. Ik haalde nog meer dozen tevoorschijn waar niets op stond. Ik moest en zou die brief vinden en de ware aard van Paige aantonen.

Ik zou die brief vinden. Ik zou Gwen Alterman een verklaring laten opstellen, zodat Paige zou begrijpen dat ze de kinderen best kon komen opzoeken, maar dat ze niet de hele boel kon overnemen en Annie en Zach kon weghalen van de plek waar ze thuishoorden. Hier. Bij mij. Bij ons.

Ik vond een doos waar Zachs lege babyboek in zat; niet zelfgemaakt zoals dat van Annie, maar gekocht, met blauwe beertjes erop. Alle bladzijden – voor de eerste glimlach, het eerste lachje, het eerste woordje, het eerste tandje – waren leeg.

Ik vond ook nog wat andere foto's. Geen familiefoto's, foto's van Paige.

Die zich uitkleedde…

Naakt.

Meteen toen tot me doordrong wat voor foto's het waren, gooide ik ze terug in de doos en stond op. Alweer duizelig. Het was duidelijk dat ik een Xanax nodig had, dus ik pakte er twee uit mijn rugzak en slikte ze door. Ik schopte de doos de kast in, deed de deur van het kantoortje van slot en wilde de trap al af lopen. Ik stopte. Ik draaide me om. Ik liep terug, deed de deur weer op slot, pakte de doos en bekeek de foto's stuk voor stuk. Ik bestudeerde ze. Het was een hele serie. Op de eerste foto's droeg ze een blouse met lange mouwen en een rok. Ze zag er erg jong uit, een jaar of twintig schatte ik. Er waren veel opnames van haar gezicht; op andere foto's zat ze op een kruk of stond ze, met een hand op haar heup. In steeds andere kleren. Eigenlijk niets gewaagds. Maar plotseling was er een foto waarop ze recht in de camera keek, met haar vingers aan de knoopjes. De foto's zagen er niet eens geposeerd uit, meer als een verslag van iemand die zich uitkleedt. En daar trok ze haar blouse al uit. Stapte ze uit haar rok. Had ze haar hand achter haar rug om haar beha los te maken. Ontdeed ze zich van haar ondergoed. En toen stond ze rechtop – en alweer had het niets gewaagds. Gezicht recht van voren. Volmaakte borsten recht van voren. Ernstige blik.

148

Geen schuine blik over haar schouder. Niets ondeugends. Ze zag er tegelijkertijd onzeker en opstandig uit, vrouw en kind, sexy en droevig. Welke man zou niet verliefd op haar worden?

En ook nu was Joe in die foto's te vinden. Hoewel ik hem niet kon zien, zag ik zijn gezichtspunt. Volgens mij was hij toen nog niet met haar naar bed geweest. De foto's hadden dan wel niets te maken met de stukken waar de rechtbank om had verzocht, maar voor mij waren ze een ware ontdekking. Joe die Paige ontdekte. En ik die het gevoel had alsof ik hen had betrapt, alsof ik ongevraagd binnen was gekomen.

Nu… en misschien ook drie jaar geleden wel, toen hun relatie net op de klippen was gelopen.

Ik wandelde naar huis, met een bonkend hoofd en brandende ogen; naar het huis dat Joe en Paige voor zichzelf en voor de kinderen die weldra zouden volgen, hadden ingericht. Ik liet me op het bed vallen waarin zij de liefde hadden bedreven, waarin ze Annie en Zach hadden gemaakt. Ik overwoog even om iemand te bellen, maar ik had mijn krediet al verbruikt. Iedereen was toe aan een pauze van mij. Jezus, ik kon zelf ook wel een pauze van mezelf gebruiken. En bovendien wilde ik niet dat iemand dit wist. Het enige wat ik nodig had, was slaap. Als ik maar gewoon even kon rusten, dan kon ik ook weer helder denken. Ik stond op en nam nog een Xanax.

Zoals ik al vertelde, heb ik mezelf nooit als mooi beschouwd. Aantrekkelijk, maar geen vrouw voor wie mensen hun hoofd omdraaien of die kunstenaars zou inspireren. Maar toch… de manier waarop Joe naar me had gekeken… toen had ik me echt mooi gevoeld. Maar Joe had me nooit gevraagd om naakt voor hem te poseren. Natuurlijk was er ook weinig tijd geweest om tussen de kinderen in bad stoppen en luiers verschonen door een studio op te zetten in de slaapkamer.

Ik ging weer naar bed. Callie kwam me haar riem brengen, maar ik zette alleen de deur voor haar open. Ze keek me teleurgesteld aan, maar liet de riem toch aan mijn voeten vallen en liep naar buiten om haar behoefte te doen. Daarna kwam ze weer binnen en volgde me de slaapkamer in. Complete uitputting. Ik krulde me op onder het dekbed. Ik trok het over mijn hoofd. 'Ik heb het helemaal gehad,' zei ik hardop. Callie kreunde en legde haar kin op het dekbed op mijn benen.

Het begon te regenen. Hoewel de kinderen die avond thuis zouden komen, kon ik me er niet toe zetten om uit bed te gaan. Ik probeerde het. Uiteindelijk stond ik op om te plassen en liet ik Callie nog een keer naar buiten. Het mooie aan Xanax, dacht ik bij mezelf, terwijl ik er nog twee uit het flesje schudde, is dat het niet verslavend is. Ik sliep. De stortregen maakte me wakker, net lang genoeg om me af te vragen hoe het mogelijk was dat één enkele golf alles kon wegnemen wat goed was om alleen maar wrakhout achter te laten op het strand. Toen sliep ik verder.

Ik werd wakker van Callies gekef. De koplampen van een auto bewogen over de hele lengte van de slaapkamermuur als zoeklichten die de diepste duisternis peilen. Banden kletsten door de plassen. Ik hoorde portieren openen, Paiges stem. Ik had de deur niet op slot gedaan en de lampen waren uit. Ik moest opstaan. Sta. Op.

Ik trok mijn spijkerbroek aan. Zo duizelig. Ik strompelde net de gang in toen ze binnen kwamen stormen. Paige deed de lamp aan en ik deinsde achteruit voor het felle licht. De kinderen hadden grote, met regendruppels bespikkelde, ballonnen in hun hand. Ze droegen kleurige, trendy kleren. Ze waren naar de kapper geweest. *Ze hadden allebei een pony!* Net als Paige. Als gevechtslinies die over hun volmaakte voorhoofden waren getrokken, dacht ik. Haar manier om een claim te leggen op hun geest. En toen dacht ik: jemig, je wordt wel erg dramatisch van die Xanax, hè?

Zach sliep tegen Paiges schouder, met zijn mond een beetje open. Annie hield haar nieuwe felgroene tasje en bijpassende ballon stevig vast en keek me aan.

'Ben je ziek, mam?' vroeg ze.

'Eh... ja, ik heb griep.'

Paige zei: 'O! Waarom heb je niet gebeld? Dan had ik ze iets langer bij me gehouden.'

'Het maakt niet uit. Ik voel me alweer wat beter.'

'Ik hoop maar dat je ze niet aansteekt.'

Ik boog me voorover om Annie te knuffelen.

'Griep is erg besmettelijk,' voegde Paige eraan toe.

Ja hoor, softpornosterretje. Ik nam Zach van haar over, zijn zware hoofd wiebelde even tussen ons in. 'Tot ziens,' zei ik.

Ze boog zich over mijn schouder heen om Zach een kus te geven. Haar haren zwiepten in mijn gezicht en lieten een spoor van citrusjasmijngeur na in de lucht. Zach werd wakker en wriemelde zich uit mijn armen om Callie te aaien. Paige knuffelde Annie. 'Vergeet niet om me morgen te bellen, hè, liefje?'

'Oké, mama.'

'En lief zijn voor Ella.'

Ze had nog geen voet op de veranda gezet of ik deed de deur al dicht. Ik probeerde haar opmerking van me af te schudden, maar deed toch de deur weer open en stak mijn hoofd naar buiten. 'Eh, Paige?'

Ze draaide zich om.

'Het is geen Ella.'

'Pardon? Je heet toch zo, of heb ik het mis?'

'De kinderen noemen me mam of mammie.'

'Echt waar?'

'Echt waar. Dat doen ze al drie jaar. Maar dat kun jij ook niet weten, want je bent hier al die tijd nooit geweest.' Ik sloot de deur weer. Annie en Zach stonden me, met hun met regendruppels bespikkelde ballonnen in hun hand, aan te kijken. 'Hebben jullie honger?'

Ze schudden hun hoofd. 'Ik wil alleen maar naar bed,' zei Annie.

'Die mama-mevrouw heeft ons heel erg verwend.' Zach zuchtte, en ze klauterden al in hun eigen bed voordat ik de kans had ze naar het mijne te dirigeren. Ik wist natuurlijk best dat het beter was om te proberen weer een normaal leven op te bouwen, maar toch kostte me het grote moeite om niet te vragen of ze zich niet eenzaam voelden in hun eigen bed. Ze waren te moe om veel te zeggen, dus stopte ik ze in en bleef bij hen zitten tot ze in slaap vielen; ik keek naar hun door pony's omlijste gezichten, terwijl de regen een slaapliedje tikte op het dak. De ballonnen waren inmiddels opgestegen en zweefden in twee hoeken tegen het plafond.

Ik voelde me zo gespannen dat ik me afvroeg of het me wel zou lukken om te slapen. Ik ging weer in bed liggen en luisterde naar de steeds harder neervallende regen en de takken die langs het huis schuurden. Alles aan Paige beangstigde me. Ik sloeg op het kussen, stond weer op. Hoe lang geleden had ik mijn laatste Xanax ingenomen? Ik kon het me niet herinneren, maar ik wist zeker dat het tijd was voor nog eentje. Voor de zekerheid nam ik er twee. Ik moest morgen fris zijn om Annie en Zach naar school te brengen.

's Ochtends streelden hun warme fluisteringen mijn neus en wangen. 'Waarom doet ze haar ogen niet open?' vroeg Zach aan Annie. Met moeite deed ik ze open. Vier grote blauwe ogen op een paar centimeter van de mijne stelden me zwijgend nog meer vragen. Ik wist dat ik moest opstaan en ontbijt klaarmaken, maar ik kwam niet verder dan op mijn ellebogen steunen, toen viel ik weer terug op de matras.

'Mama is gewoon een beetje moe,' zei ik. 'Annie, wil jij voor de cornflakes zorgen?' Ze knikte. 'En… oom David bellen?' Callie sprong van bed en volgde hen de kamer uit. Eindelijk, na wekenlang onregelmatig te hebben geslapen, kon ik eens goed uitrusten.

Ik droomde – drukke, lange dromen met ingewikkelde plots die ik me na het ontwaken niet goed meer kon herinneren. En toen dit: Joe en ik aan het diepzeeduiken. Joe en ik, hand in hand, met onze zwemvliezen trappelend, met lange, soepele bewegingen, harmonieus en elegant als balletdansers door de oceaan glijdend. Hij wees naar koraalriffen met de kleur van een zonsondergang en naar een reusachtige mossel. Omdat ik hem iets wilde vragen, maakte ik het 'naar boven'-gebaar en zwom naar de oppervlakte, waar me een grijze lucht wachtte. Ik bleef watertrappelen, in afwachting van Joe, maar hij kwam niet.

Ik dook weer onder water om hem te gaan zoeken, me een weg worstelend tussen kluwens zeewier, geluidloos zijn naam roepend. Toen hoorde ik mijn eigen naam die me naar boven probeerde te lokken. Moeizaam, al mijn krachten aanwendend en zo hard mogelijk trappelend, zwom ik weer naar boven, naar zijn stem.

Wild zwaaiend werd ik wakker in Davids armen. 'Ella, lieverd. Ik ben het. David. Je droomde.'

'Bijna had ik...' fluisterde ik. 'Bijna.' Bijna had ik met Joe gepraat, bijna had ik wat antwoorden gekregen, maar net niet.

'Meisje, je hebt de hele dag geslapen.' David streek mijn haar uit mijn gezicht. 'En laat ik het maar eerlijk zeggen, je zou wel een douche kunnen gebruiken, en je moet je tanden ook hoognodig poetsen.'

'Oké,' zei ik, maar pas nadat ik het laken voor mijn mond had getrokken. Hij stond op om de rolgordijnen omhoog te trekken; in de middagzon schitterden de natte bladeren van de appelboom als de hangers van een kroonluchter. 'Het komt vast door de Xanax.'

'En dat zegt de vrouw die vroeger niet eens een aspirientje wilde nemen?'

'Ik had last van angstaanvallen. De dokter heeft me Xanax voorgeschreven.'

'Gil slikt ook Xanax. Maar hij slaapt echt niet de hele dag. Misschien ben je er overgevoelig voor. Of heb je soms ergens je eigen geheime voorraadje verstopt?'

Ik schudde mijn hoofd. 'Nee, maar het is wel duidelijk dat ik er te veel heb ingenomen.'

'Ella, je hebt alle reden om je te willen verstoppen en te wachten tot de storm is gaan liggen, maar daar heb je simpelweg geen tijd voor. Je hebt twee ongedurige kinderen, een voogdijzaak aan je broek, en een lastige zwager die jouw hulp heel hard nodig heeft.'

Hij trok me uit bed en zong 'Good Morning Starshine' terwijl hij me dansend de badkamer in duwde en de deur achter me dichtdeed. Boven de wastafel stond een mandje met daarin duur uitziende lavendel- en rozemarijnbadspulletjes, het allerzachtste washandje dat ik ooit in mijn handen had gehad en een spons met een houten handvat. Ik trok Joe's muffe, klamme T-shirt uit en draaide de douchekraan open, zo heet mogelijk. Ik stond onder de straal en probeerde mijn gevoel van schaamte te negeren, terwijl ik in de weer was met zeep, douchecrème, shampoo en conditioner, de geuren ervan opsnuivend tot ik uiteindelijk moest stoppen omdat het water koud werd.

David had Marcella's energie en schoonmaaklust geërfd. Tegen de tijd dat ik in mijn badjas en met een handdoek om mijn hoofd gewikkeld de badkamer uit kwam, waren de kinderen hun speelgoed aan het opruimen en de kleurboeken op een stapel aan het leggen, terwijl hij bij de gootsteen stond en met gele rubberhandschoenen aan de vuile vaat in de vaatwasser stopte.

'Mammie? Ben je weer beter?' vroeg Zach. Annie stond met een lege wikkel van een rijstwafel in haar hand naar me te kijken.

'Ja, liefje. Sorry dat ik je niet naar school heb gebracht.'

David zei: 'Ik heb je nog gebeld, maar de voicemail sprong meteen aan. Ik ging ervan uit dat je met je advocate zat te bellen, maar ik neem aan dat Annie aan het bellen was.'

'Met Marcella?'

'Blijkbaar niet…' David keek naar Annie.

'Lieverd, met wie belde je?'

Annie haalde haar schouders op. 'Gewoon. Met mama.'

'O?'

'Ze maakte zich zorgen.'

Ik haalde diep adem en zei op zo gewoon mogelijke toon: 'Ze maakte zich zorgen?'

Annie stampvoette. 'Omdat jij niet uit bed kwam! Je kwam gewoon niet uit bed! Ze zei dat zij wel voor ons zou zorgen.'

David zei: 'Maak je nou maar niet druk, Ella, ik heb al met Paige gepraat. Volgens mij heb ik haar er wel van weten te overtuigen dat we de boel hier onder controle hebben.'

Annie zei: 'Nee hoor. Mama komt hiernaartoe. Dat zei ze zelf. Ze zei dat zij wel iets te eten voor ons zou maken.'

David trok zijn handschoenen uit en liep naar Annie, iets wat ik had moeten doen, maar mijn geest en spieren leken in een slechte verbinding te staan. Hij tilde haar op. 'Heb je nog honger dan na al die cannelloni van nonna? Ik kan wel iets klaarmaken als je nog een plekje hebt in die overvolle buik van je.'

Normaal gesproken zou Annie hier vrolijk om hebben moeten lachen, maar nu niet. Ik liep naar hen toe, streelde haar rug en sprak over Davids schouder heen tegen haar, zoals ik ook altijd had gedaan wanneer Joe haar in zijn armen had. 'Lieverd, het spijt me heel erg. Ik was niet van plan om zo lang te blijven slapen. En het spijt me dat je in je eentje voor Zach moest zorgen. Je hebt dat heel goed gedaan, maar het had niet gemoeten. Was je bang?'

Ze knikte; eerst een heel klein beetje, toen heftig, en ze barstte in tranen uit. Ik nam haar over van David en hield haar vast, terwijl ze in mijn armen snikte. Na een tijdje zei ze: 'Je-je-je-je bent boos op me! Omdat ik mama heb gebeld!'

'Nee, Annie. Ik ben niet boos. Dat was juist goed van je.'

'Maar je vindt haar niet aardig!'

'Liefje… Het is gewoon… het is gewoon een moeilijke tijd. Voor iedereen. Voor jou. Voor Zach. En ook voor mij. Het spijt me. Ik zal beter mijn best doen. Echt. Ik heb jullie vandaag in de steek gelaten. En dat zal niet weer gebeuren. Nooit meer. Oké?'

Ze knikte, opnieuw kleine knikjes. Een beetje ongelovige knikjes.

Hoe had ik dit kunnen laten gebeuren? Misschien was ik wel helemaal geen betere moeder dan Paige. Ik was aan het instorten, was niet in staat voor de kinderen te zorgen, zelfs niet voor mezelf. Stel dat er iets met hen was gebeurd terwijl ik op een maandagmiddag diep lag te slapen? Ik ging naar de badkamer en spoelde de rest van de Xanax door de wc.

Het hield op met regenen en de zon spreidde zich uit over onze veranda. We besloten naar de rivier te gaan, om te zwemmen. Ze vonden het allebei heerlijk om naar het strandje te gaan, en ik vond dat ik iets goed te maken had. Annie was op haar fiets, Zach op zijn driewieler, en ik liep naast hem over het met pijnboomnaalden bedekte pad door het bos naar Elbow Beach, een brede driehoek van prachtig zand die het water in stak. Annie wees naar het nest van de visarend aan de overkant van de rivier, een enorme kroon van takjes boven op een dode boom. 'Laten we naar de babyvogels gaan kijken.' Het was echter rustig bij het nest, het was leeg, waarschijnlijk was de visarend al op weg naar het zuiden. We hadden het hele strand voor onszelf. De meeste moeders waren die ochtend wél opgestaan om hun kinderen naar school te brengen.

Terwijl ik het kleed uitspreidde trok Zach zijn driewieler door het zachte zand naar de oever van de rivier, waar hij er weer op ging zitten en langzaam begon te fietsen totdat het voorwiel in het water stond.

'Zach, wat doe je? Hou daarmee op, lieverd.'

Hij bleef echter doorfietsen, zijn ogen strak op het water gericht. Ik liep naar hem toe en plantte mijn voet voor het voorwiel. 'Je kunt niet met je driewieler de rivier in rijden. Zullen we anders gaan zwemmen?'

Hij schudde zijn hoofd, zonder zijn blik van het water te nemen.

'Zachosaurus, wat is er?'

'Ik moet ergens heen.' Hij trapte nog harder op de pedalen, zodat het wiel in het zand tegen mijn teen draaide.

'Au! Zach, kom, we zetten je fiets bij de bramenstruiken, en dan gaan we samen het water in. Nu.'

Hij schudde zijn hoofd, maar keek me nog steeds niet aan. 'Is papa daarbeneden? Ik wil naar hem toe op mijn driewieler.'

'Ach, lieverd. Nee, papa is niet in het water.'

'Oké, stommerd!' Hij sprong van zijn fiets en ging in het zand liggen.

'Wil je soms over papa praten?'

Maar hij begon met zijn uh-huh-liedje, klauterde overeind, trok zijn driewieler achter zich aan naar de bramenstruiken, kwam terugrennen en klampte zich vast aan mijn been. Toen ik hem vroeg of dat soms betekende dat hij wilde gaan zwemmen, knikte hij.

In het water was hij altijd een beetje te overmoedig geweest voor iemand die niet goed kon zwemmen, maar die dag bleef hij dicht bij me en zwom in mijn armen. Ik begreep het en was blij dat hij me zo vertrouwde. Het was een kans voor mij om boete te doen. Mijn hart sloeg met droefheid, maar zonder lichamelijke pijn, er was geen enkele dreiging dat het op hol zou slaan en het begeven, terwijl ik tegen zijn gladde, natte rug fluisterde: 'Ik ben hier, lieverd. Ik ben hier.'

Terwijl Zach zich aan me vastklampte, keek ik of er geen scherpe stenen of andere voorwerpen in het water lagen, zodat Annie van

de touwschommel kon springen. Ook zij zocht steun bij me. Ik knikte en ze sprong, met haar armen wijd en met ontspannen benen, een
moment van pure vrijheid. Toen ze weer bovenkwam, glimlachte ze
nog steeds, en ze kwam naar me toe voor een knuffel als beloning.
Ik tilde haar op en hield hen beiden, gewichtloos als ze waren, in het
heldere, koele water vast. Onder water voelde ik iets langs mijn enkel glijden, een beweging in het water, een zijdezacht tikje van een
staart, en even schrok ik, werd ik eraan herinnerd dat ik door een
hele wereld stapte die ik niet kon zien.

18

Op weg naar huis gingen we bij de winkel langs. David was bezig met een bestelling: sandwiches voor een groepje van acht personen. Toen hij daarmee klaar was, kwam hij ons begroeten; hij gaf me een high five en ging zitten, terwijl ik de veranda veegde. Annie zei: 'Bij mama in het hotel was een zwembad, maar Zach wilde er niet in.'

'O nee?' Ik vroeg het zo luchtig mogelijk, zowel voor Annie als voor mezelf. Het was zo leuk geweest met de kinderen in de rivier, dat ik niet wilde dat mijn jaloezie dat zou verpesten.

'Hij was bang, maar bij jou niet.' Het was duidelijk dat ze me een goed gevoel wilde geven. Dus zo pathetisch had ik me gedragen. 'Mama heeft een t-shirt aan in het zwembad. Apart, hè?'

'Ze is waarschijnlijk bang dat ze anders verbrandt,' zei ik.

Annie pakte het schaakspel en probeerde Zach de spelregels uit te leggen. David zei tegen me: 'Paige heeft dat altijd gehad. Ik dacht dat het uit overdreven preutsheid was, alsof het iemand ook maar ene reet kon schelen. Mij in elk geval niet natuurlijk.' Ik glimlachte en had hem bijna verteld dat het volgens mij niet uit preutsheid was, gezien zekere fotografische bewijzen. Maar ik hield mijn mond en bracht het gesprek weer op de zaak, die weliswaar niet meer verder in het rood kwam, maar die ook nog niet uit de rode cijfers was, wat wel moest gebeuren. En snel ook. Om vele redenen.

De dag daarop, nadat ik was opgestaan en ervoor had gezorgd dat mijn kinderen naar school gingen in plaats van voor de tv te zitten, stofte ik de winkel terwijl ik het door de telefoon met Gwen Alterman over de komende mediation had. Ze legde me in het kort uit wat ik kon verwachten en sprak snel, wat ik kon waarderen, aangezien iedere minuut van dat telefoontje me ongeveer drie dollar kostte.

Ze zei nog een keer dat ik niet in de aanval moest gaan, dat ik niet boos moest worden en dat ik Paige moest laten uitpraten. 'Kalm blijven. En niet vergeten adem te halen. Begin je weerwoord met: "Desalniettemin…"'

Ik zette een doos crackers neer, legde mijn stofdoek weg en schreef zo veel mogelijk van wat ze zei op.

'Ik geloof echt niet dat ze veel kans maakt. Maar ja, ik heb wel eerder versteld gestaan van de aanbevelingen van mediators. Uiteindelijk neemt de rechter de beslissing. Het komt echter haast niet voor dat een rechter de aanbeveling van een mediator naast zich neerlegt.'

Marcella hield de kinderen bezig – ze mochten haar helpen met gehaktballetjes draaien – terwijl ik me verkleedde voor de mediation. Ik had iets nieuws moeten kopen, bedacht ik, terwijl ik een slobberige broek aantrok die me een maand geleden nog had gepast. Ik diepte mijn make-uptasje op en probeerde wat blusher, lippenstift en zelfs mascara aan te brengen. Ik had bijna nooit mascara op, en sinds Joe's dood al helemaal niet meer, want ik wist nooit wanneer ik zou gaan huilen en ik had geen zin in zwarte riviertjes die over mijn gezicht stroomden. Die dag was de mascara echter een proclamatie, een oorlogsverklaring aan de tranen: ik zou niet gaan huilen. Ik zou kalm doch warm blijven, duidelijk doch liefdevol, en mijn wimpers zouden lang en volumineus zijn, volgens het etiket.

Ik keek in de spiegel naar mijn zielige poging, mijn slobberkleren, mijn namaaklachje. Bella Ella was ver te zoeken. Misschien had het geholpen als ik nieuwe kleren had gekocht, maar ik vond het niet te rechtvaardigen om geld aan mezelf uit te geven terwijl het met de winkel nog steeds zo moeizaam ging. Ik maakte mijn paardenstaart los en probeerde met mijn handen mijn haar in model te brengen, per slot van rekening mijn sterkste punt, maar het zag er alleen maar slordig uit. Deemoedig bond ik het met het elastiekje weer in een staart.

Ik gaf de kinderen een kus en knuffelde ze, net kort genoeg om ze niet op het idee te brengen dat er iets aan de hand was. Het leek me beter hun helemaal niets te vertellen tot we wisten wat er zou gaan gebeuren.

'Waar ga je precies naartoe?' vroeg Annie, die blijkbaar toch aanvoelde dat er iets was.

'O, gewoon een vergadering,' zei ik. 'Ik ben over een paar uurtjes weer terug. Jullie blijven hier om nonna te helpen.'

'Mama heeft ook een vergadering, zei ze…'

Ik tikte op haar neus. 'O ja? Nou, lange saaie vergaderingen horen helaas bij het leven van volwassenen.'

Iedereen in de familie had me, op verschillende momenten, aangeboden om met me mee te gaan en samen met mij in de wachtkamer te wachten. Zelfs mijn moeder had gezegd dat ze wel een vliegtuig wilde nemen. Maar dit was iets wat ik alleen moest doen. De familie hielp me om de zaak te redden. Ik moest Annie en Zach redden – en mezelf.

Toch vrat de angst aan me toen ik door de linoleumgangen van de afdeling familiezaken van de rechtbank naar het bureau mediation liep. Ik ging op een stoel tegen de muur ertegenover zitten. Ik keek of ik Paige ergens zag zitten, maar ze was er nog niet. Misschien kwam ze wel niet. Misschien was er wel ergens een auto-ongeluk gebeurd en stond ze in de file. Misschien had haar vliegtuig wel vertraging. De beambte achter de balie legde aan een man in een goedkoop pak met twee witte stiksels op zijn mouw waar het prijskaartje had gezeten, uit dat, aangezien het straatverbod nog van toepassing was, hij een aparte afspraak met de mediator zou moeten maken. De man draaide zich om en liep weg, zonder iemand aan te kijken.

Ik keek in mijn aantekeningen. Emotioneel stabiel. Kalm. Liefdevol. Zorgzaam. Begripvol zelfs.

Misschien kwam ze wel niet.

'Capozzi tegen Beene?' riep de beambte. Ik liep naar de balie. 'U had u moeten melden,' zei ze, terwijl ze me een formulier gaf.

Ik vulde het in. Bij 'betrekking tot kind' kruiste ik 'stiefmoeder' aan. Dat had ik nog nooit eerder gedaan, ik had mijn naam altijd bij 'moeder' gezet; voor de zwemlessen, voor de inschrijving voor de kleuterschool, voor het voetbal van Annie. Maar daar stond het zwart-op-wit voor de mediator, en Paige zou 'moeder' aankruisen en was dus vanaf het begin al in het voordeel.

160

Maar niet als ze niet eens kwam opdagen. Ik hield me vast aan die hoop, tot ik de deur achter ons hoorde opengaan en Paige naar de balie zag lopen waar ze een kruisje zette bij 'moeder'. Iedereen keek naar haar, zich waarschijnlijk afvragend wiens ex-vrouw ze zou zijn, want er zaten geen mogelijke kandidaten in de wachtkamer. De mannen gingen iets meer rechtop zitten. En de vrouwen trouwens ook. En ik. Ik ging ook wat meer rechtop zitten.

Ze keek of ze een stoel zag en verdween toen uit beeld. Hoe langer het wachten duurde, hoe zenuwachtiger ik werd. Ik bestudeerde mijn aantekeningen. Ergens tussen 'Vertel van de nauwe band met de kinderen' en 'Hoe onze dagen eruitzien' drong ineens tot me door dat er veel te veel op het spel stond. Dit was niet iets wat mocht afhangen van een kort gesprekje met een onbekende.

De mediator bij wie ik een goed gevoel had gehad, een vrouw die vriendelijk had gelachen tegen het eerste paar dat haar was toegewezen, kwam haar kamer uit en riep onze namen. Ze was gebruind, had kort grijs haar en droeg een wijde, gaasachtige rok en sandalen. Ze keek op van haar klembord, zette haar leesbril af, die ze aan een zilver met turquoise kettinkje liet hangen, en stelde zich voor.

Nadat we allemaal in Janice Conners kantoor hadden plaatsgenomen, zei ze: 'Ik heb jullie dossier gelezen en ik moet toegeven dat dit een ongewone zaak is. Ik wil dat jullie weten dat ik zowel moeder als stiefmoeder ben en van jullie allebei begrijp wat jullie positie is. Ik zou graag van jullie beiden horen wat jullie denken dat er moet gebeuren en waarom. Paige, jij hebt het verzoek ingediend, dus laten we met jou beginnen.' Ze glimlachte naar Paige. 'Waarom zijn we hier?'

Paige glimlachte ook. 'Ik wil beginnen met me te verontschuldigen tegenover Ella.' Ze keek me aan. 'Je bent een goede stiefmoeder voor mijn kinderen geweest, en daar zal ik je altijd om blijven respecteren. Maar het vele onbegrip en de vele misstappen tussen Joe en mij –'

'Joe is de overleden vader van de kinderen?' vroeg Janice Conner.

'Ja. Weet je, ik geloof niet dat het ooit mijn bedoeling is geweest om de kinderen voor altijd in de steek te laten.'

'Dat is gewoon niet waar,' zei ik. 'Je hebt tegen hem gezegd dat je nooit meer terugkwam.'

Paige negeerde me en richtte zich tot Janice Conner. 'Ik heb een ernstige postnatale depressie gehad. Ik was niet... Nou ja, ik dacht dat het beter voor Annie en Zach zou zijn om... om niet bij hen te zijn. Joe begreep het niet. Ik vertrok. Maar ik heb wel brieven geschreven. Daar ben ik een tijdje mee gestopt, maar toen ik later het contact weer probeerde te herstellen, weigerde hij mijn telefoontjes te beantwoorden. Toen hij de voogdij aanvroeg was ik er net heel slecht aan toe. Ik was...' Ze haalde diep adem en slaakte toen een lange zucht. 'Ik was opgenomen in een psychiatrische kliniek, en daar trof ik eindelijk een arts die me kon helpen.

En ik ben brieven blijven schrijven aan Joe en de kinderen. Zelfs toen ik afzag van de voogdij, wist ik dat dat maar tijdelijk was. Ik was van plan weer gezond te worden, een baan te zoeken, Joe op andere gedachten te brengen. Maar dat gebeurde niet. In plaats daarvan had hij ineens haar.' Ze knikte naar mij. 'Ella.'

'Ja, Joe en ik hebben elkaar vier maanden nadat ze was vertrokken leren kennen. Nadat ze hem had verteld dat ze nooit meer terugkwam en dat hij verder moest gaan met zijn leven.'

Janice Conner zei: 'Goed. Ik wil jullie hier even onderbreken. Paige, het is heel vervelend dat het tussen jou en de vader van de kinderen niet meer goed is gekomen. Maar we leven nu. Drie jaar later. Het is duidelijk dat de kinderen een liefdevolle stiefmoeder hebben aan wie ze gehecht zijn geraakt. Ze hebben net hun vader verloren. Waarom nu? Waarom zouden we hun wereld nog meer op de kop zetten door ze uit hun vertrouwde omgeving te halen?'

Paige haalde nog een keer diep adem. 'De dood van Joe is een zware klap geweest voor Ella. Ik geloof niet dat ze er echt voor de kinderen is geweest. Ik heb gezien dat ze na de begrafenis in de tuin zat te roken en te drinken. Sindsdien belt Annie me regelmatig. Ze heeft me verteld dat Ella bijna een auto-ongeluk heeft veroorzaakt en tegen de kinderen schreeuwde en vloekte.'

Dat weer? Echt waar? Ik schudde mijn hoofd.

'Nadat ik ze een weekend had gehad, bracht ik ze terug, en Ella

162

leek onder invloed. Alsof ze drugs had gebruikt. Ze zei dat ze griep had, maar ik vraag het me af.'

Ik staarde Paige aan, maar ze hield haar blik op Janice Conner gericht en ging gewoon verder.

'Ondertussen hebben de kinderen en ik elkaar weer leren kennen, en ik ben heel opgelucht dat de band tussen ons blijkbaar nooit echt is verbroken. Dat weet je zelf ook: de band tussen moeder en kind is enorm sterk.' Paige streek haar rok glad. 'Iedere keer dat ik met Annie bel, vraagt ze wanneer ze mag komen logeren. Bovendien redde de zaak het drie jaar geleden al niet, dus ik vraag me af hoe Ella er financieel voor staat.'

Janice Conner bleef schrijven nadat Paige eindelijk was opgehouden met praten, toen keek ze me over haar bril aan. 'Ella, nu zou ik jouw kant van het verhaal graag horen. Wat vind je dat ik moet weten?'

Mijn hart klopte luidruchtig in mijn oren. Wist Paige dat de winkel het drie jaar geleden al moeilijk had? 'In het kort?' zei ik. 'Nou, dat ze niet eerlijk is.'

Janice Conner glimlachte geduldig. 'Ik weet dat je met andere ogen naar deze zaak kijkt, en nu heb je de kans om jouw kant van het verhaal te vertellen.'

Gelukkig dacht ik er nog aan om te zeggen: 'Maar toch waren er geen brieven. Ze heeft nooit een brief gestuurd, behalve dan die brief die ze achterliet toen ze wegging, waarin ze zei dat ze niet verder wilde en dat hij een fantastische vader was, maar dat ze het niet meer aankon.' Dat was het. Ik vertelde niet dat ik voor de zekerheid in de dozen met Joe's spullen had gezocht. Hoe dan ook, ik had niets gevonden.

Paige schudde haar hoofd. 'Ik heb kaarten en brieven gestuurd. Heel veel,' jammerde ze. Ze keek me aan. 'Waar was jij verdomme?'

Janice Conner schraapte haar keel. 'Ik wil jullie er allebei nog een keer op wijzen dat het gesprek via mij loopt. Alle verklaringen en vragen lopen via mij. Ik heb een vraag voor je, Paige. Heb je ooit een kaart of brief per aangetekende post verstuurd?' Voor het eerst viel er een stilte. Ik keek naar Paige, die langzaam, nauwelijks zichtbaar, haar hoofd schudde en naar haar handen op haar schoot staarde. 'Dat is jammer. Want dan hoefden we ons niet te verlaten op een scenario van zij-zei-dit en zij-zei-dat.' Ze glimlachte even. 'Paige, denk je dat het mogelijk is dat die brieven nooit zijn verzonden?'

Paige zei nee, maar ze bloosde wel.

Janice vervolgde: 'Dat is mij ook wel eens gebeurd, dat ik dacht dat ik iets op de bus had gedaan, maar dat dan later in de la tussen de rekeningen terugvond. Je gebruikte medicijnen, je had het zwaar. Kan het zijn dat je ze hebt meegegeven aan een verpleger of zaalwacht? Je psychiater? Of dat je ze misschien in je koffer hebt gestopt om ze later op de bus te doen? Ik zeg niet dat je ze niet hebt geschreven, alleen dat –'

'Nee!' Paige schreeuwde bijna. Haar gezicht was nu rood. Toen, wat kalmer, met haar blik op het plafond gericht vroeg ze: 'Denk je dat ze me allemaal voor de gek hebben gehouden?'

'Of de brieven nu wel of niet verstuurd zijn, dat is iets waar we vandaag geen uitsluitsel over zullen krijgen. Zoveel is duidelijk. Dus ik wil het woord weer aan Ella geven. Ella, waarom vind je dat jij voor Annie en Zach zou moeten blijven zorgen?'

Ik slikte, denkend aan Annie en Zach, zoals ze die ochtend staand op krukjes gehaktballetjes hadden gedraaid met Marcella, met de koorden van hun schorten dubbel om hun kleine lijfjes geknoopt. 'Omdat ik de enige moeder ben die ze hebben gekend. Omdat het daar ons thuis is, omdat we daar een grote, zorgzame familie om ons heen hebben. En een liefdevolle gemeenschap, met heel veel vrienden. Het is leuk dat ze tijdens zo'n weekendje met Paige dikke pret hebben, maar in werkelijkheid zijn ze natuurlijk bedroefd. En bij mij mogen ze bedroefd zijn, want ik ben het ook. Ik beschouw de dood van hun vader niet als een of andere idiote kans!'

'Goed, ik heb af en toe een slechte dag. Omdat ik in de rouw ben. Maar ik word heus niet gek. We lijken totaal niet op elkaar. Totaal niet.'

Ik keek naar Janice, die niet zat te schrijven zoals ze tijdens Paiges uiteenzetting had gedaan. Ze bladerde een bladzijde terug. 'Heb je een verklaring voor je gedrag zoals Paige dat net beschreef, haar zorgen over drugsgebruik?'

Ik vertelde dat de dokter mij Xanax had voorgeschreven, dat het voor het eerst in mijn leven was dat ik zoiets slikte en dat ik er op die dag een paar te veel had ingenomen. 'Maar daarna heb ik niets meer genomen. Ik heb ze weggegooid.' Hoewel ik er op dat moment heel goed eentje had kunnen gebruiken.

'Dat weet je zeker? Zou je een doktersverklaring kunnen overleggen? Of een verklaring op schrift, van collega's bijvoorbeeld?'

'Ja, ik weet het zeker. Ik ben nog nooit van mijn leven ergens verslaafd aan geweest.' Ik legde ook uit hoe dat bijna auto-ongeluk had kunnen gebeuren en waarom ik had geschreeuwd. 'Dit soort dingen heeft Paige nooit meegemaakt, omdat ze is weggegaan.'

Paige haalde haar ene been van het andere en rechtte haar schouders. Ze zei: 'Gelukkig was dat niet het einde van mijn verhaal. Het heeft me veel moeite gekost om eruit te komen, en er was maar één bron waar ik uit kon putten: de liefde voor mijn kinderen. Ik ben hun moeder. Een moeder die fouten heeft gemaakt, maar die nog steeds denkt dat het toen de juiste beslissing was om weg te gaan… Omdat ik toen van hen hield en nu nog steeds van hen houd. Op dit moment ben ik beter in staat dan Ella om de kinderen een stevige financiële en emotionele basis te bieden, en bovendien ben ik hun moeder. Ze horen bij mij te zijn.'

Janice schreef op wat Paige zei.

'Je kunt wel alles opschrijven wat ze zegt, maar het klopt niet.' Toen ik merkte dat ik mijn stem verhief, haalde ik diep adem en dwong mezelf rustig verder te gaan. 'Paige is nieuw voor de kinderen. Ze koopt dingen voor ze. Maar ze hebben geen sterke emotionele band met haar. Zach weet niet eens wie ze is! Ze richt zich voornamelijk op Annie, omdat Annie enorm kwetsbaar is. Ik maak me zorgen over wat er met ze zal gebeuren als ze op dit moment uit hun vertrouwde omgeving worden weggehaald. Hun moeder is weggegaan toen ze nog ontzettend jong waren. Ze hebben net hun vader verloren. Voorgoed. En als ze nu ook mij nog kwijtraken… en hun grootouders, hun oom, iedereen. Dat overleven ze niet.'

Ze wendde zich tot Paige. 'Wat doet een interieurconsulente precies?'

'Nou, ik vraag mensen om –'

'Ze haalt alle persoonlijke aandenkens en spulletjes weg die van een huis een thuis maken en zet daar een paar zorgvuldig uitgezochte trendy dingen neer, zodat het eruitziet alsof er iemand anders woont, misschien zelfs al wel de mogelijke koper. Ze doet alsof. Ze doet alsof het een fijn huis is. En daar is ze heel goed in.'

'Ik laat mijn kinderen in ieder geval niet in een kleine, overvolle schuur wonen.'

'Ha, een schuur. Ja hoor. Je doet het voorkomen alsof we in een geteerd houten hutje wonen.' Ik keek Janice aan en haalde nog een keer diep adem. 'Het is een schattige cottage uit de jaren 30, die nog is gebouwd door de overgrootvader van de kinderen.' Ik vertelde verder over Elbow, hun familie, hun vrienden, hun huisdieren – alles wat ik maar kon bedenken. Ik ratelde.

Janice Conner hield haar klembord op, als een stopteken. 'Oké. Goed. Ik merk dat we vandaag niet tot overeenstemming zullen komen. Nu ben ik aan de beurt: ik wil dat jullie allebei naar me luisteren. Ik wil dat jullie stoppen met dit gekibbel, omwille van de kinderen, die toch al zoveel hebben meegemaakt. Jullie mogen elkaar niet in het bijzijn van de kinderen neerhalen. Dat is ontzettend schadelijk voor ze.' Ze keek eerst Paige aan en toen mij. 'Ik heb nog een vraag, een lastige. Zou een van jullie bereid zijn om te verhuizen?'

'Nee,' zeiden we als uit één mond. Het was het enige waar we het over eens waren.

19

Ik zat in de jeep op het parkeerterrein van de rechtbank op mijn mobieltje te bellen met Gwen Alterman, terwijl ik de zwarte rivieren op mijn gezicht depte met een verfrommeld zakdoekje. Gwen verzekerde me dat ik echt niet de eerste was die tijdens de mediation de tegenpartij had beledigd. 'Mediators zijn daaraan gewend. Dat maken ze iedere dag mee.'

'Maar je zei −'

'Dat was het ideale plaatje. Het zou fantastisch zijn geweest als je je voor honderd procent aan het plan had gehouden, maar zo te horen heb je het helemaal niet zo slecht gedaan als je zelf denkt.'

'Jawel. Ik was verschrikkelijk. *Ik* zou mezelf de voogdij niet eens toewijzen.'

'Luister. Ga naar huis, naar je kinderen. Zorg dat die winkel een succes wordt. We horen pas over een week of twee iets. Probeer er maar niet aan te denken.'

Ik dacht er echter wel aan, ik dacht er continu aan. Ik dacht na over het feit dat Joe Paige had verteld, of dat Paige het als echtgenote instinctief had aangevoeld, dat de zaak er slecht voor stond. Ik dacht na over het feit dat Paige had gezegd dat ze had gevraagd of ze de kinderen kon zien. 'Waar was jij verdomme?' had ze gevraagd. Dat vroeg ik me ook af, in elk geval wat betreft de zaak. Ik wist zeker dat ze over de brieven loog. Anders had ik die wel gezien, anders had ik wel flarden van telefoongesprekken meegekregen, wat dan ook. Dat had Joe niet ook nog geheim voor me kunnen houden.

Ik was nooit echt van het bidden geweest, maar ik bad en ik bad en ik bad. Alstublieft, zorg dat Janice Conner inziet dat de kinderen bij mij horen. Alstublieft, laat ze ze niet bij me weghalen. Maar stel dat Paige weer gek werd? Dat zou me goed uitkomen… Ik wist dat ik er niet per se hemelse punten mee zou winnen door te wensen dat iemand zijn verstand verloor, of karmapunten of punten wat betrof mijn eigen geestelijke gezondheid, maar ik was wanhopig. Steeds wanneer ik aan de mediation dacht, aan mijn uithalen naar Paige, aan mijn ontoereikende uitleg van mijn 'slechte dagen', kromp ik ineen. En ook wanneer ik dacht aan Paiges woorden: 'In plaats daarvan had hij ineens haar.' In plaats van wat? Een verzoening? Een ander einde? Een verandering van de richting die uiteindelijk tot Joe's dood had geleid?

Als ik niet zoveel te doen had gehad in de winkel, zou ík nog degene zijn die gek werd. Het was druk, en ik moest er zijn om David en Marcella te helpen. Dankzij David kwam er aandacht van de pers; de *Chronicle*, de *San Jose Mercury News*, en de *Bohemian* schreven allemaal enthousiast over het goede eten en over de bijzondere picknickkaart (een journalist vond hem mooi genoeg om in te lijsten en thuis op te hangen – of in het Metropolitan, waar Clem erg om moest grinniken). Het hele concept van de zaak werd gewaardeerd. 'Er is zelfs een schilderachtige serre gebouwd, midden tussen de bomen, voor dagen waarop het weer niet meewerkt,' las Joe Sr. voor uit een van de kranten. Daarna wapperde hij met alle recensies naar me. 'Dat idee van jou… Potdorie! Misschien wordt het nog wel wat ook!'

Het was de week voor Halloween, wat me heel goed uitkwam, omdat het me dwong met andere dingen bezig te zijn dan met de mediation, de aanstaande hoorzitting en Paige. Ik was dol op Halloween. En Elbow was er de perfecte plaats voor. Je hoefde de kinderen niet mee te slepen naar een of ander winkelcentrum waar het veilig was om om snoep te bedelen. Iedereen in Elbow kende elkaar, er was weinig verkeer, er waren veel kinderen, en Life's a Picnic had een centrale plek in dat alles. Ik had grootse plannen.

Sinds ik in Elbow woonde, had ik ieder jaar de kostuums voor de kinderen zelf gemaakt, en dit jaar zou daarop geen uitzondering zijn. Natuurlijk, in het hoekje van al die grootse plannen zat een klein stemmetje dat me voorhield dat het volgend jaar wel eens heel anders kon zijn. En ook alle jaren daarna. Maar ik legde dat stemmetje het zwijgen op en toog aan het werk.

'Mam, wat ben je aan het doen?' vroeg Annie. 'Graaf je een tunnel naar China of zo?' Ze lag dubbel van het lachen. Als een van de grondeekhoorns waar Callie steeds achteraan zat, was ik in de kast aan het graven. Ik had Joe's kleren nog steeds niet weggedaan. Het was een van die dingen die ik steeds weer op mijn lijstje zette maar nooit weg kon strepen. 'Ik zoek de… Ah, daar heb ik hem al.' Ik trok de zware plastic Singer-naaimachinekoffer uit de kast. 'Ta-da! Het is weer zover!'

Annie keek naar haar voet, terwijl ze haar teen in het tapijt draaide. 'Daar wilde ik het nog met je over hebben.'

'Waarover precies, Banannie?' Vorig jaar was ze als boom gegaan. Ze droeg een bruine corduroybroek en een bruin shirt met lange mouwen, met daaroverheen een groot groen kussensloop dat ik had opgevuld met krantenproppen en waarop ik met een lijmpistool groene blaadjes van zijde had geplakt. We hadden een klein schommeltje gemaakt van touw en een stuk karton, dat aan haar arm gehangen en er een pluchen beertje op gezet. Op haar hoofd droeg ze een hoedje met een vogelnestje erop waar een namaakroodborstje in zat. Joe had er zelfs nog een paar namaakeitjes in gelegd. Ze had er de eerste prijs mee gewonnen. 'Had je al iets bedacht wat je wil zijn?'

'Ja. Ik wil Pocahontas zijn.'

Niet echt origineel, maar goed. 'Oké! Dan moet ik aan een stuk suède zien te komen. O, ik weet het al, we kunnen ook wat kralenkettingen rijgen. Misschien kunnen we een kano in elkaar flansen en je dan op een kar meetrekken…'

'Mam? Ik zat te denken… Ik geloof dat ik dit jaar liever een Pocahontas-kostuum koop. Jij hebt het druk, en ze zijn er al kant-en-klaar, en dan zie ik er net zo uit als de echte Pocahontas in de film.'

'Je bedoelt de echte Disney-Pocahontas?'

'Ja! Die is zo fantastisch! En Molly gaat als Belle.' Molly, de dochter van Frank en Lizzie, zat bij Annie in de klas, en de band tussen de meisjes werd steeds sterker. Dan zou Frank ook wel degene zijn die met ons langs de huizen ging, vast niet Lizzie, die had gezworen om Ella 'te allen tijde te mijden'.

'Fantastisch…' zei ik. Ze was gegroeid. Ze streek haar haar achter haar oor en glimlachte. Ze had mijn zelfgemaakte kostuums altijd leuk gevonden, ze had het leuk gevonden om mee te helpen, had genoten van alle aandacht. Zou ze nu ineens in de massa willen verdwijnen? Misschien wilde ze gewoon zelf beslissen wat ze droeg. Dit was alleen maar het begin van het begin – dat wist ik. En ik wilde alle toekomstige rebelse momenten van haar meemaken. Topjes die haar navel bloot lieten, piercings, tatoeages. Gothic zwart van top tot teennagels. Of misschien zou ze haar rebellie precies tegen mij richten en juist een cheerleader met wapperende haren worden, of zo'n ordinair meisje dat in winkelcentra rondhing. Dat alleen nog maar eten van McDonald's wilde. Voorlopig wilde ze echter alleen maar een Halloween-kostuum dat uit een winkel kwam. Iets wat ik me op dit moment niet kon permitteren. Die kostuums uit de Disney-winkel kostten meer dan vijftig dollar.

Alsof ze mijn gedachten kon lezen, zei ze: 'Mama zei dat er in Las Vegas een Disney Store is. Ze zei dat ze er wel eentje voor me wilde kopen en dan opsturen. Maar dat ik het eerst aan jou moest vragen.'

Ik knikte. Was het soms helemaal Paiges idee geweest? Of toch dat van Annie? Hoe dan ook, het raakte me persoonlijk, hoewel mijn betere ik wist dat ik het van me af moest zetten.

'Oké, mam?' Ze had haar vingers verstrengeld in een soort smeekbede, haar wenkbrauwen hoog opgetrokken, en ze lachte geforceerd, alsof ze dacht dat doen alsof ik al ja had gezegd, haar zaak zou helpen. En hoe kon ik haar dit weigeren?

'Oké. Fantástisch zelfs.'

Ze sloeg haar armen om mijn middel. 'Ik wist wel dat je het goed zou vinden! Ik ga mama meteen bellen! Hartstikke bedankt!'

Haar afwijzing was een klap in mijn gezicht, en nadat Annie de kamer uit was gerend, liet ik me in de kast door mijn knieën zakken. Joe's oude overhemden en jasjes die aan de onderste roede hingen, leken plaats voor me te maken en me te omhelzen. Ik had de echte Joe nodig, zijn echte omhelzing, maar toch bleef ik zitten en nam genoegen met wat voelde als een soort begrip van zijn sportjack en zijn blauwe overhemd dat zo goed bij zijn ogen paste.

Annie had lief gereageerd, en ik was blij dat ik ja had gezegd. Waarom zou ik het alleenrecht hebben om Annie gelukkig te maken? Dat kon ik toch wel met Paige delen? Ik kon het in elk geval proberen.

Ik ging verder met de voorbereidingen voor de kostuums van Zach en mij. Ik wist al precies hoe ik zou gaan, maar Zach weifelde nog tussen verschillende insecten. Een bidsprinkhaan? Een vlinder? Een duizendpoot? Hij overdacht de mogelijkheden.

Eind oktober. Het weer voerde zijn symfonie van vallende, wervelende bladeren uit – goud en rood en oranje tegen de enorme eeuwig groene achtergrond – met luchten waarin een diep, helderblauw zat. Veel wijngaarden waren in glinsterend geel veranderd, als meren van gevangen zonlicht tussen de donkere, beboste heuvels. De winkelbel bleef rinkelen, de telefoon bleef overgaan, de oude kassa bleef tingelen. Het was één groot halleluja! En onder dat alles hoorde ik, wanneer ik de kinderen vasthield of bij hen zat wanneer ze sliepen, de lage, regelmatige roffels van onze harten, dat van Annie, van Zach, van mezelf, en het ritme van de klok die de dagen, uren en minuten aftelde.

Ik stond op een ladder katoenen spinnenwebben aan de plafondbalken van de winkel te hangen. Afgelopen kerst had Joe nog op die ladder gestaan, op dezelfde plek, terwijl ik hem witte kerstverlichting aanreikte. Toen hij weer op de grond stond, had ik gezegd dat we mistletoe nodig hadden. Hij pakte me beet. 'We hebben helemaal geen mistletoe nodig,' fluisterde hij, en toen kuste hij me. De winkelbel rinkelde, maar hij bleef me kussen, terwijl Mrs Tagnoli zei: 'O la la.' In nog geen jaar tijd was mijn leven veranderd van glitter, fonkelende lichtjes en kussen in spinnenwebben, geesten en verdriet.

'*Buongiorno! Bellissima!*' riep Lucy naar boven. Ze was net terug van een reis naar een wijnhuis in Italië.

'Ik kan even niet naar beneden komen om je een kus te geven, want ik ben met handen en voeten gebonden, zoals je ziet,' zei ik.

'O, wat een ingewikkeld web weef je daar,' zei ze, naar Shakespeare verwijzend. Ze zette haar mand neer. 'Ik heb wijn bij me. Italië! Italië is fantastisch. Ik moet in Italië gaan wonen.'

'Dat doe je al bijna. Sonoma County is Italië. Zonder het accent.'

'En de eeuwenoude gebouwen en de prachtige kunst, en de geplaveide straatjes en het melodieuze *Italiano* dat ze overal spreken, en al die wellustige mannen.'

'Maar ze zijn geen George Clooney…'

'Nee, maar er was er eentje, Stefano, voor hem zou ik George kunnen vergeten…' Ze glimlachte. 'En ik liep hem zomaar tegen het lijf. Telkens weer…'

'Stefano? Seks? Volgens mij weet ik nog wel wat seks is. Kom op, vertel.'

'Hij is jong, en echt een stuk. O. Mijn. God.'

Marcella kwam de keuken uit lopen. Lucy fluisterde: 'Straks.'

Marcella plantte haar handen op haar heupen, strekte haar hals en zei: 'Goh. Je had net zo goed de echte spinnenwebben kunnen laten zitten.'

'Ze is Charlotte, uit die film,' zei Lucy. 'Zo meteen gaat ze nog woorden spellen als we haar genoeg tijd geven om te spinnen.'

'Ik wou dat het zo eenvoudig was. Dan zou ik iets kunnen schrijven als "Ella. Wat een moeder." Zoals Charlotte "Wat een biggetje" schreef. En dan zouden de kranten komen en zeggen dat het een wonder was en dan waren we gered, net als het biggetje Wilbur.'

'Ella,' zei Lucy. 'Er is echt geen wonder voor nodig om te zien dat jij een goede moeder bent. En kom nu van die ladder af en help me met de auto uitladen.'

Lucy vulde mijn armen met wijn, tafelkleden, mooie vazen van Venetiaans glas; en ze vulde mijn oren met verhalen over lange, hete middagen met Stefano.

We zagen het comité van de 'Vissen naar Kisten Parade' naar de rivier lopen om hun voorbereidingen te treffen. Het was een plaatselijke traditie, gebaseerd op een enorme blunder van de stichters van Elbow. Rond 1870 groeide het aantal houtzagerijen sneller dan de bomen konden groeien, en duizend jaar oude sequoia's werden in de bloei van hun leven gekapt – vervolgens kwamen de treinen en daarna de toeristen, en dat was het begin van Elbow. Een prachtplek, met een zandstrand – het stadje moest het eerder hebben van de toeristen- dan van de houtindustrie, maar desalniettemin kwamen de boomstammen langsdrijven, op weg naar Edward's Mill, ruim een kilometer stroomafwaarts. De meeste mannen in Elbow die niet in de toeristenindustrie werkten en geen zomerhuizen verhuurden, werkten in de houtindustrie. Bomen kappen die honderd meter hoog zijn en bij de grond net zo breed als twintig mannen naast elkaar was gevaarlijk, en velen kwamen om tijdens dit werk.

Er werd dan ook al snel een begraafplaats aangelegd op een mooie, rustige plek niet al te ver van de rand van het stadje, maar niet ver genoeg van de rivier. De overstroming van 1879 legde de vergissing bloot. De rivier overstroomde en nam in zijn kielzog hele tuinen mee, bomen, koetsen, wat paarden, zes houten huisjes en een twaalftal doodskisten. De kisten dobberden, samen met de boomstammen, de rivier af, in de richting van de houtzagerij. Datgene wat voor de eeuwigheid te ruste was gelegd, was rusteloos geworden.

De bewoners pakten hun roeiboten, visnetten en touwen en gingen achter de kisten aan om ze te vangen en weer op het droge te trekken, wat ook gebeurde. Hoewel er niemand bij de overstroming was omgekomen, zelfs de paarden niet, stond in de krant dat er twaalf lijken waren gevonden, wat in feite ook klopte. De kisten die nog in de grond zaten werden opgegraven, en de begraafplaats werd naar de zonnige heuvel verhuisd waar Joe ook begraven lag.

De blunder met de begraafplaats werd ieder jaar herdacht met de 'Vissen naar Kisten Parade'. Alle roeiboten, kano's en kajakken werden versierd, en tussen de versierde boten werden levensgrote (of misschien kan ik beter zeggen doodsgrote) plastic kisten gebonden. De vaartuigen en kisten werden verlicht door lampionnen. Het was traditie om tijdens de parade absolute stilte te betrachten, en verbazingwekkend genoeg hield iedereen zich altijd muisstil, terwijl de boten en kisten rustig stroomafwaarts voeren, met het licht van de lampionnen gereflecteerd in het water, als een stille dans.

Ik deed Lucy's kofferbak dicht en zei: 'Wauw. Vissen naar Kisten. Waarom zie ik nu pas hoe morbide dat is?'

Lucy lachte. 'Natuurlijk is het morbide. Het is Halloween.'

'Denk je dat Annie en Zach het aankunnen? Ik bedoel… ze hebben net de kist van hun verdronken vader in de grond zien zakken. Ik heb het er wel met ze over gehad, en ze lijken zich allebei heel erg op de parade te verheugen. Maar toch…'

'Ik denk dat ze het wel aankunnen. Bovendien hou jij ze vast heel goed in de gaten, dus zodra je ziet dat het niet gaat, kun je ingrijpen. El, het is Halloween. Het zijn kinderen. Helemaal door het dolle heen van al dat snoep dat ze hebben gegeten. Kinderen die dol zijn op de parade.'

Die avond, in Life's a Picnic, onthulden we onze kostuums ten overstaan van de juichende en applaudisserende Lucy, David, Gil, Marcella en Joe Sr.

'Moet je zien wat we daar hebben,' zei David tegen Gil. 'Een picknickmand… en een reusachtige, levensgevaarlijke… mier.'

'Ik ben een *formica*,' zei Zach.

Gil vroeg: 'Ken je Latijn? Dan is jouw moeder vast de beroemde entomologe Ella Beene. Hé, waar is Bubby?' Zach pakte Bubby uit zijn plastic pompoen, alsof hij een konijn uit een hoge hoed toverde. 'En moet je onze mooie Miss Pocahontas eens zien.'

'Ella,' zei Lucy. 'Ik vind dat je jezelf deze keer hebt overtroffen.'

Ik had een stuk uit de bodem van onze rieten wasmand gesneden en hem als een harnas aan mijn schouders bevestigd met een paar oude leren riemen van Joe. Op mijn spijkerbroek had ik de rood-wit geruite stof van de tafelkleden genaaid. Op mijn hoofd droeg ik een woeste fruitmand. De wasmand had ik gevuld met kranten, aan de buitenkant ervan had ik ook stukken tafelkleed bevestigd, en in de mand had ik een fles wijn, een stuk kaas, een brood en een rubberen kip gestopt. Ik was inderdaad een picknickmand.

'En alsjeblieft geen grapjes in de trant van: van een kale kip kun je niet plukken.'

'O, dat zou te gemakkelijk zijn,' zei David.

Hij zou de winkel doen, zodat ik met de kinderen naar de parade kon kijken en daarna samen met Frank en Molly de deuren langs kon. Ik moest uit de mand stappen om in de kano te passen, dus dat deed ik. Het grootste gedeelte van mijn kostuum liet ik in de winkel achter, zodat we naar de rivier konden rennen. Nadat ik de kinderen hun zwemvesten had aangedaan, klommen we in de kano. Zach wees naar de plastic kisten. 'Die zijn niet echt,' bracht hij zichzelf in herinnering. Ons allemaal eigenlijk. En dat was goed.

'Nee, Zach, die zijn niet echt.'

De volle maan hing laag, groot en oranje aan de hemel. 'Net een pompoen,' fluisterde hij. Hij zat vlak naast me, zijn rode voelsprieten prikten in mijn wang en mijn hoofd voelde zwaar aan door het plastic fruit. Annie zat voor ons en stak de roeispaan in het water om de kano te sturen. We zaten vast aan de kist voor ons en de kist achter ons, maar hoewel we werden gesleept door de boten voor ons, nam Annie haar taak als stuurvrouw zeer serieus. Ik hield hen allebei in de gaten; ze keken ernstig maar maakten geen bange indruk. Zach keek naar de weerspiegeling van de maan en de lampions in het water dat tegen onze kano kabbelde. Annie draaide zich om. 'Ik ben moe,' zei ze. Ik schoof nog iets dichter naar Zach en klopte op de plek naast me.

'Voorzichtig.'

Ze klauterde naar achteren en ik sloeg mijn armen om hen heen. Er werd niet gesproken. Drie sardientjes in een blik.

Geen vier meer.

Het moment hing in de nacht als de maan. Vredig, mysterieus, beladen. Net voor de laatste boot en kist bereikten we het eindpunt, en toen begon het kabaal. De muziek werd ingezet, de kinderen werden wild. Halloween was officieel begonnen.

Nadat ik de rest van mijn kostuum uit de winkel had opgehaald, kwam Molly ons al tegemoet rennen, gekleed in haar Disney Bellekostuum. Achter haar liep Lizzie, niet Frank. 'Frank werd opgeroepen,' legde ze uit zonder me te begroeten. 'Wauw, kijk jou nou...' zei ze, me van top tot teen opnemend. 'Schattig.'

'Ik kan wel alleen met de kinderen gaan, als je dat liever hebt.'

'Nee hoor, dat hoeft niet. Ik heb een schaal snoep op de veranda gezet. En op is op.' Hoewel Lizzie vrij klein was, liep ze met de elegantie van een gazelle. Ze was opgegroeid in Elbow; ze was klassenvertegenwoordigster geweest, ze was de koningin van het eindexamenbal geweest en ze had de afscheidsrede van school gehouden. Daarna was ze gaan studeren aan Stanford, vervolgens had ze een of andere leidinggevende functie gehad, maar ze was teleurgesteld geraakt in het bedrijfsleven en was teruggekomen om met Frank te trouwen, haar vriendje van de middelbare school. Nu had ze Molly en haar eigen bedrijf, dat de allerlekkerste zeep van de hele wereld maakte. De producten van Lizzie's Lathers waren zo goed dat mensen bereid waren om 7 dollar neer te leggen voor een stuk zeep; en in de *Press Democrat* had een paginagroot artikel gestaan met de kop ZELFGEMAAKTE ZEEP GROOT SUCCES, LAAT DE BUBBELS MAAR AANRUKKEN. Iedereen kende haar en was gek op haar, en we werden onderweg voortdurend aangesproken – ze was dan veel geanimeerder en aardiger dan ze ooit tegen mij was geweest, en ik was opgelucht als we werden aangesproken door iemand die mij ook kende en zich tot ons allebei richtte. Meestal was het om te zeggen dat ze mijn kostuum mooi vonden en om me succes te wensen, en ook om te zeggen dat ze voor me duimden – en dan gingen ze wat zachter praten – vanwege dat stomme gedoe met die voogdij.

Toen we even alleen waren en de kinderen naar een voordeur renden, zei Lizzie: 'Hoor eens, ik weet dat die voogdijzaak loopt. Maar dat is ook het enige wat ik weet.' Ze hield haar ogen op de kinderen gericht. 'Frank en ik hebben een afspraak als het om jullie gezin gaat. Namelijk dat we het er niet over hebben.' Ze schudde haar hoofd. 'Sorry. Dat klinkt heel koel. Maar we hebben het er erg moeilijk mee gehad toen Joe en Paige uit elkaar gingen. Er waren veel dingen waar we het nooit over eens zouden kunnen worden. En ik wilde mijn eigen huwelijk niet verknallen door ruzie te maken over dat van hen. Dus.' Ze haalde haar schouders op. De kinderen kwamen terugrennen, iets roepend over een reusachtig skelet, Brenda Haley kwam Lizzie iets vragen over de dansavond van de ouderraad, en het moment om het erover te hebben was alweer voorbij.

Toen we ons later die avond het huis in sleepten, zag ik het lampje van het antwoordapparaat branden. Ik wist niet of ik het als een waarschuwing of als een baken van hoop moest zien. Ik hielp de kinderen uit hun kostuum, veegde voorzichtig de make-up van Annies gezicht, suste een door alle zoetigheid veroorzaakte ruzie die eindigde in rondvliegend snoep, las ze voor uit Maurice Sendak en gaf hun een nachtkus. Daarna stak ik de haard aan, ging op de bank zitten, streelde Callies buik en keek naar het rode lampje dat aan- en uitging. In de vlammen starend plukte ik aan een los draadje van mijn met tafelkleed bestikte spijkerbroek tot ik eindelijk genoeg moed had verzameld om mezelf overeind te hijsen, naar het antwoordapparaat te lopen en op AFSPELEN te drukken. Het was Gwen Alterman, zoals ik al had geweten.

'Ik heb net de aanbeveling van de mediator binnengekregen.' Ze zweeg even. 'Ella, die is ten gunste van jou. Ze raadt aan jou de volledige voogdij toe te kennen. Precies zoals ik had verwacht. Ik denk dat er niet eens meer een hoorzitting komt.'

Ik liet me weer op de bank vallen. Joe's foto grijnsde me aan vanaf de boekenplank. Haar bericht ging verder: 'Ze vindt het vreemd dat Paige niet beter haar best heeft gedaan om contact met Joe op te nemen. Paiges bewering dat ze brieven heeft geschreven, vond ze niet overtuigend. Ze vindt wel dat Paige een vorm van bezoekrecht moet krijgen, maar niet al te uitgebreid. Vier tot zes weekends per jaar, en als de kinderen wat ouder zijn nog een paar keer een weekje. Maar dat is iets waarover we kunnen onderhandelen. Ik verwacht morgen wel van Paiges advocaat te horen. Maar hij weet nu dat een voogdijzaak geen enkele kans maakt.'

Ze zei dat ik het maar moest gaan vieren. Ze zou me per post een afschrift opsturen en me laten weten wanneer Paiges advocaat had gebeld. 'Je bent waarschijnlijk snoep aan het ophalen met je kinderen, precies zoals het hoort. Nog een prettige Halloween, Ella.'

Ik drukte mijn lippen op elkaar, drukte mijn hand op mijn lippen en drukte mijn andere hand op mijn buik; ik beefde van opluchting en blijdschap, van intense dankbaarheid, en tegelijkertijd kon ik totaal niet geloven dat alles tot een goed einde zou komen, hetgeen natuurlijk betekende: een begin. Een begin zonder Joe, oké, maar een nieuw begin met Annie, Zach en ik. Ik liep achter Callie aan naar buiten. De maan die eerder die avond laag en oranje aan de hemel had gehangen, stond nu hoog boven ons, zo wit en helder als ik hem nog nooit had gezien en ook nooit meer zou zien. Volmaakt, rond, heel.

Ik rende wat met Callie rond; het licht was zo fel dat onze schaduwen over het land dansten. Ik maakte sprongetjes, draaide rondjes, huppelde, ik pakte haar poten vast en zei buiten adem en met een onstuimig kloppend hart: 'Yes! Yes! Yes!' Ik haastte me weer naar binnen, de kinderkamer in, waar ik een plakkerige chocoladereep uit Zachs hand pulkte. Ik keek naar de slapende kinderen, bestudeerde het gefladder van hun oogleden en het op- en neergaan van hun smalle borstkassen.

Ik dacht op dat moment niet aan Paige, pas later weer, toen ik in bed stapte, in het licht van de maan, dat me volgde als een spotlight die een ster beschijnt. De Ella Beene Show. Ik knipperde met mijn ogen. Of misschien was het de maan van een ondervrager. Paige was alleen in dat grote lege huis in Las Vegas, met de dinosauruskamer, met de prinsessenkamer, en ik wist nog te goed hoe eenzaam het in die grote nieuwbouwhuizen met lege ingerichte kinderkamers kon zijn. Henry en ik hadden in zo'n huis gewoond. Voor hetzelfde geld had ik me in Paiges positie bevonden. Maar wij waren hier, in ons warme, met maanlicht doordrenkte huisje; de kinderen in hun vertrouwde bedden, de dagen die ons tegemoet tuimelden, zo vol, zo open, zo veelbelovend.

20

De volgende ochtend belde ik iedereen. Marcella sprak voor ons allemaal toen ze zei: 'O, Ella! Ik kan eindelijk weer ademhalen. Ik kan weer ademhalen!' Mijn moeder zei: 'O, Jelly.' Ik merkte dat ze moest huilen. Joe Sr. kwam me een enorme bos rozen uit zijn tuin brengen, want hij wist dat ik daar gek op was. Ze waren zachtroze met rode randjes en roken vaag naar anjers; hij omhelsde me zo lang en zo hard dat ik begreep dat ook hij moest huilen. 'Kom, dan neem ik de kinderen even mee naar hun nonna,' bracht hij na een tijdje moeizaam uit. 'Ze heeft panettone gemaakt om het te vieren.'

Ik wandelde naar de winkel om wat aan de boekhouding te gaan doen. De nieuwe cijfers waren beter dan de oude waarop Joe had zitten zweten. We draaiden bijna quitte. Maar zodra het regenseizoen begon, zou het stiller worden in de zaak. We hoopten nog steeds dat de serre die we hadden gebouwd ons door de winter heen zou slepen.

Het rook naar nootmuskaat en kaneel in de winkel. 'Pompoentaartjes,' zei David, toen ik met mijn ogen dicht de geur opsnoof. Hij trok zijn schort uit en omhelsde me even. Hij zei dat hij die avond samen met Gil een verrassing wilde komen brengen voor de kinderen. Ze hadden de kinderen sowieso iets speciaals willen geven voor Halloween, maar hadden eerst willen afwachten hoe alles zou verlopen. Toen ik vroeg wat voor verrassing, glimlachte hij alleen maar.

'Kijk niet zo koket.'

'Ik ben koket geboren, dat weet je. Hé, weet je wie hier trouwens net was?'

'Een weldoener?'

'Ray Longobardi. Hij heeft de walnotenmoes gekocht en de appelsoep. Ik moest hem beloven dat ik het niet zou doorvertellen aan zijn vrouw.'

'Zo meteen moet hij nog een hypotheek op zijn huis nemen.'

'Wacht maar tot hij deze taartjes proeft. Dan gaat die arme man nog failliet.'

'En weer dat kokette lachje.'

We lachten allebei. Het voelde goed om te lachen.

Ik keek naar Davids lijst die op de toonbank lag en besefte dat ik veel te weinig had gedaan. Nu dat gedoe met de voogdij achter de rug was, kon ik me op drie dingen focussen: Annie, Zach en de zaak. Ik zei tegen David dat ik de ribollitasoep wel zou maken en zocht de ingrediënten bij elkaar. Terwijl ik de groente hakte, de kruiden fijnsneed, alles in de pan gooide en door elkaar roerde, telde ik mijn zegeningen; en ik bleef ze tellen onder het verbrokkelen van de pecorino en het scheuren van het oude brood. Toen de soep stond te pruttelen, streepte ik hem door op het lijstje en ging naar boven om aan de boekhouding te werken. Door het raam in het kantoor keek ik naar de winkel die de Grote Depressie had overleefd, de interneringskampen, angst, financiële problemen en de dood, en die nu, eindelijk, weer tot leven was gewekt. Ik schreef cheques uit, telde het geld dat nog steeds niet helemaal toereikend was en telde nog meer zegeningen. Zoveel. Te veel om te kunnen tellen.

Die avond kwamen David en Gil langs met een groot krat waar een enorme groene strik omheen was gebonden. 'Wat krijgen we nou?' vroeg ik.

'Ik weet dat we het eerst aan jou hadden moeten vragen,' legde David uit. 'Maar dan had je misschien nee gezegd.' Hij zette het krat neer en deed een deurtje aan de voorkant open. Twee grijs-witte poesjes sprongen naar buiten.

'Wat krijgen we nou?' vroeg ik weer, maar Annie en Zach hadden de jonge poesjes al opgetild. Ik keek David aan en zei: 'Dat is echt ontzettend oneerlijk.' De kinderen namen de poesjes mee de gang in, naar de slaapkamers. Callie was buiten zichzelf van opwinding, maar ik wist dat ze de poesjes niets zou doen. Ze liet de kippen ook met rust. Nieuwsgierig was ze echter wel. Dat was duidelijk.

'Luister, schat, als je niets doet, krijg je steeds meer muizen in de schuur. En bovendien ben je dan meteen van dat rattenprobleem af.'

'Rattenprobleem? Je bedoelt dat kleine muisje op de reling van de veranda?'

'Muizen. En muizen komen nooit alleen, schat. Maar je hebt nu ook een rat. En als ik het me goed herinner, is Paige allergisch voor katten.'

'David, het is niet aardig om haar te vergelijken met een rat. En het is nu achter de rug. Dus je kunt best wat vriendelijker doen.'

'Ma-am! Je moet ons helpen!' riep Annie vanuit mijn slaapkamer.

Ik schudde mijn vinger naar David en Gil. 'Jullie! Poesjes?' We gingen kijken wat er aan de hand was. De benen van de kinderen staken onder het bed uit, tussen de ribbels van hun gympen zat modder.

'Ze rennen steeds onder het bed, omdat Callie met ze wil spelen. En nu kunnen we ze niet meer vinden. Maar we horen ze wel.'

We knielden neer om te kijken. Annie had gelijk; we konden ze niet zien.

Gil zei: 'Er zit vast een scheur in de boxsprings – ze zitten waarschijnlijk tussen de veren. Een vriend van me had een jong katje dat, eh…' Hij maakte een stikgebaar met zijn hand om zijn hals. 'Omdat het daartussen was gekomen. Dat gebeurt vaker met jonge poezen. Dat horen we in het asiel ook steeds. De onderkanten van bedden en banken, echt levensgevaarlijk voor jonge poesjes.'

'Nou, dan moeten we ze daar gauw weg zien te krijgen. En het lijkt me wel jullie plicht om mij daarbij te helpen.'

Gil haalde een blikje tonijn uit de keukenkast; hij had het nog niet geopend, of de poesjes kwamen als konijntjes tevoorschijn springen.

'Zo, kinderen,' zei David. 'Als jullie de poesjes nou even vasthouden en bij de deur gaan staan, dan gaan wij dat bed repareren.' Tegen mij vervolgde hij fluisterend: 'Het laatste wat we hier kunnen gebruiken zijn katten die stikken. Heb je naald en draad voor me?'

Ik knikte en ging het halen. David en Gil haalden de matras van het bed en zetten hem tegen de muur. Daarna keerden ze de box-spring om.

'Het schip is gekapseisd! Mayday! Mayday!' riep Annie, terwijl Zach en zij op en neer sprongen met de arme katjes, die eruitzagen alsof ze sowieso zouden doodgaan aan een gebroken nek, ondanks onze heldhaftige inspanningen.

'Voorzichtig. Zo meteen doen jullie ze nog pijn,' waarschuwde ik hen.

David en Gil bestudeerden de onderkant van de boxspring die de kinderen en ik vanuit onze hoek niet konden zien.

'Nou,' zei David. 'Nou. Daar valt mijn bek van open.'

'Oom David, dat mag je niet zeggen!' zei Annie.

Maar David negeerde haar. 'Eh, Gil? Ga jij samen met de kinderen de poesjes eens eten geven. In de keuken.'

Gil knikte, nam de kinderen mee naar de keuken en deed de deur achter zich dicht.

'Ella? Schat? Niet kijken...' Hij was lijkbleek geworden. Ik had geen idee wat het kon zijn – een skeletje van een ander katje?

Ik stapte over het frame van het bed en om de boxspring heen en volgde zijn blik. Er zat een scheur – meer een spleet – in de dunne stof die om de boxspring zat. En daar, tussen de veren, zaten een paar erg dikke pakjes van wat eruitzag als brieven.

21

We stonden er zwijgend naar te kijken. Na een tijdje zei David: 'Ik heb het ineens koud. Misschien moeten we de houtkachel maar eens flink opstoken.'

'David... ik...'

'Dit hoeft niemand te weten.'

We hadden ons nog steeds niet verroerd, we hadden de pakjes nog niet tussen de veren vandaan gehaald, nog niet gekeken of er inderdaad in zat wat we al wisten dat erin zat. Ik had het gevoel dat ik moest overgeven.

David sloeg een arm om me heen. 'Ella. Dit hoeft niemand te weten te komen.'

Ik schudde mijn hoofd. 'Dat kan niet.'

'Natuurlijk wel. Ik zie niks.'

'David. *Ik* zie het. *Ik* weet het.' Ik hoorde gebulder in mijn oren, en mijn hele lichaam klopte op het ritme van mijn hart.

'Nou, dan lees je ze gewoon niet. Ze staan waarschijnlijk bol van de verzoeken of hij alsjeblieft de kinderen wil houden. Tenminste, dat denk ik zo.'

'Nee, dat denk je helemaal niet.'

'Zou toch kunnen?'

Met strakke kaken zei ik: 'Als je broer al niet dood was, zou ik hem nu met liefde vermoorden.'

David floot even. 'Oei, dat is niet mis.'

'Woede is nog wel de gemakkelijkste van alle gevoelens die nu door me heen gaan. Woede is een kalm briesje, vergeleken met de rest.'

'Luister, even je hoofd erbij houden, hè? Je moet aan Annie en Zach denken en aan wat voor hen het beste is. En we weten allebei dat daar niet bij hoort dat zij ze hier komt weghalen.'

'Hoe weet je dat? Hoe weet je hoe ze echt is? We dachten ook dat we Joe kenden.'

'Joe had vast zijn redenen. Ik weet zeker dat hij dacht dat wat hij deed het beste was voor de kinderen, en ik weet zeker dat dat ook zo was.'

'Kom me niet met smoezen aanzetten, daar kan ik nu echt niet tegen.'

'Maak die brieven gewoon niet open. Lees ze niet. Bovendien maakt het niet uit... Het zal toch niets veranderen.'

'Hoe kun je dat nu zeggen? Het verandert alles!'

'Jij bent de moeder die ze kennen en van wie ze houden. Jij bent degene die ze een liefdevolle, stabiele omgeving kan bieden in een stadje waar ze iedereen kennen. Als zij ze meeneemt, zien we ze nooit meer terug.' Hij stopte en haalde diep adem. 'Vergeet dat laatste maar. Maar een rechter zal hierdoor echt niet van mening veranderen. Ik bedoel, we weten niet eens wat erin staat. We kunnen er een eind aan breien nog voordat het begint.'

Ik knipte de stof verder los en haalde de pakjes uit de boxspring. Ik telde de brieven zonder de elastiekjes te verwijderen. Het waren er zesentwintig, een half spel kaarten. De andere helft van het verhaal. Terwijl ik de stof weer dichtnaaide, hield ik mijn knie op de brieven, bang dat David ermee vandoor zou gaan als ik ze in een la legde. David stond met zijn rug tegen de muur, zijn armen over elkaar geslagen, naar me te kijken en zei voor deze ene keer eens helemaal niets.

Ik stopte de pakjes achter mijn broeksband, onder mijn T-shirt, en we zetten de boxspring terug op het frame en daarop de matras. David schudde het dekbed uit en klopte de kussens op.

Pas toen hij de kamer uit was, stopte ik de brieven tussen de boxspring en de matras. In de niet-zo-mooie-kamer leken de kinderen niets te merken van de ongemakkelijke stilte tussen de drie volwassenen. Gil en David gaven de kinderen een kus. Gil gaf mij ook een kus, maar David vertrok zonder me maar een blik waardig te keuren.

Ik moest bezig blijven. Voor de nacht zette ik de kattenbak in het krat in de kamer van de kinderen. Ik kroop onder hun bedden om te kijken of er geen scheuren in zaten, en ook om te kijken of er nog meer brieven verborgen waren.

De kinderen, door het dolle heen vanwege de poesjes, renden met veel kabaal van de badkamer naar de keuken naar de slaapkamer en weer terug, tot ik schreeuwde: 'Kappen nu!' Waarop Annie allemaal grapjes maakte over kappen, onderwijl op haar bed springend.

'Alsjeblieft. Gewoon ophouden!' zei ik met overslaande stem.

'Wat is er, mam?' vroeg Annie, terwijl ze zich op haar achterste liet vallen maar gewoon door bleef gaan met stuiteren. 'Vind je de poesjes niet leuk?'

'Jawel,' zei ik. 'Maar ik ben gewoon moe.' *Lees ze nou maar voor uit* De kat met de hoed, *knuffel ze dan en geef ze een kus; eerst op de rand van Zachs bed, dan op dat van Annie. Strijk hun pony van hun voorhoofd, die een beetje bezweet zijn van al dat geren. Vraag je af of ze die willen laten bijknippen of laten groeien. Kijk naar hun fladderende oogleden, vlinders die dromen kussen, tot ze eindelijk in slaap vallen. Pak de poesjes uit hun armen en zet ze in het krat, terwijl hun zachte gemiauw je eraan herinnert dat dit hun eerste nacht zonder hun moeder is. Zet een oude pluchen beer uit de speelgoedkist met een wekkertje erachter in het krat, een armzalig surrogaat voor het kloppende hart van hun moeder.*

Ik lag in bed, maar het was alsof er olifanten onder de matras zaten. Ik deed de lamp aan en pakte de brieven. Ze waren gesorteerd op de datum van het poststempel. Sommige waren aan Joe gericht, sommige aan Annie en Zach, allemaal geschreven in een net en hoekig handschrift, hoewel het adres op de eerste envelop wat beverig was, en daarna nog wat beveriger, tot het geleidelijk aan weer netter werd. Alleen de eerste vijf enveloppen waren geopend.

Ik zette een kop thee, staarde naar het water tot het kookte, dompelde het zakje in de kop tot het water bijna zwart was, kroop toen weer in bed en klopte op de matras om Callie bij me te lokken. Ik wilde elk woord lezen, maar ik wilde het niet weten.

Ik wilde het niet weten. Mijn leven, zoals ik had gedacht dat het was, hing af van het niet weten.

Ik stopte de brieven in het laatje van het nachtkastje, legde de foto van Joe ondersteboven op het kastje en probeerde het hoge gezoem dat door mijn aderen trok tot bedaren te brengen; het was het gezoem als dat van een intercom, het geluid dat voorafgaat aan een krakend omroepbericht: bereid je voor op dreigend onheil.

22

De hele dag pakte ik de telefoon op, om hem meteen daarna weer neer te leggen. Mijn moeder? Nee. Lucy? Nee. David? Beslist niet. Marcella? O nee. Gwen Alterman? Echt niet.

Ze zouden zich allemaal doodschrikken van die brieven. Net als David zouden ze misschien zeggen dat ik ze moest verbranden. Of ze zouden voorstellen ze bij Bodega in de oceaan te gooien.

De volgende ochtend vroeg zette ik Annie en Zach en het krat met poesjes af bij Marcella, maar in plaats van naar de winkel te gaan, reed ik naar Bodega Head. Ik had de brieven bij me. Ik wilde nadenken, zelf tot een besluit komen. Ik kwam langs de begraafplaats, maar ik stopte niet.

Mijn auto was de enige op het grind van het parkeerterrein. Net zoals de Groene Wesp dat was geweest toen Frank en ik hem daar hadden achtergelaten, die eerste, verschrikkelijke dag van de zomer. Er hing een dikke mist, zodat ik niet ver kon kijken. Er stond een zilverreiger tussen het ijskruid aan de rand van het klif, met zijn witte hals als een vraagteken gebogen. Joe had een keer naar een zilverreiger gewezen en gezegd: 'Spreken is zilver, zwijgen is goud. Dat is mijn motto.' Ik had geglimlacht, en in plaats van hem te vragen waarover je dan beter kon zwijgen, had ik gezegd: '*Casmerodius albus.*'

Ik had de pakjes brieven in mijn hand en plukte in een vast ritme aan de elastiekjes. Ik wist niet wat ik moest doen. Ik wilde doen wat goed was, vooral wat goed was voor Annie en Zach. Paige had zich drukker om hen gemaakt dan ik had gedacht. In elk geval druk genoeg om zesentwintig keer te schrijven. Ik probeerde het egoïstische feit dat ik me mijn leven niet zonder Annie en Zach kon voorstellen, weg te duwen. Maar hoe duw je zoiets weg?

Ik stapte uit de jeep en liep naar het klif, met de brieven in mijn hand. Ik keek naar de golven. Ze leken gelijkmatig, voorspelbaar, zelfs rustgevend – maar de plaatselijke bevolking wist wel beter. En Joe had ook beter geweten. 'Nooit met je rug naar de oceaan gaan staan,' had hij keer op keer tegen de kinderen en mij gezegd. En toen had hij dat zelf toch gedaan; hij had al zijn aandacht gericht op hoe het klif uitkwam in het ochtendlicht en was totaal vergeten dat er stilletjes iets van achteren kon komen aansluipen om je naar de andere wereld te helpen.

Er reed een zwarte Ford Explorer het parkeerterrein op: een man en een vrouw, met hun vier kinderen op de achterbank geprop. De vrouw zat te krijsen; ik kon niet horen wat ze zei, want de raampjes waren dicht, maar ik zag wel haar verwrongen gezicht, haar hand die op het dashboard sloeg.

De man stapte uit. Hij zag er netjes uit in zijn kakishort en poloshirt. Hij keek naar de oceaan, rekte zich uit en liep toen om de auto heen om de achterklep van de Explorer open te doen. Hij pakte een sixpack Pepsi uit een koelbox, plukte de blikjes systematisch uit de plastic houder, en legde ze daarna terug in de koelbox. Daarna verscheurde hij de plastic ringen stuk voor stuk, wat ik eerst nog aanzag voor zorg om het milieu, totdat hij alles op de grond liet vallen.

Een van de kinderen, een meisje van een jaar of acht, negen, draaide zich om en keek naar hem. Hij keek terug, maar er werd niet gesproken. Met een van de blikjes Pepsi in zijn hand liep hij weer om de auto heen, opende het portier aan de passagierskant en gaf het blikje aan de vrouw. Daarna pakte hij een bruin medicijnflesje uit de zak van zijn windjack. Hij tikte er een pilletje uit en hield het in zijn open hand voor haar op.

Ze pakte het en slikte het door.

Hij liep weer naar de achterkant van de Explorer, en voordat hij de achterklep neerliet keek het meisje me aan, me toesprekend met haar ogen.

De man volgde haar blik en zei over zijn schouder tegen mij: 'Kun je het een beetje zien?'

Tot dat moment was ik me er niet van bewust geweest dat ik openlijk had staan staren. Ik mompelde: 'Sorry.' Toen draaide ik me om en liep terug naar mijn auto, met in mijn hand nog steeds het pak brieven, dat nu net zo zwaar en opvallend aanvoelde als een lijk.

Het enige wat ik op de terugweg voor me zag, waren de ogen van dat kleine meisje. De alwetende blik van een kind. Ik reed rechtstreeks naar huis, nam de telefoon mee naar de veranda en belde mijn moeder. Maar ik vertelde haar niets over de brieven.

Ik zei: 'Vertel me over papa.'

De korte stilte die viel voordat ze reageerde, kwam niet onverwacht voor me. 'Nou, Jelly? Wat zou je willen weten? Ik bedoel, we hebben het in de loop der jaren wel vaker over hem gehad. Volgens mij heb ik je al verteld dat –'

'Je hebt me verteld dat hij een fantastische vader was. Maar ik bedoel, ik zou graag willen weten hoe jullie huwelijk was.'

'O! Ons huwelijk? Nou, laat me eens denken...'

'Was het een goed huwelijk?'

'Ja... ik bedoel, geen enkel huwelijk is gemakkelijk, lieverd. Iedereen heeft zo zijn problemen. Maar ik hield ontzettend veel van je vader...'

'Waren jullie gelukkig?'

'Of we gelukkig waren? Ja. Soms...'

'Maar...'

Ze slaakte een diepe zucht, die klonk als een ballon die leegliep. 'Sommige dingen zijn gewoon privé. Die hoef je niet te weten. Je vader was een goed mens. Hij is veel te vroeg gestorven. Jou is een vader ontnomen, en dat heb ik altijd heel erg voor je gevonden.'

Voor mij. Maar niet voor haar. 'Was je bij hem toen hij stierf?'

'Nee, ik was niet bij hem.'

'Waar was hij dan? Hoe heb je het te horen gekregen?'

'Ella... dat weet ik echt niet meer precies...'

Mijn stem trilde. 'Ik weet dat je liegt. Natuurlijk weet je dat nog. Omdat ik het ook nog weet. Er was iets gebeurd, en niemand wilde het erover hebben. Maar ik wist het. Ik wist het! En ik heb iets gezegd... tegen oma Beene. En toen gaf ze me een klap.'

'Heeft oma Beene je geslagen?'

'Ja… en ze zei: "Dat mag je nooit meer zeggen."'

'Wat had je dan gezegd?'

'Ik wist iets. Iets wat ik niet hoorde te weten.'

'Was dat zo? Is dat zo?'

'Mama, hou op. Vertel me nou maar gewoon wat jij weet.'

Er viel een lange stilte. Ik keek naar Callie die tevergeefs achter een koppel kwartels aan zat, hun zwarte kuifjes wapperend boven hun mollige lijfjes. Afgelopen lente hadden Joe en ik hier 's avonds nog zitten luisteren naar de lokroep van de mannetjes: *Waarbenje? Waarbenje?*

Mijn moeder zei: 'Ik heb nooit gewild dat je dat te weten kwam. Zijn dood was al moeilijk genoeg.'

Ik wachtte. De kwartels stegen als één vleugel op en landden op de vlinderstruik. Callie richtte haar aandacht nu op het hol van een grondeekhoorn en begon te graven.

'En om het nu te willen horen?' vervolgde mijn moeder. 'Terwijl je in de rouw bent? Terwijl je midden in een gevecht om de voogdij zit?'

'Zeg het nou maar gewoon. Alsjeblieft.' Maar in een hoekje van mijn ziel ging een deksel open, de woorden dreven al naar mijn lippen voordat ze mijn hersens raakten, en ik flapte ze eruit voordat zij zelf iets hoefde te zeggen. 'Hij had een verhouding, hè? Met mijn juf. Miss McKenna… En hij was bij haar toen hij stierf. Bij haar thuis.'

'Dat wist je? Hoe dan?'

'Mama. Natuurlijk wist ik het. Kinderen weten dat soort dingen altijd.' Net zoals de ogen van dat kleine meisje me konden vertellen dat ze wist waarom haar moeder alweer krijste, waarom haar vader voor gecontroleerd zwijgen koos. En alles kwam weer terug. 'Ik dacht dat het mijn schuld was, dat als ik Mrs Grecke in de derde had gehad in plaats van miss McKenna, en dat als ik niet was gevallen en mijn knie niet aan het asfalt had geschaafd, papa dan nooit de kans had gehad om verliefd op haar te worden. God, volgens mij waren we allemaal verliefd op haar. Zowel de jongens als de meisjes.' Nog meer woorden die wisten te ontsnappen aan de redacteur in mijn hoofd. 'O god, sorry… sorry dat ik dat zei.' Toen nog een herinnering, die ik gelukkig voor me wist te houden: op de momenten dat ik me niet schuldig voelde, fantaseerde ik dat miss McKenna met mijn vader trouwde en mijn moeder werd – een en al licht en parfum en roze lippenstift en uitroeptekens in vergelijking met mijn moeder, die in die tijd, achteraf begrijpelijk, somber was en de neiging vertoonde om 's nachts urenlang in haar eentje in onze geparkeerde stationwagen te zitten.

'Drie dagen voor zijn dood had ik de echtscheidingsprocedure in gang gezet.' Haar stem brak. 'Ik heb me altijd verantwoordelijk gevoeld, alsof zijn hartaanval daardoor kwam.'

'Nee, mama. Het kwam door mij. Het was mijn schuld dat hij stierf.'

En toen vertelde ik haar het hele verhaal, het licht en donker van de beelden, volledig ontwikkeld, al die tijd wachtend tot ik ze eindelijk oppakte en aan de lijn tussen ons hing.

Maanden voor de dood van mijn vader had Leslie Penberthy me het huis van miss McKenna aangewezen, en op een zaterdagmiddag, toen ik mijn hond Barkley uitliet, had ik genoeg moed verzameld om bij haar aan te kloppen. Ik wilde haar zeggen dat ik alleen maar even gedag kwam zeggen, maar hoopte eigenlijk dat ze mij en Barkley dan binnen zou vragen, dat ze me een blauwe Kool-aid en Rice Crispies zou geven en me fotoalbums zou laten zien uit haar jeugd, in Iowa, zoals ze de klas had verteld.

Miss McKenna deed open in haar ochtendjas, ze leek erg verbaasd me te zien. Ze bloosde en zei dat ze een middagdutje aan het doen was, dat ze het gevoel had dat ze verkouden zou worden en rust nodig had, maar dat het heel aardig van me was om langs te komen. Mijn vaders blauwe truck, die een huis verder langs de stoeprand geparkeerd stond, zag ik pas toen ik er langssliep en Barkley tegen het portier opsprong. In de laadbak zag ik paaltjes liggen voor het houten hek dat hij in de voortuin aan het maken was. Die zaterdag, en evenmin de zaterdag daarop, vroeg ik hem niet waarom zijn truck bij miss McKenna in de straat stond. En ook niet waarom we nooit meer samen gingen kamperen, met zijn tweetjes over het Olympisch Schiereiland trekkend, de namen noterend van alle planten, vogels en insecten die we onderweg zagen. Ik maakte er in het weekend een gewoonte van om, steeds wanneer hij zei dat hij naar de ijzerhandel ging, Barkley uit te laten, gewapend met mijn spionnennotitieboekje en met zijn vogelkijker om mijn nek. En hoewel mijn vader altijd thuiskwam met haastig aangeschafte spullen voor weer een andere klus, wist ik dat er niet alleen bij ons thuis werd geklust.

En toen, op een zaterdag, met zijn truck weer op de gebruikelijke plek bij haar in de straat, deed ik zachtjes het hekje aan de zijkant van miss McKenna's huis open, liep naar de achtertuin, keek stiekem door een raam dat openstond, toen door een ander, tot ik mijn vader in bed zag zitten, met het laken tot aan zijn middel opgetrokken; hij las de krant en rookte een sigaret.

'Dolly?' riep mijn vader. 'Kun je deze arme man nog een kop van die verrukkelijke koffie van je brengen?'

En toen deed Barkley wat honden doen, en vooral honden die Barkley heten.

'Wat is dat verdomme? Barkley? Jelly? Verdomme!'

Onze blikken vonden elkaar, en terwijl ik het verhaal aan mijn moeder vertelde, drong ineens tot me door dat de ogen van mijn vader me sindsdien voor eeuwig hadden aangekeken. De paniek, de schrik, de droefheid, de schaamte van dat ene moment hadden me nooit meer verlaten.

'Jelly, wacht… Wacht!' Maar ik morrelde al aan het hek dat achter mijn ogen zwom. Ik begon te rennen, Barkley achter me aan trekkend in plaats van andersom; ik rende tot ik niet meer kon, en toen ging ik lopen, ik bleef lopen tot het donker was. Toen pas liep ik eindelijk de veranda op, waar mijn moeder zat te wachten op de schommel, met een gloeiende sigaret die weerspiegeld werd in het raam aan de voorkant, alsof er twee sigaretten waren, die van haar en die van mijn vader, in plaats van alleen die van haar. Ze sprong op en vroeg me waar ik was geweest, dat ze zich zulke grote zorgen had gemaakt, dat ze de politie had gebeld, en ik haalde mijn schouders op en zei: 'Nergens.' Ze nam me in haar armen. Ze stopte mijn haar achter mijn oor. Ze zei dat mijn vader naar de hemel was gegaan.

'Dus,' zei ik door de telefoon tussen het snikken door tegen mijn moeder. 'Het was mijn schuld. Omdat ik voor spion wilde spelen. Daar kreeg hij die hartaanval van. Hij is zich letterlijk doodgeschrokken.'

'Ella,' zei mijn moeder. Ik zag bijna voor me hoe ze haar gedachten probeerde te verzamelen. 'Ik vind het zo erg dat je dat al die jaren hebt gedacht. Lieverd, je bent een wetenschapper. Kijk naar de feiten: de man rookte meer dan twee pakjes sigaretten per dag, was dol op boter, bacon en room, en was blijkbaar ook nog enthousiast aan het neuken met een meid van tweeëntwintig. Niks ervan was jouw schuld. En ook niet de mijne.'

Ik begreep dat ze gelijk had, dat ik, door eindelijk de waarheid te vertellen over wat ik wel wist, een waarachtiger versie kon zien van wat ik als kind niet had geweten, niet had kunnen weten.

Mijn moeder zei: 'O, het spijt me zo. Ik had moeten weten dat de verandering die je toen doormaakte meer was dan… Ik… Het was gewoon gemakkelijker voor me; jij was gemakkelijker. En ik denk dat ik daarom al die jaren daarna niet graag over hem praatte, omdat dat voelde alsof ik zijn graf delfde. Je snapt wel wat ik bedoel: laat de doden volmaakt zijn, het is het enige wat ze hebben.'

'Langzaam begin ik te beseffen dat… volmaaktheid een last is die niemand van ons kan dragen, levend niet en dood ook niet.'

Mijn dode volmaakte vader. Mijn dode volmaakte man. Niet langer volmaakt in mijn gedachten. Ik wist dat ik hen daarmee allebei op de een of andere manier had bevrijd en dat het zelfs een begin was van mezelf bevrijden. Maar ik wist ook dat ik nog een lange weg te gaan had.

'Ik wou dat je me het toen had verteld, Jelly. Je hebt dit al die jaren voor je gehouden?' Ik zei dat ik moest ophangen, dat de kinderen thuiskwamen, hoewel dat niet zo was. Ik stond op de achterveranda en haalde een paar keer diep adem. Callie kwam naar me toe rennen, wreef met haar modderige snuit tegen mijn been en sloeg me met haar staart. Terug van haar meest recente opgraving.

Ik haalde binnen een oude handdoek en veegde de modder van haar snuit en poten.

23

Waar was ik mee bezig? Ook zonder oude, pijnlijke herinneringen op te halen, had ik al genoeg aan mijn hoofd. Ik moest me op de brieven concentreren en proberen Joe's rotzooi op te ruimen, in plaats van me te concentreren op mijn vader, die dertig jaar geleden met mijn juf had liggen rotzooien.

Ik belde Lucy om haar over de brieven te vertellen. Lucy floot. 'Wat staat erin?'

Ik zei dat ik ze nog niet had gelezen, wat ze niet wilde geloven. 'Ze zijn niet voor mij bedoeld. Bovendien zijn het bewijsstukken. Daar mag je niet mee knoeien. Als –'

'Ja, als je ze aan de rechtbank voorlegt, wat je dus niet gaat doen.'

'Maar dan houd ik bewijs achter.'

'Luister. Ik kan nu naar je toe komen. Dan maak ik ze wel open als het moet. Je moet toch weten waar je aan toe bent? Ik weet wel waarom je ze niet open wilt maken, en dat heeft niets te maken met wetten overtreden. Dat weet jij ook wel, Ella. Je bent bang dat er iets in staat wat je wereld zal doen instorten. En die van iedereen hier.'

'Nee, het gaat om veel meer dan dat.' Ik ging veel te snel in de verdediging. Lucy had me door. Ik zei dat ik er nog over zou nadenken.

Later, in de keuken, terwijl ik de afwas deed en Marcella afdroogde, vertelde ik haar van de brieven. Ze hield een glas op naar het licht en wreef er nog een keer met de theedoek over. Ze zette het glas in de kast en zei toen pas: 'Je gelooft toch niet echt dat mijn Joey die brieven heeft verstopt! Paige is hier in huis geweest, alleen met de kinderen, die dag dat tante Sophia weer een van haar aanvallen had! Die vrouw heeft die brieven daar gestopt. Dat lijkt me duidelijk.'

'Marcella, er staan poststempels op.'

Ze gooide haar armen in de lucht waarbij haar vel nog even natrilde. 'Ze kunnen tegenwoordig van alles op computers. Dat zegt geen bal. Heb je ze gelezen?'

Ik schudde mijn hoofd.

'Ze heeft mijn kleinkinderen in de steek gelaten, Ella. Zach was pas twee maanden. Hij kreeg nog borstvoeding! Je moest eens weten hoe hij heeft liggen krijsen die eerste paar weken, terwijl wij hem aan de fles probeerden te laten wennen. Ik zal dat gekrijs nooit van mijn leven meer vergeten. Ze heeft haar rechten als moeder verspeeld. Jij bent hun moeder. Dus gedraag je ernaar. En praat niet over je man alsof hij een of andere leugenachtige crimineel was!'

Ze draaide zich om en liep weg. Joe Sr., die samen met de kinderen de kippen had gevoerd, had het laatste nog net meegekregen toen hij de keuken in kwam. Hij zei: 'Ella, je bent voor mij als een dochter, ik hou van je, maar Marcella overleeft het niet als ze na Joe ook nog haar twee *bambini* kwijtraakt. Een mens kan maar zoveel hebben. Een familie kan maar zoveel hebben.' Hij streek met zijn hand over zijn kale hoofd en zuchtte. 'Mijn oudere broer? Kwijtgeraakt aan de oorlog.' Hij zweeg even. 'Zelfs mijn vader zijn we een tijdje kwijt geweest.'

'Maar die is teruggekomen.'

'Ja, maar hij was niet meer dezelfde. Anders.' Hij legde een hand op mijn schouder. 'En het was niet alleen Sergio, hoor. De vader van Marcella, Dante, hem hebben ze ook meegenomen. Ze werden als misdadigers behandeld, terwijl ze niets verkeerd hadden gedaan. Ik hou van dit land. Maar ik vertrouw de overheid voor geen cent als het om mijn familie gaat. Laat ze ons geld maar nemen en het belasting noemen. Maar in godsnaam niet onze vaders. En niet onze kleinkinderen.' Hij hield mijn schouder nog wat steviger beet. 'Alsjeblieft, lieverd. Laat ze ons niet onze kleinkinderen afpakken.'

Later die avond, nadat ik verhaaltjes had voorgelezen en Annie en Zach in bed had gestopt, blafte Callie. Ik liep naar de voordeur en zag door de ruit Marcella staan. Ik deed open. We stonden zwijgend tegenover elkaar. Op haar gezicht waren de sporen die de afgelopen verwoestende maanden hadden nagelaten, zichtbaar, en ik wilde iets zeggen – wat dan ook – om haar pijn te verzachten, om die van mij te verzachten.

Er stonden tranen in haar ogen. Na een tijdje zei ze: 'Ik heb van je gehouden als van een dochter… maar je wilt niet luisteren! Die winkel die je Life's a Picnic noemt? Die winkel is voor Annie en Zach. Vergeet dat niet. We hebben je geholpen vanwege onze kleinkinderen. We hebben hun toekomst in jouw handen gelegd, omdat we je vertrouwden! Ella, die brieven. Verbrand ze. Lees ze niet.'

'Ik moet ze lezen. Ik moet het weten.'

'Nee!' Ze boorde haar donkere, bedroefde ogen in de mijne, hief haar hand en sloeg me keihard in het gezicht. Toen sloeg ze haar hand voor haar mond en keek me met grote ogen aan.

De tinteling verspreidde zich als hete naalden over mijn gezicht. Ik kreeg tranen in mijn ogen, wat eerder een lichamelijke dan een emotionele reactie was; ik was te geschokt om te huilen. Marcella draaide zich om en liep handenwringend de veranda af. Ze stapte in haar auto en reed in volle vaart weg.

24

Dat scherpe, brandende gevoel op mijn wang had ik maar één keer eerder gevoeld. Op de dag van mijn vaders begrafenis waren oma Beene en ik naar haar kelder gegaan om een paar weckflessen met augurken te halen voor de visite. Ik liep al dagenlang rond met een vraag. Ik wist dat ik hem beter niet aan mijn moeder kon stellen. Met oma Beene had ik echter altijd heel gemakkelijk kunnen praten, ze lachte als ik kinderlijke blunders beging waaraan andere volwassenen zich ergerden. Mijn vraag behelsde een stukje van de puzzel die ik in mijn hoofd aan het leggen was, gebaseerd op gedeeltes van gesprekken die ik had opgevangen en op afleveringen van *As the World Turns* waar ik stiekem, zonder dat mijn moeder het wist, naar keek als ik bij mijn grootmoeder was. Ik had het gevoel dat ik op het punt stond iets belangrijks te begrijpen, en toen we samen zo kalm in de kelder waren, leek me dat precies het juiste moment, dus vroeg ik aan haar: 'Oma? Heeft God papa dood laten gaan omdat hij verliefd was op miss McKenna en middagdutjes met haar deed?'

De klap was toen ook meteen gekomen. Mijn grootmoeder had me toegesproken met een stem die ik niet van haar kende: 'Waag het niet dat of iets wat erop lijkt ooit nog eens te zeggen! Je vader was een prachtman. Knoop dat maar in je oren, jongedame! Je moest je schamen!'

Ze draaide zich om en stampte de trap op. Haar schoenen met dikke zolen dreunden zwaar op iedere houten trede.

Ik staarde naar de potten met frambozenjam, ingelegde abrikozen, sperzieboontjes met het label BEENE'S BONEN erop, en de augurken waar ze in de buurt bekend om stond. Augurk in plakjes, zoete augurken, scherpe, extra scherpe en zure bommen. Oma Beene was het prototype van efficiëntie en productiviteit, hoewel ze sprak en zich bewoog met een kalm, vriendelijk geduld dat meestal niet samengaat met extreem pragmatisme.

En dat uitgerekend zij zo had gereageerd… Ik wist dat mijn vraag helemaal verkeerd was geweest. Of misschien, dacht ik, doelde ze wel op mijn gespioneer, had ze gezegd dat ik me moest schamen omdat ze op de een of andere manier wist dat ik mijn vader zo erg had laten schrikken dat zijn hart was blijven stilstaan. Het zweet stond in mijn handen en ik veegde ze af aan mijn Schotse rok, boven de grote gouden speld die de overslag op zijn plaats hield en soms bleef haken aan de voering van mijn winterjas. Het puzzelstukje van mijn vaders hart dat was gestopt, leek te passen bij het stukje waar niemand iets van wist – dat ik hem aan het schrikken had gemaakt en dat hij toen was gaan schreeuwen. Ik wist dat mijn eigen hart bonkte door de klap van mijn oma. Misschien zou mijn hart ook wel stoppen. Ik bad dat dat niet zou gebeuren en ik bad ook dat mijn vader me niet kwaad zou aankijken vanuit zijn met satijn gevoerde kist in de grond.

Er was nog meer. Oma Beene was nog niet klaar geweest met haar lesjes. Maar ik had nu andere dingen aan mijn hoofd dan die oude droevige verhalen van me, ik moest me op de brieven concentreren.

25

De volgende ochtend stond ik al vroeg kruimels onder de toonbank weg te vegen, toen Frank binnenkwam en zichzelf een kop koffie inschonk. 'Die vrouw die net over de brug woont, die ouwe junk, was weer eens hartstikke van de wereld. Maar dat kennen we. Het leek haar ineens een geinig idee om met de kajak de rivier op te gaan. Het probleem is alleen dat ze niet terugkomt. Dus die vent van haar, die andere junk, belt ons. We moesten een hele reddingsactie op touw zetten, met helikopter en al, alleen omdat dat mens zo stoned is dat ze niet eens doorheeft dat ze in cirkeltjes ronddraait.' Hij hield zijn koffie op alsof hij met me wilde proosten. 'En daar, dames en heren, gaat uw belastinggeld naartoe.'

'Wat is er met haar gebeurd?'

'Helemaal niets. Dat is het juist, El. We hebben haar iets voorbij Edward's Mill gevonden, vlak na middernacht. Mevrouw zat van het maanlicht te genieten. Helemaal in de zevende hemel.'

Ik bedoelde eigenlijk dat ik me afvroeg wat er vroeger met haar was gebeurd, lang geleden, maar ik had geen zin om dat aan Frank uit te leggen, ik had geen zin om uit te leggen dat ik recentelijk tot de conclusie was gekomen dat iedereen zo zijn redenen had, of ze dat nu wisten of niet. Dat zelfs Paige haar redenen had, en dat ik van plan was uit te zoeken welke dat precies waren.

'Nog wat koffie?'

Hij knikte. 'Ik pak zelf wel. Om mee te nemen. Als goed ambtenaar moest ik maar weer eens een paar verslaafden gaan redden.'

'Frank?'

'Ja?'

Ik wilde hem niets over de brieven vertellen, voor het geval hij een of andere ambtelijke plicht had om me aan te geven. 'Denk je dat Lizzie met me wil praten? Over Paige?'

'Met mij wil ze het in elk geval niet over Paige hebben.' Hij keek me afwachtend aan, alsof hij wilde zeggen: *Waarom kun je er niet met mij over praten?* Frank miste Joe ook. Dat zag ik iedere keer aan zijn ogen; die pasten niet bij zijn stoere houding. Hij haalde zijn schouders op. 'Probeer het maar. Je hebt niks te verliezen.'

Nog voordat ik het witte houten tuinhek opendeed, wist ik al dat Lizzie thuis was. Het was een mooie, heldere dag, en ik kon de vleugjes munt, rozemarijn, lavendel, citroen en cacaoboter al ruiken. Lizzie was iedere ochtend, als Molly naar school was, achter het huis in hun verbouwde stal, aan het werk. Mijn oude ik zou het eng hebben gevonden om haar te benaderen, om achterom naar de stal te lopen en mijn hoofd om de hoek van de halve deur te steken. Maar ik wist behoorlijk zeker dat niets van wat ze me kon vertellen de boel zou kunnen verergeren. Ik wilde nu alleen nog maar de waarheid weten, zodat ik kon besluiten wat er met de brieven moest gebeuren. Ik stond bijna een minuut zonder iets te zien naar binnen te kijken voordat mijn ogen zich hadden aangepast aan het duister, en toen zag ik Lizzie, en lange tafels met potten erop en muren met schappen vol voorraad.

Ze had haar blonde krullen vastgezet met een haarklem zodat ze niet op haar voorhoofd vielen en stond neuriënd olijfolie in een van de vijf enorme steelpannen te gieten. Twee Mexicaanse vrouwen wogen kopjes palm- en kokosolie af. Lizzie keek op. 'O! Frank is er niet.'

'Ik wil jou graag spreken. Als je een minuutje tijd hebt. Nou ja, meer dan een minuutje.'

'O? Nou, oké. Alleen… ik kan hier nu niet weg. Kunnen we hier praten?'

Ik keek naar de twee vrouwen, die ons in de gaten hielden.

'Die spreken nauwelijks Engels, en wat ze aan woorden kennen heeft met zeep te maken. Dus als je het ergens anders over wilt hebben, krijgen ze daar echt niets van mee, dat garandeer ik je.' Ze zei iets tegen hen in het Spaans, en de vrouwen lachten en knikten, terwijl Lizzie ons aan elkaar voorstelde. Daarna vervolgde ze tegen mij:

'En terwijl dit smelt, kan ik mooi nog even wat loog in de potten buiten gieten.'

We liepen naar buiten, naar een tafel waar drie potten stonden af te koelen. 'Niet te dichtbij komen,' waarschuwde ze me. 'Loog is rotspul. Dat wil je niet inademen.' Met afgewend gezicht goot ze de loog in een maatbeker, terwijl ze me vroeg nog wat verder weg te gaan staan. 'Hierdoor stijgt de temperatuur heel snel, en daarna moet het afkoelen tot drieënveertig graden.' Ze wees naar een andere tafel. 'Die kunnen geroerd worden. Pak maar een stoel en een lepel. We moeten blijven roeren tot het dikker wordt. Zoiets als fondue.' Ik herkende haar manier van doen van de demonstraties die ze altijd op de kerstbazaar van Elbow gaf – vriendelijk, efficiënt, verantwoordelijk.

We pakten allebei een stoel en een lepel en begonnen te roeren. Ik zei: 'Lizzie, ik weet dat Paige en jij vriendinnen zijn…'

Ze keek me even aan en zei toen: '"Zijn" is sterk uitgedrukt. Maar "waren" dekt de lading ook niet helemaal. We hebben geen contact meer, maar ik beschouw haar nog steeds als mijn vriendin. En ik mis haar. Ik mis de oude Paige. De nieuwe Paige ken ik eigenlijk niet.'

'Niemand in Joe's familie heeft iets aardigs over haar te zeggen, of het nu over de oude of de nieuwe Paige gaat…'

Lizzie keek naar de pot met vloeistof die voor me stond. 'Je moet blijven roeren. Je kunt voelen wanneer het dikker wordt.'

'Maar ik heb sterk het gevoel… dat er meer is dan wat ik weet en hoor.'

'Hoor eens, Ella. Als je op zoek bent naar dingen die je tegen haar kunt gebruiken in de voogdijzaak, dan kun je beter meteen weggaan.'

Ik wist dat ze me, als ik nu iets verkeerds zei, meteen de deur zou wijzen. 'Ik snap dat je dat denkt. Maar ik ben op een punt gekomen dat ik Paige alleen maar wil begrijpen. En Joe ook. Ik begin te denken… dat Joe… dat hij haar misschien niet zo fair heeft behandeld.'

Lizzies hoofd schoot omhoog. Ze kreeg een kleur, en terwijl ze me met grote ogen en open mond aankeek, sloeg ze met haar vuist op tafel. En daarna was het net alsof er een kurk uit een fles vloog.

'Pff. Maar probeer dat mijn man maar eens aan zijn verstand te peuteren! Of wie dan ook in dit stadje.'

'Ik woon in dit stadje. Ik wil de waarheid weten.'

'Ja, nú ineens wel…'

'Ja.'

'Omdat je er wat aan denkt te hebben voor de zaak…'

'Nee, je moet me geloven. Wat die voogdijzaak betreft, denk ik dat ik er meer bij gebaat ben als ik geen vragen stel, het niet weet, precies zoals ik me altijd heb opgesteld. Ik probeer het nu anders te doen. Maar daarbij kan ik je hulp wel gebruiken.'

Lizzie keek me onderzoekend aan, terwijl ze bleef roeren. Uiteindelijk zei ze: 'Paige leek echt het meisje dat alles mee had. Toen ze het moeilijk kreeg en het ernaar uitzag dat ze aan het afglijden was, wist niemand hoe daarmee om te gaan.' Ze stak haar borst naar voren, rolde met haar schouders en tuitte haar lippen. 'Zulke dingen mogen gewoon niet in de familie Capozzi.'

'Hoe was ze voordat dat allemaal gebeurde?'

'Ze is altijd mooi geweest – maar echt mooi, snap je. Haar huis was opgeruimd, maar niet op zo'n interieurconsulente-manier. Geen feng shui, of van die tuttige kussentjes, niks van dat alles. Ze was altijd een beetje gereserveerd, of verlegen, maar wel aardig. Ik mocht haar heel graag.'

Ik concentreerde me op de achtjes die ik draaide. Het was moeilijk om iets goeds over Paige te horen.

Lizzie zei: 'Ik moet toegeven dat het me schokte dat Joe al zo snel weer een ander had.'

Mijn gezicht voelde warm aan. Ik bleef roeren.

'Joe en Paige waren vanaf het allereerste moment gek op elkaar. Direct na de geboorte van Annie was Paige echter ineens niet meer zo gek op Joe, maar werd ze zelf gek.'

'Hoe bedoel je?'

'Eerst reageerde ze niet meer op mijn telefoontjes. En als ik dan langsging, zag ik dat ze vet haar had. En ze liep de hele dag in haar ochtendjas.'

De paisley ochtendjas.

'Tijdens haar zwangerschap was ze heel blij geweest, maar daarna kon ze gewoon totaal geen belangstelling voor Annie opbrengen. Het was maf. Ze begon aan mij te vragen of ik op Annie kon passen. Joe was woedend. Natuurlijk schoot Marcella te hulp en zo. Paige zei steeds tegen me dat ze zo'n slechte moeder was. Dat ze nooit een kind had moeten nemen. Ze was continu aan het huilen. Ze keek naar Annie alsof ze een of andere rare lamp was. Ik moet Joe nageven dat hij zo vaak mogelijk thuis probeerde te zijn, als het kon met de winkel. Hij hield Annie dan vast en zong voor haar.'

Terwijl Lizzie de vormen voorbereidde, vertelde ze me nog meer. Toen Annie een maand of vier oud was, leek het beter te gaan met Paige. Achteraf is wel duidelijk dat ze een soort postnatale depressie had. Maar zes jaar geleden – in 1993 – had niemand het daarover, laat staan dat mensen het begrepen. Paige kwam de depressie te boven, maar ze was wel veranderd. Ze leek nog gereserveerder. Ze was nog steeds een goede vriendin van Lizzie, en een goede moeder voor Annie. Paige en Joe leken hun evenwicht weer te hebben gevonden. Maar toen raakte ze zwanger van Zach. Ze zei tegen Lizzie dat het een vergissing was en dat ze doodsbang was. Ze wilde niet terug naar die duisternis. Hoewel ze het nooit over een abortus had, vertelde Lizzie dat ze het gevoel had dat Paige dat wel overwoog – puur uit wanhoop. Paige praatte wel met haar huisarts, maar die maakte zich te weinig zorgen. Niemand maakte zich zorgen. 'Niemand in de familie, ook Joe niet, wilde het over Paiges depressie hebben, alsof ze bang waren dat die terug zou komen als ze erover praatten. Maar aan Joe's ogen kon ik zien dat hij ook doodsbang was.'

Ik luisterde zo aandachtig naar Lizzie dat ik vergat te roeren, en ze wees naar de houten lepel. 'O, sorry,' zei ik, terwijl ik weer achtjes begon te draaien. Eigenlijk wilde ik het niet vragen, maar ik dwong mezelf het toch te doen. 'Is dat alles?'

Ze keek me onderzoekend aan en zei toen: 'Ik heb het hier nog nooit met iemand over gehad. Echt nooit. Maar misschien dat het Paige uiteindelijk kan helpen. En jou ook.' Ze slaakte een zucht, zonder haar blik van de vloeistof af te nemen. 'Natuurlijk kreeg ze weer een depressie, maar deze keer was die nog erger. Uiteindelijk schreef de dokter een antidepressivum voor, maar dat spoelde ze door de wc, wat Joe nog meer angst aanjoeg. Ze was bang dat ze slecht zouden zijn voor Zach. Het enige wat ze kon doen was borstvoeding geven, maar dat deed ze met een... ik weet niet... een soort afstandelijke vastbeslotenheid. Ze hield zich aan een strak schema. Maar wanneer Zach aan haar borst lag, keek ze hem nauwelijks aan en zei ze ook niks. Op een dag zei ik tegen Joe: "Ze moet opgenomen worden." Hij keek me geschokt aan. Hij zat er zo middenin dat hij de situatie niet meer scherp kon zien. En hij zei: "Nee, het komt wel goed met haar – we moeten gewoon de eerste vier maanden zien te overleven, net als met Annie." Ik zei: "Dit is anders." Vlak daarna vertelde ze me dat ze Annie of Zach niet om zich heen kon velen. Ik herinner me nog dat het op een zaterdag was, en ik nam de kinderen mee naar huis totdat de winkel dichtging en Joe ze kon ophalen. Toen hij kwam, vertelde ik hem wat ze had gezegd, en die keer luisterde hij wel. Maar de volgende dag was ze weg.'

'Heb je nog iets van haar gehoord nadat ze was vertrokken?'

Ze schudde haar hoofd. 'Eén keertje maar. Ik heb nog kaarten gestuurd en geprobeerd om contact te houden, maar ze reageerde nergens op.'

Ze haalde diep adem. 'Wauw, blijkbaar had ik het nodig om het hier eens over te hebben.' Ze wilde nog iets zeggen, maar ze aarzelde. Toen zei ze: 'Frank heeft me vlak na Joe's dood wel verteld dat Joe tegen hem had gezegd dat Paige brieven had geschreven, die hij niet open had gemaakt. De moeder van zijn kinderen probeerde met hem in contact te komen, maar hij negeerde haar. Vlak voor hij stierf, heeft hij Frank nog verteld dat Paige hem had gebeld. Dat ze gedeelde voogdij wilde. Dat hij dat aan jou moest vertellen – en dat hij daar heel erg tegen opzag.'

Ik liet de lepel los en legde mijn hoofd in mijn handen. Ik herinnerde me het weer. We hadden dat gesprek niet gevoerd omdat ik, nadat we die laatste keer de liefde hadden bedreven, zijn wens om met me te praten had weggewuifd. Ik had me genesteld in mijn tevredenheid en tot de volgende dag willen wachten. 'Morgen dan,' had hij gezegd, waarna hij me een tikje op mijn neus had gegeven.

Morgen…

Lizzie raakte mijn schouder aan. 'Sorry.' Ze glimlachte. 'Maar je moet wel blijven roeren. Je kunt me nu niet in de steek laten.' De kleur van de vloeistof was van donkergoud veranderd in beige, en de dikte ervan deed inderdaad aan fondue denken. We droegen de pannen terug naar de schuur; ik moest weer aan de duisternis wennen, maar Lizzie liep gewoon door en zette haar pan neer. 'Hier,' riep ze. Ik liep naar een andere werkplek waar een oude kast met glazen deuren vol rijen flesjes en potjes stond. 'Nu wordt het pas echt leuk.' We voegden haver, poedermelk en cacaoboter toe aan één lading, etherische olie met perengeur en gedroogde goudsbloemen aan een andere. In mijn pan gingen etherische oliën met rozemarijngeur en lavendelblaadjes. We bleven maar geuren toevoegen en snuiven, om er vervolgens nog meer aan toe te voegen.

Nadat we de vloeistof in vormen hadden gegoten, keek Lizzie me aan. 'Er is nog iets wat ik je wil vertellen. Tussen Joe en mij zijn harde woorden gevallen. Tja, ik met mijn grote mond. Maar Joe was een goed mens. Ik denk dat hij gewoon bang was. Hij was beschadigd. Hij wilde zichzelf en de kinderen… en jou beschermen. Maar als hij de tijd had gehad –' Ze wendde even haar blik af en keek me toen weer aan. 'Ik denk dat hij uiteindelijk wel had gedaan wat goed was.'

'Maar je denkt toch niet dat hij de kinderen zomaar aan Paige zou hebben overgedragen?'

'Nee, dat niet. Maar ik wil graag denken dat hij op weg was om een wat… Ik bedoel, omdat hij een leven met jou had opgebouwd, was zijn woede jegens Paige minder geworden. Als Joe was blijven leven, had hij vast wel ingezien dat het niet goed was voor Annie en Zach om Paige compleet buiten te sluiten. Snap je? In het begin leek dat het makkelijkst. Nee, in het begin was dat de enige keus die hij had, want zij had hem verteld dat dat was wat ze wilde. Dus dat snap ik. En ik leef echt met je mee, Ella, jij zit met de gebakken peren. Ik benijd je niet.'

Toen ik wegging gaf ze me een doos vol zeep, met daarin ook wat voor de kinderen: twee stukken uit haar zeeplijn voor kinderen, Milk

& Honey Bunny, en een fles badschuim dat Here Comes Bubble heette. 'Dit heeft niets meer te maken met de zeep die je nog van je moeder kent,' zei ze.

Ik wandelde naar huis, onderweg zwaaiend naar de auto's die me toeterend begroetten, zonder te kijken wie er achter het stuur zat. Ooit zouden Annie en Zach vragen waarom Paige was weggegaan. Omdat het kinderen waren, zouden ze het gevoel hebben dat het op de een of andere manier hun schuld was. Voor Annie voelde dat waarschijnlijk al zo, een doorn van schuld die ze nog niet kon plaatsen, als een disteltje dat in haar sok vastzat. Misschien dat ze uit die brieven het echte verhaal konden opmaken. Wat als ik ze nu eens niet aan de rechtbank overhandigde maar aan de kinderen liet lezen, wanneer ze wat ouder waren? Dan zouden ze weten dat ik bewijs had achtergehouden om te voorkomen dat Paige de voogdij zou krijgen. Maar als ik de brieven wel aan de rechtbank overhandigde, als ik wel deed wat juist was? Dan zou de rechter misschien nog steeds in mijn voordeel beslissen. In het voordeel van Annie en Zach. Ik was ervan overtuigd dat ze het beste af waren wanneer ze bij mij bleven... wat er ook in de brieven mocht staan.

Maar toch. Ik zette dan wel alles op het spel.

Ik hield een stuk zeep onder mijn neus en snoof eraan. Dit had inderdaad niets meer te maken met de zeep uit de tijd van mijn moeder. En ook niet met die uit de tijd van mijn grootmoeder. Onder het lesje dat ze me die dag had geleerd, zat nog een laag.

Ik weet niet meer hoe lang ik me in de kelder van mijn grootmoeder had verstopt na die klap, maar uiteindelijk won mijn honger het van mijn schaamte, en ging ik noodgedwongen naar boven, naar de keuken. Daar waren buren bezig borden met broodjes ham en schalen met aardappel- en macaronisalade klaar te maken. Mijn grootmoeder kwam binnen met een blad met pindakoekjes. Toen ze me zag, zette ze het blad neer, greep mijn arm beet en bracht me terug naar de kelder. Ze trok me mee naar de wasbak, pakte een stuk oranje zeep en hield het onder de kraan. 'Ik vind het erg om te doen, lieverd, maar je moet leren dat jongedames sommige dingen gewoon niet zeggen. En ik weet dat je dat zo nooit meer zult vergeten. Het is hoe dan ook een nare, maar nuttige les. Doe je mond open.' Ik klemde mijn lippen stijf op elkaar, maar ze duwde de zeep er met kracht langs. Hij schraapte langs mijn tanden, terwijl ik met tranende ogen kokhalsde; het wasachtige vuur brandde zowel in mijn keel als in mijn geest. De brandsmaak leek een eeuwigheid te duren, maar de brandende schaamte die ik voelde, duurde nog veel langer. Na afloop gaf ze me een emaillen beker met water en een roze handdoek uit de droger. 'Zo. Dat was dat. Begrijp je waarom ik dit moest doen?'

Ik knikte, hoewel ik besefte dat ik helemaal niets begreep van mijn leven en van de mensen van wie ik hield. Ze trok een geborduurde zakdoek uit de mouw van haar witte vest en veegde de tranen van mijn gezicht. 'Ik zie je zo wel weer boven verschijnen.' Daarna kloste ze de trap op. Toen ik de keuken weer binnenkwam, zei ze: 'Daar hebben we onze Ella. Neem wat te eten, lieverd.'

Ik pakte een pindakoekje, en ze boog zich voorover om me een kus op mijn hoofd te geven. En dat was dat. Ze had het er verder nooit meer over. En ik ook niet. Tot het gesprek met mijn moeder een paar dagen geleden, had ik het hele incident weggestopt in een hoekje van mijn geheugen. Maar nu was het me zonneklaar dat ik een groot deel van mijn leven had geleefd naar die ene les: de andere kant uit kijken, geen vragen stellen, en alsjeblieft nooit zeggen wat je denkt.

Die avond, de avond voordat we het beding zouden tekenen waarin de voogdij aan mij werd toegewezen, klauterden Annie en Zach in bad, terwijl ik het melkachtige badschuim in het water goot, de twee stukken zeep uit het papier haalde en ze er elk eentje gaf. Ik ging op de grond zitten en zeepte hen in – hun lichte, zachte haar, hun bezwete nekken, hun bovenlijfjes en armen en benen, en de holtes van hun ellebogen en knieën. Ik kende ieder sproetje, wist van ieder litteken hoe ze het hadden opgelopen en zelfs nog wat voor weer het op die noodlottige dag was geweest. Ik spoelde het schuim uit hun haar en zoog hun gegiechel op toen ik hen tussen hun tenen waste.

Zach hield zijn voetje op en stelde de vraag die hij me iedere keer stelde wanneer hij in bad zat: 'Mammie? Krijg je de stank wel van mijn stankpootjes?'

'Ja hoor.'

'En zijn het nu dan lekkere pootjes?'

'Om te zoenen zo lekker!' Ik pakte zijn voet en kuste zijn tenen, en hij probeerde zich gillend los te rukken.

Terwijl Annie en Zach rillend voor me stonden, droogde ik ze af met warme handdoeken uit de droger. Daarna hield ik hun hansoppen voor hen op, zorgde ervoor dat de voetjes niet gedraaid zaten, knoopte knopen dicht, drukte drukknopen vast en kamde hun brandschone haren. Die avond klommen ze in mijn bed, en ik hield ze vast en liet ze niet meer los.

's Nachts stapte ik rond drieën zachtjes uit bed, deed de houtkachel aan, pakte de brieven van de plank in de kast en liep op mijn tenen naar de niet-zo-mooie kamer om uit te zoeken wat Paige Capozzi precies aan mijn man en kinderen had geschreven nadat ze hen op die regenachtige zondag, meer dan drie jaar geleden, in de steek had gelaten.

26

18 februari, 1996

Lieve Joe,

Ik moet weg. Ik kan niet langer toneelspelen. Je weet dat ik van Annie en Zach houd. Je weet dat ik van jou houd. Maar er zit nog iets anders in me... Ik ben bang. Het is net alsof ik diep vanbinnen mijn eigen moeder ben. Maar je wilt niet naar me luisteren. Dokter Blaine wil niet naar me luisteren.

Dit is zo moeilijk voor me. Het is niet eerlijk tegenover jou of tegenover de kinderen als ik blijf. Ik kom niet meer terug. Ik had sowieso geen moeder moeten worden. Het was gekkenwerk om het te proberen. Maar ik ben ook gek.

Van al die regen word ik nog gekker. Dat geluid van kletterend water, de hele dag, iedere dag weer, bedrukt me. In Las Vegas is het droog. Het is hier warm en licht.

Zeg alsjeblieft niet tegen de kinderen dat ik wel terugkom. Je moet een nieuw leven beginnen, zonder mij. Je familie zal je er wel mee helpen. Blijf de dingen doen die jij van nature doet, dingen waar ik geen vat op lijk te krijgen. Speel met ze, kus ze, knuffel ze en laat ze alsjeblieft nooit los.

Vergeet niet dat ik echt mijn best heb gedaan.

Paige

Dit was de brief waarover Joe me had verteld. Hij had niet gelogen. Er was een kaart die was geadresseerd aan Annie en Zach, met een beer op de voorkant en de woorden: *Weet je hoeveel ik van jullie hou?*

Toen ik de kaart opensloeg, vouwden de armen aan iedere kant een voet open. *Zoveel! En daarom stuur ik jullie deze knuffel.* De kaart was ondertekend met *Mama.*

11 april, 1996

Lieve Joe,

Bel me alsjeblieft niet meer. Ik weet dat je je best doet. Ik wilde dit ook niet. Ik heb mijn afspraak met de dokter vandaag afgebeld, ik kan niet uit bed komen. Er is iets wat me continu bedrukt. Bovendien kan een dokter toch geen exorcisme uitvoeren en ervoor zorgen dat ik van mijn moeder afkom. Hij kan niet teruggaan in de tijd en mijn DNA veranderen.

Stel dat er iets was gebeurd met Annie of Zach? Denk daar maar eens over na, Joe. Dat moet je onder ogen zien. Dat verandert alles. Volgens mij kan ik er wel mee leven dat ik ben weggegaan. Maar ik zou er niet mee kunnen leven als ik hun iets had aangedaan. Stel dat ik zoiets had gedaan als mijn moeder deed?

Paige

2 juli, 1996

Lieve Joe,

Ik weet zeker dat ik nooit kan terugkomen. Niet weer die donkere, deprimerende keuken die steeds kleiner en donkerder leek te worden. Alsof ik uiteindelijk ineengedoken in een hoekje op de grond zou belanden.

Fijn dat je me niet meer hebt gebeld. Ik kan niet bij Annie en Zach zijn... en dingen over hen te moeten horen valt me op dit moment veel te zwaar.

Ik moet voorgoed afscheid nemen. Het spijt me. Ik heb morgen een afspraak bij de dokter. Tante Bernie zorgt goed voor me. Als Annie en Zach groot genoeg zijn om het te begrijpen, moet je ze vertellen dat hun mama van hen houdt.

Paige

Ik vroeg me af waarom Paiges advocaat de brieven als bewijslast wilde aanvoeren. Ik zag niet hoe ze haar konden helpen met haar zaak.

Een kaart voor Annie en Zach met de tekst: *Mamakonijn houdt van jullie.* Er waren nog meer kaarten aan hen geadresseerd, allemaal ongeopend. Maar er waren ruim vijf maanden lang geen brieven aan Joe gekomen. De brief daarop zat nog dicht, hij was nooit opengemaakt. Net als alle andere die erop volgden; zelfs niet de brieven die aan de kinderen gericht waren. Ik draaide de eerste ongeopende brief aan Joe om en om in mijn hand.

Het poststempel was van 15 oktober 1996. Joe, Annie en ik hadden – met 'behulp' van een kruipende Zach – het huis toen net versierd voor Halloween, herinnerde ik me; we hadden oranje lampjes opgehangen en manden gevuld met vuurrode esdoornbladeren, mais en kalebassen. We sneden de pompoenen die we zelf in de tuin hadden gekweekt af en sleepten ze de veranda op. Joe had Paiges verzoek ingewilligd. Hij was verdergegaan met zijn leven. Zelfs zozeer dat hij had besloten deze brief van acht maanden nadat ze was vertrokken en met klem had benadrukt niet terug te zullen komen, niet open te maken; dat was dus vijf maanden nadat ze – voor de laatste keer – had geschreven dat ze niet meer zou schrijven, en vier maanden nadat Joe en ik verliefd op elkaar waren geworden. Ik haalde diep adem. Als ik de brief opende knoeide ik met bewijsstukken. Maar wat ik eerst per se niet had willen weten, moest ik nu weten. Ik stak mijn duimnagel onder de plakrand.

Lieve Joe,

Van dokter Zelwig moet ik je weer gaan schrijven. Ik heb hem verteld dat jij niet hebt geschreven of gebeld. Hij denkt dat dat niet alleen is omdat je mijn verzoek wilt inwilligen. Na het gesprek van vanochtend denkt hij dat je waarschijnlijk bang voor me bent. Dat ik niet alleen mezelf angst aanjoeg. Dat jij waarschijnlijk altijd bang voor me bent geweest.

Ik heb hem verteld over dat ik je zo enorm heb uitgetest toen we elkaar net kenden. Het leek hem een goed idee je te schrijven wat ik toen voelde, en wat jouw reactie destijds misschien betekende. Ik weet hoe je denkt over dit soort psychogeneuzel. Maar mijn hele leven bestaat er op dit moment uit, dus laat me even.

Hoe dan ook, ik heb me twintig jaar lang verstopt. Iedereen zei steeds tegen me: 'Je zou model moeten worden.' Ze moesten eens weten. Maar ik zag jou steeds op de campus rondlopen met die camera van je. Je had iets… de manier waarop je naar dingen keek. Geduldig, alsof je zelfs onder de oppervlakte kon kijken. Ik had je naam onder de foto's in het studentenblad zien staan. Ik vroeg je of je ook foto's voor portfolio's maakte, alleen maar om je te leren kennen. Je loog en zei ja. Je hebt zelfs die mooie kamerjas en andere kleren gekocht en op een kledingrek gehangen, zodat je badkamer eruit zou zien als de kleedkamer van een model! Dus we zijn allebei met leugens begonnen. Al waren het dan leugentjes om bestwil.

Ik denk dat ik eraan toe was het aan iemand te vertellen. Dat ik toe was aan de liefde van iemand anders dan tante Bernie. Je zou het een echte wanhoopsdaad kunnen noemen. Vanaf het begin wist ik al wat ik zou doen.

Weet je nog, Joe? Jij aan het klikken met die camera van je? Je verbazing toen ik mijn kleren uittrok.

En toen, eindelijk, voor het eerst in mijn volwassen leven, liet ik iemand de andere kant van mijn verhaal zien. Ik draai me om en het klikken stopt. Maar ik hoor geen kreet van afschuw, je rent niet je appartement uit. Ik voel je blik. Later zul je me naar het hoe en waarom vragen. Maar eerst houd je die paisley kamerjas voor me op en ik steek mijn armen in de mouwen. Je draait me weer om en knoopt het koord aan de voorkant vast. En dan omhels je me.

Ik heb dat altijd een prachtig verhaal gevonden, hoewel we het nooit aan iemand hebben verteld. Je beloofde me mijn geheim te bewaren. Maar vandaag, toen ik dat aan Zelwig vertelde, zei hij: Joe heeft het deel van jou dat te moeilijk was om te bekijken, bedekt.

Ik had er nog niet op die manier over nagedacht. Ik was zo dankbaar dat je überhaupt keek en dat je niet wegrende. Ik dacht dat dat op volledige acceptatie wees. Maar misschien was dat niet zo. Misschien heeft dokter Zelwig wel gelijk. Wat denk jij ervan?

Paige

Ik wilde de rest van de brieven niet lezen, want ik was me ervan bewust dat ik daarmee de doos van Pandora opende en nooit meer terug zou kunnen. Maar ik wist ook dat ik ze moest lezen, voor Annie en Zach. Hoewel het vijf voor halfvier 's ochtends was, belde ik Lucy. Ze nam na de tweede keer overgaan al op. Toen ik vroeg of ze kon komen, zei ze: 'Ik kom eraan. Zeven minuutjes.' Ze vroeg niet eens waarom en wees me er ook niet op hoe vroeg het was. En toen ze kwam ging ze naast me op de bank zitten, pakte de brieven en begon ze allemaal zwijgend te lezen.

Toen ze bij was, lazen we de volgende samen.

Lieve Joe,

Vandaag heb ik het allerbeste gesprek ooit gehad met dokter Zelwig. Ik denk echt dat hij me kan helpen! Hij heeft medicijnen gevonden waar ik niet suf van word en waar ik ook niet dood van wil. En het heeft een naam. Geen 'babyblues', zoals dokter Blaine steeds zei. Daar hebben de meeste vrouwen wel last van. Dit heet postnatale depressie. Die wordt op gang gebracht door de bevalling. Het kan erfelijk zijn en jaren duren. Ik lijd aan een ernstige vorm ervan... Maar nu komt het mooiste nieuws: ik ben mijn moeder niet! Volgens dokter Zelwig zou ik Annie en Zach nooit iets hebben aangedaan. Want er bestaat ook een wat zeldzamer, verergerde variant, die postnatale psychose heet. Die komt maar bij een heel klein percentage vrouwen voor. Volgens hem was mijn moeder een van die vrouwen. Joe, ze was geen monster. Ze was gewoon heel erg ziek. En medicijnen en een opname hadden haar misschien wel kunnen helpen. Als ze toen die kennis hadden gehad.

Zelfs tegenwoordig zijn er nog veel artsen die alleen maar van de babyblues hebben gehoord. Zoals dokter Blaine. Maar weet je wat? Deze aandoening heeft altijd al bestaan. Dokter Zelwig heeft me allerlei informatie gegeven die ik wel kan doorsturen als je wilt. Maar ik zal je alvast een opvallende quote geven, van een gynaecoloog uit de elfde eeuw: '... als de wond te vochtig is, raken de hersens met water gevuld, en het vocht loopt de ogen uit, zodat de vrouw ongewild begint te huilen.'

Ik heb continu zitten huilen. Van opluchting. Uit wanhoop om mijn moeder, om wat haar of mij niet had hoeven te overkomen. En voor het eerst ook uit hoop, Joe!

Paige

'Had Paige hoop? Op 21 oktober 1996 had Paige nog steeds hoop?' zei ik. 'Ik vraag me af wat er was gebeurd als Joe die brieven wel had geopend, als alles nu anders zou zijn. Zou hij dan naast me hebben gezeten, mijn handen hebben gepakt en me hebben verteld dat Paige terugkwam? Bij Annie en Zach? Bij hem?'

'El, Joe aanbad je. Toen jij hier kwam, bloeide hij helemaal op. En Annie en Zach ook. Dus maak het jezelf nou niet zo moeilijk door al die wat-alsvragen, lieverd. Daar help je niemand mee.'

We lazen verder.

15 december, 1996

Joe,

Ik heb nog steeds niks van je gehoord. Uiteindelijk heb ik Lizzie maar gebeld. Ze vertelde dat er een nieuwe vrouw in je leven is. Is dat echt zo, Joe? Gaat dat zo eenvoudig?

Hier heb je de foto die we afgelopen kerst hebben verstuurd. Tante Bernie heeft hem van haar ijskast gehaald. Ik heb mijn gezicht eruit geknipt. (De verpleegster moest erbij blijven. We mogen alleen scharen gebruiken onder toezicht. Net als op Annies kleuterschool.) Misschien kun je haar gezicht erin plakken. Dat van Ella. Ella Bean?

Paige (je vrouw)

'Oei.'

Lucy zei: 'Ik snap niet wat ze precies van hem verwachtte. Ze had hem gezegd dat hij niet om haar moest treuren en verder moest gaan met zijn leven. Nou, dat heeft hij gedaan. Gelukkig wel. Maak de volgende eens open? Hier, geef maar aan mij. Ik maak dat stomme ding wel open.'

Joe,

Nou, ik heb dus eindelijk wat van je gehoord. In de vorm van een grote bruine envelop met de scheidingspapieren erin. En een briefje waarop staat dat je weet dat ik dit wil. Hoe kom je erbij dat je ook maar iets weet?

Ik weet dat ik de papieren voor een scheiding van tafel en bed heb getekend. Ik weet dat ik je heb geschreven dat je verder moest gaan met je leven. Maar ik was in de war. Het spijt me dat ik dat heb gezegd. Het is niet wat ik toen wilde, en het is beslist niet wat ik nu wil. Heb je mijn andere brieven dan helemaal niet gelezen?

Ik kan het op dit moment niet opbrengen om een gevecht aan te gaan. Al mijn inspanningen zijn erop gericht om beter te worden. Ik kan nu geen bloedige rechtszaak aan. Maar ooit zal ik dat wel kunnen.

Ik vind het ongelooflijk dat je dit doet. Zelwig wijt het aan een gebrek aan informatie en aan angst.

Het zijn mijn kinderen! Niet de hare.

Paige

Lucy zei: 'Daar vergis je je in, schat.'

'Niet helemaal...'

'Ella.'

'Ja, nou? Wat is er precies met Paige gebeurd? Er moet haar iets vreselijks zijn overkomen toen ze klein was. Iets wat haar moeder heeft gedaan... Het is duidelijk dat ze van Annie en Zach hield. Het is niet zo dat ze er met een hell's angel of zo vandoor is gegaan om zichzelf te vinden.' Ik scheurde de volgende envelop open, zonder me nog druk te maken over knoeien met bewijzen.

Joe,

Ik heb vandaag het gerechtelijk bevel ontvangen. Je hebt de voogdij alleen maar toegewezen gekregen omdat ik me er niet tegen heb verzet. Geniet van je overwinning, want die is slechts tijdelijk, zoals je weet.

Misschien denk je wel dat ik het nooit in me zal hebben om dit aan te vechten. Maar dat is omdat je de nieuwe ik niet kent. De ik die het mijn moeder en mezelf heeft vergeven. En misschien zal ik het jou zelfs ooit wel vergeven.

Paige

Er waren nog een paar brieven waarin ze Joe smeekte om samen tot een oplossing te komen, hem over haar nieuwe carrière vertelde en – later – dreigde om de kinderen te bellen, dreigde met juridische stappen. En toen deze:

16 februari, 1999

Joe,

Ik twijfel of ik de kinderen wel wil zien zonder jouw medewerking. Mijn advocaat wil dat ik een rechtszaak aanspan om de voogdij op te eisen, maar ik hoop nog steeds dat je mijn telefoontjes of brieven beantwoordt. Zo niet voor mij, dan wel voor Annie en Zach.

Wat heb je ze over me verteld? Heb je gezegd dat ik dood ben? Reageer je daarom niet?

Het is vanwege hen dat ik niet zomaar op de stoep ben verschenen of ze rechtstreeks heb gebeld. Over verleidelijk gesproken. Ik vecht er iedere dag tegen. Maar ik heb geprobeerd om mijn geduld te bewaren en je de tijd en ruimte te gunnen om te wennen aan het idee dat ik weer deel uit wil maken van hun leven en ik wilde er ook honderd procent zeker van zijn dat ik er emotioneel en financieel klaar voor ben. Ik heb het echt geprobeerd, maar iedere dag zonder hen doet pijn.

Niemand heeft er wat aan als wij in een bloedige rechtszaak verwikkeld raken. Alsjeblieft, Joe. Je hebt een nieuw leven. Je hebt het recht niet om mij bij mijn kinderen weg te houden.

Paige

Ik maakte de laatste brief open. Zes dagen voordat Joe verdronk verstuurd. Vijf dagen voordat hij tegen me zei dat hij ergens met me over moest praten.

15 juni, 1999

Joe,

Ik zal je vandaag in de winkel bellen en je dit sturen. Daarna zal het contact alleen nog via mijn advocaat lopen. Werk alsjeblieft mee. Ik smeek het je. Ik heb iets goed te maken met Annie en Zach. Ik ben er klaar voor en ik heb geen zin meer om te wachten tot jij er klaar voor bent.

Paige

Ik vouwde de laatste brief op en stopte hem in de envelop, alsof het een voorwerp was dat ik simpelweg weer op zijn oude plek kon leggen. Het hout in de kachel knetterde even.

'Wat moet ik nou doen?' was het enige wat ik kon uitbrengen. 'Verdomme, wat moet ik doen?'

'Ella.' Lucy pakte mijn hand beet. 'Die vraag kan ik gewoon niet voor je beantwoorden.'

'Maar wat zou jij doen?'

'Ik weet het niet.'

'Lucy, roep wat!'

'Geen sprake van. Nee. Dit is iets wat alleen jij kunt beslissen. Denk goed na, El. Dan kom je er vanzelf achter wat je te doen staat. In de tussentijd, en ook daarna, ben ik er voor je, wat er ook gebeurt. En probeer nu wat te gaan slapen.'

'Ja. Vast.'

Ze omhelsde me en vertrok. Op de een of andere manier trok de matras me, toen ik eenmaal in bed lag, snel en meedogenloos een doolhof van zweterige dromen in.

27

Ik werd wakker met een klam, zoutig en gedesoriënteerd gevoel; de zon kwam net boven de boomtoppen uit. Ik stapte meteen uit bed, want ik wilde niet dat de kinderen dachten dat ik weer bij hen wegglipte.

Alles zag er anders uit, alsof ik een reis door een ander land had gemaakt en net weer thuis was. Mijn slaapkamer, de badkamer, de gang… over alles lag een laag van nieuwe kennis, het perspectief van een vermoeide reiziger. Hoe kon het dat ik dat niet eerder had gezien? Dit huis had een geschiedenis. Joe en ik hadden weinig veranderd sinds ik er was komen wonen, we hadden alleen de muur tussen de keuken en de huiskamer weggebroken. Misschien was Joe bang geweest dat muren konden praten.

Die eerste zomer was hij op een middag thuisgekomen en meteen doorgelopen naar de keuken, terwijl hij anders altijd eerst even met Callie en de kinderen op de vloer in de kamer ging stoeien.

'Heb jij geen last van deze keuken?' vroeg hij.

Ik haalde mijn schouders op. 'Nee. Hoezo?'

'Hij is donker, vind je niet? En benauwd. En de huiskamer is te klein. Vind je het niet vreselijk deprimerend allemaal?'

'Niet echt.' 'Deprimerend' was niet echt een woord voor Joe, vond ik.

'Deze muur hier – die zouden we makkelijk kunnen neerhalen. Het is geen dragende muur. Gewoon een muur. Eentje die ze er sowieso nooit hadden moeten neerzetten. Ik snap verdomme niet waarom ze er niet meteen een grote ruimte van hebben gemaakt.'

'Joe?'

Hij liep naar buiten, in de richting van de schuur. Op het fornuis stonden bietjes uit de moestuin te pruttelen, deinend in hun donkerrode vocht. Joe kwam terug met een bijl.

'Joe, wat ga je doen?'

'Neem de kinderen mee naar buiten. Ga maar met ze spelen. We hebben licht nodig. Ruimte. Lucht!'

'Gaat het wel goed met je?' Hij zag er niet uit als een man die gewoon had besloten om zijn huis eens te renoveren. Hij glimlachte, maar zijn lip trilde. Zijn glanzende ogen keken me uitdagend aan. Heel even schoot er een kille angst door mijn lichaam – we waren pas een maand of zo bij elkaar en ik dacht: oké, dit is dus het moment waarop mijn liefdevolle man een bijlmoordenaar blijkt te zijn. Maar toen zag ik een traan uit zijn ooghoek biggelen, een tere kwetsbaarheid die over zijn gezicht trok. Hij haalde uit met de bijl alsof het een honkbalknuppel was. Met een doffe knal ging hij door het pleisterwerk.

'Papa!' riep Annie vanuit de gang.

'Neem de kinderen mee naar buiten. Alsjeblieft.' En toen haalde hij weer uit, deze keer ging hij dwars door de muur heen, en meteen sijpelde geel zonlicht naar binnen.

Toen we twee uur later terugkeerden van onze wandeling naar de speelplaats bij school, stond Joe in de nieuwe lichtvlekken puin bij elkaar te vegen. Hij kuste me, kuste Zach die in de rugdrager op mijn rug zat en tilde Annie op, die riep: 'Wauw!'

'Welkom,' zei Joe, 'in onze officiële niet-zo-mooie kamer.'

Ik zei: 'Maar hij is heel mooi.'

'Ik snap niet waarom ik hier niet eerder aan heb gedacht. Dit had ik veel eerder moeten doen.'

Nu begreep ik waarom hij er die dag ineens wel aan had gedacht. Hij had Paiges brief over de keuken gekregen. De enige brief die hij nog had geopend nadat ik in beeld was verschenen. Het was een brief waarin ze hem opnieuw had verzocht haar niet meer te bellen. Maar had hij de muur neergehaald in de hoop Paige ermee terug te krijgen? Of om te voorkomen dat ons leven samen net zo zou eindigen als dat van Paige en hem?

Onze muren waren anders, maar ze waren er wel. Onzichtbare muren. De illusie van licht en ruimte en zelfs van lucht. Het soort muren dat je niet kunt zien, muren breekbaar als glas. Die prima werken tot een onvoorziene kracht je ertegenaan duwt en de illusie in scherven valt, zodat je je bij iedere stap snijdt, zodat iedereen die met je meeloopt zich snijdt.

Toen ik de deur van de kamer van Annie en Zach opendeed, kwamen de jonge poesjes meteen naar me toe. 'Doe de deur dicht, anders lopen ze weg,' zei Annie.

'Hem is van mij,' zei Zach, terwijl hij een poesje oppakte.

'Nee, Zachosaurus. Ze zijn allebei van ons allebei! Dat weet je toch?' Zelfs dit klonk me als een voogdijzaak in de oren.

Annie vertelde dat ze eindelijk twee namen hadden verzonnen, Dingetje Eén en Dingetje Twee; ze konden het er alleen niet over eens worden wie wie was.

Ik zette koffie in wat ooit het koffiezetapparaat van Paige was geweest. Ik roerde er melk door met een lepeltje dat ze voor haar trouwen had gekregen, en zette de melk terug in de ijskast waarop ze ooit met magneetjes familiefoto's had bevestigd. Ik dacht aan de foto die ze had opgestuurd, met haar gezicht eruit geknipt, en aan haar woorden: *Ik heb mijn gezicht eruit geknipt. Misschien kun je dat van haar erin plakken.* Ik was binnengekomen en tussen hun lakens gaan liggen. Verdomme, tussen dezelfde lakens die zij had gewassen en opgevouwen en in de linnenkast gelegd voordat ze was weggegaan.

Ik geloofde niet dat ze een betere moeder zou zijn dan ik. Maar waarschijnlijk ook geen slechtere. Haar moeder had haar iets aangedaan, ze was ziek geweest, blijkbaar was er iets ergs met haar rug, maar dat wilde nog niet zeggen dat ze geen goede moeder zou kunnen zijn. Toch was ze niet helemaal eerlijk geweest tijdens de mediation; ze had Janice Conner niet verteld dat ze in de eerste vijf brieven die ze aan Joe had geschreven, had gezegd dat ze nooit meer zou terugkomen, dat hij geen contact meer met haar moest opnemen. En toen was ik ten tonele verschenen. En daarna had ze hulp gekregen. Uiteindelijk was ze zelfs beter geworden.

Ik ging even bij de kinderen kijken, die nog steeds verstoppertje speelden met de poesjes. Ik liep de tuin in en bewonderde de rijtjes groente die in een quiltachtig patroon stonden, de overvloedige orde ervan. Dit was van mij. Dit was wat ik had ingebracht. Het enige.

Ik keek naar het huis. Omdat het er zo eigenaardig uitzag, hadden Joe en ik het funky genoemd. De eerste keer dat ik er binnenkwam, had ik er meteen van gehouden, en ik hield er nog steeds van. De lichtelijk scheve onvolmaaktheid ervan, de veranda die het hele huis als het ware omhelsde. Het was niet meer het huis van Paige. In feite was het voor haar nooit het thuis geweest dat het voor mij was geweest en nog steeds was. Bestek, serviesgoed, keukenapparatuur, gewassen lakens? Nou en! Joe en ik en de kinderen waren er gelukkig geweest. Ondanks alle droefheid die Paige er had achtergelaten.

Hoe was het mogelijk dat het allemaal zo goed bij me had gepast? Ik had jaren in een huis in San Diego gewoond, had er ieder bord, ieder tapijt, zelf uitgekozen, zonder me er ooit thuis te voelen.

Ik was toevallig op dit stadje gestuit, op deze man en zijn kinderen, op dit huis, deze bomen. Ik was tegen de verloren schat van iemand anders aan gelopen. Nee, een in de steek gelaten schat.

Ik had hem niet gestolen, maar ik wilde hem ook niet teruggeven. Hoe had mijn onbewuste in die tijd geredeneerd? Jouw verlies, mijn winst, dame? Wat had ik eigenlijk geweten, op een bepaald niveau, onder de oppervlakte, zonder dat met een simpele vraag boven water te willen halen? Omdat ik mijn eigen angsten had. Ik was bang geweest voor eerlijke maar ingewikkelde antwoorden, bang voor een ander antwoord dan het schouderophalend gegeven simpele antwoord: ze is weg en komt nooit meer terug.

Nee. Het hielp niet meer om mezelf af te leiden met vragen als wie de rechtmatige bezitter was van achtergelaten vorken en messen en land en bomen, een gebouw, een tuin. Ik kon mijn kinderen niet simpelweg meer claimen als de mijne. Ze hadden nog een moeder die van hen hield. Een vrouw die misschien niet zo eerlijk behandeld was. Ik keek naar het huis en probeerde me het voor te stellen zonder Annie en Zach. De aarde verschoof onder mijn voeten. Ik pakte het paaltje van het hek beet en klampte me er uit alle macht aan vast.

28

Lizzie kwam de kinderen ophalen. Ik kleedde me aan om naar de rechtbank te gaan. Keer op keer stopte ik het pakje brieven in mijn tas, om het er vervolgens weer uit te halen. De ongeopende brieven voor Annie en Zach had ik er al tussen uitgehaald en in mijn ladekast gelegd. Wat er ook gebeurde, die brieven waren van hen, niet van de rechtbank. Paige had het in de dagvaarding over de brieven van haar aan Joe. Ze was vergeten de kaarten aan Annie en Zach te noemen.

Ik pleegde nog een laatste telefoontje, deze keer met mijn moeder, en vertelde haar wat ik te weten was gekomen uit Paiges brieven. Ze zei: 'Daar zou je je nu helemaal niet mee bezig moeten houden. Wil je weten hoe ik erover denk? Net als mijn grootmoeder moet iedere vrouw een luik onder het kleed in haar keuken hebben, Ella.'

'Bedoel je dat ik me op de illegale drankverkoop moet gaan storten?'

'Ik zeg alleen maar wat je voor je kinderen moet doen. Zelfs als je daarmee de wet overtreedt.'

'Mam. Ik wil niet dat Annie en Zach opgroeien met de gedachte dat hun moeder niets van hen wilde weten. Als ik die brieven niet aan de rechtbank geef, wat dan? Dan moet ik met een leugen leven. En als ik ze die brieven ooit laat lezen, weten ze dat ik bewijs heb achtergehouden, bewijs waaruit blijkt dat hun moeder de voogdij wilde. Ik geloof niet dat de rechter van gedachten zal veranderen als ik de brieven overhandig. Hun leven is hier, bij mij en de Capozzi's.'

'Je geloof het... maar je weet het niet zeker.'

'Ik zal je vertellen wat ik wel weet. Jij wilt dat ik ze "bescherm" door te liegen. Door informatie achter te houden die hen kan helpen te begrijpen dat ze nergens schuld aan hebben. Zodat ze weten dat er geen enkele reden is voor schaamte of schuldgevoel.'

'Over wie hebben we het nu precies?' Ze zweeg even. Toen zei ze: 'Jelly, ik begrijp best waarom je van streek bent.'

Toen ik niet reageerde vervolgde ze: 'Ik pak een vliegtuig en kom naar je toe.' Ik zei dat ze daar beter even mee kon wachten, dat ik haar later misschien nog harder nodig zou hebben.

Het lukte me om zonder het pakje brieven naar de jeep te lopen, maar toen rende ik terug de veranda op, door de gang, naar de keuken; Ik griste het van tafel, waarbij ik de pepermolen omstootte. Hij rolde van tafel en belandde met een bons op de grond. Ik pakte hem op en zette hem weer op tafel, er even naar kijkend. Joe's favoriete pepermolen. Probeerde hij me soms iets te vertellen? Wilde hij nu ineens wel wat kwijt? Ik wachtte, maar de pepermolen verroerde zich niet. Ik schudde mijn hoofd in een poging om op zijn minst een laatste flard logica terug op zijn plaats te krijgen.

Het lukte me bijna om met de brieven de deur uit te gaan, maar in iedere stap die ik in de gang zette weerklonken echo's van geschreeuw, gelach, geroep, de wonderlijke chaos van Annie en Zach, en ik kwam tot de slotsom dat ik het toch niet kon. Hoe graag ik ook naar eer en geweten wilde handelen, ik kon het niet. Ik stopte de brieven in het laatje van het nachtkastje; deze keer viel Joe's foto om. 'Hou op,' zei ik hardop. 'Niet doen.' Daarna haastte ik me naar de auto voordat ik weer van gedachten kon veranderen.

Ik reed langs de wijngaard, die een paar weken eerder nog een en al geel licht was geweest – inmiddels waren de bladeren vurig rood en oranje. Er stond een man met zijn handen in zijn zakken en zijn rug naar de weg naar de velden te kijken, alsof hij ze eigenhandig in de fik had gestoken en nu gewoon naar de brand stond te kijken.

Toen ik op de rechtbank het röntgenapparaat zag, was ik blij dat ik de brieven had thuisgelaten. Hoewel het maar brieven waren, en geen pistool. Maar toch, als ik ze in mijn tas had gehad, had ik een krachtig wapen verborgen gehouden.

Ik ging aan het eind van een rij stoelen buiten bij de rechtszaal zitten wachten. Gwen Alterman kwam jachtig op me aflopen, zichtbaar ongeduldig, op haar korte benen waarvan de dijen tegen elkaar aan wreven in een kastanjebruine broek. Ze zei: 'Ik heb al met Paiges advocaat gesproken. Zoals ik je heb verteld, willen ze vandaag graag tot een akkoord komen over een beperkte omgangsregeling met de mogelijkheid om die later, als de kinderen groter zijn, uit te breiden.'

'Hoe vaak?' vroeg ik.

Ze zette haar leesbrilletje op en liet haar ogen over het papier glijden. 'Vier keer per jaar een weekend. Twee weken in de zomer. Een week in de kerstvakantie.' Ze haalde haar schouders op. 'Dat is het. Maar ze wil wel dat ze bij haar komen logeren. Daar valt niet over te onderhandelen. Ze is zelfs bereid om hiernaartoe te vliegen om ze op te halen.'

Paige zat een eindje verderop tegen de muur, ze luisterde met een gebogen hoofd naar haar advocaat, een lange, oudere man met een rood strikje om en een metalen brilletje op.

Gwen vervolgde: 'Lees het beding maar door en teken het. En dan gaan we de rechter vertellen dat beide partijen tot overeenstemming zijn gekomen. We zullen het hardop voorlezen in de rechtszaal; de rechter vraagt dan of je akkoord gaat. Jij zegt ja, en dan zijn we klaar en kun jij weer naar huis, naar je kinderen.' Ze voegde eraan toe: 'En je bespaart jezelf daarmee een hoop geld.'

Paige had het al ondertekend. Haar handtekening ging over het streepje heen; ik herkende het handschrift inmiddels. Ik ondertekende het document eveneens. Een paar minuten later stak Gwen Alterman haar hoofd om de deur van rechtszaal J en gebaarde dat ik binnen moest komen. Op de achterste rij zaten Joe Sr., Marcella en David. Ik wilde graag geloven dat ze er waren om mij te steunen, maar ik wist dat ze alleen maar zeker wilden weten dat ik niets geks zou doen.

Paige kwam binnen, ze liep kaarsrecht, alsof ze een boek op haar hoofd had. Ik wist nu dat ze zich stoerder voordeed dan ze zich voelde. Aan haar onopgemaakte ogen was het verdriet af te lezen. Zelf wist ik alles van mascaraloze dagen.

Nadat we waren opgeroepen, namen we plaats aan de donker gelakte tafels voor de rechter. Paiges advocaat las de overeenkomst voor op een geruststellende, vriendelijke toon die niet helemaal op zijn plaats leek in de rechtszaal en die de scherpe kantjes afnam van woorden als 'voogdij', 'eiseres' en 'omgangsregeling' – alsof hij een sprookje voorlas waarvan de goede afloop al bekend was –, en als ik nu maar gewoon mijn mond hield, zouden we allemaal nog lang en gelukkig leven. Ik fixeerde mijn blik op de verveeld kijkende rechtbankverslaggever die noteerde wat de advocaat zei. Er was geen andere veilige plek om naar te kijken. Ik kon niet naar Paige kijken, met haar betraande ogen. Niet naar de rechter, die misschien aan mijn gezicht zou zien dat ik me schuldig voelde. Niet achter me, naar de zelfbenoemde bewakers van de familie Capozzi.

Paige ging als eerste staan. Ze hield haar hand op om onder ede te verklaren dat ze akkoord ging met het beding. En toen was ik aan de beurt. Ik stond trillend op; een zweetdruppeltje gleed over mijn rug.

Ik hield mijn hand op. Ik zag in gedachten Marcella's hand, vlak voordat ze me had geslagen, in een poging om me tot rede te brengen. Ik zag de hand van mijn oma voor me, die me had geslagen om me fatsoen bij te brengen. Ik zou Annie of Zach nooit slaan. En toch was mijn geheven hand niet anders dan die van hen; hij voegde zich bij de gelederen van de zwijgers, van hen die de hele waarheid voor Annie en Zach verzwegen, de belangrijkste waarheid.

Het enige wat ik hoefde te doen was 'Ja, dat beloof ik' te zeggen. Ik zei ja. Ik deed mijn mond dicht, wachtend op de rest. Ik zei: 'Edelachtbare, mag ik nog iets zeggen?' Mijn hart klopte zo hard in mijn oren dat ik mezelf nauwelijks kon verstaan.

De rechter, die bijna kaal was maar nog redelijk jong, tegen de vijftig waarschijnlijk, glimlachte alsof hij mijn vraag wel grappig vond. 'Nee, u moet uw advocaat het woord laten voeren.'

'Maar edelachtbare?' zei ik. 'Ik heb bewijzen die ik u moet voorleggen.'

'En waarom zou u dat willen doen, miss Beene? Raadsvrouw, ik denk dat u uw cliënt beter even mee naar de gang kunt nemen voordat ze –'

'Maar het gaat om de waarheid,' zei ik. Gwen pakte mijn arm

beet. 'Ik wil dat iedereen de waarheid kent. Ik heb de brieven van Paige gevonden.'

Marcella's stem deed de lucht in tweeën splijten. 'Jezus, Maria en Jozef!'

Paiges advocaat ging staan. 'Edelachtbare, we hebben om die brieven verzocht, en miss Beene heeft onder ede verklaard dat er geen brieven waren.'

Gwen stond ook op. De rechter vroeg aan haar: 'Klopt het dat uw cliënt is verzocht om die brieven te overleggen?'

'Edelachtbare, ik heb ze nog niet gezien. Ik wist niet dat mijn cliënt ze had gevonden.'

'Miss Beene, waar zijn die brieven nu? En wanneer heeft u ze gevonden?'

'Ze liggen thuis. Ik heb ze zondagavond gevonden. Edelachtbare, ik vind nog steeds dat Annie en Zach het beste bij mij kunnen blijven. Maar ik wil niet dat die beslissing op een leugen is gebaseerd.'

De rechter slaakte een zucht. 'Miss Beene. U heeft duidelijk te vaak naar *Law and Order* gekeken. Waarom heeft u dit niet eerst met uw advocaat overlegd? Waar woont u precies? Is het ver?'

Ik vertelde dat het een halfuurtje rijden was.

'Ik wil dat u die brieven haalt en aan uw advocaat geeft. Ik wil ook dat u haar het woord voor u laat voeren. Daar betaalt u haar voor.' Hij richtte zich tot Gwen en beval haar voor iedereen kopieën te maken.

De rechter gebaarde de griffier om naar hem toe te komen en ze overlegden even, terwijl de vrouw in een agenda bladerde. Hij knikte, en ze ging weer zitten.

'Ik heb net van mijn griffier vernomen dat een zaak die zou voorkomen is geschikt,' zei hij. 'Ik heb vanmiddag dus tijd om eventuele bezwaren te horen tegen het als bewijsstukken voorleggen van de brieven.' Hij ging verder tegen de advocaat van Paige. 'Als u wilt, zal ik een verdaging overwegen.' Zijn hamer kwam met een doffe klap neer, en hij beval ons om twee uur 's middags terug te komen.

Ik bleef zitten, zonder naast me of achter me te kijken. Gwen sloot haar aktetas en fluisterde: 'Nou. Daar gaat onze overwinning.'

Paige en haar advocaat waren al weg, dus wij liepen ook de rechtszaal uit. Marcella kwam naar ons toe. 'Wat is dat, Ella? Denk je soms dat de hoge heren beter weten wat het beste is voor Annie en Zach? Die lui, ze verscheuren hele gezinnen. Pas maar op, zo meteen stoppen ze onze kindertjes nog ergens achter een hoog hek met prikkeldraad.'

Ik wilde haar geruststellen, haar zeggen dat ze zich geen zorgen moest maken. Haar zeggen dat de rechter nog steeds in ons voordeel zou beslissen. Ik wilde zeggen: ik zal mijn kinderen opvoeden zonder een schandelijk geheim voor hen verborgen te houden dat op de een of andere manier hun onderbewuste zal binnendringen en een stille, blijvende verwoesting zal aanrichten in hun ziel. Een geheim dat ze misschien zal verstikken of verblinden, zodat ze alleen nog kunnen zien wat ze willen zien. En ik wilde haar en de rest van de familie ook vertellen dat ik nog steeds veel van hen hield en hen nodig had, dat ik dit niet deed om hen te bezeren.

In plaats van dat alles mompelde ik alleen maar dat het me speet en liet ik me door Gwen mee naar buiten tronen, naar een koffiehuis, waar ik Lucy belde om te vragen of ze langs mijn huis kon gaan om de brieven op te halen.

'Weet je het zeker?' vroeg ze. Toen ik geen antwoord gaf, zei ze dat ze binnen een uur bij de rechtbank zou zijn.

Lucy kwam de brieven brengen. Ze omhelsde me lang en stevig en zei dat ze in de gang zat, mocht ik haar nodig hebben. Gwen zette een kop koffie voor me neer, maar ik raakte hem niet aan. Ze ging eerst kopieën maken en rondbrengen, toen kwam ze terug en begon te lezen.

Na een poosje keek ze me over haar leesbrilletje aan. 'Ella, waar heb je deze gevonden?'

Ik vertelde haar over de poesjes en de boxspring. Ik vertelde haar dat ik de dichte enveloppen had geopend.

Ze schudde haar hoofd en keek me recht in de ogen voordat ik mijn blik kon afwenden. Ergens achter me hoorde ik een stoel over het linoleum schrapen.

'Gwen, zeg me dat ik er goed aan heb gedaan.'

Ze schudde haar hoofd. 'Je had het me moeten vertellen, dan hadden we ons erop kunnen voorbereiden. Hoewel ik eigenlijk niet weet of hier überhaupt iets aan voor te bereiden valt.'

'Ik wilde niet dat Annie en Zach zouden opgroeien met het idee dat hun moeder hen niet wilde. Ik wil dat iedereen de waarheid weet. Maar ik wil ook nog steeds dat ze bij mij blijven wonen. Dat zal de rechter toch ook wel inzien? De rechters in Californië beslissen toch altijd in het voordeel van de kinderen?'

Ze roerde een hele tijd in haar koffie en zei toen: 'Voor mij gaat het bij deze zaak om meer dan alleen maar willen winnen. Ik ben het met je eens dat de kinderen bij jou horen te blijven. Maar je bent wel hun stiefmoeder. Zelf beschouw je dat misschien als een formaliteit, maar de rechtbank doet dat niet. De biologische moeder heeft nog steeds de meeste rechten.'

'Maar je zei –'

'Vergeet nou maar wat ik heb gezegd. Deze brieven veranderen de zaak. We moeten nu eerst besluiten of we er bezwaar tegen maken dat ze als bewijsstukken worden gebruikt.'

'Nou, nee, dat gaat het juist om, toch?'

Ze legde uit dat we niet zomaar konden kiezen tussen de eerste en de laatste brieven. 'Het is alles of niets. Dus het lijkt mij dat we geen bezwaar aantekenen, want ik denk dat de rechter ze toch allemaal als bewijs zal toelaten.'

Ik knikte. Ze verdween om met de advocaat van Paige te overleggen. Ik legde mijn hoofd even in mijn nek om te zorgen dat de tranen bleven waar ze waren, pakte toen mijn mobieltje en belde Lizzie. Ik wilde de stemmen van Annie en Zach horen, maar er werd niet opgenomen.

Gwen kwam terug en zei dat de advocaat van Paige het met haar eens was, en dat hij de rechter had meegedeeld dat alle brieven als bewijslast zouden worden aangevoerd, maar ook dat Paige een schikking voorstelde.

'Gezamenlijke voogdij, maar de kinderen bij haar. Omgangsregeling voor jou… vier keer per jaar plus twee weken in de zomer en een week na kerst.'

Ik schudde mijn hoofd. 'Een omgangsregeling voor mij? Geen sprake van. Toe Gwen, je hebt zelf gezegd dat ik hun echte moeder ben.'

Ze trok haar mouwen naar beneden zodat ze onder haar jasje uit kwamen en legde haar mollige vingers op de brieven. 'Ella, we hebben onze hele zaak gebouwd op het feit dat Paige haar kinderen in de steek heeft gelaten. Door deze brieven is dat van tafel geveegd. Jij hebt als stiefmoeder geen enkel recht wanneer er een liefdevolle, bereidwillige biologische moeder is die de voogdij opeist. Je bent zelfs nooit officieel tot voogd benoemd.'

Ik kreeg een brok in mijn keel. 'Die brieven bewijzen dat Paige in hun leven hoort. Maar het gaat er nog steeds om wat het beste is voor Annie en Zach. Is dat Elbow, waar ze zijn opgegroeid te midden van hun grote familie? Of Sin City?'

Ze drukte haar vingertoppen tegen haar slapen. 'Luister, we hoeven niet meteen op haar aanbod te reageren. Laten we eerst maar eens afwachten wat de rechter te melden heeft.'

In de rechtszaal slaakte rechter Stanton een diepe zucht. Zijn blik pingpongde tussen Paige en mij. Hij sprak met een vermoeide gelatenheid. 'Ik heb de brieven gelezen, en ze werpen inderdaad een nieuw licht op deze zaak. Het advies van de mediator was gebaseerd op het feit dat de eiseres drie jaar lang geen contact met haar kinderen had opgenomen. De brieven bewijzen het tegendeel en laten een liefdevolle, maar emotioneel onstabiele jonge moeder zien die dacht in het belang van haar kinderen te handelen door weg te gaan. Dat zou heel goed kunnen. Ik moet zeggen dat het me verbijstert dat de inmiddels overleden vader geen enkele poging heeft ondernomen om de moeder met haar kinderen te herenigen. Onwillekeurig roept dat vragen op over de rol die de stiefmoeder daarin heeft gespeeld. Ik gelast een voogdijonderzoek en zal de zaak pas behandelen zodra dat is afgerond. Maar ik kan u nu al meedelen dat ik ernaar neig de voogdij met betrekking tot het jongste kind toe te kennen aan miss Beene, omdat zij voor hem de moederfiguur is. Met betrekking tot het oudste kind is dat miss Capozzi. En misschien is dat wel de juiste manier om deze zaak af te handelen.'

Ik pakte Gwens pen en schreef NEE! op haar bruine map.

Ze stond op. 'Edelachtbare, kunnen we misschien even met onze cliënten overleggen, voordat we overgaan tot een langdurig onderzoek?'

Gwen en ik zaten in een vergaderruimte voor advocaten. Met opeengeklemde kaken zei ik: 'Ze kunnen ze niet uit elkaar halen.'

'Deze rechter gaat echt te ver, het is belachelijk. Het is net alsof hij op het publiek speelt. Het komt niet vaak voor dat een rechter kinderen scheidt.'

'Je hebt gehoord wat hij zei. Dat risico kan ik niet nemen. Hoe kán dit nou?'

'Luister. Vandaag gebeurt er nog niks; hij speculeert maar wat. Er moet eerst een onderzoek komen. Dan wordt alles pas bekeken. Ze praten met iedereen. Dat wordt een zwaar halfjaar. En een duur halfjaar.'

'Het geld kan me niet schelen, dat haal ik wel ergens vandaan. Maar dit zal van iedereen zijn tol eisen. Marcella… ik denk niet dat zij en Joe Sr. dit nog lang aankunnen. Maar het zal het moeilijkst worden voor Annie en Zach.'

'En dit is nog niks vergeleken met wat een onderzoek allemaal overhoop zal halen. Ella, nu stelt Paige nog gezamenlijke voogdij voor. We kunnen ook aan de rechtbank vragen slechts een voorlopige uitspraak te doen, zodat beide partijen de voorwaarden in de toekomst nog kunnen veranderen.'

'Maar dan krijgt ze wel de gedeelde voogdij?'

Gwen knikte. 'We kunnen het ook op een hoorzitting laten aankomen, en dan kan de rechter besluiten om haar de volledige voogdij te geven, en sta jij met lege handen. Dat is heel goed mogelijk. Normaal gesproken hebben stiefouders weinig rechten als het om de voogdij gaat.' Ze leunde voorover op de tafel. 'Behalve als je kunt bewijzen dat de biologische ouder zijn of haar kind in de steek heeft gelaten. Ella, het beste scenario voor jou is dat je Zach krijgt, maar Annie niet. En het is wel duidelijk dat je niet wilt dat ze gescheiden worden.'

Hoe kon dit gebeuren?
Door de brieven.

'Gwen, wat zou je doen als het om jouw kinderen ging?'

Ze legde een hand op mijn arm. 'Gezamenlijke voogdij. Ik zou akkoord gaan met hun voorwaarden. Het is misschien het enige wat er op dit moment op zit. Oké?'

Ik knikte, maar ik kreeg het woord 'ja' niet uit mijn mond.

Ze ging weg om de papieren te tekenen; ik bleef in het kantoortje zitten om niet met Joe Sr., Marcella of David te hoeven praten. Ik zat met mijn gezicht in mijn handen, in de wetenschap dat ik had geprobeerd om te doen wat goed was, maar dat het resultaat was dat ik iedereen van wie ik hield, in de steek liet.

29

Lizzie deed open en omhelsde me. 'Frank belde. Het is echt ongelooflijk wat je hebt gedaan.'

Mijn keel kneep zich samen. Ik schudde mijn hoofd en hoorde
Zachs stem: 'Mammie is er! Mammiemammiemammie!' Hij kwam
op me afrennen, met een speelgoed *T-rex* in een hawaïhemd. Ik tilde hem op en huilde niet. Lizzie wendde haar blik af. Annie kwam
er ook bij staan; ze stak haar hand in het lusje van mijn riem. En ik
huilde niet.

Ik bedankte Lizzie, de kinderen bedankten Lizzie. We reden de
vier straten naar huis. Ik wist niet hoe ik het hun moest vertellen,
want de realiteit cirkelde nog steeds om ons heen, als de vin van een
haai die ons zo meteen levend zou opeten.

Ik wist wel dat ik niet wilde dat Annie afgeluisterde puzzelstuk-
jes van de telefoongesprekken die ik 's avonds fluisterend voerde, aan elkaar zou passen. Ik wilde ook niet dat Paige degene was
die het haar vertelde. Gwen had erop gestaan dat ik degene was
die het de kinderen vertelde. Hoewel de rechter het ermee eens
was geweest, had hij me daarvoor slechts twee dagen de tijd gegeven.

Zo lang wachtte ik niet. Ik liet de kinderen plaatsnemen op de
achterveranda met de limonade-ijslolly's die we samen hadden gemaakt, waarbij Zach behoorlijk wat limonade op de keukenvloer had
gemorst. Ik perste me tussen hen in en zei: 'Er is vandaag iets gebeurd waar ik het met jullie over moet hebben.'

Annie keek me aan. Haar pony was vastgezet met een roze haar-
speldje – waarschijnlijk het werk van Lizzies dochter – en ze begon
steeds meer op Paige te lijken. 'Wat dan?'

'Nou, jullie kennen jullie mama Paige?'

Ze knikten allebei en Annie zei: 'Tuurlijk, stommerd.'

Ik toverde een glimlach tevoorschijn. 'Ja, natuurlijk. Weet je, toen papa doodging hebben mama Paige en ik… een beetje ruziegemaakt over waar jullie zouden moeten wonen. Zij vond dat jullie bij haar moesten wonen. Ik wilde dat jullie hier bij mij bleven. En als twee mensen het ergens niet over eens kunnen worden, gaan ze soms naar de rechtbank, zo heet dat, om erover te praten tot er een besluit is genomen. En vanochtend is besloten dat jullie voorlopig allebei bij mama Paige gaan wonen.'

'Waarom?' vroeg Zach. Hij had met zijn mollige beentjes tegen het hekwerk zitten schoppen, maar stopte daarmee om me onderzoekend aan te kijken. Zijn ijsje lekte langs zijn pols, zijn arm en op zijn grotejongensspijkerbroek.

Omdat ik het heb verknald. Ik heb niet hard genoeg voor jullie gevochten. Misschien heb ik niet gedaan wat een echte moeder wel zou doen.

'Omdat mama Paige jullie… jullie echte moeder is, wil ze meer tijd met jullie doorbrengen dan vroeger,' zei ik.

'Waarom? Omdat ik in haar buik heb gezeten?'

'Nee, omdat ze van jullie houdt en jullie echt heel erg mist.'

Eindelijk zei Annie ook wat. 'En jij dan? Jij houdt toch ook van ons?'

'Ja.' Ik slikte. 'Ik hou heel erg veel van jullie. En ik zal jullie erg missen.'

'Ben je bedroefd?'

Ik knikte. 'Maar voor jou en Zach is het een prachtig nieuw avontuur. Jullie gaan in het grote, mooie huis van jullie moeder wonen, met elk een eigen kamer, en jullie zullen met heel veel nieuwe vriendjes spelen. En ik kom gewoon op bezoek natuurlijk.'

'Op bezoek? Zoals nana Beene?' vroeg Zach.

'Ja, zoiets.'

Hij keek me met grote ogen aan; zijn plakkerige kin rimpelde en begon te trillen. Ik sloeg een arm om hem heen en trok hem tegen me aan.

Hij zei: 'Echt niet.'

Annie zei: 'Je hebt het beloofd!' Haar stem trilde, en er biggelde een traan over haar wang. 'Je zei dat je ons nooit in de steek zou laten! Je hebt gelogen!'

'Annie, ik wilde helemaal niet dat het zo zou gaan. Ik hou van jullie. Echt. Ik beloof je –'

'Je moet me niks beloven!' Ze gooide haar ijslolly weg, stond op en wilde naar binnen rennen, maar bij de deur draaide ze zich om, met haar handen langs haar zij. Ze keek me aan, terwijl de tranen over haar gezicht stroomden. 'Je had het beloofd! Je zei echt nooit!'

'Kom hier, Banannie.' Ze kwam terugrennen en we hielden elkaar stevig vast, samen met Zach, die inmiddels ook was gaan huilen.

Tussen het snikken door zei Annie: 'Ik wil niet meer stoer zijn.'

Ik streelde hun haar. Aan de horizon verschenen twee witte sliertige wolken, net doopjurkjes. 'Je mag best huilen,' zei ik tegen haar. 'En je mag ook best boos zijn. Dat wil nog niet zeggen dat je niet stoer bent.'

Wanneer ik het afscheid weer voor mijn geestesoog afspeel, verliep alles in slow motion, maar in werkelijkheid ging het allemaal heel snel. Ik denk dat rechter Stanton van de 'pleisters moet je er zo snel mogelijk aftrekken' benadering was. Maar mensen zijn geen pleisters.

Twee dagen later, de dag voor Annies zevende verjaardag, op een koude, grijze ochtend, stond Paige buiten in een blauwgroene zijden jurk en op hoge hakken de autoportieren en de kofferbak open te doen. Binnen nam Annie Zach mee op hun afscheidsronde van knuffels en kussen: Marcella en Joe Sr., David en Gil, Lucy, Frank, Lizzie, Callie, Dingetje Eén en Dingetje Twee, totdat ze bij mij aanbelandden, me afwachtend aankijkend. Marcella keerde ons haar brede rug toe. Zach hield zijn Bubby stevig vast en tilde zijn Thomas de Trein-koffertje op. Hij had per se zijn bijpassende Thomas-pantoffels aan willen doen, en ik had het niet over mijn hart kunnen verkrijgen om hem tegen te spreken; ik had het gevoel dat dit wel het minste was wat ik hem kon meegeven.

Marcella draaide zich echter weer om. Ze kwam naar me toe en zei: 'Doe hem schoenen aan. Nu. Meteen.'

'Marcella. Hij wil die graag aan. Het is het enige waar hij om heeft gevraagd. Laten we hier nou niet over gaan bekvechten.'

'Wat weet jij nou van vechten? Jij geeft het op. Dat is wat jij doet.' Ze draaide zich weer om.

Annie had haar Birkenstocks en spijkerbroek aan in plaats van de jurk en leren schoenen die ze bij haar eerste bezoek aan Paige per se had willen dragen. Ik raakte haar teen aan met mijn eigen Birkenstocks en deed toen de hordeur open. Hand in hand liepen we de veranda af en over het grind. Ik hoopte nog steeds op een goddelijke interventie of een of ander ingrijpen van de natuur, iets wat zou zeggen: *Ho. Stop. Dit was een test. Het aloude Abraham en Isaak-verhaal, maar laat maar, draai je om, neem ze mee naar binnen. Het is nu voorbij.* Ik richtte mijn energie op niet-voelen, niet-huilen, op niet naar Paige kijken, op de kinderen niet in de jeep gooien en er als een speer vandoor gaan naar Canada of Mexico.

Callie volgde ons, rondjes draaiend om Paiges auto, terwijl de rest van de familie op de veranda wachtte. Annies schouders schokten in een stille poging om niet te gaan huilen, maar toen Zach haar krampachtige gezicht zag, begon hij te brullen. Boven hem uit riep Paige: 'Het komt wel goed! We moeten gewoon gaan!'

Wat weet jij ervan, wilde ik zeggen, maar ik deed het niet. Ik gespte de kinderen vast in hun stoeltjes zoals ik altijd deed, kuste ze, omhelsde ze en veegde hun tranen en snot af met mijn mouwen. Ik zei dat ik heel snel zou langskomen en dat ik ze die avond nog zou bellen.

Paige en ik staken allebei een hand op, nauwelijks zichtbaar, en ze startte de motor. Zach gilde inmiddels onophoudelijk: 'Ik… wil… mijn… mammie…!', terwijl wij hen op de veranda zwijgend nakeken, zwaaiend, luisterend naar zijn gekrijs dat zachter en zachter klonk tot het gekrijs, en Zach, en Annie, weg waren.

De anderen liepen de veranda af. Frank, Lizzie en Lucy boden aan om bij me te blijven, maar ik schudde alleen maar mijn hoofd. Joe Sr. wendde zich tot me en zei met een trillende lip: 'Je had Zach toch op zijn minst zijn schoenen kunnen aantrekken. In deze familie verlaat geen enkele man zijn huis op pantoffels.' Ik begreep niet waarom de schoenen zo belangrijk waren voor Marcella en Joe Sr., maar ik had op dat moment wel belangrijker dingen aan mijn hoofd. David omhelsde me, maar het was een slappe en snelle omhelzing, met een klopje op mijn rug; het leek in niets op de Italiaanse omhelzingen waaraan we gewoon waren. David zei: 'Neem maar even vrij van de winkel. We redden ons wel.' Ik begreep dat ze even vrij van mij wilden hebben. Marcella ging weg zonder me aan te kijken.

Toen iedereen weg was, liep ik rechtstreeks naar de kamer van de kinderen. Callie volgde me. Ik deed de deur achter ons dicht. Ik wierp me op Annies bed, begroef mijn gezicht in haar zoet geurende kussen en brulde net zo hard als Zach; zijn verdrietige gegil waarvoor ik geen troost had gehad, trok een spoor van verwoesting door me heen. Callie jankte, alsof ze ook verdriet had. De snikken kwamen diep vanbinnen; ik kon ze niet tegenhouden. Ik huilde aan één stuk door. Ik belde Paige drie keer op haar mobieltje, maar ze nam niet op.

Ik werd wakker van Callies geblaf, gevolgd door een harde, dwingende klop op de voordeur. Gedesoriënteerd wilde ik mijn wekker pakken, die niet op zijn plek stond, en pas toen herinnerde ik me dat ik op Annies bed lag, nog steeds in mijn kleren, en daarna herinnerde ik me ook weer waarom. Het geklop hield aan, en in die ene seconde die het duurde om uit bed te stappen, stond ik mezelf toe om te denken dat het Paige was, dat ze terug was, met Annie en Zach, om me te vertellen dat ze een vreselijke vergissing had begaan. Maar het was de man van UPS met een pakje. Het was een doos geadresseerd aan de kinderen, een week daarvoor verstuurd door Paige. In plaats van ervoor te tekenen, kraste ik het adres door en schreef er *Afzender retour* op.

Paige nam nog steeds niet op. Ik sprak een berichtje in. In de vier uur daarna sprak ik vier berichtjes in. Die dag werd er drie keer gebeld; geen van de telefoontjes was van de kinderen. Ze waren van

239

de enige drie andere mensen ter wereld die nog met me wilden praten: mijn moeder, Lizzie en Lucy. Ik zag hun namen staan en nam niet op; ik wilde de lijn niet bezet houden voor het geval de kinderen me probeerden te bellen. Mijn moeder en Lizzie spraken in dat ze aan me dachten en dat ik moest bellen als ik behoefte had om te praten. Lucy zei dat ze de dag erna na haar werk zou langskomen, geen discussie mogelijk.

De enige verantwoordelijkheden die ik nog had, waren Callie, de kippen en Dingetje Eén en Dingetje twee eten geven, de ren en de kattenbak schoonmaken, en onkruid wieden. Dat deed ik allemaal. Callie probeerde me steeds over te halen om met haar te gaan wandelen; ze kwam me haar riem brengen, hield haar hoofd schuin en keek me aan met die droevige ogen van haar waar ik normaal gesproken geen weerstand aan kon bieden. Maar ik kon de energie er gewoon niet voor opbrengen, en bovendien had ik geen zin om iemand tegen te komen.

Ik liep door het huis, met de slapende poesjes als baby's in mijn armen, en alles wat ik zag deed pijn. De foto's van de kinderen, hun speelgoed, hun knutselwerkjes. De vaas van klei die in de boekenkast stond. Annie had die op de kleuterschool voor me gemaakt. Met macaroniletters stond er *Een fijne Moederdag* op, en ik had hem altijd prachtig gevonden. De M was er al meteen nadat ze ermee thuis was gekomen, af gevallen, maar pas die dag, de dag na hun vertrek, viel me op dat het zonder de M bijna leek alsof er fijne loederdag stond.

De ijskast zoemde, de klok tikte, in de houtkachel viel een stuk hout. Ik zat urenlang op de bank te zappen tot ik op TV Land stuitte — een zender die alleen maar oude series uit de jaren zestig en zeventig uitzond. Ik keek naar *The Brady Bunch, The Partridge Family, Room 222*. Het waren series waar ik na de dood van mijn vader fanatiek naar had gekeken, me afvragend waarom mijn moeder niet wat meer op Shirley Partridge leek, waarom mijn ouders niet meer kinderen hadden gehad, dan had ik broertjes en zusjes gehad met wie ik ook een bandje had kunnen beginnen.

Ik liet Callie naar buiten en overwoog de kinderen nog een keer te bellen, maar het was al negen uur. Ze lagen vast te slapen in hun nieuwe kamers; hun eerste dag zonder mij, en we hadden elkaar niet meer gesproken. Ik zou tot de volgende ochtend moeten wachten. Ik liet Callie weer binnen en ze ging naast de bank op de vloer liggen. Ik viel in slaap met de tv aan – *Mister Ed* – en werd 's ochtends wakker bij *I Dream of Jeannie*.

Ik herhaalde mijn korte lijstje huishoudelijke taken, overwoog even om het huis schoon te maken, maar waarom eigenlijk? De dag strekte zich voor me uit: *Gilligan's Island, The Courtship of Eddie's Father, Green Acres, That Girl, Please Don't Eat the Daisies.* Toen Callie een puppy was en op alles kauwde wat ze maar zag, hadden Joe en ik gekscherend tegen elkaar gezegd dat het bij ons meer 'eet alsjeblieft de veranda niet op' was, in plaats van 'eet alsjeblieft de madeliefjes niet op'.

Ik probeerde de kinderen weer; er werd nog steeds niet opgenomen. Uiteindelijk belde Paige zelf om te zeggen dat ze gisteravond laat waren thuisgekomen, dat hun vliegtuig vertraging had gehad.

'Kan ik de kinderen even spreken?' vroeg ik.

'Ik weet dat dit moeilijk voor je is. Maar het is ook erg moeilijk voor hen.'

Op de achtergrond riep Zach: 'Ik… wil… mijn… mammie! Ik… wil… mijn… mammie!'

'Ella, het lijkt me geen goed idee om nu met ze te praten. Je moet ons een beetje de tijd gunnen om aan elkaar te wennen. Ze missen je, en als je nu met ze praat, wordt dat alleen maar erger.'

'Ben je wel goed bij je hoofd?' zei ik. 'Laat me met ze praten, verdomme. Ik weet hoe ik ze moet troosten.'

'Het lijkt me geen goed idee,' zei Paige. 'Luister, wat je op de rechtbank hebt gedaan was heel edelmoedig van je. Maar nu vraag ik je om ons wat ruimte te geven.'

'Wie denk je verdomme wel wie je bent?'

'Ik weet wie ik ben… Ik ben hun moeder.' En toen hing ze op.

'Trut!' schreeuwde ik in de telefoon, tegen niemand. Daarna smeet ik het toestel tegen de muur.

Dat hielp niet. Ik voelde me zo opgefokt als een kat aan de lsd. Wat kon ik doen? Zach huilde! Joe's statief stond nog steeds in een hoek van de niet-zo-mooie kamer, als een soort geïmproviseerd gedenkteken. Ik pakte het en liep naar buiten, nog steeds in mijn pyjama. Ik zwaaide met het statief alsof het een slaghout was en ik zo meteen aan slag was. Ik liep naar Joe's truck, zijn geliefde Groene Wesp. Ik plantte mijn voeten in de grond, haalde zo hard uit als ik maar kon en sloeg de voorruit finaal aan diggelen.

30

Wat had ik dan verwacht van Paige? Dat ze zou overlopen van dankbaarheid? Dat ze me het vergaf? Dat ze bereid zou zijn om er samen uit te komen? Ja, ja, en nog eens ja. Ik had tegen Gwen Alterman gezegd dat het mij niet goed leek om Paige weg te houden uit het leven van Annie en Zach. Ik had verwacht dat Paige er wat mij betrof hetzelfde over zou denken. Ik had haar per abuis aangezien voor de Paige die drie jaar geleden al die brieven had geschreven – een wanhopige, kwetsbare, verdrietige moeder. Maar zelfs Lizzie was het opgevallen dat er een oude Paige was en een nieuwe. En de nieuwe Paige geloofde dat alle dingen hun eigen plek hadden en leek ervan overtuigd dat de plek van Annie en Zach bij haar thuis was, waar geen gevaar bestond dat mijn persoonlijke *chi* door de voordeur naar binnen zou stromen, of misschien zelfs wel door de telefoon. De rommel die ik als stiefmoeder vertegenwoordigde, had ze vakkundig weggewerkt. *(Waarom heb je er twee nodig als één ook voldoende is? Welke doos wordt het: Weggeven of Weggooien? En niet meer omkijken.)*

Ik belde Gwen, die zei dat ik het stof gewoon even moest laten neerdalen. Ik betwijfelde of Paige überhaupt stof had. Ze bracht me in herinnering dat Paige nog steeds toe moest staan dat ik eens per maand de kinderen opzocht. Als ze dat weigerde, dan hield ze zich niet aan het voorlopige vonnis, wat ons de kans zou geven iets te ondernemen.

'Een maand?' was het enige wat ik wist uit te brengen. 'Ik mag de kinderen over een maand twee dagen zien? Vandaag wordt Annie zeven, en ik heb haar niet eens kunnen spreken.'

'Tja, erg eerlijk is het allemaal niet. Maar zo te horen begint ze nogal moeizaam. Dus: hou precies bij wat er gezegd wordt, maar oefen geen druk uit en val haar niet lastig. Dit zou wel eens heel goed voor je kunnen uitpakken. Je moet gewoon geduld hebben.'

Lucy kwam die avond zonder aan te kloppen binnen. Ik zat op de vloer in de kinderkamer tussen keurig gerangschikte poppen en speelgoedbeesten thee te drinken uit een poppenservies. Ik had cadeautjes in Annies koffer gestopt, maar ik vond het vreselijk dat ik er niet bij was wanneer ze ze openmaakte, en ik vond het ook vreselijk dat ik haar lievelingsworteltaart niet had hoeven bakken.

Net zoals Annie soms deed had ik Callie een mutsje opgezet. Ik drukte steeds op het knopje van Buzz Lightyear, dus hij bleef maar zeggen: 'Op de oneindigheid en verder!' Zonder iets te zeggen liep Lucy naar de keuken; ze kwam terug met een geopende fles *sirah* en schonk twee kleine, roze met witte kopjes van het theeservies vol. 'Sorry Elmo, daar ben jij nog te jong voor,' zei ze. Ze keek me aan. 'Nou, op deze manier gaat het verdomd lang duren voordat we dronken worden.' Ze hield haar kopje op om te proosten. 'Ella, o mijn god, je ogen. Wat zie je eruit!'

Ik schudde mijn hoofd. Ze omhelsde me en wreef me over mijn rug. 'Ik weet het, El. Ik weet het.' We verhuisden al snel naar de achterveranda en verruilden onze theekopjes voor damesglazen. Ze vond dat ik iets moest eten, maar ik kon geen hap door mijn keel krijgen. Ik bietste wel sigaretten van haar en voor het eerst van mijn leven rookte ik die zonder enige spijt of schuldgevoel op.

Lucy stelde voorzichtig voor dat ik het antidepressivum dat dokter Boyle had voorgeschreven maar eens moest gaan slikken. Ik zei nee en ik zei ook nee tegen haar aanbod om nog wat wijn in te schenken. Ik wist dat ik deze gevoelens moest ondergaan, hoe pijnlijk ze ook waren.

Ze bood aan om de volgende dag weer langs te komen, maar ik zei dat ik wat tijd voor mezelf nodig had, en met tegenzin ging ze akkoord.

In de wetenschap dat er niemand – echt helemaal niemand – zou langskomen, haalde ik de dozen tevoorschijn die ik van de opslagruimte boven de winkel naar onze garage had gebracht. De dozen met alle foto's van Annie, Zach, Joe en Paige, van de hele familie Capozzi. Ik hield mezelf voor dat ik de foto's van de kinderen wilde zien, maar iets in mij wilde ook nog steeds het verhaal van Joe en

Paige begrijpen, en wat dat betekende voor het verhaal van Joe en mij, voor het verhaal van Annie en Zach en mij… en Paige. En ook zat ik nog steeds met de vraag wat Paige precies had onthuld toen ze zich die dag voor Joe had omgedraaid.

Aan een van de kartonnen flappen sleepte ik een doos door de gang naar het midden van de niet-zo-mooie kamer. Ik pakte de stapels foto's eruit en legde ze in een mozaïekachtig patroon om me heen. In het begin sloegen Dingetje Eén en Dingetje Twee naar de foto's en gleden ze eroverheen, maar na een tijdje verveelde het hun en gingen ze naast Callie op de bank liggen.

Daar had je Paige en Joe bij Marcella thuis met kerst; Paige had reusachtige rode kerstballen in haar oren, en Joe had een strik op zijn voorhoofd. Ze lachten. Een andere foto: de trouwdag van Paige en Joe. Zo heel anders dan die van ons, met mijn korte halterjurkje en de lathyrus uit onze tuin. Hun trouwdag leek op die van Henry en mij: de mooi afgewerkte witte jurk van Paige, met een hoge hals en bestikt met kraaltjes, het hele regiment bruidsmeisjes en bruidsjonkers, de getuige met de ring, het bloemenmeisje, de volmaakt ronde boeketten, de uitgeputte en volledig overweldigde glimlachjes.

Ik vond ook kaarten – trouwdag, verjaardag, Valentijnsdag –, stuk voor stuk getuigend van onwankelbare liefde en toewijding. *Ik zal altijd van je blijven houden*, alsof ze eventuele vloeken of onzekerheden probeerden af te wenden, het onheil dat aan de randen opdoemde.

Ik legde de kaarten samen met de foto's, zelfs de naaktfoto's, neer en schoof ze net zo lang heen en weer tot ik ze op de juiste volgorde had. Wat ontzettend feng shui van me, dacht ik. Toen de doos leeg was, zag ik een roze randje tussen de kartonnen flappen uitsteken. Ik vouwde de flappen opzij en er kwam iets tevoorschijn wat op een roze paspoort leek, misschien iets van Annie. Maar er stond een stempel op met de woorden *Ongewenste Vreemdeling*. Binnenin zat een foto van grootvader Sergio van toen hij ergens in de veertig was, met de getypte woorden: *Sergio Giuseppe Capozzi*, zijn adres in Elbow – hetzelfde als het onze –, zijn geboortedatum, 1 augustus 1901, en zijn vingerafdrukken.

De woorden kwamen harder aan dan de kleine stukjes en beetjes van het verhaal dat ik had gehoord. De angst. De paranoia. Ongewenst? Vreemdeling? Grootvader Sergio? Die van dit land hield, die een winkeltje had. Die dit huis had gebouwd… Wiens familie was verscheurd, zoals Marcella had geschreeuwd. Het drong ineens tot me door hoe snel de paranoia kon toeslaan in tijden van oorlog, en ik wist dat mijn angst voor Paige – de angst van de hele familie voor Paige – ook niet echt eerlijk was. Maar waar we allemaal bang voor waren geweest, was wel gebeurd, en dat allemaal vanwege mijn poging om eerlijk te zijn.

Ik legde de id ook op de grond, samen met de foto's van Sergio en Rosemary voor hun nieuwe huis, nu óns oude huis, en ik voelde me op een nieuwe manier met hen verbonden. Hun gezin had dit huis ook met lawaai gevuld – met gelach en met ruzies. Rosemary had door deze kamers gelopen, de leegte van Sergio's afwezigheid opgevuld. Ook zij had geweten hoe een steeds groter wordende leegte op de muren, de plafonds en de vloeren drukt.

Ik pakte nog een doos; het bleek de doos te zijn met Paiges kamerjas. De kamerjas waarmee Joe haar geheim had bedekt, de kamerjas waarin zij zich tijdens die depressieve maanden had verscholen. Ik trok hem aan, over mijn kleren heen. Gênant om nu te moeten vertellen, maar ik denk dat ik het als een noodzakelijk stukje van de puzzel beschouwde. Ik pakte nog meer dozen, tot de hele kamervloer bedekt was met foto's, en ging toen verder in de keuken en de gang, met in mijn kielzog bochtige paden die vanuit het midden van de kamer naar buiten kronkelden, wat me deed denken aan het labyrint in de Grace Cathedral in San Francisco dat Joe en ik een keer hadden gelopen, op de eerste oudejaarsdag na onze kennismaking. We hadden in stilte gelopen, met elk van ons een vraag in het hoofd. Toen we klaar waren stonden we in het midden van het labyrint, en daar vroeg Joe me ten huwelijk. Het bleek dat we allebei met dezelfde vraag naar het labyrint waren gekomen en tijdens de wandeling hetzelfde antwoord hadden gekregen: ja.

De foto's waren op toen ik er de niet-zo-mooie kamer, keuken, een stuk van de gang en de helft van Annies en Zachs kamer mee bedekt had. Ik haalde onze eigen foto's tevoorschijn, de foto's die waren genomen nadat ik zogezegd in beeld was gekomen. En ook de schoenendoos vol foto's uit mijn jeugd; mijn moeder en ik die naar mossels groeven, mijn vader en ik poserend op een rots, met onze armen over elkaar en onze vogelkijkers om onze nek. Ik legde nog meer foto's op de vloer van de kinderkamer en ging verder in de gang, naar onze slaapkamer, waar het pad boven op mijn bed eindigde omdat er geen ruimte meer was op de grond.

Het was een welkome afleiding van mijn huidige leven, en zelfs van de levens die de foto's representeerden; ik ging volledig op in mijn creatie, in de stukjes van de puzzel. Het was een beetje gek allemaal, maar op dat moment leek gekte compleet normaal. Tegen de tijd dat ik ermee klaar was, was het schemerig in de kamer.

Ik moet zijn gaan liggen om te slapen. De volgende ochtend werd ik wakker in een zee van foto's, starend naar Annie die een zalm ophield die bijna net zo groot was als zijzelf. Er plakten foto's aan mijn armen, mijn handen en mijn wang.

Ik stapte uit bed en nam het allemaal in me op. Ik besef hoe raar het nu klinkt, maar ik was geïntrigeerd door wat ik had gedaan. De orde ervan, de doelbewustheid. Ik had het gevoel dat ik iets op het spoor was. Dus zette ik koffie, ervoor zorgend dat ik de lay-out op de grond niet verstoorde, en kweet me van de enige taken die ik tegenwoordig had: Callie, de kippen, de poesjes, de moestuin. Ik dwong mezelf om wat toast te eten. Ik speelde op de veranda met de poesjes en zette ze toen in hun krat zodat ze wat konden slapen. Daarna wandelde ik door mijn labyrint. En nog een keer. En nog een keer. Callie keek naar me door de openslaande deuren, met haar allerdroevigste blik, en ik had durven zweren dat ze zelfs een keer haar kop schudde. *Wat is dat? Met mij wil je niet eens een korte wandeling maken, maar je loopt verdorie wel de hele dag rondjes door huis? En ik mag niet eens binnenkomen? Wie ben je precies geworden?*

Maar ik richtte me weer op mijn taak, zette nog een stap, bestudeerde weer een andere foto. Ik zag Paige en Annie in bijpassende paasjurken. Ik zag Joe slapen. Ik had zo bij hem willen kruipen, maar ik was niet degene die de foto had gemaakt. Die was genomen voordat ik weet had gehad van Joe's bestaan. Toen hij van Paige hield en Paige van hem. Ze had genoeg van hem gehouden om hem vredig slapend te willen fotograferen, met zijn lippen iets van elkaar en zijn haar aan één kant plat; hij zag er net zo uit als op de ochtenden dat ik, terwijl hij sliep, naar hem had gekeken en van hem had gehouden.

En dan deze: Annie, Zach, Joe en ik, in datzelfde bed. Het was ochtend, het bed was verward, ons haar was verward. Joe had het statief neergezet en was weer in bed gestapt. Net toen de camera klikte, had Annie hem met een kussen op zijn hoofd geslagen.

Buiten braken alle wolken ineens tegelijk open, en de regen beukte op het grind en kletterde op de veranda. Ik was bezig aan mijn vierde rondje door het labyrint en had mijn derde bericht voor Paige ingesproken, toen er op de voordeur werd geklopt. Door het raampje in de deur zag ik Clem Silver staan, met opgestoken hand. Clem Silver, bij mij op de stoep. Clem Silver ging nooit bij iemand op bezoek, zelfs niet wanneer hij was uitgenodigd. Maar uitgerekend nu de vraag naar mijn emotionele en geestelijke gesteldheid open en bloot te kijk lag in al die paden van foto's, die zich van kamer naar kamer slingerden, stond hij voor de deur, de eerste om er getuige van te zijn. Ik deed open.

Hij had zo'n jaren zeventig, ronde, doorzichtige plastic paraplu bij zich die hij opvouwde en op de veranda zette. Hij zei: 'Ik heb het gehoord. En... eh... ik vind het heel erg voor je.'

'Dank je.'

'En ik heb dit voor je meegenomen.' Hij wapperde met een groene vuilniszak.

Ik hield de deur verder open. 'Let maar niet op de... de rommel.'

Hij kwam binnen, maar omdat er geen plek was om te lopen, bleven we vlak bij elkaar in de gang bij de voordeur staan. Hij rook naar sigaretten en terpentine. Hij staarde naar zijn schoenen. 'Ik had – heb – twee dochters.'

'Echt?'

Hij knikte. 'Toen mijn vrouw mij verliet, was ik vreselijk kwaad. En zij ook. Ze ging naar Florida. Ik kan me geen ergere plek voorstellen om te moeten wonen, behalve dan misschien Las Vegas.' Hij keek me even glimlachend aan. 'Dus ik bleef waar ik was, en zij sprak kwaad van me, en die dochters groeiden zonder mij op. En dat geeft me een rotgevoel. Bijna iedere dag voel ik me er beroerd over. Ik vind het hier heerlijk, dat weet je. Maar ik heb me als een mossel ingegraven en wou nu dat ik een vogel was geweest.'

Ik bleef knikken, terwijl ik me Clem probeerde voor te stellen in een huis vol vrouwen.

'Het gaat me niks aan. En ik wil je niet zeggen wat je moet doen. Of misschien ook wel. Maar ik dacht, als je ooit besluit om – nou ja, dan heb je dit tenminste. En mocht je het niet nodig hebben, dan vind ik het ook best.'

'Moet ik het openmaken?'

'Ik ga weer. Dan kun je ermee doen wat je wilt. En dan zien we wel weer.' Hij wilde me op de schouder kloppen, maar ik gaf hem een kus en toen was hij weer weg.

Toen ik in de zak keek, zag ik een rol papier. Ik rolde hem uit. Het was een kaart, handgeschilderd, met meer beige en bruin dan groen, maar toch een kunstwerk. Het was een kaart van Las Vegas.

31

Eindelijk ging de telefoon. Ik rende over het pad, *Ik kom eraan*, en kon nog net opnemen voordat het antwoordapparaat aansloeg.

Maar het was David. 'Ella? Gelukkig, je bent er. Luister. Weet je nog dat ik je vertelde dat het blad *Real Simple* een artikel wilde schrijven – met foto's en al – over jou en de zaak?'

'Ja, zo'n beetje… maar ik dacht dat je het over de *Sunset* had.'

'Ja, die misschien ook. Maar dit zou meer gaan over jou en de zaak. Je weet wel, human interest. Hoe dan ook, ik snap niet hoe, het is me totaal ontschoten, maar vorige week is het bevestigd en gisteren belden ze weer. Maar met alles wat er is gebeurd, ben ik vergeten de berichtjes op de zaak af te luisteren –'

'Wat is je precies ontschoten?'

'Ze zijn hier.'

'Hier?'

'In de winkel. Ze zijn dolenthousiast, ze vinden echt alles even mooi. Je moet meteen hierheen komen. Ze willen je interviewen en foto's maken van jou en de – hé, zouden we de kinderen niet een paar dagen hiernaartoe kunnen laten komen?'

'Wat?'

'Luister, dit moet slagen, en daar heb ik jou bij nodig. Dit is gewoon een enorme kans voor ons. We hebben dit nodig, Ella. Jij bent degene die me heeft overgehaald hieraan mee te doen. Dus. Ik kan ze niet lang meer aan het lijntje houden. Ze vinden het een prachtige invalshoek, een vrouw die zich over haar verdriet heen zet, die zoete limonade weet te maken van zure citroenen, wat ook weer helemaal past bij het kruidenierswinkel-picknickthema. En doe dat met je haar, je weet wel, wat zo cool staat. Ik zie je zo.'

'David!' Maar hij hing al op. 'Shit,' zei ik. 'Shit, shit, shit.'

Ik geloof niet dat ik me ooit beroerder had gevoeld. Of er beroerder had uitgezien. Ik keek in de spiegel. Over mijn kleren droeg ik nog steeds Paiges kamerjas. Mijn ogen waren nog opgezet. Mijn haar in klitten alsof het een of andere idiote nieuwe trend was. Suikerspin met wortelsmaak. Niet echt het toonbeeld van een sterke vrouw die zich over haar verdriet heen zet.

Ik wilde me het liefst opkrullen op de bank met al mijn foto's en wachten tot de telefoon ging. Ik wilde 'ha, mammie' horen. Maar David had me nodig. Het was wel het minste wat ik kon doen nadat ik het leven van iedereen hier in de soep had laten lopen. Ik trok mijn groene gebloemde jurk aan waar Joe zo gek op was geweest; hij noemde me altijd 'bloemenkind' wanneer ik hem aanhad. Ik sproeide water op mijn wortelsuikerspin en stak het op met de mooie haarklem die ik met Moederdag nog van de kinderen had gekregen. Ik waste mijn gezicht, maakte me zelfs een beetje op en deed mijn zilveren met jade oorbellen in.

Terwijl ik voorzichtig over de foto's stapte, van pad naar pad laverend, viel mijn oog op Sergio's ID. Ik stopte het in mijn zak.

De regen was net zo snel weer opgehouden als hij was begonnen, en de zon deed haar best om de plassen te drogen op het parkeerterrein bij de winkel, waar het al een drukte van belang was. Een vrouw met kort, donker haar, in een crèmekleurige broek en een frisse witte blouse, een paar mannen met camera's en toebehoren, en een jongere vrouw in een spijkerbroek met twee overdreven grote vazen met bloemen in haar armen, liepen de veranda op. Ik volgde ze naar binnen. David stelde me voor aan de fotografen, die me aan Joe deden denken door de zelfverzekerde manier waarop ze hun camera's en flitsers droegen.

David gebaarde naar de donkerharige vrouw. 'Ella, dit is Blaire Markham. Zij schrijft het artikel voor *Real Simple.*'

Blaire gaf me glimlachend een hand, die koel aanvoelde in de mijne, die klam was. 'Wat een inspirerend verhaal heb je. En nog gecondoleerd met je man.'

'Dank je.' Ik voelde het zweet uitbreken boven mijn bovenlip.

'We willen graag vrouwen portretteren die tegenslagen hebben weten te overwinnen, die voor zichzelf een uniek leven hebben opgebouwd dat een echte weerspiegeling is van hun persoonlijkheid. Daarom willen we graag over jou schrijven.'

Ik knikte en bleef knikken, terwijl ik mezelf ervan moest weerhouden om niet heel hard 'Ha!' te roepen.

Joe Sr. en Marcella kwamen binnen, gekleed in hun zondagse kleren. Ze bleven bij de bordspelletjes staan, Marcella met haar armen over elkaar en haar zwarte leren tas aan haar elleboog bungelend. David stelde hen voor aan Blaire.

'Fantastisch!' zei Blaire. 'Een foto van een paar generaties staand voor de winkel! Dan kunnen we die naast deze plaatsen.' Ze tikte op de foto die aan de muur hing, van Joe en Joe Sr. en Sergio, naast Joe's schort. 'Waar zijn je kinderen? We willen graag veel familiefoto's bij de artikelen in *Real Simple*, want het gezin staat bij ons altijd centraal.'

'Zo eenvoudig is het niet,' zei ik. 'Het is zelfs behoorlijk ingewikkeld.' Ik slaakte een nerveus lachje. Het werd stil in de zaak, en terwijl Blaire op mijn uitleg wachtte zei Marcella: 'Een paar generaties! Pff. Ella is mijn dochter niet. En ze is ook niet de moeder van mijn kleinkinderen.'

David zei: 'Ma, dat is niet aardig.'

'Misschien niet, maar het is wel de waarheid. Wat doet ze hier eigenlijk? Deze winkel is voor mijn kleinkinderen, die niet meer van haar zijn. Voor een vrouw die de waarheid ineens zo belangrijk vindt, is ze toch een paar belangrijke details vergeten. Als je het mij vraagt.'

'Maar niemand heeft je iets gevraagd, voor zover ik weet.' Nu was het David die nerveus lachte. De oventimer ging en hij riep: 'Gered door de bel! Kaneelkoekjes voor de hele zaak!' Hij haalde de koekjes uit de oven, zette ze op tafel, schonk koffie in mokken en zei: 'Ma, pa, ga zitten. Ella, ga jij je nuttig maken.' Hij zette een mandje citroenen en een kan op het werkblad. 'Dan hebben we meteen een foto van die zoete limonade die je van zure citroenen weet te maken. Hier, je mes.'

Ik pakte het mes van hem aan. De citroen voelde glibberig aan. De fotografen stelden lampen op, veranderden van plek en van hoek. Om mij op mijn best te kunnen fotograferen.

'Ik kan dit niet,' zei ik.

'O, sorry.' David gaf me een ander mes. 'Hier, dit is veel scherper.'

'Nee, David, ik bedoel dít! Ik bedoel, doen alsof alles even gezellig is, limonade met kaneelkoekjes, terwijl het op dit moment allemaal even verschrikkelijk en klote is. Ik bedoel, niet praten over wat er werkelijk aan de hand is, zodat anderen alleen maar kunnen zien wat ze willen zien.'

Blaire pakte haar pen en notitieblok en zette haar taperecorder aan, alsof we beroemdheden waren, en zij voor de *National Enquirer* schreef; alsof ons kleine familiedrama ook maar iemand iets zou kunnen schelen.

'Ella? Moet dat echt nu?' David keek me met een scheef hoofd aan.

'Ja, dat moet nu.' Ik wendde me tot Blaire. 'Marcella heeft gelijk. Ik ben niet de moeder van Annie en Zach. Ik ben hun stiefmoeder. Hun echte moeder heeft net de voogdijzaak gewonnen, en ze wonen nu bij haar in Las Vegas. Mijn man is verdronken. En deze winkel? Die was aan het verdrinken in de schulden. We hebben een groot risico genomen met de verbouwing, en we proberen er alleen maar nieuw leven in te blazen omdat we geen nieuw leven meer in mijn man kunnen blazen. En dat bord daarbuiten? Life's a Picnic? Ja, soms is het leven prettig, ja. Maar op andere momenten moet je je bedje spreiden achter prikkeldraad, in een interneringskamp.' Ik haalde Sergio's ID uit mijn zak en wapperde ermee. 'Want deze man, die de winkel is begonnen, deze lieve, hardwerkende Italiaanse immigrant die van Amerika hield en hiernaartoe was gekomen om een nieuw leven te beginnen, die man noemden ze "Ongewenste Vreemdeling" en stuurden ze in de Tweede Wereldoorlog naar een interneringskamp. Blijkbaar waren niet alleen de Japanners slachtoffer van die schandelijke schending van mensenrechten. Maar niemand weet dat, omdat niemand erover praat!'

Joe Sr. stond op. Hij schudde met een vinger naar Blaire Markham. 'Zet dat ding uit.' Ze gehoorzaamde met een knikje. Hij kwam met betraande ogen voor me staan om de ID van me af te pakken. 'Waar heb je die gevonden?'

'In een van de dozen op zolder, hierboven.'

'Ik heb hem nog nooit gezien.' Hij pakte hem, ging weer zitten en sloeg hem open, en met die handeling leek hij deuren te openen die zowel voor hem als voor Marcella bijna zestig jaar gesloten waren geweest. Ze keken allebei naar het boekje, terwijl de tranen hun over het gezicht stroomden.

Ik zei: 'Hij is dood. Zijn verhaal… dat zou verteld moeten worden.'

'Wat kan jou deze familie nou schelen?' zei Marcella.

'Marcella? Deze familie ís mijn familie. Dat weet je best. Dat weten jullie allebei.'

Ze keken me aan. David kwam voor me staan, streek een lok haar achter mijn oor en legde toen zijn handen op mijn schouders. 'Ella is het mooiste wat deze familie is overkomen. Dat heb je zelf gezegd, ma.'

Marcella knikte, terwijl ze haar ogen depte met haar zakdoek. Toen zei ze: '21 februari, 1942. Ze hebben onze beide vaders meegenomen. Mijn vader had zijn pantoffels nog aan! Hij mocht niet eens naar binnen om zijn schoenen aan te trekken.' Nu begreep ik waarom ze zo boos was geweest dat Zach zijn pantoffels nog had aangehad.

Blaire hield haar pen boven het papier, maar vroeg eerst aan Marcella: 'Mag ik?'

Marcella keek even naar Joe Sr. en zei: 'Niet vandaag. Later misschien. Maar ik wil nog wel dit zeggen. Ik herinner me een bord in het postkantoor. Ik had op school net leren lezen. Op het bord stond: SPREEK NIET DE TAAL VAN DE VIJAND! SPREEK AMERIKAANS! En toen moesten we allemaal Engels leren. Zelfs thuis spraken we geen Italiaans meer. We voelden ons schuldig.'

Joe Sr. vertelde ons dat er meer dan zeshonderdduizend Italiaanse immigranten onder de verordening vielen. Van velen werden de huizen geplunderd. 'Ze moesten binnen een straal van zevenenhalve kilometer van hun huis blijven en er werd een avondklok ingesteld, vanaf acht uur. Alsof ze kinderen waren. Hij zei dat duizenden Amerikanen van Italiaanse komaf die aan de kust woonden, verplicht werden te verhuizen. Volgens de autoriteiten vormden ze een gevaar als ze aan de kust woonden. Vissers raakten hun inkomen kwijt. Sommigen van hen kwamen in Elbow wonen.'

'Zijn jullie vaders allebei ongedeerd teruggekomen?' wilde Blaire weten.

'Ja en nee,' antwoordde Joe Sr. 'Mijn vader kwam na drieëntwintig maanden terug. Maar hij was zijn lef kwijt. Hij was stil en werkte nog harder dan daarvoor. Maar hij heeft er nooit over willen praten.'

'Mijn vader,' zei Marcella, terwijl ze haar opgezwollen ogen weer met haar zakdoek depte. 'Mijn vader droeg een grote schande met zich mee toen hij thuiskwam. Ons gezin was voorgoed veranderd. Hij was altijd zo'n trotse man geweest. Trots op Italië, trots op Amerika. En Joe Sr. en ik?' Ze legde haar hand op zijn rug en boog zich naar ons toe. 'Toen we klein waren, was het eerste wat ik op school tegen hem zei' – ze ging zachtjes praten – '"hebben ze jouw papa ook meegenomen?" En toen knikte hij. En dat was dat. Wij hebben het er nooit meer over gehad. Maar' – ze verstrengelde haar vingers – 'het vormde wel een band, het was ons geheim. Maar nu is ons geheim onze vloek.'

'Mijn broer is tijdens die oorlog omgekomen,' vertelde Joe Sr. 'Een man offert zijn zoon, maar wordt behandeld als de vijand. En weten jullie wat mijn vader deed? Op de eerste Fourth of July na zijn vrijlating gaf hij het grootste feest ooit. En dat was het begin van een traditie in Elbow. Hij zei: "Laat ze nog maar eens proberen me een vijand te noemen. Ik zal verdomme de allergrootste patriot zijn die dit land ooit heeft gekend."'

David zei: 'Fantastisch toch? Ik heb altijd gevonden dat een homo het jullie niet had kunnen verbeteren, zoals jij en je vader de boel hier versierden.'

Marcella leunde tegen Joe Sr. aan, overmand door tranen en snikken. 'We zijn gedoemd.'

Hij streelde haar schouder. 'Joe Jr., en nu Annie en Zach…' Zijn stem stierf weg. Ook in zijn ogen glansden tranen.

Ik zei: 'Annie en Zach zijn niet dood.'

Hij schudde zijn hoofd. 'Dat weet ik, lieverd. Maar ze zijn weg. Ze zijn ons ontnomen. Door de autoriteiten. Net zoals ze onze vaders hebben weggehaald.'

Niemand reageerde. Toen stond Blaire op. 'Dit was duidelijk een slechte timing. Wat mij betreft blijft dit allemaal privé. Tenzij jullie van gedachten veranderen,' zei ze, met een blik op Joe Sr. en Marcella. 'Mocht dat het geval zijn, hier is mijn kaartje. Het is een belangrijk verhaal, en ik hoop dat jullie erover zullen nadenken of jullie het willen vertellen.'

Ik nam alleen een paar grote koffers en twee dozen vol met kleren van de kinderen mee, en de ongeopende brieven aan Annie en Zach. Die stopte ik in het handschoenenvakje van de jeep. Ik wist niet precies hoe lang ik weg zou blijven – hooguit twee weken, vermoedde ik. Ik had geen plannen, behalve naar Las Vegas rijden, en zodra ik daar was, Paige bellen. Als ik er eenmaal was, kon ze me moeilijk meer de deur wijzen.

Lizzie had erin toegestemd de kippen in haar eigen ren te houden, en David en Gil hadden beloofd voor Dingetje Eén en Dingetje Twee te zorgen. Terwijl ik de dozen op de achterbank zette, kwam David over de weg aanlopen, met een bos korenbloemen van de fotoshoot die niet was doorgegaan en een picknickmand – mijn favoriete – uit de winkel. Hij gaf alles aan mij. 'Je moet er even in kijken,' zei hij. De mand zat vol dingen waar ik van hield: een pot met de minestrone van Marcella, haar jam – gemaakt van de bramen die Joe en ik en de kinderen vorig jaar zomer nog hadden geplukt –, een broodje pesto-kipsalade, ook van haar hand, en een lamsschenkel voor Callie.

'Weet ze dat je me dit allemaal meegeeft?'

'Ze heeft me zelf helpen inpakken. Het spijt me echt van dat gedoe met dat interview. Ik had je daar nooit mee mogen lastigvallen. En het spijt me ook dat ik je niet heb gesteund. Ik heb me als een idioot gedragen… ik wilde zo graag dat de zaak weer zou gaan lopen, ik wilde zo graag de reddende engel zijn, de kinderen hier houden. Gil heeft me erop moeten wijzen dat ik de gevoeligheid van een neushoorn heb.'

Ik pakte een lijstje uit mijn zak en gaf het aan David. 'Sorry,' zei ik. 'Maar het is heel erg veel.'

'Maar weet je, El. Ik vind het heerlijk. Ik vind de winkel heerlijk. Alles eraan. Je had gelijk, ik wilde inderdaad de opvolger zijn. Ik was jaloers op Joe. Op hoe hij alles op een gouden dienblad kreeg aangereikt, iets wat hij niet eens echt wilde, van heel jongs af aan al niet, terwijl ik als het ware stond te springen en riep: "Neem mij! Neem mij!" Als jij er niet was geweest met je idee voor Life's a Picnic, was ik nu een heel vervelde man geweest met een heel dikke echtgenoot.'

Ik lachte. 'Gil dreigde inderdaad een beetje mollig te worden toen je hem al dat eten voor begon te zetten.'

'En daarom, en om nog heel veel andere redenen, zijn we je eeuwig dankbaar. En daarom hebben we besloten je dit te geven.' Hij gaf me een envelop. Er zat geld in. Een dikke stapel briefjes van honderd dollar.

'David, dat kan ik echt niet aannemen. Ik zoek wel een tijdelijk baantje als ik daar ben.'

'Nee, je moet je met Paige bezighouden, niet met het invullen van sollicitatieformulieren. Het geld was Gils idee. Het is gewoon iets wat we moeten doen. We houden van je en we willen je helpen. Zorg dat je haar in elk geval te spreken krijgt. Neem er de tijd voor. Ik pas wel op de winkel.'

'Ik weet niet goed wat ik moet zeggen.'

Precies op dat moment kwam Callie aanrennen, met in haar bek iets wat leek op een kleine tak. Toen ze dichterbij was, zag ik echter dat het geen tak was, maar een schedel van een of ander beest. Ik pakte het van haar af en keek in de holle ogen, de nog resterende vergeelde tanden, de lege, stoffige droogte ervan.

'O god,' zei David na een minuut. 'Dat zou Max wel eens kunnen zijn.'

'Max?'

'Joe's hond, van toen we klein waren.' David knikte en schudde toen zijn hoofd. 'Grootvader Sergio heeft hem toen ik ongeveer negen was tussen de sequoia's begraven. Je had hem in zijn glorietijd moeten zien. Een reusachtige golden retriever. Max was zo'n beetje de baas in Elbow. Hij wandelde van huis naar huis, iedereen kende hem. Hij was een soort mascotte van het stadje. Ik dacht dat hij voor altijd zou blijven leven. Die arme Max.' David viel stil, in zijn hoofd herinneringen ophalend.

'Wat is er met hem gebeurd?'

'O, dat is een heel zielig verhaal. Heeft Joe je dat nooit –' Hij maakte zijn zin niet af.

'Nee. Dat kan dus ook op het lijstje.'

Hij knikte. 'Ik zal het je wel een keertje vertellen. Maar niet nu. Je hebt nog heel wat kilometers voor de boeg.'

Het ging harder waaien; we stonden in de warme zon samen naar de schedel te kijken en snoven de door de wind meegebrachte geur op van laurierbomen en rozemarijnstruiken en van de douglassparren op de heuvel.

'Kom hier jij.' Hij gaf me een van zijn onvervalste knuffels. 'Het wordt wel weer beter allemaal. Gewoon volhouden, wij wachten hier op je. En ik ga ondertussen bedenken wat er al die jaren nog meer niet is gezegd onder het eten. Hoeveel van die verstikkende stiltes nou echt te maken hadden met het feit dat ik homo ben en hoeveel met grootvader Sergio en grootvader Dante… Interneringskampen! Shit. Er zit weer een nieuwe identiteitscrisis bij me aan te komen, dat voel ik gewoon… Ga maar gauw, voordat ik nog bij je in de auto stap.'

Toen ik Elbow uit reed, sloeg ik nog even de weg naar de begraafplaats in. Ik pakte de bos bloemen van de achterbank en liet Callie eruit, maar ik hield haar wel in de gaten. Ik wilde beslist niet dat ze hier zou gaan graven. Ze draaide rondjes om de graven en wilde er naast eentje plassen, maar ik stuurde haar naar de bomen. 'Callie! Een beetje respect graag.'

Ik legde de bloemen op Joe's graf en fluisterde: 'Weet je nog? Ik had precies dezelfde bloemen in mijn auto liggen toen we elkaar leerden kennen. *Centaura cyanus.* Ik nam ze mee naar jouw keuken, en jij vulde een vaas met water. Weet je nog?' Ik hurkte, steunend op mijn hakken, en wachtte af of ik hem voelde. Waar hij ook was, hier was hij niet. 'Eerlijk gezegd kan ik het nog steeds niet geloven,' zei ik. 'Iets in mij blijft denken dat je wel weer een keertje komt opdagen. Stom, hè?

Er zijn zoveel dingen die ik niet van je wist, schat. Het spijt me. Ik wou dat we konden praten... Ik zal proberen alles weer recht te zetten. De puinhoop die we er voor Annie en Zach van hebben gemaakt.' Ik gleed met mijn vingers over de letters op de steen. *Joseph Anthony Capozzi Junior.* De letters waarvan hij zei dat ze in sproetjes op mijn armen stonden. 'Ik hou van je, schat. Ik was kwaad om sommige dingen. Maar ik hou van je. En ik zal de kinderen terugkrijgen.' Ik nam twee korenbloemen mee terug naar de jeep en stopte ze achter de zonneklep. Callie rook eraan. 'Eet alsjeblieft de korenbloemen niet op,' zei ik. En ze raakte ze niet meer aan, de hele rit naar Las Vegas niet.

Onder het rijden dacht ik aan de korenbloemen. Na mijn vijfde miskraam had mijn dokter voorgesteld om veel te gaan wandelen. Dat hielp niet erg, maar ik ging sowieso wandelen. Henry en ik besloten om te scheiden. Ik wist niet hoe ik verder moest met m'n leven, waar naartoe, wie te zijn. En dus wandelde ik.

Op een dag, toen ik in Encinitas langs de gigantische velden met bloemen liep, zag ik een buitenlandse arbeider staan die was gestopt met plukken. Hij keek naar me. Hij kwam naar de rand van het veld lopen, vlak bij de stoep, een eindje voor me. Toen ik vlak bij hem was, zei hij: 'Wacht.' Hij bukte zich en toen hij weer rechtop ging staan, had hij zijn armen vol blauwe bloemen. Hij hield ze voor me op en glimlachte. 'Voor u, u pakken.'

Ik bleef staan en keek hem met open mond aan. 'Nee, ik...'

'*Por favor.* Iedere dag u droevig. *Triste.* Mooie bloemen, *sí*? *Esperanza.* Hoe zeggen in Engels? Hoop? Betekenen hoop.'

Ik nam de bloemen van hem aan. Ze vulden mijn armen als een kind. Onwillekeurig moest ik glimlachen. De dag daarna waren alle buitenlandse arbeiders, inclusief mijn vriend, verdwenen. Naar het noorden, nam ik aan. En ineens wilde ik bij hen zijn, wilde ik mezelf iedere dag in velden vol bloemen verliezen en 's avonds wat babbelen rond een kampvuur, eeuwig onderweg. Een zwaar leven, maar wel vol kameraadschap. En dat was het moment waarop ik mijn koffers in mijn jeep gooide. Niet omdat ik van plan was die aardige bloemenplukker te volgen, de enige die instinctief had aangevoeld hoe hij mij kon troosten. Maar ik had het wel, zoals wanhopige mensen dat soms doen, als een teken opgevat om in actie te komen. Om naar het noorden te gaan en mijn kompas te volgen. Misschien een baantje te zoeken in de zalmteelt, in Alaska. En die rare opwelling had me naar Elbow gebracht, naar Joe en naar Annie en Zach. Net zoals ik hoopte dat mijn rare opwelling om naar Las Vegas te gaan me op de een of andere manier weer naar Annie en Zach zou leiden.

32

Ik reed door een donkere woestijn, over eenzame, rechte wegen, en mijn blik werd vaak naar de prachtig verlichte nachtelijke hemel getrokken; vallende sterren trokken er sporen, zoals de gedachten aan Joe, de kinderen, de Capozzi's en Paige sporen trokken door mijn geest.

David belde me op mijn mobieltje. 'Waar ben je?'

'Ergens tussen een cactusvijg en een yucca. Met veel te veel tijd tot aan de volgende cactus. Dus hou me maar wakker. Vertel me over Max.'

Ik hoorde het gekletter van pannen in de gootsteen. 'Ik was hem helemaal vergeten, tot vandaag. Joe was gek op die hond. Arme Joe... Hij liep met Max over het land van Jasper Williams, de grootste klootzak van Elbow.'

'Ken ik hem?'

'O, hij is jaren geleden gestorven. Iedereen meed hem. Hij was een of andere ex-militair. Joe was een jaar of elf en had net zijn eerste fototoestel gekregen, en vanaf het land van Jasper had je het mooiste uitzicht op de rivier. Jasper schreeuwde tegen Joe dat zijn land verboden terrein was voor onbevoegden. Maar iedereen in Elbow liep over andermans land. Dat deed je als buren gewoon. Blijkbaar was Williams wat kippen kwijtgeraakt en daar gaf hij Max de schuld van, wat belachelijk was, want Max zou nog geen vlieg kwaad doen. Hij schreeuwde: "Ik zei toch dat jullie niet op mijn land mochten komen, jij klotespaghettivreter! Ze hadden die japs en spaghettivreters voor altijd moeten opsluiten, klotemoffenvriendjes!" en daarna schoot hij Max dood. Wat een idioot. Joe wilde de politie bellen, maar dat mocht niet van grootvader Sergio en pa.' David floot even en deed er toen het zwijgen toe.

'David?'

'O mijn god, ik snap het ineens. Ze zeiden tegen Joe dat hij zich daadwerkelijk op verboden terrein had begeven en dat ze geen moeilijkheden wilden, dat ze dan een slechte naam zouden krijgen.'

'De enige die een slechte naam zou hebben gekregen, was die Jasper nog wat.'

'Natuurlijk. Ik herinner me dat Joe wel een week heeft lopen huilen, zelfs bij de honkbaltraining. Op een avond, tijdens het eten, zei mijn vader tegen hem dat hij eens moest ophouden met dat zielige gedoe. Joe stond op van tafel en liep weg, en ik dacht eigenlijk dat de pleuris zou uitbreken. Maar mijn vader kauwde op zijn eten en keek over de tafel heen naar grootvader Sergio. Mijn moeder keek naar haar handen. En er is daarna nooit meer over gesproken.'

Ik zag hen voor me, zittend om een tafel vol met troosteten, met één lege stoel die de hele kamer in beslag leek te nemen, terwijl alle onuitgesproken geheimen, woede en angsten en vernederingen tussen hen heen en weer schoten. *Mangia, mangia!* Schep nog een bord stilte op.

Toen we Las Vegas naderden werd Callie wakker, en hij begon alvast tegen de vele, vele lichtjes te blaffen – hoewel die nog ver weg waren. Het duurde echter niet lang of het was net alsof er veel te dichtbij vuurwerk werd afgestoken; ik voelde de hitte op mijn gezicht, van flitslichten, knipperlichten, stroboscooplicht.

De volgende ochtend verloren al die lichten echter al snel hun brutaliteit, want toen ik de Strip wat beter bekeek, besefte ik dat al die lichtjes slechts bedoeld waren ter compensatie, om me blind te maken voor het feit dat hier geen spatje natuurlijke schoonheid was, überhaupt niets natuurlijks, nergens. Het enige snippertje groen was een rij aangeplante palmen tussen de rijbanen van de Strip. Bij een stoplicht zag ik een oudere man en een veel jongere vrouw coke snuiven in een zwarte auto met open dak. De vrouw pakte het opgerolde bankbiljet en spiegeltje van de man aan en begon te snuiven, terwijl hij haar lange zwarte haar naar achteren hield. Was dit wat Annie en Zach op weg naar school zagen? Hoe was het mogelijk dat Paige van Elbow, met zijn weelderige, beboste heuvels die helemaal tot aan de rivier liepen, hiernaartoe was verhuisd? Dat ze de kinderen hiernaartoe had laten verhuizen? Ik kon me Annie en Zach hier niet eens voorstellen, laat staan dat ze dit hun thuis noemden.

Maar, bracht ik mezelf in herinnering, Elbow was natuurlijk niet voor iedereen het paradijs. Paige had geschreven dat de regenachtige winters haar terneer hadden gedrukt en haar depressies verergerd. Ze had naar warmte en droogte verlangd. Maar uit haar andere brieven wist ik dat de belangrijkste reden om hiernaartoe te gaan, was dat ze nergens anders heen kon; ze kon alleen naar haar tante Bernie, die in een woonwagenpark aan de rand van de stad woonde en die van haar hield. Van haar hield zoals ze was, had Paige geschreven. Ik dacht aan dit alles terwijl ik de snelweg opreed, zonder echt te weten waar ik naartoe ging en me afvragend of ik haar zou bellen of niet. Tussen de massa's reclameborden viel me ineens een groot billboard op. Was dat? Nee, dat kon niet. Ik leunde over het stuur naar voren en keek nog eens goed. Mijn god, ja, ze was het. Daar stond Paige, drie meter hoog, gekleed in een broekpak, met haar armen over elkaar geslagen, en haar gespannen witte glimlach nu zo breed als een kalkoenschotel. ALS UW INTERIEUR ECHT NIET MEER KAN, DAN IS PAIGE UW MAN. Dezelfde maffe slogan die op haar visitekaartje stond, hetzelfde telefoonnummer dat ik de hele week al belde. Nou, er was nu wel heel veel Paige waar tante Bernie van kon houden. 'Tjonge jonge,' zei ik tegen Callie, die met haar voorpoten op de console tussen ons lag en op negen verschillende manieren met haar voorhoofd naar me trok. Het leek wel alsof Paige, steeds wanneer ik het idee had haar iets beter te begrijpen of medelijden met haar begon te krijgen, weer een andere kant van zichzelf liet zien. Wie was die vrouw die zichzelf op een billboard had laten plakken? Misschien zouden er wel duiven op de rand gaan zitten en hele strepen *Columbia livia*-stront over haar heen kakken.

Maar ja, het leek me wel een voorteken. Dus toetste ik het nummer in op mijn mobieltje. Zoals altijd nam ze niet op, en ik sprak een berichtje in met de mededeling dat ik in de stad was. Nu belde ze me wel meteen terug.

'Ben je in Las Vegas?' vroeg ze.

'Ja,' zei ik zo nonchalant en vrolijk mogelijk. 'Mooi billboard.'

'O, dat… Ik kon het voor een leuk prijsje krijgen. En het levert me behoorlijk wat telefoontjes op, moet ik zeggen.'

Ik wist een *vast wel* te onderdrukken.

'Waarom ben je hier?'

'Nou, niet om te gokken. Ik wil de kinderen zien.'

'Ella, je houdt totaal geen rekening met Annie en Zach. Ze proberen zich hier aan te passen, en dat valt ze erg zwaar. De rechter wist heus wel wat hij deed toen hij bepaalde dat je ze pas na een maand voor het eerst zou mogen bezoeken. Je woont hier niet. Waarom zou je ze in de war maken?'

'Moet ik je er soms aan herinneren dat de rechter op het punt stond om een heel ander –'

'Nee, dat hoef je niet. Luister, Ella. Ik vraag je alleen maar om wat meer tijd. En volgens mij heb jij die tijd ook nodig. Om een nieuw leven op te bouwen zonder Annie en Zach.'

'Maar zie je niet wat je doet? Je verbant me uit je leven. Je doet hetzelfde als waar je Joe van beschuldigde.'

'Ik denk allereerst aan de kinderen.'

'Waarom heb je ze dan bij me weggehaald? We waren gelukkig…' Mijn stem brak, maar ik wist me te beheersen. Het laatste wat ik wilde was in janken uitbarsten als Paige het kon horen. Bovendien zat ik achter het stuur en reed er een vrachtwagen vlak achter me.

'Ga naar huis, Ella. Heb nog een maand geduld en bel ons dan.'

'Wie zegt dat ik niet thuis ben?' flapte ik eruit.

Ze zuchtte. 'Je bedoelt dat je loog toen je zei dat je hier was?'

'Nee, ik bedoel misschien wel dat ik hiernaartoe ben verhuisd!' Had ik dat echt gezegd?

Stilte.

'Paige? Ben je er nog?'

'Ja.'

'Dus mag ik de kinderen zien?'

'Je kunt ze over tweeëntwintig dagen zien, volgens de bepalingen van het vonnis. Dag, Ella.' Ze had al opgehangen voordat ik nog iets kon zeggen.

Nou, dat was erg goed gegaan. Ik reed de snelweg af en kocht bij een winkel die vierentwintig uur per dag open was, de *Las Vegas Sun*. Ik nam ook een literbak ijs mee, hoewel ik wist dat er geen vriezer was in het No-Tell Motel, hoewel ik wist dat ik het allemaal in één keer zou moeten opeten. Mijn versie van ruig leven in Las Vegas.

In een van de schappen zag ik ineens een geel notitieboekje liggen. Het was groter dan het boekje dat ik altijd bij me had gehad toen mijn vader nog leefde, maar het zag er hetzelfde uit, met een spiraal aan de bovenkant, net als het mijne. Terwijl ik erin bladerde, dacht ik aan het kleine roodharige meisje met de verrekijker, dat zo nieuwsgierig was geweest, zo vol had gezeten met *waarom?* En met *wie?* En met *wat?* Na tientallen jaren te hebben geslapen, was ze een paar weken geleden eindelijk weer wakker geworden, en inmiddels had ze er al een behoorlijke puinhoop van gemaakt, maar toch, verdomme, wat hield ik van dat kind. Er was niks mis met dat kind. Ik had al heel wat van haar geleerd. En ze kon wel een notitieblok gebruiken.

Hoewel ik een pesthekel had aan Las Vegas, had ik Paige al verteld dat ik was verhuisd. Ik had het woord *tijdelijk* alleen weggelaten. De gedachte dat Annie en Zach zouden opgroeien in een stad die bekendstond om gokken, drugs en prostitutie, was onverteerbaar voor me, maar nog veel onverteerbaarder was de gedachte dat ze zonder mij zouden opgroeien. En de gedachte dat ik zonder hen zou terugkeren naar Elbow was evenzeer onverteerbaar. Te oordelen naar ons eerste telefoontje zou het met Paige echter niet al te soepeltjes verlopen. Ik had drie opties, en ik vond ze alle drie even erg. Een stad was gewoon een stad. Elbow missen, daar viel mee te leven. Tijdelijk. Ik sloeg de krant open bij de advertenties en begon naar een appartement te zoeken. Ik schreef wat adressen in mijn notitieblok. Ik had tijd te over, en ik wilde dat Annie en Zach zich thuis zouden voelen wanneer ze bij mij waren, en niet dat ze op de rand van een bed in een smoezelige motelkamer zouden moeten zitten.

Iedere dag liep ik urenlang met Callie te wandelen, verschillende buurten bekijkend waar we eventueel zouden kunnen wonen, rondhangend bij elk stukje groen dat de nieuwe, kleine, keurig onderhouden parkjes te bieden hadden. De wind blies stof en afval op: rollende wolken van enorme papieren bekers, uitgetrapte peuken, plastic tasjes. De zon brandde genadeloos op, zodat we gedwongen werden regelmatig een drinkpauze in te lassen. Ik verlangde naar Elbow, naar de tuin en de kippen, de koele rivier en de picknickzaak – maar ik verlangde nog meer naar Annie en Zach.

In de papieren van de rechtbank stond Paiges adres vermeld, en ik reed er een keer langs. Het was in een nieuwe buitenwijk met in iedere voortuin een miezerig berkje. Het nieuwe bepleisterde huis was op een minuscuul stukje grond gepropt, omgeven door eendere huizen, in afwisselende A-, B-, C- en D-modellen. Hoezeer de rode voordeur – heel erg feng shui – me ook smeekte om aan te kloppen, ik deed het niet. Officieel mocht ik de kinderen over bijna drie weken pas zien, en ik wilde hun bezoek aan mij niet saboteren.

Ik schreef in mijn notitieboek: *Wie is Paige precies? Hoe kan ik haar zover krijgen dat ze met me praat? Waarom heeft Joe überhaupt de winkel willen overnemen? Hij wilde toch liever fotograaf worden? Al vanaf zijn elfde?* Ik schreef: *Annies lach. Zachs teentjes. Samen lavendel plukken en in de schuur te drogen hangen. Annies bijensteek. Dat ze huilde en zei: 'Nou ja, gelukkig maakt dat rotbeest ook nog honing.'*

Ik concentreerde me op een huis vinden, op positief blijven. Ik zou kracht en volharding tonen. Paige mocht dan wel niet reageren, maar misschien zou een rechter mijn inspanningen wel erkennen en belonen.

Ik sprak nog meer berichten in. 'Binnenkort heb ik een appartement. Ik zou je graag willen spreken. Vertel de kinderen alsjeblieft dat ik heb gebeld en dat ik van ze hou.' Ik stuurde ook brieven. Ik hoopte maar dat ze díé niet voor de kinderen zou achterhouden.

Uiteindelijk vond ik een betaalbaar appartement waar ik een hond mocht houden en dat een zwembad had. Veel meer viel er niet over te zeggen. Paige had een zwembad, en ik wilde dat de kinderen ook bij mij verkoeling zouden kunnen vinden. Bovendien moest Zach over zijn mengeling van angst en fascinatie voor water heen zien te komen en leren zwemmen.

Ik zat op mijn slaapzak in het lege appartement. Op een van de kale muren had ik de plattegrond van Las Vegas die Clem me had gegeven gespijkerd, en op een andere de kaart van Life's a Picnic.

Op een avond belde David. Hij zei dat de zaak al wat beter liep, maar nog niet echt goed genoeg. Het regende al weken aan één stuk door. Hij had een advertentie moeten zetten om de open haard en de grote serre achter de zaak te promoten. Hij dacht erover om een muzikant te vragen, iemand die er genoegen mee nam om alleen voor fooien te spelen. Gina had het erover dat ze wilde verhuizen en zou binnenkort dus niet meer kunnen helpen in de zaak. Maar toch was hij opgewekt.

'Je bent echt in je element,' zei ik. Ik wilde hem nog niet meteen over het appartement vertellen, vooral niet nu hij in zo'n goede bui was.

'Inderdaad. Laat deze man zwemmen in bolognesesaus, en hij is gelukkig.'

'Weet je wat ik niet begrijp, David? Waarom Joe de winkel heeft gekregen. Hij wilde hem helemaal niet. Hij wilde fotograaf worden. Maar jij wilde de zaak wel, toch? Al van jongs af aan. Joe is over die hele rivaliteit van Joey's Market/Davy's Market heen gegroeid, maar jij nooit, hè?'

Hij zuchtte. 'Nee, ik ben er nooit overheen gegroeid. Dat was gewoon een leugen om mijn enorme teleurstelling en woekerende gevoelens van afwijzing te verbergen. O god, we zouden daar een hele *Oprah*-show aan kunnen wijden, El, maar ik heb vanavond een kleine catering.'

'Doe je nu ook catering?'

'Dit is mijn eerste poging, maar ach, alles wat geld oplevert is meegenomen...' Hij beloofde me het gesprek een andere keer voort te zetten.

Ik zat buiten op mijn balkon, denkend aan hoe Joe en ik in Elbow op onze veranda hadden gezeten. Op ochtenden dat er een dikke mist hing tussen de toppen van de sequoia's, waarvan de stammen zo hoog waren dat zelfs de pieken eruitzagen als volgroeide bomen die uit het wolkendek staken, stelde ik me altijd voor dat ons huis, warm als brood, in de hemel troonde, met de uitbundige blauwe lucht boven ons, terwijl degenen onder de mistgrens op datzelfde moment in een grijs niets verbleven. En dan bekroop me heel even een schuldgevoel, omdat wij het geluk hadden dat ons kleine huis op de heuvel in licht gedompeld was, gezegend, *verheven* – zo had het soms gevoeld.

En nu zat ik in de avondhitte en verkleurde mijn huis van groen naar blauw in het neonlicht van het parkeerterrein aan de overkant van de straat. Ik keek naar de kudde auto's een verdieping lager, blazend, dampend, wachtend tot het stoplicht op groen sprong en hen vrijliet, tot aan het stoplicht een straat verder.

Een paar dagen later belde David weer, nu om te vragen of ik thuis zou zijn met Thanksgiving, wat betekende dat ik hem moest vertellen dat ik een appartement had gehuurd.

'Wil je in Vegas blijven?'

'Nou, liever niet. Ik ben rijp voor een beademingsapparaat met al die tweedehandsrook hier.'

'Je weet best wat ik bedoel.'

'Dit voelt niet echt als thuis, nee. Maar ik blijf langer dan ik dacht. Paige wil niet met me praten... nog niet. Ik moet iets verzinnen om tot haar door te dringen, maar ze is nog steeds veel te boos. Dus ben ik tijd aan het rekken. En voor mijn gemoedsrust is het goed om te weten dat ik maar op een kwartiertje rijden van Annie en Zach ben.'

David zei dat ik vooral de tijd moest nemen, dat hij vermoedde dat het nog wel even kon gaan duren. Ik informeerde naar Marcella en Joe Sr., maar hij zei alleen: 'Ach, je weet wel... ook aan het wachten.'

Ik miste ze. Ik miste hun uitbundige etentjes, hun liefdevolle omhelzingen, Marcella's luide gezang en Joe Sr.'s luide gevloek, de manier waarop hun gezichten oplichtten wanneer de kinderen binnenkwamen.

En ik miste Elbow. De wilde kalkoenen zouden nu wel klokkend door het stadje lopen. Het was niet ongewoon om er 's ochtends eentje op het dak van de auto te zien zitten, of om ze midden op straat te zien flaneren, waarbij de mannetjes hun reusachtige staarten spreidden, nog ijdeler dan pauwen. Ik zei dan altijd: 'Zeg jongens, is dit niet de tijd van het jaar waarop jullie je beter zouden kunnen verstoppen?'

Ik miste de kinderen het meest. Op Thanksgiving belde ik mijn moeder, maar ze had een huis vol mensen vanwege haar 'verschoppelingenetentje', dat ze altijd gaf voor alle mensen die ze kende en die geen familie in de buurt hadden wonen. Ze bood aan om naar me toe te komen en zei dat ik anders maar het vliegtuig naar haar moest pakken, maar ik zei nee. Een deel van me, een onzinnig optimistisch deel van me, had gehoopt dat Paige misschien zou bellen, of in elk geval zou opnemen als ík belde, omdat ze het licht had gezien en me uitnodigde.

Ik liet Callie uit en kocht bij een kleine supermarkt een eenpersoonsportie kalkoen in een plastic bakje, een eenpersoonsportie aardappelpuree met jus, en eenpersoonsporties vulling en cranberry's. Het lukte niet het gevoel van moedeloosheid van me af te schudden. Het was Thanksgiving en Paige nam haar telefoon niet op. Ik had Annie en Zach niet meer gesproken sinds hun vertrek uit Elbow.

Weer thuis belde ik David, die ook een rotdag had gehad: ruzie met Gil, een deprimerend etentje met te veel lege stoelen om de Capozzi-tafel, te veel restjes eten.

'Het komt erop neer dat ik me zwaar klote voel.'

'O jee. Nou, dan kunnen we denk ik net zo goed verdergaan met waar we de laatste keer waren gebleven – je zei toen iets over woekerende gevoelens van afwijzing?'

'Wauw. Je weet een mens wel op te vrolijken, zeg.'

'Sorry, David. Maar zou je… Heb je zin om me te vertellen wat er toen is gebeurd?' Ik had mijn notitieboekje al opengeslagen, klaar om aantekeningen te maken. Ik werd inderdaad behoorlijk vervelend.

'Nee, maar ik doe het toch. Als je denkt dat ik je zaak ermee kan helpen.'

Ik zei dat ik op dit moment verschillende zaken had lopen, maar een ervan was een beter begrip krijgen van zijn oudere broer, vooral als dat me kon helpen in de omgang met zijn ex-vrouw, zodat ik Annie en Zach kon zien, wat voor mij op nummer één stond.

David zei: 'Oké. Het gebeurde allemaal bij grootvader Sergio thuis, dat wil zeggen in jouw huis, in jouw slaapkamer. De gordijnen waren dicht; ze waren zwaar en olijfgroen, dus het was er schemerig en bedompt en godsgruwelijk warm. Grootvader Sergio lag in bed, en ik zat in een stoel naast hem. Ik hield zijn hand vast. We hadden echt een heel goede band, hij en ik. Ik was dol op die man. Ik was negentien.'

'Ga door.'

'Mijn vader was er ook bij. Maar grootvader bleef maar naar Joe Jr. vragen. Joe was onderweg van de universiteit naar huis, in de hoop op tijd te zijn, en grootvader Sergio op zijn beurt hoopte zijn komst nog mee te maken. In mijn hoofd was ik altijd het lievelingetje van grootvader geweest, maar op dat moment kon hij weinig belangstelling voor me opbrengen.'

'En wat gebeurde er toen?'

'Nou, Joe kwam uiteindelijk. En toen vertelde grootvader ons alles. Alles waar hij het nooit over had gehad, stroomde eruit. Hij zei dat hij, toen ze hem hadden meegenomen, bang was geweest dat hij zijn vrouw en kinderen nooit meer terug zou zien. Dat hij en grootmoeder Rosemary geen cent spaargeld hadden gehad en dat het hele stadje grootmoeder te hulp was geschoten met de winkel. Hij zei, en dat is iets wat ik nooit zal vergeten: "De internering was gebaseerd op angst. Angst voor de afkomst van mensen. Angst voor het moederland. Ze vragen me: van wie hou je meer? Van Italië of van Amerika? En ik zeg, vraag me of ik meer van mijn moeder of van mijn vrouw hou. Ik hou van hen allebei, maar op een andere manier. De een is mijn verleden, de ander mijn toekomst. Ik zeg: ik hou van dit land, het is mijn toekomst. Maar maak ik me zorgen wanneer mijn nieuwe land mijn familie bombardeert? Ja, ik maak me zorgen, zei ik tegen ze. Maar dat viel niet zo goed."

Grootvader zei dat hij veel van ons hield. Maar hij zei ook dat hij zijn huis en winkel had gebouwd voor zijn familie en voor de volgende generaties. Hij zei dat we het aan Elbow verplicht waren om de zaak voort te zetten. Capozzi's Market, zei hij, was voor het stadje het symbool van hoop, het bewijs dat je zelfs de barste tijden kon overleven.'

'Maar ik begrijp nog steeds niet waarom hij hem aan Joe naliet.'

'Daar kom ik zo op. Hij wendde zich toen tot mij. Na veel gehoest en geproest zei hij, met een stem die klonk als een klok: "Davy, jongen, ik hou van je. Ik heb wat geld dat ik je wil geven. Maar laten we eerlijk zijn. Jij zult geen kinderen krijgen." Daarna wendde hij zich tot Joe. "Je moet me één ding beloven, Joe Jr., je moet me beloven dat je de zaak zult overnemen en dat je je naam eer aan zult doen, dat je de naam Capozzi eer aandoet, zodat niemand ooit nog zal twijfelen aan onze familie. En op een goede dag zul je de winkel aan je *bambini* nalaten. Beloof het me." Het werd doodstil in de kamer. Grootvader stopte zelfs met hijgen. Ik dacht alleen maar: *zeg niet dat je het doet, zeg dat je altijd al fotograaf hebt willen worden, dat je de hele wereld over wilt reizen.* Maar grootvader keek hem smekend aan, met tranen in zijn ogen. En toen zei Joe na een tijdje: "Ja, nonno, ik beloof het u."' Davids stem brak, maar hij ging gewoon verder. 'En grootvader glimlachte. Hij had zich nooit laten aanspreken met dat Italiaanse woord voor grootvader, en we begrepen nu waarom. En hij zei: "Dank je, Joey." Toen sloot hij zijn ogen, en terwijl hij dat deed stroomden de tranen over zijn gezicht, naar zijn oren. Ik herinner me nog dat Joe de tranen met zijn duimen wegstreek. En Joe? Die huilde ook, dus zijn tranen vielen ook op grootvader. Een paar minuten later overleed hij.'

Er viel een stilte van wel een minuut of langer. 'David, wat moet dat moeilijk voor je zijn geweest.'

'We hadden nooit gesproken over het feit dat ik homo ben. Ik had het mijn ouders zelfs nog niet verteld. Maar grootvader wist het. Hij heeft er nooit iets over gezegd. Hij was altijd even aardig tegen me. Maar hij wilde dat de winkel van generatie op generatie in de familie zou blijven, en wat dat betreft had hij aan mij weinig. Maar het punt is dat het voor mij misschien dan wel moeilijk was, maar voor Joe was het nog veel moeilijker. Die belofte was als een keten om de nek van die arme jongen.'

'Hij heeft me nooit verteld hoe het is gegaan. Hij zei alleen dat grootvader wilde dat hij de winkel runde, maar hij heeft me niet verteld hoe het precies ging.'

'Joe heeft zich nooit beklaagd; hij zag het gewoon als zijn plicht. Maar het is wel de reden waarom hij niet om hulp kon vragen.'

Ik had geen enkele aantekening gemaakt terwijl David aan het praten was, maar nadat we hadden opgehangen schreef ik: *Interneringen zijn een gevolg van angst. Angst voor de afkomst van mensen. Angst voor het moederland van mensen. Paige was bang voor haar afkomst, voor haar moeder. Dus heeft ze zichzelf gedeporteerd. In haar brief schreef ze dat Joe ook bang was voor haar achtergrond. Maar waar waren ze precies bang voor? En hoe kan ik daarachter komen? David heeft me zoveel over Joe verteld. Maar wie kan me iets over Paige vertellen?*

33

Toen de dag naderde dat de kinderen bij mij zouden komen logeren, kocht ik voor ons alle drie een bed. Ik overwoog even om onze spullen te laten overbrengen, maar bedacht toen dat dat waarschijnlijk duurder was dan alles nieuw kopen. Bovendien wist ik eigenlijk niet goed waar ik mee bezig was. Zou ik blijven? Ik kon me dat niet echt voorstellen, maar ik kon me ook geen leven zonder de kinderen voorstellen.

Ik schuimde zo veel mogelijk tweedehandswinkels af, met overal dezelfde slowcookers en wafelijzers, hors-d'oeuvreschaaltjes en glazen ovenschalen uit de jaren zestig. Maar af en toe stuitte ik ook op iets wat een glimlach op mijn gezicht toverde. Een Buzz Lightyear-lamp voor Zach. Een klein geel bureautje voor Annie. Boekenplanken. Bij Target vond ik een dekbed met een dinosaurus erop en een groene sprei van bobbeltjesstof, met bijpassende lakens en grote kussens. Ik nam mijn aankopen mee terug naar het appartement, me erop verheugend alles zijn plek te geven, maar toen ik een stap naar achteren zette om de boel in ogenschouw te nemen, moest ik ineens aan hun kamers bij Paige denken – groter nog dan onze niet-zo-mooie kamer in Elbow, met maar liefst een kasteelbed erin – en kreeg ik een loden gevoel in mijn maag. We gingen weer de straat op, en Callie wachtte op me, vastgebonden in een streepje schaduw, terwijl ik op zoek ging naar dat ene coole maar goedkope ding dat ze enthousiast zou maken. En toen, in de etalage van een kringloopwinkel, zag ik een felrode driewieler voor Zach staan en een glanzende roze fiets voor Annie, met een wit mandje voorop dat was versierd met paarse bloemen. Samen kostten ze me veertig dollar. Ik kon mijn geluk niet op. Misschien dat het tij eindelijk keerde.

Vlak voordat de kinderen zouden komen, ging ik aan de slag om het appartement te vullen met heerlijke geuren uit de keuken. Hoewel ik meer geld aan alle kleine extraatjes had uitgegeven dan ik me kon veroorloven, zou het appartement nooit aan Paiges eisen kunnen voldoen. Maar in elk geval zou ze kunnen ruiken dat de kinderen goed gevoed zouden worden.

Om klokslag vijf uur belden ze aan. Het hart bonsde me in mijn oren. Ik zette het gas lager, deed open en viel op mijn knieën om ze te knuffelen. Ze duwden me omver. Callie sprong boven op ons en we moesten allemaal lachen.

Behalve Paige. Haar mondhoek vertrok iets, terwijl ze haar glimlach probeerde te verbergen.

'Wil je soms even binnenkomen?' vroeg ik, nog steeds op mijn rug liggend.

'Nee, dank je, ik moet er snel weer vandoor. Annie, Zach, krijg ik nog een knuffel?'

Zach keek even naar mij en stond toen samen met Annie op om Paige te knuffelen.

Ze zei: 'Tot zondag.' En toen was ze weer weg.

'Moet je jullie nou eens zien! O, wat heb ik jullie gemist!' Ik bleef ze maar knuffelen en kussen, ik snoof de geur van hun haar op, van hun nek, hun handen. Ze roken anders, naar nieuw tapijt en airconditioning en de parfumerie-interpretatie van jasmijn en citrusvruchten. Hun 'terroir' was veranderd. 'Vertel eens hoe het met jullie gaat! Ik wil alles horen!'

Eerst wilden ze het appartement bekijken, waar we ongeveer vijfenzeventig seconden over deden. Ik deed hun kamerdeur open, en zodra ze de fiets en de driewieler zagen staan, begonnen ze te juichen en te joelen en zo hard op en neer te springen dat ik hen erop moest wijzen dat we nu benedenburen hadden. Blijkbaar had Paige nog geen fietsen voor hen gekocht. Mooi zo. Ik beloofde dat ze na het eten een stukje mochten fietsen.

Onder het eten zei ik: 'Vertel me eens wat over jullie nieuwe huis, jullie nieuwe vriendjes.'

Annie zei: 'Zoals ik al vertelde is ons huis spectaculair. Erg groot.

En erg mooi. Maar.' Ze spreidde haar handen. 'Er is geen echt buiten. Geen tuin, geen bomen. Behalve drie heel kleintjes.'

'Geen kippen, geen eieren!' vulde Zach aan.

'Maar wel een heerlijk zwembad,' bracht Annie hem in herinnering.

'En een trap!' zei Zach, die het feit dat het huis een tweede verdieping had, minstens zo opmerkelijk vond als een zwembad. Ik glimlachte toen ik me Zach voorstelde als makelaar die een wervende tekst schreef: *Uw droomhuis heet u welkom. Geniet van uw dagelijkse beklimming van uw eigen trap!*

Die avond en ook de volgende dag lachte ik veel. Wat was ik toch somber geweest na Joe's dood, zelfs nog voordat de kinderen weg waren, maar daarna nog veel erger. Nu ze weer bij me waren genoot ik van elke opmerking, van elk gebaar, van hun nieuwe woordenschat, van de woorden die ze verkeerd uitspraken, van alle nuances van hun persoonlijkheid in ontwikkeling. Ik zou ze willen filmen om op REPLAY te kunnen drukken zodra ze weer weg waren, maar wij waren het enige jonge gezin dat ik kende dat geen videocamera had. Verbazingwekkend genoeg had Joe er geen gewild. Hij zei dat het al erg genoeg was dat hij zoveel tijd achter zijn fototoestel doorbracht.

'Nou,' had ik gezegd. 'Dan bedien ik de videocamera wel.'

'Maar dan zijn we allebei toeschouwers van het leven. Wie moet het leven dan nog léven?'

Ik dacht na over zijn woorden en bezwoer mezelf om in het hier en nu te blijven en alles veilig op te bergen in mijn hoofd en mijn hart. Vergeet dit niet: de manier waarop Annie in haar vingers knipt. Zachs stille fascinatie voor zijn stukjes snot. De manier waarop hij met Callie danst, met zijn heupen draaiend alsof hij een soort Chippendale-danser is. Waar heeft hij dat in godsnaam geleerd! Steeds wanneer mijn geest een sprong naar voren maakte, naar het ogenblik waarop ze er niet meer zouden zijn, duwde ik hem terug naar het hier en het nu.

Die nacht plaste Zach in bed. Hij had niet meer in bed geplast sinds hij meer dan een jaar geleden zindelijk was geworden. Annie zei: 'Bij mama thuis doet hij dat de hele tijd. Zelfs overdag! Bah!'

Zach liet zijn hoofd hangen, zuchtte en zei: 'Jezus zeg!'

Hij stond voor me in zijn Barney-ondergoed; zijn torso leek langer en slanker dan een maand geleden. Door zijn kapsel zag hij er ouder uit. Hij was ook ouder. Joe's dood, en nu deze enorme verandering, had ons allemaal ouder gemaakt. En toch stond hij daar verlegen te kijken, met het gevoel dat hij een klein kind was. Ik zei tegen hem: 'Lieverd, het is gewoon een ongelukje. Dat heb je soms als er heel veel dingen ineens veranderen. Maak je er maar niet druk om.'

Zach vroeg aan me: 'Wanneer gaan we naar huis?' Eerst dacht ik dat hij Paiges huis bedoelde, en weer kreeg ik dat loden gevoel in mijn maag, maar toen voegde hij eraan toe: 'Ik mis nonna en nonno.'

Ik gaf hem een knuffel. 'Ik weet het niet, lieverd. Voorlopig wonen we hier.'

Hij keek de kamer rond, zuchtte nog een keer en zei toen weer: 'Jezus zeg.'

Op zaterdag waren we veel in het zwembad te vinden, met tussendoor pauzes waarin ze mochten fietsen. Zach wilde met zijn driewieler om het zwembad heen fietsen, maar ik vertelde hem dat dat verboden was, dat fietsen voor op straat was, dat je niet op de patio fietste. Desondanks zwaaide hij zijn been over het zadel.

'Zach. Als we klaar zijn met zwemmen, gaan we wel fietsen.'

'Maar ik ga niet op de patio fietsen.'

'Waar dan wel?'

'In het zwembad! Met mijn eigen onderzeeër!' Hij lachte. 'Ik ga helemaal naar pappie fietsen!'

Ik wilde hem het zwijgen opleggen, hem voor de zoveelste keer in herinnering brengen dat hij niet op zijn driewieler naar zijn pappie kon, dat zijn pappie niet onder water woonde. Maar Zach leek zo blij en zorgeloos dat ik er maar niets van zei. Ik dacht bij mezelf: sommige mensen geloven dat de hemel zich boven de wolken bevindt, maar Zach heeft bedacht dat hij onder water ligt. Hij kan in elk geval zelf denken.

'Oké. Van die driewieler af, kapitein. En wel nu meteen.'

Ik wist dat Zach zich stoerder voordeed dan hij zich voelde. Annie had me verteld dat hij bij Paige nog steeds niet het zwembad in durfde, dus ik wilde proberen of ik hem voorzichtig zover kon krijgen dat hij weer genoot van het water, net als bij de rivier. Ik had zelfs plastic zwembandjes voor om zijn armen gekocht, zodat hij zich wat zekerder zou voelen. Aan het eind van de dag sprong hij, flapperend met zijn armen, van de kant af, om met een plons in het water te belanden, waar ik hem opving.

Die middag, nadat ze hadden gefietst, wilden ze knutselen, maar het enige wat ik uit Elbow had meegebracht waren krijtjes en kleurboeken, en dat verveelde ze algauw. Annie stelde voor om boekenleggers te maken door schaafsel van de krijtjes met een strijkijzer in waspapier te strijken. Maar omdat ik geen waspapier bij me had, gingen we naar de winkel; de kinderen op hun fietsjes naast me. Toen we terug waren, stopte ik mijn reisstrijkijzer in het stopcontact. Annie schrapte met een schaar schaafsel van de krijtjes, waar Zach meteen een puinhoop van maakte.

Annie zei: 'Thuis kunnen we dit niet doen.'

Ik vroeg: 'O nee? Is het te vies?'

'Nee. Ze heeft geen strijkijzer.'

'O, vast wel…'

'Nee, echt niet.'

Paige kon het zich waarschijnlijk veroorloven om haar kleren naar een wasserij te sturen. 'Hebben jullie dan wel een wasmachine en een droger?'

'Natuurlijk, gekkie.' Annie lag dubbel van het lachen, alsof ze nog nooit zo'n goede grap had gehoord.

Op zondagmiddag vroegen ze of ze hun fietsen mochten meenemen naar Paige. Ik was dat niet van plan geweest, ik wilde dat die fietsen de speciale extraatjes bij mij thuis zouden zijn. Maar ik wist dat ik ze misschien een tijdje niet zou zien en ik wist ook dat ze zo hard groeiden, dat de fietsen waarschijnlijk al te klein zouden zijn tegen de tijd dat ze weer kwamen logeren. Bovendien zou ik alleen de kinderen met dit soort spelletjes straffen, niet Paige. Ik moest het dak van de jeep eraf halen om de fietsen achterin kwijt te kunnen. Zach vroeg of hij zijn zwembandjes ook mocht meenemen, ik zei natuurlijk, en hoewel ik weer die kleine steek van jaloezie voelde, had ik het er verder niet over.

Ik reed hen terug in een stille auto. Tot Annie zei: 'Dit voelt net alsof het niet echt is. Alsof we alleen maar doen alsof.'

'Hoe bedoel je dat, Banannie?'

'Nou, gewoon. Deze stad. Alles. Het voelt alsof we aldoor doen alsof. Ik wil jullie allebei! En ik wil oom David en Gil en nonna en nonno en iedereen.'

'Ik wil ook jullie allebei!' zei Zach. 'En iedereen!'

'Ik weet dat het moeilijk is. We hebben heel wat veranderingen meegemaakt.'

Annie zei: 'Verandering is klote.'

'Eh…' Ze had gelijk. Ik had haar eerst op haar woordkeuze willen wijzen, maar ze had het niet beter kunnen zeggen.

Toen we de straat van Paige in reden en de heuvel op gingen, begon Zach te dreinen. Hij zei: 'Ik wil niet zonder jou naar de mamamevrouw.' Tegen de tijd dat ik de auto op de oprit parkeerde, gilde hij het uit. 'Ik wil bij mijn mammie blijven!' Annie hield zich koest, wat niets voor haar was, en probeerde Zachs pony te fatsoeneren.

'Zachosaurus, het komt wel goed,' zei ze.

Paige kwam met gespreide armen naar buiten. Ik wilde hem niet aan haar teruggeven. *Wat als we nou eens gewoon in de auto bleven zitten, jongens? Wat als we nou eens gewoon wegreden en nooit meer terugkwamen?*

Ze probeerde Zach echter niet van me over te nemen. Ze wreef over zijn rug en liet hem huilen. Toen zei ze: 'Ik weet dat jullie het leuk hebben gehad bij jullie mammie, en jullie kunnen heel snel alweer naar haar toe.'

Lang niet snel genoeg.

Terwijl Zach zijn hoofd op mijn schouder liet rusten, streelde ze zijn rug totdat hij kalmeerde en zijn gesnik overging in gezucht. Toen hij bijna in slaap viel, liet hij zich zonder protest door haar overnemen. Met zijn ogen dicht wees hij naar de jeep en zei: 'Fiets.'

'Ze wilden hun fietsen meenemen. Ik hoop dat je het niet erg vindt.'

'Nou, met die heuvel hier kunnen ze eigenlijk nergens echt fietsen, behalve op de patio achter het huis, maar geen probleem, echt heel aardig van je. We kunnen in het park gaan fietsen. Ik zal de garagedeur opendoen.'

Ik tilde de fietsen uit de auto en keek naar de garagedeur die langzaam omhoogging. In de smetteloze garage stond een SUV – ze was dus een echte ophaalmoeder geworden. Ik reed de fietsen naar binnen en zette ze tegen de achtermuur. De toegangsdeur tot het huis was dicht. Het liefst was ik naar binnen gegaan om het bad voor de kinderen te laten vollopen, hun haren te wassen en naar hun verhalen over deze dag, over onze dag, te luisteren.

Ik reed in westelijke richting, de zonsondergang tegemoet, die eruitzag alsof de goden elkaar met meloenen hadden bekogeld die in de lucht uit elkaar waren gespat. Ik pakte mijn mobieltje en belde Paige.

'Kan ik ze echt snel weer zien? Ik bedoel, dat zei je tegen Zach.'

'Je krijgt ze na kerst, dat is al over een paar weken. En dan weer na drie maanden. Ik ben tevreden met het vonnis.'

'Drie maanden is lang.'

'Probeer maar eens drie jaar.' Ze hing op.

Ik moest een manier verzinnen om met haar te kunnen praten. Steeds als we elkaar spraken, was de stemming te snijden vanwege alle vijandigheden – de hare, maar ook de mijne. Ik zette mijn auto op mijn parkeerplek bij het appartement en maakte het handschoenenvakje open waar ik Paiges kaarten en brieven aan Annie en Zach in had gestopt.

Hoe kon ik tot haar doordringen? Ik had nog steeds de kaarten die ze de kinderen had gestuurd. Als ik ze aan haar gaf, zou ze zich afvragen waarom ik die niet meteen met de andere brieven en kaarten aan de rechtbank had overlegd. En ze zou me niet geloven als ik vertelde dat ik wilde dat de kinderen ze ooit zelf zouden kunnen lezen. Ze wist ook dat ik de wanhoop nabij was en alles zou doen om de kinderen te kunnen zien. En ze dacht ook nog steeds dat ik van het begin af aan weet had gehad van de brieven. Deze stapel kaarten en brieven was duidelijk mijn enige kans om onze relatie te verbeteren, en ik wilde die kans niet verknallen.

Ik moest een manier bedenken om deze stapel ten gunste van de kinderen aan te wenden.

De oplossing van het probleem had echter al die tijd voor het oprapen gelegen: Paiges retouradres op de enveloppen. Het had naar me geknipoogd en gezegd: *Hallo? Wakker worden!* Sommige brieven waren vanuit een ziekenhuis verstuurd. Maar andere niet. Ik kon er haast wel van uitgaan dat het adres achter op een aantal enveloppen dat van tante Bernie was, bij wie Paige toen had gewoond. Die avond schreef ik: *Misschien, heel misschien, kan tante Bernie me helpen.*

34

Natuurlijk was het onbeleefd onaangekondigd bij tante Bernie langs te gaan, maar ik wist niet hoe ik aan haar telefoonnummer kon komen, behalve dan via Paige, en dat ging in dit geval niet. Met behulp van een plattegrond reed ik naar de rand van de stad – misschien kan ik beter zeggen de laatste rand, want ik kon zien dat er continu randen werden toegevoegd naarmate de stad zich verder uitbreidde, als een beige tapijt dat iemand aan het vlechten was en niet kon wegleggen – ik stelde me zo voor dat het hier, toen Paige er als kind had gewoond, een woestenij was geweest. Nu zag ik echter een supermarkt en een grote drogisterij, wat restaurants en een nieuwbouwwijk in aanbouw. In het woonwagenpark stonden volwassen bomen, en de woonwagens zelf leken niet zozeer op woonwagens als wel op keurige, rechthoekige huizen met kleine veranda's en veelkleurige rotstuintjes. Veel leuker dan ik me had voorgesteld.

Ik klopte aan. Er werd niet opengedaan. Ik was blij dat ik Callie thuis had gelaten, want hoewel het nog vroeg in de ochtend was, scheen de zon al meedogenloos op de droge, stoffige stoep. Ik wachtte even en klopte toen nog een keer. Ik had gehoopt haar te treffen voordat ze naar haar werk ging. Maar misschien werkte ze wel niet. Misschien sliep ze nog. 'Tante Bernie?' riep ik, me te laat realiserend dat Paige haar zo noemde, niet ik.

Bijna onmiddellijk hoorde ik haar zeggen: 'Paige?' De deur ging open. Ik herkende haar van de huwelijksfoto's. Midden vijftig, lang en slank, met een donker, stijlvol kort kapsel en een mooi grijs broekpak aan. 'O! Ik dacht dat het mijn nichtje was.'

'Ik weet het. Sorry. Het was niet mijn bedoeling om u "tante" te noemen.' Ik stak mijn hand naar haar uit. 'Ik ben Ella Beene.'

Ze keek me alleen maar aan.

Ik stopte mijn hand in mijn zak. 'Ik zou graag met u willen praten…'

'O?'

'Zou ik even mogen binnenkomen?'

Ze keek nog even naar me en zei toen: 'Ach, waarom ook niet?' Ze draaide zich om en liep voor me uit het huis in. De voorkamer stond vol dozen, stapels tijdschriften en allerhande spulletjes. 'De keuken is die kant uit. Let maar niet op de troep. Ik was kasten aan het uitruimen.'

De keuken was niet smerig, maar wel overvol, met overal keukenapparatuur en stapels tijdschriften en papieren. Ik besefte dat Paige niet het enige was wat door tante Bernie van de ondergang was gered. En ineens begreep ik ook Paiges passie voor feng shui en huizen inrichten.

'Zo, ga zitten.' Ze gebaarde naar de tafel, die vol lag met vrouwenbladen, *National Geographic*'s en rekeningen. Zelf ging ze op een barkruk zitten. 'Let maar niet op de rommel. Ik krijg niet vaak bezoek.' Ze bloosde even, maar herstelde zich snel. 'Koffie? Thee?'

'Thee, als u heeft.'

'Schat, zoals je ziet heb ik alles.' Ze liet de ketel vollopen.

'Sorry dat ik niet eerst heb gebeld,' zei ik. 'Maar ik had uw nummer niet. Paige weet niet dat ik hier ben.'

'Ja, dat dacht ik al. Ik heb niet veel tijd, ik moet zo naar mijn werk.'

'Wat doet u precies?' Ik was nieuwsgierig. Ze zag er zo professioneel uit, zo helemaal niet op haar plaats in haar eigen huis.

'O, ik werk bij de belastingdienst, als je het per se wilt weten.' Met gespeelde bravoure stak ze haar kin naar voren. 'Ik ben accountant.'

'Handig om te weten,' zei ik, terwijl ik probeerde mijn verbazing te verbergen.

Ze bracht me de thee in een sierlijke kop-en-schotel die ze glimlachend voor me neerzette. 'Dus je snapt dat ik niet gewend ben om mensen te ontvangen. Meestal ga ik bij mensen langs. Maar waar wilde je het over hebben?'

'Over Paige.' Ik koos mijn woorden zorgvuldig. 'Ik vind het heel erg wat ze allemaal heeft moeten doormaken en ik snap best waarom ze kwaad is. Maar ik hou ook van Annie en Zach. Ik weet dat ik niet hun… nou ja… hun biologische moeder ben. Maar ik hou wel op die manier van ze. En ik wil een relatie met ze hebben. Ik wil dat er meer openheid komt.'

Ik vertelde hoe ik de brieven had gevonden, dat ik niet had geweten dat Paige de kinderen en Joe had geschreven en ook niet dat ze had willen terugkomen.

Ik zei: 'Ik vond het eng om hiernaartoe te komen. Ik was bang dat u ook de deur in mijn gezicht zou dichtgooien.'

Bernie knikte. Ze draaide continu aan haar horloge om haar smalle pols. 'Eerlijk gezegd ben ik blij dat je bent gekomen, Ella. Ja, ik ben Paiges tante en ik hou vreselijk veel van haar.' Ze keek me even aan. 'Maar jij en ik hebben iets belangrijks gemeenschappelijk.' Ze haalde diep adem en ging wat verzitten op haar kruk. 'Je moet weten dat ik voor Paige heb gezorgd sinds ze een peuter was. Haar moeder had grote problemen; ik zal daar verder niet op ingaan – dat zijn privézaken van Paige. Maar ik heb haar in huis en onder mijn vleugels genomen alsof ze mijn eigen kind was. En hoewel ze me tante noemde, voelde ik me op-en-top haar moeder, hetzelfde wat jij bij Annie en Zach hebt, merk ik. Ze is mijn dochter, in mijn hoofd en in mijn hart.

Dus ik begrijp je positie, Ella. Mijn zus is nooit in staat geweest om terug te keren. Ik heb dit niet aan Paige verteld, maar als haar moeder wel in staat was geweest om terug te komen en Paige van me had afgenomen, dan had ik haar dat nooit vergeven.'

Ze keek langs me heen, en ik volgde haar blik naar een reepje zonlicht dat zich als een pleister leek te hebben vastgeplakt aan een scheur in de muur. Onze ogen vonden elkaar toen ze vervolgde: 'Paige is hun moeder, ze verdient het om hun moeder te zijn. Maar ik herken mezelf in jou en begrijp je verdriet – en de liefde die je voelt.' Ze viste haar theezakje met een lepeltje uit haar kopje. 'Ik zal proberen met haar te praten. Ik zal haar zeggen wat ik tot op heden niet heb gezegd. Ik heb mijn mond gehouden toen ze zei: "Maar ik ben hun moeder! Niemand kan zoveel van ze houden en zo goed voor ze zorgen als ik!" Ik heb toen niet haar gezicht in mijn handen genomen en gevraagd: "Maar Paige, heb ik niet als een moeder van je gehouden?" Ik heb dat niet gezegd omdat mijn zus nooit een moeder voor haar is geweest. Gewoon helemaal geen moeder.'

'Wat…' Ik pakte mijn kopje op en zette het toen weer neer. 'Wat heeft Paiges moeder eigenlijk precies gedaan?'

'Dat is een vraag die je aan Paige zult moeten stellen, schat.'

Toen ik weg wilde gaan liep ik langs de ijskast, die vol hing met foto's van Paige op verschillende leeftijden. Toen ze klein was, leek ze precies op Annie. En toen zag ik een hart dat uit paars papier was geknipt. Er stond op: *Fijne Valenijtsdag, van Annie, 3 jr.* Bernie zag dat ik ernaar keek. 'Dat was het enige wat Paige bij zich had toen ze bij Joe en de kinderen was weggegaan en hier ineens op de stoep stond. Het is heel lang haar talisman geweest. Het hield haar in leven. Toen ze hier wegging, zei ze dat ik het mocht houden. Dat ze wist dat Annie ooit wel een nieuwe valentijnskaart voor haar zou maken.' Ze glimlachte. 'Paige weet hoe moeilijk ik het vind om dingen weg te doen.'

Ik reed de snelweg op en had eigenlijk rechtstreeks terug moeten gaan naar het appartement. Ik had niet zo opdringerig moeten zijn, zo vastbesloten om eindelijk een doorbraak bij Paige te forceren. Maar ik kon gewoon niet wachten. Mijn god! Tante Bernie! Waarom had ik er niet meteen al aan gedacht om met haar te gaan praten, of anders in elk geval nadat ik de brieven had gevonden, waar haar adres in Paiges handschrift op stond? Het was alsof ik ineens een eenvoudige routebeschrijving had gevonden om uit deze puinhoop waar ik in verzeild was geraakt te komen.

Ik draaide de straat van Paige in. Tante Bernie en zij hingen waarschijnlijk net op. Met Bernies goedkeuring en de brieven van Paige aan de kinderen – allemaal ongeopend – moest ze me wel vertrouwen, moest ze gewoon inzien dat ik een goed mens was en dat we best allebei deel uit konden maken van het leven van Annie en Zach.

'Ik wil jullie allebei!' hadden ze gezegd. Jezus, als dat betekende dat we in deze vreselijke stad moesten wonen, dan moest dat maar. Het was niet wat ik wilde en ook niet wat Annie en Zach wilden, maar ik had er alles voor over om hen te kunnen blijven zien, om deel uit te kunnen blijven maken van hun leven.

35

Ik reed de heuvel naar het huis van Paige op en parkeerde de auto. De zon lag als een groot wit laken over de kale buurt; alleen de jonge berkjes zorgden voor een beetje groen, één boompje per voortuin, strak in het gelid. Ik nam de stapel ongeopende kaarten en brieven voor de kinderen uit het handschoenenvakje en stopte ze in mijn tas. Het gazon was net gesproeid. Ik zag een doorweekte Bubby in een plas liggen en pakte hem op. Toen haalde ik diep adem, klopte aan, stopte een hand in mijn zak, haalde hem er weer uit en greep de schouderband van mijn tas stevig beet. Paige deed open in een witte badjas; haar roze behabandje piepte onder de kraag uit. Haar haren waren nat, het leek alsof ze net onder de douche vandaan kwam. Ze zag er gebruind, gezond en sterk uit. Ik sloeg mijn magere, verbrande armen over elkaar. Ze kwam naar buiten en sloot de deur achter zich.

'Wat kom je hier doen?'

'Ik wil alleen maar even met je praten.' *Rustig blijven. Je mag dit niet verknallen.* 'Heb je je tante Bernie onlangs nog gesproken?'

'Wat? Hoe bedoel je? Heb jij haar soms gesproken? Ongelooflijk, zeg.'

'Paige,' zei ik. 'Alsjeblieft. Ik wil alleen maar praten.' Onze blikken hielden elkaar vast. 'Toe. Je weet toch nog wel hoe het was toen je alleen maar met Joe wilde praten?'

'Dit is anders.'

'In sommige opzichten wel, in andere niet.'

Ze sloeg haar ogen neer. 'Dit is zo moeilijk,' zei ze.

'Ik weet het. Maar we maken het moeilijker dan nodig is.'

'Ik wil dat je ons met rust laat. Ze leren heus wel van me te houden, maar niet als jij steeds op de stoep staat.' Ze keek naar Bubby. 'Waar heb je die vandaan?' Ze wilde hem van me afpakken, maar ik liet hem niet los. Ze begon er een beetje aan te trekken.

'Ze kunnen van ons allebei houden.'

'Ik vraag me af of je dat ook had gezegd als het vonnis in jouw voordeel had uitgepakt, Ella. Ik heb hier geen tijd voor. De kinderen moeten zo naar school.' Ze trok wat harder, en ik trok terug. Bubby begon te scheuren. Geschrokken liet ik hem los, ze wankelde even en leek zich te generen.

We stonden zwijgend tegen over elkaar naar de grond te staren. Zolang ze zich niet omdraaide om naar binnen te gaan, was er nog hoop. Ik wilde over mijn gesprek met Bernie beginnen, maar wist ook dat Paige dan misschien weer boos zou worden. Ik moest haar die brieven geven.

'Ik heb iets voor je.'

Ze keek op. 'Wat dan?'

'Wat kaarten en brieven die jij naar Annie en Zach hebt gestuurd. De ongeopende.'

'Bedoel je dat ze die nooit hebben gezien?'

'Dat was fout van hem.'

Ze liet haar schouders iets zakken en verplaatste haar gewicht naar haar andere voet. Onderzoekend keek ze me aan. 'Ella, dat ik ze in de steek heb gelaten, daar kan ik niets meer aan veranderen. Ik kan de tijd niet terugdraaien.'

Achter haar vloog de deur ineens open, en Annie verscheen in de deuropening. Ze schreeuwde iets onverstaanbaars. Met een rood, vertrokken gezicht trok ze aan onze armen, krijsend, en eindelijk drongen de woorden tot ons door. 'Zach! Zach! Hij ligt in het zwembad!'

'Nee!' Paige ging er als een speer vandoor, met mij op haar hielen. 'Nee!' Ze rende het huis door, via de openslaande tuindeuren weer naar buiten en sprong het zwembad in, waar Zach dreef. Zijn felrode driewieler lag op de bodem van het bad.

Paige zat verstrikt in haar badjas, en ze duwde hem naar me toe, zodat ik hem uit het water kon hijsen. Ik trok terwijl zij duwde. Hij was zo zwaar, zo vol water, het water stroomde uit hem. Ik draaide hem om en blies lucht tussen zijn blauwe lippen, terwijl Paige zich in het zwembad van haar zware, natte badjas bevrijdde, het bad uit kwam en het alarmnummer belde. Ze zei: 'Mijn zoontje is in het zwembad gevallen, hij is blauw en ademt niet meer. 1020 Hillside Way. Ik laat de voordeur openstaan, schiet alstublieft op, hij ademt niet meer, ik dacht dat ik het hekje dicht had gedaan, ik dacht dat ik het hekje altijd dichtdeed.' Ondertussen probeerde ik me te herinneren hoe reanimatie ook alweer in zijn werk ging, ik probeerde tot vijftien te tellen, terwijl ik lucht in zijn mond blies; was het wel vijftien, en hoeveel had ik er al gedaan? En dan twee compressies op het borstbeen, dacht ik. Ik herinnerde me nog iets, wat was het ook alweer? Met één hand bij een kind, mijn kind, en toen was Paige er, die het van me overnam, terwijl ik opstond om de ambulance op te vangen. Ik hoorde de sirene en zag Annie in haar eentje staan huilen. Ze jammerde: 'Pappiepappiepappie,' met in haar handen de kleine zwembandjes die ik voor Zach had gekocht, en ik zag Paige over haar zoontje heen gebogen staan, over mijn zoontje, en toen zag ik ook dat haar hele rug één groot gebied van lelijke littekens was, een reliëfkaart van ondraaglijke pijn, haar rug die op en neer ging op het ritme van haar adem waarmee ze Zach leven probeerde in te blazen, waarmee ze ons zoontje weer tot leven probeerde te brengen.

36

Terwijl de brandweer en het ambulancepersoneel zich om Zach bekommerden, hield ik Annie vast, die ongecontroleerd snikte, met nog steeds de zwembandjes in haar handen. Iemand had een deken om Paige heen geslagen. Ze zat ineengedoken op het randje van een ligstoel te kijken naar de donkerblauw geüniformeerde armen, benen en torso's die zich aan Zach vastmaakten, een infuus aanbrachten, hem op een brancard legden en hem met gesynchroniseerde bewegingen over de patio reden. Er kwam een man naar me toe. Hij zei: 'Ik ben van de medische dienst. Hoe lang heeft hij in het water gelegen voordat u met reanimeren bent begonnen?'

Paige keek op en zei met een hoge, gespannen stem: 'Drie minuten. Toen ik de deur ging opendoen, was hij nog binnen.' Aan mij vroeg ze: 'Hoe lang hebben we staan praten?'

'Zo'n drie minuten, misschien zelfs nog korter.'

'En u bent meteen met reanimeren begonnen?'

We knikten allebei. Paiges badjas lag inmiddels als een deken over Zachs driewieler op de bodem van het zwembad.

'Oké. Dat is mooi. Dat is goed. In de ambulance zullen ze proberen hem weer zelfstandig aan het ademen te krijgen. Gelukkig is het maar een paar minuten rijden naar het ziekenhuis.'

'Komt het weer goed met hem?' Paige stelde de vraag die ik niet durfde te stellen.

De man keek naar Annie. Hij zei: 'Dat zullen we moeten afwachten.'

Er kon maar een van ons mee in de ambulance. Paige zei: 'Ga jij maar. Dan ga ik me aankleden en kom jullie zo achterna met Annie.'

Ik knikte, gaf Annie een knuffel en ging voor in de ambulance zitten. Ik mocht niet achterin bij Zach, ze waren nog steeds met hem bezig.

Het ziekenhuis lag maar een stuk of vijf, zes straten verderop, en ik moest in de wachtkamer wachten terwijl Zach snel door de gang werd weggereden. Ik zat naar de tv te staren zonder iets te zien, het enige wat ik voor me zag was Zachs blauwe, opgeblazen gezicht. Hoe lang, hadden ze gevraagd. Een paar minuten, hadden we allebei gezegd. Een paar minuten maar. Ik zei het enige gebed dat ik me kon herinneren. *Alstublieft.* Steeds opnieuw zei ik het. *Alstublieft. Alstublieft, God. Laat alles goed komen. Laat hem niet doodgaan. Alstublieft, alstublieft, God. Alstublieft.*

Ik voelde een hand op mijn hoofd en toen ik opkeek, zag ik Annie staan. Ik hield haar vast, terwijl ze jammerde: 'Ik heb niet op hem gelet!'

Ik nam haar gezicht in mijn handen. 'Annie. Het is niet jouw schuld. Begrijp je wat ik zeg?' Paige stond bij de deur in een spijkerbroek en sweatshirt, met natte haren en een panische blik in haar ogen. Met haar rechterhand hield ze losjes een klembord met inschrijvingsformulieren vast, met haar andere klampte ze de nog steeds doorweekte Bubby vast. Ik zei: 'Ze hebben hem meegenomen. Ik weet nog niks.'

Ze liet zich op een stoel vallen en zei: 'Ik dacht… dat het hekje… dicht was.'

Ik zei: 'Dat weet ik, dat weet ik. Ik had niet zomaar langs moeten komen. Ik had die stomme zwembandjes niet voor hem moeten kopen. God. Of die stomme driewieler. Hij zei steeds al dat hij in het water wilde rijden, dat hij naar Joe wilde…'

Er verscheen een arts. Ze was jong en had kort donker haar en een modieuze zwarte bril. Ze vroeg: 'Wie is de moeder?'

We stonden allebei op en mompelden: 'Ik, wij.'

Ze gaf ons een hand en zei: 'Ik ben dokter Markowitz.' Ze keek naar Paige en toen naar mij. Toen zei ze: 'Het gaat een lange nacht voor jullie en Zach worden. Maar hij heeft geluk gehad. Een snelle reanimatie, een snelle eerste hulp. Het eerste uur noemen we altijd Het Gouden Uur, en dat van hem was goed. Ze hebben hem hier snel naartoe gebracht. Maar zijn ademhaling is erg traag, zelfs voor een kind. Hij ligt nu aan de beademing. We onderzoeken zijn bloedwaarden en zijn pupilreflex. En we gaan ook een scan maken om zijn hersenactiviteit te meten…'

'Maar hij overleeft het wel… Het komt wel goed?' Alleen bij het laatste woord ging Paiges stem omhoog.

'De komende vierentwintig tot achtenveertig uur zullen dat uitwijzen. Zodra we met de onderzoeken klaar zijn, mogen jullie bij hem.'

Bernie kwam om Annie een tijdje mee te nemen uit het ziekenhuis en even wat met haar te gaan eten. Ze bood zelfs aan om langs het appartement te rijden en Callie uit te laten. Ik bedankte haar en gaf haar de sleutel. Annie ging gewillig mee, ze begroef haar hoofd in de zij van tante Bernie, terwijl ze langzaam de gang uit liepen.

Toen ze ons bij Zach lieten, liepen we niet meteen naar hem toe. We bleven even staan om te wennen aan het idee dat het blauwige, opgeblazen jongetje echt Zach was; het koortsachtige gedoe van de armen en benen van het ambulancepersoneel dat probeerde hem in leven te houden, had plaatsgemaakt voor blauwe slangetjes die vanuit zijn neus, keel, arm en borstkas alle kanten uit liepen. En in plaats van de kundige opmerkingen vol cijfers en letters van het medische personeel, klonk nu het gebliep en gepiep van digitale schermen waarop Zachs vitale functies te volgen waren. Paige pakte zijn ene hand beet, ik zijn andere. Op dat moment drong ineens tot me door dat we allebei dezelfde man hadden liefgehad en waren kwijtgeraakt. We hadden allebei dezelfde kinderen liefgehad, en waren ze kwijtgeraakt. We waren allebei ons houvast kwijtgeraakt, ons pad, onszelf. We hadden allebei de bodem geraakt, om daar tot de ontdekking te komen dat die uit drijfzand bestond. Tot een paar uur geleden nog waren we zware gewichten geweest die aan Zach vastzaten, die hem naar beneden trokken. Terwijl hij ons nodig had als reddingsboeien.

Alles wat ik had gedaan, alle keuzes die ik had gemaakt, zag ik voor me als de vierkantjes van een bordspel, alsof ik, met mijn beslissing om in Elbow te stoppen voor een broodje, degene was die ons tot dit moment had gebracht, tot deze tragedie, alsof ik degene was die de dobbelstenen had gegooid die uiteindelijk tot deze dag hadden geleid. Ik had ook door kunnen rijden, ik had terecht kunnen komen in Oregon, of Seattle, of misschien zelfs in een blokhut op een van de San Juan-eilanden, alleen, op een strand vol wrakhout, waar ik van het bestuderen van de getijdenpoelen mijn levenswerk maakte. Of misschien had ik wel bij een viskwekerij in Alaska gewerkt, ver, heel ver weg van de mensen wier leven nu was verwoest. Alles zou een andere loop hebben genomen. Joe zou Paige weer met open armen hebben ontvangen, ze zouden een gezin zijn gebleven, ze zou het hebben geweten van de winkel en Joe al lang geleden hebben geholpen de zaak weer winstgevend te maken. En hij zou die ochtend niet naar Bodega Head zijn gegaan om foto's te maken, omdat ze op vakantie waren naar Disney Land of naar hun vakantiehuisje in Tahoe. Ik zou niet die zwakke, stomme poging hebben ondernomen om Zach een beter gevoel te geven over Batman en Robin, wat hem het idee had gegeven dat verdrinken niet iets permanents was. Zach zou niet met zijn rode driewieler een zwembad in Las Vegas in zijn gereden; hij zou nog steeds met zijn actiefiguurtjes onder de vlinderstruik hebben zitten spelen. Ik beloofde God dat ik er alles voor overhad om Zach te laten leven, zelfs Zach en Annie aan Paiges zorgen toevertrouwen.

Paige en ik zeiden weinig, we zaten gewoon te wachten en hoopten met heel ons hart dat Zach zijn ogen zou openen, dat hij *mama* of *mammie* zou zeggen, het maakte niet uit welke van de twee. Dat maakte helemaal niets uit. Soms keek ik op en dan keek Paige ook op, met onze ogen vol spijt en angst en droefheid en verdriet en goede bedoelingen en hoop en moederliefde – allemaal gevoelens die we deelden, die er al die tijd al waren geweest, maar die we niet hadden gezien omdat we elkaar alleen maar als bedreiging hadden beschouwd.

Vanuit de wachtkamer belde ik David op mijn mobieltje; hij kwam later die middag, samen met Marcella en Joe Sr. Mijn moeder was onderweg vanuit Seattle. In de kleine gewijde ruimte was geen plek voor ruzie of ongemak, en we omhelsden elkaar om de beurt alsof ons leven ervan afhing, alsof Zachs leven ervan afhing. Wat ook zo was. Marcella hield me vast, haar tranen liepen langs mijn hals, terwijl Joe Sr. Paige omhelsde. En daarna omhelsde ik Joe Sr. en David. We stonden in een kring om Zach heen, en ik moest opnieuw aan de sequoia's denken, aan hoe ze familiekringen vormden, aan hoe ze samen naar de zon reikten en samen lange schaduwen wierpen. Een verpleger die Lester heette kwam binnen. Hij wierp een blik op Zach, op de bliepjes op het scherm, en schreef daarna iets op zijn status, en toen Joe Sr. hem vroeg wat de prognose was, antwoordde hij: 'Dat kunnen we echt niet zeggen. We moeten afwachten hoe hij er morgenvroeg voor staat.' Hij bleef maar knikken, zelfs nadat hij was uitgesproken, en keek ons een voor een aan. 'Er mag alleen familie bij op de IC. Zijn jullie allemaal familie?' We knikten. 'Wat een bofkont, die jongen.' Hij voegde eraan toe: 'Ik weet niet of jullie al hebben gegeten, maar dit is misschien een goed moment. Hij is gestabiliseerd.' Eten was wel het laatste waar ik zin in had, maar Marcella, Joe Sr. en David gingen even koffiedrinken.

Toen ze de kamer verlieten, drong het kabaal van karretjes, brancards, artsen en verplegers, van berichten over de intercom, het licht van felle lampen en de verre geuren van zoete toetjes en macaroni met kaas de kamer binnen. De deur viel dicht en het was weer stil in de kamer, op het gezoem en gebliep van de apparaten na.

'Paige.' Ik wierp een blik op Zach. 'Het spijt me zo.'

'Nee.' Ze schudde haar hoofd. Ze zei niets.

Ik deed mijn ogen dicht en begon weer aan mijn stille gebed aan God om Zach te laten leven.

Na een tijdje zei ze: 'Ik heb dit helemaal verkeerd aangepakt. Het was verkeerd van me. Ik had dit nooit zo vlak na Joe's dood moeten doen. Ik was daarvoor al bij een advocaat geweest, en hij zei dat het tijd was om in actie te komen. Hoewel ik beter wist. Ik had al zo lang gewacht – om allerlei redenen.'

Met haar vrije hand pakte ze een tissue uit haar tas, met haar andere bleef ze Zachs hand vasthouden. Nadat we nog een tijdje zwijgend naast het bed hadden gestaan, vervolgde ze: 'Oké, Joe reageerde niet, maar eerlijk gezegd kon ik die tijd goed gebruiken. Maar toen, toen ik er eindelijk echt klaar voor was, belde Lizzie om me te vertellen dat Joe was verdronken. Ik wilde Annie en Zach, dat ging voor alles, zelfs voor wat het beste voor hen was. Ze zeggen altijd dat de kinderen de dupe zijn bij ruzies over de voogdij. En nu betaalt Zach de hoogste tol.'

'En Annie…'

'Ja. Maar jij hebt nu wat je nodig hebt. Zach in het ziekenhuis, het bewijs dat ik een slechte moeder ben.'

'Paige, we waren er allebei bij. We hebben er allebei een rol in gespeeld.'

Ze hield haar hoofd schuin en trok een wenkbrauw op, alsof ze me de maat nam, alsof ze wilde zien of ik het meende. Een verpleeghulp deed de deur open, waardoor er weer echo's van de gang naar binnen kwamen, maar hij sloot de deur zonder binnen te komen. Ik overwoog mijn mond te houden, haar geheim te bewaren. Maar ik had schoon genoeg van geheimen.

Ik dwong mezelf om te zeggen: 'Toen je hem reanimeerde, zag ik je rug. Ik zag de littekens.' Stilte. 'Je moeder… was ze soms psychotisch?'

Paige slaakte een diepe zucht. 'Pas nadat ze mij had gekregen. Ik was haar eerste, en enige kind.' Ze deed er weer het zwijgen toe, en we luisterden naar de apparaten tot ze zei: 'Mijn moeder had een vreselijk zware bevalling die dagen duurde. Uiteindelijk werd het een keizersnede. Dat weet ik allemaal van tante Bernie. Zij heeft het allemaal gereconstrueerd. Ik had last van kolieken.' Ze keek naar haar handen. 'Mijn vader was vertegenwoordiger en veel weg, volgens Bernie. Toen ik ongeveer drie maanden was, vroeg mijn vader… Dat heeft hij later allemaal aan tante Bernie verteld. Dat hij aan mijn moeder had gevraagd om zijn overhemden te strijken. Hij zei dat ze zich vreemd gedroeg, en het leek hem wel goed dat ze iets omhanden had. Bovendien moesten zijn overhemden echt gestreken worden, vertelde hij.' Ze stopte en keek me aan. 'Wil je het echt horen? Het is geen fijn verhaal.'

Ik zei dat ik het graag wilde horen. Dat ik het wilde weten.

Ze vervolgde: 'Toen hij die avond thuiskwam, hingen al zijn overhemden gestreken in de kast.' Ze stopte weer, keek me nog een keer aan en wierp toen een blik op Zach.

'Rustig maar, Paige.'

Haar stem werd een bevende fluistering. Ik moest me naar haar toe buigen om haar te kunnen verstaan. 'Mijn moeder hing ook in de kast. Ik lag op mijn buik in mijn wiegje, naast de strijkplank, niet in staat om te gillen of te huilen. De strijkbout stond op de grond, nog steeds heet.' Ze boorde haar blik even in de mijne en begon toen haar handen weer te bestuderen, die nu plat op Zachs lichaam lagen. 'In het politierapport stond: "Op de strijkbout zat een zwarte substantie, wat later de huid van het slachtoffer bleek te zijn." De man die mijn vader was bracht me in mijn wiegje naar het ziekenhuis, bang dat ik zou sterven van de pijn als hij me aanraakte of optilde. En daarna vertrok hij. Hij belde tante Bernie en vertelde haar alles. Hij huilde. Hij zei dat het hem speet. We hebben nooit meer wat van hem gehoord.'

Er vloeiden weer tranen, bij ons allebei, de snot stroomde uit onze neuzen, en we lachten even – gegeneerd en een beetje verlegen –, terwijl Paige nog meer Kleenex uit haar tas pakte waarvan ze er mij een paar gaf. 'Dus je snapt dat Joe genoeg reden had om bang te zijn.'

'En jij was ook bang.'

Ze knikte, en toen ze sprak kwamen de woorden er hoog en gespannen uit, op een pieptoon. 'Het was niet hetzelfde als mijn moeder had, maar daar was ik wel bang voor… toen ik ziek werd. En toen hij niet reageerde op mijn brieven… Ik wist niet precies hoeveel hij de kinderen had verteld. Ik dacht dat hij het misschien gewoon gemakkelijker had gevonden om te zeggen dat ik dood was. Dus ik was bang dat ik ze de stuipen op het lijf zou jagen.'

Ik knikte. 'Maar toch…'

'Maar toch hadden Joe en ik het beter kunnen doen.'

'En ik ook. Ik had het ook beter kunnen doen.' Ik pakte de brieven uit mijn tas en gaf haar het pakketje.

Toen ze zag wat het was, hield ze het voor haar gezicht. En toen bogen we ons over het bed, over Zach, en omhelsden elkaar, niet voorzichtig of achterdochtig zoals die eerste keer, 's avonds na de begrafenis, maar gemeend. Snikkend klampten we ons aan elkaar en Zach vast, alsof we ons vastklampten aan een rots.

Na een tijdje maakten we ons van elkaar los om onze neuzen te snuiten. We haalden bevend adem. Toen ik mijn hand om Zachs opgezwollen vingers legde, dacht ik terug aan die ochtend waarop hij, Annie en ik bootje hadden gespeeld en hij op bed was gesprongen en het laken op had getrokken, luid lachend, nog niet wetend dat zijn vader was gestorven. Ik stelde me voor dat hij nu ergens bij Joe op schoot zat, in een parallel universum, en in stilte vroeg ik Joe om alsjeblieft tegen Zach te zeggen dat het tijd was om terug te komen, dat ik hem nodig had, en dat Paige hem ook nodig had.

37

In de vroege uurtjes zaten we met stil ontzag toe te kijken hoe Zachs hartslag en zuurstofwaarde langzaam maar zeker stegen. Tijdens de zonsopgang werd zijn huid roze en gingen zijn ogen open. Hij zwaaide met zijn armen in een poging het slangetje weg te slaan, maar Paige en ik susten hem, terwijl de artsen het slangetje uit zijn keel verwijderden. Hij glimlachte, hij sprak; hij klaagde dat hij keelpijn had. Hij zei: 'Mammie.' Hij zei: 'Mama.'

Dokter Markowitz zei: 'Hij moet nog een paar daagjes hier blijven, zodat we hem in de gaten kunnen houden. Zo te zien is hij volledig hersteld. Met de hersens weet je het echter nooit, sommige dingen komen pas jaren later aan het licht. Maar voor hetzelfde geld is er niets aan de hand. Aan zijn herstellingsvermogen te merken is het een taaie.' Ze glimlachte even en stopte haar handen in de zakken van haar witte jas. 'Vooralsnog valt er wat te vieren.'

Mijn moeder, Gil, Lucy, Lizzie en Frank, tante Bernie – iedereen kwam langs; het was één grote parade van mensen met in hun kielzog ballonnen, teddyberen, dinosaurussen en actiefiguurtjes. Clem Silver stuurde een prachtige tekening van ons huis, met onze tuin weelderig op de voorgrond en op de achtergrond stoïcijns het sequoiabos. Zach wees ernaar en zei: 'Ik wil naar huis.'

Het werd doodstil in de kamer. Paige en ik keken elkaar even aan. Ik zei: 'Laten we eerst maar eens zorgen dat je weer beter wordt.'

Uiteindelijk gingen Joe Sr., Marcella, Bernie, Paige en ik samen naar de cafetaria. Ik nam een hap van mijn broodje tonijn, terwijl ik dacht hoe raar het was dat we hier met 'onze' schoonouders zaten te eten en zowaar ook te praten en te lachen. Bernie stond op en zei dat ze terug moest naar kantoor, ze beloofde later die dag Callie nog even uit te laten. Ze was zo keurig en efficiënt dat het onvoorstelbaar was dat ze thuis tussen stapels onzinnige troep leefde die ze niet weg kon gooien.

Paige keek me aan en haalde diep adem. 'Dus toen ik zei dat je na wat er is gebeurd… met Zach… wel genoeg materiaal hebt om het vonnis aan te vechten…'

Ik bleef haar aankijken. 'Ik meende het, hoor, toen ik zei dat we er allebei verantwoordelijk voor waren. Maar Paige, Annie en Zach zeiden dat ze ons allebei willen.'

Er verschenen tranen in haar ogen. 'Hebben ze dat echt gezegd? Hebben ze je dat verteld?'

Ik knikte.

Ze hield een hand voor haar ogen. 'Dat had je me niet hoeven te vertellen. Dank je.'

Ik boog me naar haar toe. 'Paige? Denk je dat je ooit weer in Elbow zou kunnen wonen?'

Marcella schudde haar witte geborduurde zakdoek uit en snoot haar neus.

We wachtten. Ik nam nog een hapje van mijn broodje en bleef erop kauwen, ook al had ik het allang kunnen doorslikken, maar ik was bang om mijn handen te bewegen of een ander gezicht te trekken, of wat dan ook te doen dat een negatieve invloed zou kunnen hebben op de uitkomst van het moment dat zich tussen ons uitspon, dat ons verbond en aan onze ziel trok. Alle pijnlijke dingen die er waren gebeurd, hingen er ook, knopen die we zouden moeten ontwarren, een voor een, mettertijd.

Paige zei niets, ze hield nog steeds haar hand voor haar ogen. Haar schouders beefden. Joe Sr. legde zijn hand op de andere hand van Paige. Ik legde de mijne op de zijne, en Marcella de hare op de mijne, en zo zaten we daar, stilletjes, terwijl de mensen die klaar waren met lunchen langzaamaan verdwenen, en wij vieren alleen overbleven.

De volgende middag zei dokter Markowitz tegen ons: 'Naar huis jullie. En waag het niet ooit nog eens terug te komen.' Ze vertelde ons nog waar we op moesten letten, maar zei ook dat ze er alle vertrouwen in had dat alles goed zou komen met Zach. 'Ik heb nog nooit een kind zoveel macaroni met kaas zien eten.'

Toen we die dag het ziekenhuis verlieten, pakten Annie, Paige en ik Zachs spullen. David en Gil namen armen vol speelgoed mee naar hun auto. In de gang naar de hal was een grote muurtekening van de Ark van Noach. Toen Annie er langsliep, klopte ze er even op en zei: 'Twee giraffes, twee apen, twee leeuwen.' En toen bleef ze staan om ons voor te laten gaan, ik achter Zach in de verplichte rolstoel, Paige met zijn ballonnen en koffertje. Annie gaf ons allebei een tik op onze billen. Toen we ons omdraaiden zei ze grinnikend: 'En twee moeders.'

EPILOOG

Het tijdschrift publiceerde uiteindelijk een vier pagina's lang artikel. En hoewel er een regel in stond over het zuur van citroenen en het zoet van citroenlimonade, lag de nadruk op de internering van grootvader Sergio en Marcella's vader, grootvader Dante, en werden de geschiedenis en het doorzettingsvermogen van de familie verweven met de veranderingen die de winkel had ondergaan. In de afgelopen vijf jaar zijn er nog meer artikelen verschenen. Zelfs in *Time* heeft een kort stuk gestaan. Het verhaal van de internering van Italianen tijdens de Tweede Wereldoorlog trok de aandacht, en vele nazaten van geïnterneerden – Italianen, maar ook Japanners en Duitsers – wisten Elbow én de zaak te vinden, om de naam van hun familielid bij te schrijven in het boek dat we er hebben liggen, en om de tentoonstelling te bekijken die we met behulp van Marcella en Joe Sr. op de achtermuur hebben ingericht – ID's en foto's van Sergio en andere Ongewenste Vreemdelingen, populaire posters uit die tijd met de specifieke instructie om niet de taal van de vijand te spreken, samen met andere memorabilia die mensen ons hebben gedoneerd.

Verder komen er hordes fijnproevers en wijnkenners op ons af vanwege andere, puur decadente artikelen in *Bon Appétit, Travel + Leisure* en *Gourmet.* David begint behoorlijk wat naam te krijgen als kok, en ik krijg naam als de persoon die alle andere dingen doet. Wat ik prima vind.

Om de loftrompet te kunnen steken over het natuurschoon in de buurt zonder daadwerkelijk trompet te hoeven spelen, werk ik een paar keer per maand als gids voor Fish and Wildlife. Laatst, op een wandeltocht langs de rivier, klaagde er iemand over het gekrijs van de kraaien. Ik deed mijn ding over hoe slim ze zijn, hoe snel ze zich overal aanpassen. Ik vertelde het verhaal van de kraaien in Japan, die noten laten vallen op een druk kruispunt en dan geduldig op de hoek blijven staan wachten tot het stoplicht op rood springt, zodat ze de gekraakte noten kunnen eten zonder zelf gekraakt te worden door het verkeer. Meestal moeten de mensen daar wel om lachen. Maar deze vrouw was zogezegd een erg harde noot om te kraken. 'Ik vind ze nog steeds niks,' zei ze verontwaardigd. 'Ze doen me aan de dood denken.'

'De *Corvus brachyrhynchos* is zo slim,' vervolgde ik, 'dat ze aan gezamenlijke opvoeding doen. Met andere woorden, ze delen het moederschap, ze dragen in alle aspecten van het woord zorg voor het grootbrengen van andermans jonkies. Voordat wij met de uitspraak *"It takes a village to raise a child"* kwamen, kenden zij het belang daar al van.'

Paige en ik hebben ook onze manier gevonden om Annie en Zach samen op te voeden. En hoewel het niet perfect is, zou je kunnen zeggen dat we het moederschap delen. Paige woont nu een stadje verderop, en we scheppen over alles tegen elkaar op, van Zachs voetbalkwaliteiten tot zijn leesvorderingen en het cijfer voor zijn laatste rekentoets. We weten dat andere mensen dat toch niet willen horen. We weten ook dat we het kind niet moeten overspoelen met onze opluchting over het feit dat hij er nog is. (Hij is inmiddels acht en begint af en toe al met zijn ogen te rollen wanneer ik kusjes op zijn voorhoofd plant. Gelukkig nog maar af en toe.) Afhankelijk van waar ze de nacht doorbrengen, belt een van ons de ander, om samen gretig de dag door te nemen. 'Nou, hij is met vlag en wimpel geslaagd voor zijn projecten. Hij schijnt te weten wat hij doet.' Dat is onze manier om te zeggen: *Ja, we hebben fouten gemaakt, fouten die onze kinderen verdriet hebben berokkend, maar het leven is ons uiteindelijk toch goedgezind. Soms zijn we het oneens, soms is er een misverstand. We zijn nog steeds bezig onze weg te zoeken. Maar door Annie en Zach ben ik met je verbonden; er is niemand op de hele wereld die net zoveel van hen houdt als jij en ik.*

Annie is nu elf, en laatst vertelde ze me dat ze serieus overweegt om dokter te worden. 'Wat voor dokter zou je dan willen worden?' vroeg ik.

'Een dokter die mensen redt,' antwoordde ze. Annie heeft het nog

steeds over toen haar vader stierf en over dat Zach bijna doodging.
'Of anders misschien trombonist.'

'Je zou ook een trombonist kunnen worden die mensen redt.'

'Precies.'

Wat ik haar zou willen vertellen, maar wat ze in haar eentje moet ontdekken, is dat wat ze ook wordt, ze altijd mensen zal redden. Ze zal ook mensen verdriet doen – en dat zullen dezelfde mensen zijn, de mensen van wie ze houdt.

Soms, wanneer Annie en Zach bij Paige zijn en ik een vrije dag heb en uren in de tuin bezig ben geweest en de knieën van mijn spijkerbroek vochtig zijn van die verrukkelijke aarde, volg ik Callie naar het sequoiabos, onze gewijde kathedraal van bomen. Vaak zijn mijn armen en haar dan nog warm van de zon, maar de lucht onder de bomen is altijd koel, en het licht is er schemerig. Ik ga dan op mijn rug liggen en kijk door de zware takken naar de onbekende deeltjes die in de halfschaduw zweven. Ik fluister: 'Mijn man van de *Sequoia sempervirens*. Moge vrede met je zijn.' Ik fluister: 'Ik hou van je.' Ik fluister: 'Ik mis je.'

En zo is het voor mij geweest in dit stadje dat Elbow heet, waar de rivier buigt en geeft alvorens door te stromen naar de Stille Oceaan; het stadje waar ik jaren geleden ben gestuit op een soort geluk. Ik weet nu dat de meest oprechte liefde drijvend wordt gehouden door een onderliggend verdriet. Wij allemaal breken door de oppervlakte van dit leven heen, terwijl we het verdriet van onze voorvaderen uitbrullen; we dragen hun DNA, hun kleur ogen, hun littekens, hun glorie en hun schande met ons mee. Het is van hen, het is van ons. Het is van Annie en Zach.

WOORD VAN DANK

Ik heb vele jaren met mijn neus tegen het raam van de uitgeefwereld gestaan, tot mijn agente, Elisabeth Weed, het erop waagde en me in haar oneindige vriendelijkheid, vrijgevigheid en wijsheid welkom heette. Ze stelde me voor aan een fantastisch team. Door het enthousiasme en de energie van Jenny Meyer heeft dit boek zijn weg in de wereld gevonden – letterlijk. Stephanie Sun pikte het op van de gevreesde 'flutromannetjes'-stapel en hielp het landen in Taiwan. En de briljante, hoffelijke Denise Roy wist intuïtief hoe ze me kon helpen het boek op een hoger niveau te brengen, ze heeft veel meer gedaan dan alleen haar plicht. Ik dank jullie, en alle anderen bij Dutton, voor jullie fantastische steun.

Enorm veel dank gaat uit naar mijn donderdagse teleschrijfvriendinnen Chelo Ludden en Laurie Richards, die onvermoeibaar vele herziene versies hebben gelezen en me hebben geholpen om dit tot een beter boek te maken en mij tot een betere schrijver.

Eeuwige dank ben ik verschuldigd aan degenen die verschillende versies van het manuscript hebben gelezen en me waardevolle feedback, raad, aanmoediging en liefde hebben gegeven, in het bijzonder aan mijn schrijfzus, Elle Newmark, mijn soulsister, Nancy Campana en mijn kleine zusje Suzanne Haley. Ik dank Shannon Barrow en Nancy Magee omdat ze altijd maar een telefoontje van me verwijderd waren. En Jennifer Robin omdat ze bij het steentjes keilen wensen voor mij deed.

Kelly Stogner, Mary McCants en John McCants waren zo aardig om me de sleutel van hun blokhut aan de Russian River te geven, waarmee ze de wereld van Elbow in mijn hoofd hebben ontsloten. Kelly had het ook over de internering van Italianen, wat me op het boek bracht van Lawrence DiStasi: *Una Storia Segreta: The Secret History of Italian American Evacuation and Internment during World*

War II, een van de weinige bronnen over dit onderwerp en de inspiratie voor de verhalen van grootvader Sergio en grootvader Dante. Kelly Sullivan heeft me een les in zeep maken gegeven; Molly Eckler was de inspiratiebron voor het ontwerp van het Scotty-wijnlabel; Dave Beste, brandweercommandant en mijn neef, heeft me geholpen met de feiten over de verdrinkingsdood; en Donna Reynolds heeft me achter mijn computer weggehaald voor onze dagelijkse wandelingen met onze pups onder de sequoia's. Ik dank jullie allen.

Liefde en dank voor hun steun gaat uit naar mijn moeder, Jan Aston; mijn stiefvader, Bill Aston; mijn stiefmoeder, Jan Beste; mijn vader, Don Beste, die ik nog iedere dag mis; mijn stiefbroer, Marc Boswell; mijn schoonouders, Stan en Jan Halverson; en de hele Halverson/Sorg/Boulton/Beste/Haley-bende die ik mijn familie mag noemen.

Als laatste gaat mijn grootste dank en liefde uit naar Daniel Prince en Michael Prince, mijn zonen en inmiddels ook mijn vrienden; naar Karli Halverson en Taylor Halverson, omdat ze me uit de eerste hand hebben geleerd hoeveel liefde een stiefmoeder kan voelen; en naar mijn man, Stan Halverson, omdat hij zo fantastisch voor me heeft gekookt, omdat hij altijd in me heeft geloofd, en omdat hij nog steeds naar me fluit, zelfs als ik in een slonzig joggingpak en met glazige ogen zit te werken.

Ja, ik heb alle reden om dankbaar te zijn.